Juan Marsé est né en 1933, à Barcelone. Marqué par la guerre civile et ses privations, il entre comme apprenti dans un atelier de bijouterie en 1946 et y travaillera pendant treize ans. Autodidacte, il commence à publier dans différentes revues à partir de 1957. Son premier roman paraît en 1961, année où il s'installe à Paris. Il y restera jusqu'en 1962 puis retournera vivre à Barcelone, occupant notamment les fonctions de rédacteur en chef de la revue *Bocaccio*. Écrivain (romans, nouvelles), traducteur et scénariste, il reçoit le prix Planeta en 1978 pour *La Fille à la culotte d'or* (Denoël, 1981) et le prix Cervantes en 2008 pour l'ensemble de son œuvre.

Juan Marsé

L'OBSCURE HISTOIRE DE LA COUSINE MONTSÉ

ROMAN

NOUVELLE TRADUCTION

Traduit de l'espagnol
par Jean-Marie Saint-Lu

Christian Bourgois éditeur

Les éditions Christian Bourgois ont publié une première édition de cet ouvrage en 1989. La présente édition bénéficie d'une nouvelle traduction.

TEXTE INTÉGRAL

TITRE ORIGINAL
La Oscura Historia de la Prima Montsé

ISBN 978-2-7578-2806-9

1

Derrière la façade

L'été dernier, la vieille villa de tante Isabel fut condamnée à la démolition. Encerclé par les rugissements des excavatrices et des pics, ce jardin que le dénivellement de la rue avait toujours montré en prestigieux équilibre sur l'avenue Virgen de Montserrat se transforma soudain, lorsque celle-ci fut élargie, en un balcon vétuste et fantomatique suspendu dans le vide, répandant un passé d'arômes putrides et d'ornements floraux démodés, lâchant de la terre et des résidus d'eau sale par les blessures de ses flancs. De grands tas de terre rougeâtre s'accumulaient autour de la villa seigneuriale, qui n'avait pas encore été touchée : son arrogante silhouette, qui affichait une apparence heureuse et exemplaire, était toujours debout. Mais à l'intérieur ne subsistaient, dans l'une de ses pièces vides à très hauts plafonds, qu'un lit défait, une raquette de tennis crevée et des livres empilés sur le plancher. Une façade, c'était tout ce qui restait aux Claramunt.

C'était un chaud samedi du mois de juillet. Tandis que de l'autre côté du mur les excavatrices s'évertuaient à fouiller la terre avec un vrombissement plein de rancœur, en gémissant dans les pentes, nous, deux voix murmurantes égarées dans le temps, deux évocations divergentes qui s'efforçaient en vain de se rejoindre dans un même accord, nous étions allongés sur le lit dans la pénombre phosphorescente où flottaient de légères vapeurs roses, persistant malaise de poussière qui filtrait par les fenêtres et qui nous recouvrait – je ne pouvais m'empêcher de le penser – comme un linceul que quelqu'un (une adolescente prostituée par la misère et l'abandon, dit une voix, par son propre penchant au mal, dit l'autre ; une fille aux yeux de cendre pervers et vêtue d'une courte blouse blanche, qui nous observait, accroupie, du bord d'un terrain de basket) avait commencé à tisser pour nos corps dix ans plus tôt. Je me demandai brusquement, en pensant à ce personnage flou que Nuria évoquait près de moi d'une voix pleine de ressentiment, si ce n'était pas pour tomber dans une souricière que j'étais revenu après huit ans d'absence. Et roulant tel un tronc sur le lit je me collai contre le dos tiède de ma cousine, tentant sans y parvenir d'attirer son attention sur les livres empilés par terre, que je montrai du doigt comme pour signaler la présence d'une bestiole, piliers de volumes tordus, ténébreuses matières rébarbatives, confuse charpente de titres métalliques, clinquants, indigènes : *Encícliques, homilies, discursos i al-locucions, Instruccions i decrets dels organismes postconciliars i de les Sagrades Congregacions, Selecció de pastorals de bisbes nacionals i estrangers, Documents i declaracions d'entitats i de personalitats significades dins l'Església*. Une très fine couche de poussière les recouvrait.

C'était une grande pièce, inhospitalière, aux murs nus, pleine de résonances tapies. Impression d'intempérie imminente. Elle avait jadis servi de salon, mais pendant le déménagement Nuria y avait fait installer le vieux lit de la grand-mère, la seule chose qu'elle pensait garder. Au milieu du plafond pendait un fil électrique, triste nerf tordu qui avait alimenté une lampe éclatante. Par terre, parmi un tapis de mégots, une bouteille de whisky et deux verres, près du large lit, énorme, très haut, on aurait dit un autel, avec un chevet céleste d'anges soufflant dans des trompettes et de vieux parfums nuptiaux, un couvre-lit écarlate répandant généreusement ses plis des deux côtés et des draps de neige aveuglante. Il ne restait pas un seul meuble, pas une chaise, pas un tableau. Il n'y avait jamais rien eu à moi dans la villa de mon oncle et ma tante, mais j'avais maintenant le sentiment que le déménagement m'avait enlevé quelque chose de très personnel : aujourd'hui encore – me dit la voix, me sauvant pour un moment de cette mer de cendre qu'étaient les pupilles de la fille fixées sur moi –, en collant l'oreille à ces murs, à leur silence hermétique, tu pourrais peut-être percevoir la rumeur vernaculaire et nasale, le très claramuntien murmure bilingue qui a accompagné le scandale. Je me plais à imaginer que lorsque j'ai commencé à me lier avec ma cousine Nuria j'étais un chien salarié aux oreilles sensibles. Et que lorsqu'elle s'était vue obligée, en vertu de certains statuts de classe qui bien qu'invisibles n'en étaient pas moins en vigueur, de se définir dans le mariage si elle voulait se définir comme femme (non comme une femme quelconque, mais comme une femme de sa classe, qui était la seule où elle pouvait se réaliser avec une véritable émotion et un véritable sens) j'avais déjà appris à établir la relation entre certaines émotions et certains intérêts : il m'avait suffi pour cela de travailler et d'aimer un an durant auprès des Claramunt. Plus tard, je devais tout quitter et aller grossir les rangs mélancoliques et ténébreux des émigrants espagnols qui balayent les sols de l'Europe. Persiste en moi, depuis cette époque, une profonde et maligne condition de parent pauvre dont le seul regret est de ne pas avoir su, en son temps, comprendre la cousine Montsé, la sœur de Nuria, créature déshéritée et morbide destinée à vivre avec toutes ses conséquences l'un des mythes les plus sarcastiques qui aient pourri le monde. Du haut de mes vingt ans, mûrissant des rêves de bonheur et de fortune à l'ombre de la branche familiale la plus fleurie, je m'amusais à me moquer de Montsé et de son ineffable conception de la vie, qu'elle exprimait à travers un enchevêtrement à la fois complexe et heureux d'œuvres d'apostolat. Dans une famille catholique, dont la projection future repose traditionnellement sur les enfants du sexe masculin, une conduite comme la mienne éveillerait forcément des appréciations abstraites qui ont un certain intérêt comme exemple de stratégie morale en fonction d'une classe : je fus accusé non pas d'être la cause indirecte du malheur de Montsé, pour avoir secondé et encouragé ses amours insensées avec un prisonnier, mais – selon une triple définition de mon oncle qui aujourd'hui encore me laisse perplexe – d'être un provincial ambitieux, un type plein de ressentiment et un ingrat. Ce n'est qu'après le désastre, lorsque je renonçai à mon emploi pour m'exiler, qu'oncle Luis, au prix d'un effort mental tellement surhumain qu'il faillit en avoir une apoplexie, en vint à me traiter d'amoral et d'asocial.

Pourtant, je puis affirmer sans me tromper que tout ce qu'il y a d'asocial en moi est dû au fait que je vis dans une société asociale : le peu qu'il y eut de solidaire et de civilisé dans ma première jeunesse, je le dois entièrement à mes rapports avec les corps nus et à tout ce qu'ils ont d'hospitalier, à un peu d'alcool et à une certaine prédisposition naturelle et obsessionnelle à regretter je ne sais quel temps perdu ou je ne sais quel beau rêve évanoui.

– … et c'est elle, cette sainte-nitouche, conclut l'autre voix, à mes côtés.

– Tu sais bien que non.

Je sautai du lit et allai distraitement à la fenêtre, en me glissant comme dans un songe entre des lambeaux de poussière, ondulantes prairies rouges qui flottaient, immobiles, à la hauteur de ma poitrine. De l'autre côté de la fenêtre, les grandes bouches d'acier ébréchées fouillaient dans les chaudes entrailles du jardin.

– Tu ne conserveras pas longtemps ton refuge, dis-je. Qu'est-ce qu'ils vont faire du terrain ?

– Des appartements, je suppose, répondit Nuria sans manifester le moindre intérêt. Je ne sais pas. C'est Salva qui s'en occupe, lui et sa société immobilière. Il a acheté le terrain d'à côté, les travaux ont déjà commencé.

À droite s'élevait une clinique, presque achevée. Le petit pavillon serait emprisonné entre deux blocs, blotti et sombre.

– Ces villas, sans jardin, ça n'a aucun sens, tu ne crois pas ? dit-elle. Tu imagines notre porche, de si mauvais goût, donnant directement sur la rue et sans défense, tout près des voitures ?

– Ça ne me semble pas si mal.

– En plus, personne n'a habité ici depuis la mort de papa. Et moi, je ne m'y suis jamais plu…

Elle fit une pause, pour ajouter ensuite, mais avec son autre voix, celle qui continuait à soutenir un autre dialogue avec moi :

– Celle qui s'y plaisait bien, c'était Montsé.

Je restai silencieux cette fois, et scrutai le jardin et la rue à travers les fentes de la persienne : au-delà de l'équipe d'ouvriers, tout au long du bord de l'avenue, des ruines.

– Il m'arrive de venir y passer la nuit, reprit Nuria, quand je veux être seule.

Mais la seconde voix ne se taisait pas : de vieilles et mémorables défenses sont tombées, c'est vrai, et maintenant les douces intimités de votre oisiveté florale s'offrent aux yeux des automobilistes. Combien de conversations mortes derrière les grilles et les murs démolis ? On est surpris par l'illusion de paradis, ordonnée et géométrique qui nicha jadis ici, dans ces jardins dissimulés à quelques mètres à peine des dangers de l'asphalte : palmiers, tonnelles, charmilles, jets d'eau et sentiers discrets, tout ce qu'hier encore les murs prudemment élevés et les grilles avec leurs volutes exaltées de liseron ou de jasmin cachaient au passant, et que le pic et l'excavatrice s'empressent de mettre à nu. C'est dans quelque coin ombreux et parfumé de cette île, aujourd'hui déserte, éventrée et malodorante, que naquit la tendre équivoque, l'heureuse flamme qui embrasa ma cousine. La monstrueuse bouche ébréchée de l'excavatrice avance en riant, comme si elle le savait, dévorant un passé de parfums onctueux et putrides, de signes oubliés, de gestes et de paroles dont plus personne n'est capable d'expliquer l'usage. L'artère citadine s'élargit orgueilleusement, la circulation ample et rapide s'écoule désormais, confiante, à double sens, et ne tardera pas à dévorer les marges contemplatives et silencieuses où nichèrent des oiseaux et des rumeurs d'eaux cristallines. Arbres abattus, déracinés, terre retournée, parterres de fleurs piétinés, squelettes de galeries et de tonnelles brisés tout au long de la rue. Il n'y a qu'à quelques palmiers particulièrement majestueux que sera réservée Dieu sait quelle fonction urbaine, nouvelle et improvisée, près de l'asphalte. Mais ce qui me choque le plus, c'est ceci : là où tante Isabel et ses amies de la paroisse prenaient hier le thé assises dans des fauteuils d'osier, en se remémorant de sages essences et des solennités d'étoles, de dentelles et de chapes pluviales, passeront demain de rapides voitures.

– Tu ne reconnaîtrais pas maman, entendis-je dire Nuria. Je te sers un autre verre ? Elle passe ses journées assise dans son fauteuil, à regarder la mer. Tiens, c'est un vrai bouillon, je n'ai pas de glace ici.

– Bon. (Je m'écartai de la fenêtre, pris la raquette de tennis et l'examinai.) Quelle heure se fait-il ?

– Il est tôt. La conférence est à sept heures et demie, nous avons encore plus de deux heures.

Elle buvait son whisky tiède à petites gorgées, en fronçant les sourcils, les paupières lourdes, sans soulever la tête de l'oreiller. Nous essayâmes une nouvelle fois notre voix la plus disponible, celle qui nous rassurait.

– Tu te rappelles, dit-elle, cette fête au club de tennis, il y a des années de ça ?

– Tu y as fait une brillante entrée dans le monde, remarquai-je en brandissant la raquette, naturellement sans aucun style. Une soirée triomphale pour toi.

– Toi aussi tu t'es amusé.

– Moi ?

Assis tout raide au bord de la piste illuminée, froid et anodin, sans passé et sans avenir, engoncé dans un smoking de location, Paco J. Bodegas observe avec une fausse indifférence les couples jeunes et ardents qui évoluent dans la lumière aveuglante des projecteurs… Et finalement, par association d'idées, ce fut cette voix qui s'imposa.

– Pas vraiment, dis-je. Je pensais de nouveau, c'est curieux, à cette fille du quartier du Carmel qui a convaincu ta sœur…

Nuria appuya son coude sur l'oreiller et me regarda fixement avant d'avaler une gorgée. Puis elle parla, d'un ton banal à l'excès :

– Cette sale bestiole, tu veux dire.

– La pauvre, elle ne parlait pratiquement pas.

– Je ne me souviens que de ses yeux. Quelque chose d'abject. C'est à cause d'elle que toute cette complication est arrivée, je l'ai toujours dit.

– Tu parles comme ta mère. (Je ris.) Un jour je l'ai entendue dire : « cette gosse a été l'instrument du diable ». Parole.

– Ça, je n'en sais rien. Mais tout a commencé par sa faute…

Ou du moins est-ce ce que décida en son temps la convention familiale, le patronage surnaturel que les Claramunt accordent encore à la mémoire de Montsé en se fondant sur un lointain témoignage de Nuria, sur sa conscience nébuleuse, blessée et plus que médiocrement douée pour l'analyse.

2

Les Demoiselles Visiteuses

C'est une gamine au visage de chat et au regard trouble. Un jour, brusquement, elle surgira des ombres du quartier, de sa transpiration nocturne et malodorante, de sa sécrétion estivale et équivoque : elle pourrait tout aussi bien venir du Guinardó que de Casa Baró ou du Carmel, personne n'en sait rien, on ne l'a jamais vue dans la paroisse. Elle est arrivée en marchant parmi les roches et la broussaille, par la colline, de quelque chaud repli peuplé des cahutes du bidonville, et pendant un moment elle observe à distance, de la porte du mur de la rue, la zone de récréation qui s'ouvre devant elle, l'esplanade près de l'église où les aspirantes jouent au basket. Puis elle entre sur le terrain de jeux et reste bien tranquille et bien sage, accroupie et dos au mur, sur un bord poussiéreux. Elle a une blouse blanche avec des poches et porte dans ses mains, en la serrant contre sa poitrine avec recueillement ou ferveur, comme si c'était le viatique, une vieille boîte à chaussures soigneusement attachée avec des ficelles.

Le ballon a roulé jusqu'à elle, poursuivi par une joueuse de la JOC, la Jeunesse ouvrière chrétienne, haletante et tout excitée. Elle le repousse du pied, ce qui aide la jociste à le ramasser, et commence : « S'il vous plaît, les demoiselles… », mais on l'entend à peine, sa voix n'est qu'enrouement, voix maladive. Sur le terrain, les aspirantes réclament le ballon à leur camarade. Celle-ci se baisse pour renouer ses lacets tout en examinant les mèches blondes, emmêlées et sales de l'inconnue, qui se lève alors et met le pied sur le ballon : « Je veux voir les demoiselles visiteuses. » Autour de ses genoux mûrs, effrontés, agressifs, sans âge et sans innocence, non pas de gamine mais de petite femme, volettent, agités, de nocturnes insectes épuisés de chaleur. L'aspirante immaculée Nuria Claramunt récupère le ballon en le tirant à elle. L'inconnue sourit malicieusement. « Tu as perdu ta langue, bigote ? » Encore enfant presque, et mystérieuse, elle vient d'un bourg joyeusement empesté et lointain, tel un messager. Et la demoiselle aspirante, prise de peur, détourne les yeux sans répondre, se redresse avec le ballon dans les mains et s'éloigne en courant vers le centre du terrain, où ses camarades l'apostrophent : « Remue-toi un peu, qu'est-ce que tu attends ? On n'est pas sur un court de tennis, fifille à papa ! », et toutes l'insultent, crient et s'esclaffent. L'entraîneuse adjointe, sifflet à la bouche, ordonne le silence et relance le jeu. C'est une partie d'entraînement en vue du tournoi diocésain, par une chaude journée de septembre, à la tombée du soir. Il y a deux projecteurs, qui ne sont pas encore allumés, sur le mur latéral de l'église, et les vestiaires, un petit baraquement peint en bleu, au pied du clocher. Une brise suave tisse et défait de très fins voiles de poussière, ailes grises qui planent à la poursuite des joueuses. Le sifflet retentit et les cris des aspirantes s'élèvent dans l'air. Toujours fuyant, le ballon couleur de terre se confond avec les ombres de la nuit, poursuivi par un mille-pattes convulsé et vociférant : bouquets juvéniles et fleuris de bras, de mains, de tresses, de jambes et de jupes parmi les nuages de poussière. Nuria Claramunt, chemisier au vent, jambes écartées et fermes sur le sol, suit le jeu dans une attitude expectante, en se mordant la langue : le ballon rebondit sur l'anneau du panier, une camarade le récupère au rebond, Nuria bat désespérément des mains pour qu'elle le lui passe, elle est en bonne position pour marquer, mais l'autre sourit et lui tire la langue, et se déplace vers un endroit moins favorable, au préjudice de son équipe, uniquement pour embêter la jeune Claramunt. Toutes courent derrière elle tandis que Nuria se relâche, se baisse. « Idiotes ! » les maudit-elle à voix basse ; elle trépigne, absolument seule et impuissante sous le panier adverse. Puis les autres reviennent, mais évitent de lui passer le ballon, et dans les chocs au corps à corps elle a toujours la mauvaise part : les robustes aspirantes du quartier chargent avec force, genou en avant, la font tomber puis repartent en courant à toutes jambes. « Fifille à papaaaa, fifille à papaaa ! » entonne entre ses dents une Murcienne[1] qui vit dans une cahute de la rue Francisco Alegre, et une autre ajoute, en la voyant par terre : « Bien fait pour toi ! Ça t'apprendra à faire de la danse et à jouer au tennis. » Elle se lamente auprès de l'entraîneuse adjointe : « Ce n'est pas juste : elles ne peuvent pas me voir, rien que parce que je vais au club La Salud… – Ne dis pas de bêtises, n'aie pas l'esprit mal tourné. Et relève-toi, regarde un peu ta blouse… Que voulait cette fille ? – Je ne sais pas, impossible de comprendre ce qu'elle dit. Toutes les mêmes, elles sentent la transpiration, vous ne trouvez pas ? Des filles de bidonville, des dévergondées et des

1. « Murcien », « Murcienne », ou leur équivalent « charnego » : termes péjoratifs qui désignent, en Catalogne, les émigrants ou fils d'émigrants, et particulièrement les Andalous, qui ne parlent pas catalan. (Toutes les notes sont du traducteur.)

analphabètes. – Ne parle pas comme ça, être pauvre n'est pas un péché. Allez, va jouer. – Rayez-moi de l'équipe, mademoiselle. » Une chauve-souris se décroche du clocher, puis son vol remonte et elle disparaît de l'autre côté du mur, vers la rue. L'inconnue attend une pause dans la partie pour aller trouver l'entraîneuse. Les lignes de chaux effacées et ondulantes qui marquent les limites du terrain de jeux ne sont plus visibles dans la nuit qui tombe, et les joueuses non plus : chemisiers rouges et jupes-culottes bleues, victorieuses couleurs de l'équipe, s'enfoncent dans un brouillard gris de plus en plus épais. Mademoiselle l'entraîneuse adjointe dit à l'une des aspirantes d'aller allumer les projecteurs et l'ordre est accueilli par des vivats et des applaudissements, « Bravo, mademoiselle ! – Silence, les enfants, il y a vêpres à la chapelle et une réunion au Centre », et alors la lumière déchire le brouillard rougeâtre qu'exsude le terrain et tire l'inconnue de l'ombre : elle est toujours immobile à sa place, mains croisées sur son petit paquet. Nuria Claramunt saute à plusieurs reprises face à une grosse adversaire en possession de la balle, bouge ses bras écartés vers le haut et le bas, ne la laisse pas tirer, la grosse essaye de le faire et perd le ballon, Nuria s'en empare et se démarque, s'éloigne, court vers le poteau, rit, saute en exhibant un genou bronzé qui arbore une belle tache de Mercurochrome, accompagne le ballon des mains jusqu'à l'anneau, par-dessus les autres joueuses, et l'introduit proprement dans le filet. Alors, au lieu de reculer, elle s'approche d'elle, mains sur les hanches : « Tu aimerais jouer, faire partie de l'équipe ? Comment tu t'appelles ? » La fille observe les évolutions des aspirantes autour du ballon. Le jeu s'interrompt : il manque Nuria ; le sifflet la réclame, toutes protestent : « Cette crâneuse, cette Claramunt, qui voulez-vous que ce soit ? La distinguée !

Voilà qu'elle va au club de tennis La Salud simplement parce que chez elle ils sont riches, et elle vous sort qu'elle n'aime plus le basket et qu'elle veut qu'on la raye de l'équipe, qu'est-ce qu'elle croit ?... » Les yeux de la petite *charnega* étincellent : « Où est-ce que je peux parler aux demoiselles visiteuses ? – Il faut que tu fasses le tour de l'église », le bras de Nuria fait un geste vague, « par la rue », elle respire bruyamment, la sueur pèse sur ses sourcils. L'autre la regarde d'un air méfiant, et, dans la lumière des projecteurs, ses pommettes enflées, pleines de rancœur, émettent un fluide presque sonore. De nouveau le sifflet réclame la présence de Nuria au centre du terrain, le jeu continue. Chaque panier est salué par une explosion joyeuse de cris, d'accolades et de félicitations. L'entraîneuse adjointe suit le jeu de près, avec ses jambes torses aux mollets musculeux, autoritaire, hommasse, interrompt maintenant la partie, réunit les filles autour d'elle : « Toi, Carmela, ne cherche pas à marquer de si loin, et toi, attention à ne pas marcher, c'est chaque fois pareil, et toi, Nuria, boutonne ton chemisier et attache tes cheveux, tu as l'air d'une gitane. Allez », et elle lui tapote la joue, « tu es la plus grande et tu dois donner l'exemple. – Mais ce sont elles ! Regardez cette marque ! », et Nuria relève sa jupe, l'entraîneuse lui dit de bien se tenir et lui baisse sa jupe, sa main a été si rapide qu'elle a surpris la jeune fille. Les autres, haletantes et couvertes de sueur, regardent du coin de l'œil la petite *charnega*, sa patience et sa tristesse, l'impression qu'elle donne d'avoir beaucoup joué avec les garçons : prisonnière sans défense d'une bande de *trinxas* du quartier, elle a l'air de s'être laissé faire quelque chose en échange de sa liberté. Maintenant elles la voient s'avancer sur le terrain. « Regardez, mademoiselle, la voilà. » Mais la partie recommence et la gamine s'arrête, indécise, sa boîte toujours bien serrée contre sa poitrine. Alors elles arrivent à blesser sérieusement Nuria, elle est assise par terre, le coude en sang et la jambe raide. « Méchantes teignes jalouses ! » crie la jeune Claramunt. L'entraîneuse s'agenouille près d'elle et lui noue un mouchoir autour du coude. « C'est ma jambe qui me fait le plus mal », gémit Nuria. Un cercle se forme, il y a de petits rires et des plaisanteries. La poitrine de la blessée s'agite sous son chemisier tandis que l'entraîneuse lui masse la jambe. « Qu'est-ce que j'ai mal, mademoiselle ! » L'inconnue en profite pour approcher timidement, lentement. La jeune Claramunt appuie les mains sur le sol et renverse la tête en arrière, sa raide chevelure dénouée (« Regardez-la, cette crâneuse, elle se croit à la piscine, en train de prendre le soleil », murmure une aspirante de la Font del Cuento), gémissant de douleur, puis elle rit. « Vous me chatouillez, mademoiselle. – Où est-ce que tu as mal ? Plus haut ? Ici ?… » La grosse prévient : « Elle est là », et toutes se retournent et la voient se balancer un peu sur ses chaussures blanches à talons scandaleusement hauts pour son âge.

Au milieu des commentaires méchants des filles, les douces mains massent lentement, consciencieusement, les cuisses dures et longues de la jeune Claramunt, si bronzée, si choyée. Maintenant, derrière la petite *charnega*, la poussière retombe lentement sur le sol, épuisée, mais dans la lumière des projecteurs persiste le vol des insectes venus des mares des terrains vagues. Plantée devant l'entraîneuse adjointe, elle semble hypnotisée. Bon, qu'est-ce qu'elle voulait encore ? Ne lui avait-on pas indiqué le chemin ? Qui demandait-elle ? Les demoiselles visiteuses étaient en réunion, mais elle pouvait attendre si elle voulait. L'entraîneuse lui dit où, sans la regarder, ses yeux et ses mains ne quittent pas la peau bronzée, le fin duvet de pêche sur lequel elle applique massages et coups du plat de la main. Bon, elle était sourde, ou quoi ? Qu'elle fasse le tour par la rue et de l'autre côté de l'église elle verrait l'écriteau, « Centre paroissial », en lettres bleues sur une porte, la salle de ping-pong, elle n'aurait qu'à demander aux garçons, « n'aie pas peur, ici on n'a jamais mangé personne… ». Nuria gémit faiblement. L'inconnue détourne les yeux des mains rapides, et d'un air résolu fait demi-tour et s'en va, toujours accrochée à sa boîte à chaussures. « Qu'est-ce qu'il peut bien y avoir dans cette boîte à chaussures, mademoiselle ? – Laissez-la tranquille. Vous ne voyez pas qu'elle ne connaît personne, la pauvre gamine ? Vous êtes de vraies pestes, il a fallu que vous finissiez par faire mal à Nuria… » Indifférentes, hors d'haleine, s'éventant avec les mains ou le col de leur chemisier, elles la suivent des yeux jusqu'à ce qu'elle sorte par la petite porte de bois. Elle passera devant l'église : voix de vieilles qui montent vers la Vierge miséricordieuse. Elle arrivera au Centre : dangereux fauves en cage, les guenilleux du quartier aux tables de ping-pong, une salle étroite et longue comme un tunnel avec un petit théâtre au fond, au rideau baissé. Les cris sont assourdissants quand elle entre. Elle s'approche de la table où jouent deux aspirants : le va-et-vient de la petite balle blanche, ca-tic, ca-tac, retient un instant son attention, elle a l'air idiote ou très timide, debout comme ça avec sa boîte à chaussures serrée contre sa poitrine. Mais brusquement, comme dans un geste de représailles, elle retient par le bras un aspirant qui passe près d'elle en courant : « Où est-ce que je peux voir les demoiselles visiteuses ? – Dans l'autre pièce, là-bas. Lâche-moi ! » Il a la tête râpée avec des croûtes comme de grosses mouches vertes, brillantes, son doigt teigneux montre une porte à vitres dépolies qui communique avec une petite salle. Près de la porte se trouve un long banc d'église où les aspirants plus petits attendent en vain leur tour de jouer ; les plus grands accaparent les tables pendant des heures, ils ne respectent jamais le tour des autres. Les petits ne se résignent pas : ils piaillent, insultent, projettent des vengeances, ils le diront à monsieur le curé. Ils finissent par se disputer entre eux, brandissent des raquettes doublées de liège ou de caoutchouc piqué, rouges et bleues et vertes. Il y a des courses rapides, des cris, des coups de poing, des bousculades. L'un d'eux heurte la fille en courant, un autre se plante devant elle : « Qu'est-ce que tu viens chercher ici, nana ? Les tables sont à nous, aujourd'hui c'est notre tour, les nanas au basket. » L'intruse hausse les épaules et s'écarte de la table. Sur la scène, au-dessus du trou du souffleur, est assis un petit vaurien du Carmel, maigre et l'air abattu, qui s'évente avec une raquette aux bords rognés ; elle le connaît, elle va vers lui. « Tu sais si elles en ont pour longtemps, la Dragée ? », et elle fait un signe de tête vers la porte vitrée. Il fait une moue dégoûtée : « Les bigotes ? Va savoir. Elles sont en réunion. Qu'est-ce que tu fais par ici, la Seringue ? » Mais elle a déjà fait demi-tour, elle observe les murs : fanions sportifs de centres et congrégations, journal mural, affiches annonçant des réunions, des excursions, des retraites et des exercices spirituels, des championnats de ping-pong et de basket saison 1957-1958. Elle s'arrête devant une armoire vitrée couverte de vert-de-gris et pleine de trophées, d'étendards et de bannières. Puis elle s'assied sur le banc de bois, avec les petits, à l'extrémité près de la porte à travers laquelle, si elle colle son oreille au verre dépoli, elle pourra malgré les cris des gosses entendre une voix affable, murmurante, une voix de vieillard qui lui parviendra comme du fond d'un puits : « … plus que donner, donnez-vous aux âmes. Si vous parlez le langage du cœur, de la bonté, de la compréhension, de la vraie charité, vous serez partout comprises. Étudiez les convenances et les coutumes de l'endroit où vous serez affectées et adoptez-les. Ne restez pas étrangères aux besoins du monde ni du peuple qui vous entoure… »

Des lampes qui pendent au-dessus des tables de ping-pong lui parvient une lumière verte et diffuse qui lui fait fermer les yeux. À côté d'elle pleurniche un petit garçon, on lui a pris sa raquette. « C'est la première fois que tu viens ? » lui demande un aspirant qui a déjà des culottes longues. Et un autre : « Tu veux jouer ? » Elle secoue la tête. Sa courte blouse blanche attire les regards des plus grands, qui, soudain, excités et loquaces, ont cessé d'accaparer les tables et vont et viennent tout agités devant elle, se poussent, rient, chuchotent. Les petits profitent de l'occasion pour investir la place, ils jouent vite, avec désespoir, en jetant des regards craintifs par-dessus leurs épaules. Le rythme du ca-tic ca-tac est maintenant rompu avec plus de fréquence, les balles roulent sous le banc et leur récupération devient laborieuse, provoque des bagarres, des insultes, de petites guerres qui lui sont dédiées : ces genoux ronds et pâles, ces chaussures à talons hauts, « Elle est pas mal la nana, qui c'est ? – Je sais pas mais elle est chaude… ». De l'autre côté de la vitre la voix douce continue : « … d'authentiques athlètes de Dieu qui ont vu s'achever en triomphe un marathon spirituel quand il a atteint sa majorité avec le décret d'approbation comme institut séculier… » Sur le banc, à côté d'elle, deux jeunes garçons étroitement enlacés luttent, immobiles, raidis par une rage sourde, sans force et à bout de souffle, sans crier, parce qu'ils ont appris à se battre sans pousser de cris : de tout ce qu'elle a vu jusqu'ici, c'est ce qui étonne le plus la gamine. Ils finissent par se fatiguer et se séparent. Alors les plus grands les frappent avec leurs raquettes, en les incitant à recommencer à se battre. « *Xavas, us farem la vaca*[1] », leur disent-ils en catalan, mais en la regardant, elle, et un autre aspirant à la tête râpée ajoute : « Catal de merde ! Tu t'es fait mettre et en plus t'as dit merci ! » « … l'Institution, diaphane, claire, transparente en dépit des malveillants de service qui ont voulu naguère lui refuser le pain et le sel, a eu la grande vertu de devancer même la *Provida Mater Ecclesia* dans une tâche nouvelle et absolument originale de prosélytisme et d'attraction du petit peuple, des gens simples, car n'oublions pas que les ouvrières paroissiales et les visiteuses ne portent pas l'habit, s'habillent en civil et sont directement aux ordres du curé… » Entre maintenant dans le Centre un homme, jeune, qui marche à grandes enjambées, un porte-documents à la main, il sourit, regarde les fauves sans s'arrêter, frappe dans ses mains : « Les enfants, les enfants ! Nous sommes en réunion » ; son regard plane avec impatience au-dessus des petites têtes sales, au-dessus des maillots troués aux manches mordillées, au-dessus des chaussures décousues, et sa voix est nasale, rituelle, grégorienne, il traverse la salle en direction de la porte vitrée, les aspirants l'assaillent : « Monsieur Vilella, on a quelque chose à vous dire ! », ce sont les plus petits. Elle aussi elle s'est levée, mais déjà il ouvre la porte, de l'intérieur sort la voix aimable en même temps qu'un flot de lumière blafarde. « Plus tard, les enfants, plus tard. Je ne peux pas pour le moment », s'excuse Vilella, et il referme derrière lui. La porte, mal fermée, laisse voir Mlle Montsé assise avec les autres :

1. « On va vous aider, les gars. »

elle écoute dans une attitude respectueuse mais peut-être ennuyée, bras croisés, genoux collés. Quelqu'un ferme complètement et la gamine se rassied, son paquet sur sa jupe, aux tables le jeu reprend, et aussi les cris. Un nouvel aspirant s'approche en se frappant la cuisse avec sa raquette, il porte des culottes courtes bien qu'il soit le plus grand de tous. « Qui est-ce que tu attends ? Salva ? », et elle, rien. « Elle attend les demoiselles, idiot, tu n'as pas entendu ? » explique un autre, qui porte un maillot et des crampons de football. En regardant la gamine, il ajoute : « Demande Mlle Montsé, c'est celle qui a un œillet dans les cheveux. C'est la plus sympathique et la plus gentille. Tu vois ce maillot du Barça ? Eh bien c'est elle qui a soutiré à son père, M. Claramunt, une tenue complète pour nous, avec des crampons, des chaussettes et un ballon et tout. – Oui, dit l'autre, mais s'il n'y avait pas eu Salva, il n'y aurait pas d'équipe, vieux. – Ne t'inquiète pas, demande Mlle Montsé, ne sois pas bête, je sais ce que je dis. Qu'est-ce que tu as là, dans cette boîte ? » Elle fait un geste farouche pour protéger sa boîte ; le garçon insiste : « Demande-la. Les autres sont toutes des bigotes et elles ont mauvais caractère. – Et elles sont encore plus moches que leurs mères, et aussi connes. – Ne sois pas malpoli, je vais le dire à monsieur le curé. – Mouchard, sale mouchard ! J'ai dit "bonnes" ! – Tu as dit "connes" ! », et la bousculade, et la réplique adéquate, et tous deux roulent par terre, entremêlés. La gamine détourne les yeux, joint les genoux, tire sur le bord de sa jupe et replace son paquet contre sa poitrine, mains bien croisées dessus. Elle s'installe dans un nid d'astuce et de patience faubouriennes : vous pouvez bien vous tuer… Deux enfants de chœur font leur entrée, surplis sur la tête, ils font les clowns, prennent un banc de bois pour l'emporter à l'église et s'en vont en la regardant par-dessus leur épaule, trébuchant et chantonnant : « Blonde oxygénée, blonde oxygénée… » D'un petit trot pressé la balle de celluloïd vient adorer ses pieds, poursuivie par deux aspirants qui se jettent à plat ventre par terre, sous le banc. Le plus rapide saisit la balle, se relève, a un sourire malin. « Tu sais ce qu'il dit, lui ? », et l'autre lui donne une bourrade. « Il dit que tu les as roses. » Et tous deux s'échappent en courant. Et elle, pas même un battement de cils, rien. « … apostolat chez les enfants des maternelles et des garderies, centres pour ouvriers et étudiants, personnes âgées, malades et prisonniers sans famille, et dans les baraques des faubourgs ou les milieux sélects des paroisses urbaines, toujours en étroite collaboration avec l'assistante sociale et la jeune divulgatrice, y compris à l'université s'il le faut, toujours faire preuve d'intérêt pour le bien d'autrui, en semant la sérénité et la paix dans les foyers, qui en sont tellement privés, comme nous pouvons le voir par nos contacts directs avec des familles de toutes classes… »

La mosaïque résonne sous le trot rapide de mademoiselle l'entraîneuse adjointe, qui ne veut pas manquer la fin de l'homélie. Elle pousse la porte alors qu'une autre voix, plus forte, a pris le relais et déroule de longues questions persuasives : « Et comment les visiteuses doivent-elles procéder dans un milieu hostile ? Tout d'abord en recueillant des informations, des nouvelles claires et génériques des différents besoins possibles, et en apportant ensuite une solution à ceux qui sont à leur portée. » C'est le jeune homme aux grandes et sûres enjambées qui est entré avec un porte-documents à la main, elle reconnaît sa voix. « Et quelle projection sociale cette mission renferme-t-elle ? Eh bien, il faut tout d'abord élever l'expérience, les difficultés et les caractéristiques des problèmes qu'on doit affronter à un niveau coordinateur, statistique et contrôlable. Les temps exigent de planifier, utilisons les armes de l'ennemi, et je m'adresse maintenant tout spécialement, en demandant pardon d'être arrivé en retard, comme toujours *(rires)*, aux nouveaux visages que je vois aujourd'hui dans la commission. Comment attirer un prisonnier orgueilleux de sa solitude et aigri ? me demandait l'autre jour notre camarade Montsé. Eh bien, en nous intéressant à ce qui l'intéresse, à ses préoccupations, en partageant ses souffrances et en réussissant à lui être utiles, en un mot, et j'achève, en essayant d'être plus humains. » Bruits de chaises qui se déplacent, conversations mêlées qui montent d'un ton, la porte s'ouvre. Il y a là quinze ou vingt jeunes filles vaillantes, loquaces, avec des dossiers et des crayons à la main. Le premier à sortir est le curé, sur la soutane duquel se précipitent les plus petits des aspirants : « Monsieur le curé, monsieur le curé, ils ne nous laissent pas jouer, les grands ne nous laissent pas jouer ! », et le petit vieux, lent, ventripotent, traînant bruyamment ses grands et invisibles godillots sous sa soutane râpée, marche bien raide, on dirait même qu'il est monté sur des roulettes cachées, offre aux uns et aux autres son doux sourire et le dos de sa main : « Bon, bon, mais ne vous disputez pas, les uns après les autres, les tables sont pour tout le monde. – Mais ils ne nous laissent pas jouer, monsieur le curé, et ils nous tapent ! » Le bon curé se retourne et regarde les grands d'un air sévère, sa main se lève comme pour bénir mais l'expression de son visage est sans équivoque. « Allez ouste ! », et un éclair terrible jaillit de ses yeux fatigués. « Libérez les tables ! C'est le tour des petits ! On ne peut pas vous laisser seuls une minute ! » Les petits sautent de joie, soudain le vieux curé baisse lourdement la tête, pensif, et se dispose à quitter le Centre. La gamine est maintenant debout et elle court vers lui, mais les petits l'assiègent encore et elle ne peut atteindre sa blanche main. Alors elle se retourne, regarde en direction de la porte vitrée et voit sortir une autre étrange procession, convulsée, pressée ; ce sont des dames d'un certain âge et Salva Vilella avec deux messieurs chauves et de petite taille qui écoutent gentiment leur papotage ; il y a une allégresse contagieuse et de suaves émanations de bonté irradient les visages des dames qui écoutent les demandes de justice un peu embrouillées des enfants chassés des tables de ping-pong, appels urgents à leur autorité pour que soient rétablis l'équilibre, l'ordre ancien, le droit de jouer selon un tour rigoureusement respecté. Les demoiselles visiteuses, avant de s'en aller, leur donnent raison. Mais malgré leur bonne volonté, qui ne veut pas d'espaces entre les différents niveaux, demeure l'habituel désaccord, et de secrets courants de rancœur s'établissent : les enfants aspirants les injurient dans leur dos, et, voyant que tout est inutile, que leur demande a été considérée mais non point satisfaite, ils accumulent de l'énergie pour tenter un nouvel assaut des tables et les obtenir par la force. En même temps, tout en marmonnant de sourdes imprécations contre l'ennemi, ils observent la timide inconnue qui maintenant s'approche de Mlle Montsé, laquelle, étant la trésorière, s'attarde toujours un peu dans la salle de réunion, à écrire des chiffres. Cette salle est un local avec des étagères pleines de livres et d'archives, avec au centre une longue table et un crucifix, et au mur un grand portrait du pape, des bannières mariales dans un coin et de nombreuses chaises, vides maintenant mais qui gardent leur air respectueux, une position semi-circulaire et auditive autour de la table. Sur l'une de ces chaises, à une extrémité, Mlle Montsé, seule, accoudée à la table, écrit dans un carnet. Ses cheveux sont noués en un chignon et ornés d'un œillet rouge. La gamine s'approche d'elle et s'arrête, la regarde sans rien dire, puis elle pose son paquet sur la table. La demoiselle lève la tête et sourit.

« Tiens tiens ! Qui donc est cette jeune fille si jolie ? »

Elle lui fait signe d'approcher. Dans la salle de jeux, les aspirants voient sortir les derniers membres de la réunion et entourent les tables, prêts à donner l'assaut.

« Tu es de la paroisse ?

– Non, mademoiselle. »

Et aussitôt, sans qu'elle détourne les yeux de la boîte à chaussures, de sa bouche dure et agressive jaillissent des paroles précipitées : la demoiselle pourrait-elle faire parvenir ce paquet à quelqu'un qui est en prison et que personne ne va voir, même pas elle, parce qu'elle aime mieux ne jamais plus le revoir ?... Elle a entendu dire que les demoiselles de la paroisse s'occupent aussi des prisonniers.

« Qu'y a-t-il dans ce paquet ?

– De la nourriture.

– C'est quelqu'un de ta famille ? »

Maintenant, la gamine la regarde d'un air méfiant.

« Ne crains rien, nous allons t'aider. C'est un parent ?

– Non, mademoiselle. »

Mlle Montsé lui dit de s'asseoir, de ne pas s'inquiéter, on fera ce qu'on pourra. La gamine ne veut pas s'asseoir, elle est pressée.

« Il faut que nous sachions pourquoi il est en prison et comment il s'appelle », dit la demoiselle, toujours souriante.

La gamine hésite, mademoiselle prend un agenda dans son sac, l'ouvre. Dans la salle de jeux, les cris et la violence augmentent, un petit garçon pleure.

« Voyons… Il n'a pas de famille ? Tu dis que personne n'est allé le voir…

– Personne, mademoiselle. »

Montsé Claramunt prend note. La gamine s'approche un peu plus, regarde par-dessus l'épaule de la demoiselle et répond à ses questions à voix basse et très vite :

« Pour vol, mademoiselle, c'est pour vol qu'il est en prison. »

Le petit garçon pleure à chaudes larmes, une aspirante de l'équipe de basket s'occupe maintenant de lui. Nuria Claramunt entre à cloche-pied dans la salle de réunion, soutenue par l'entraîneuse assistante et par une camarade, qui l'assoient sur une chaise.

« Ce n'est rien », dit-elle pour tranquilliser sa sœur.

Mlle Montsé se penche de nouveau sur son agenda, fait courir son stylo à bille avec rapidité.

« Comment s'appelle-t-il ? »

La gamine se penche sur son épaule et murmure un nom à voix basse. Au-dehors, les plus grands des aspirants ont de nouveau accaparé toutes les tables, les petits protestent, une jociste fait son entrée avec le petit garçon qui pleure. « C'est ce grand échalas de Fernando », dit-elle, et mademoiselle l'entraîneuse ordonne de le lui amener.

« Nous irons le voir, ne t'en fais pas. Maintenant j'ai besoin de savoir ses numéros de galerie et de cellule, dit Mlle Montsé.

– Ça, je ne le sais pas. »

L'aspirant agresseur entre en traînant la patte et en fronçant le nez, et l'entraîneuse le réprimande sévèrement.

« Quand est-ce que vous irez le voir, mademoiselle ? Ne lui dites pas que c'est de ma part…

– Et pourquoi donc, ma jolie ? »

Une gifle, pas très forte, mais il y a toujours ce froncement de nez impertinent : « C'est sa faute à lui, c'est lui qui a commencé », et à ce moment l'agresseur échange un regard fugitif avec l'inconnue, un échange secret de fatigues et d'humiliations. Dans le même temps, Mlle Montsé demande si la gamine reviendra au Centre.

« Je suppose que ça te fera plaisir d'avoir de ses nouvelles, de savoir comment il va.

– Qui est-ce qui ira le voir ? J'aimerais bien que ce soit vous, mademoiselle. »

Montsé sourit.

« Ne t'inquiète pas, ma jolie. »

Mais les yeux de cendre de la gamine restent fixés sur les siens durant un moment. Puis elle fait oui de la tête, pour la première fois l'inconnue semble sourire, et finalement elle fait un brusque demi-tour et s'en va. Pendant qu'on réprimande l'aspirant agresseur, l'autre, l'aspirant agressé, debout sur le seuil, observe la scène et sourit d'un air satisfait.

« Ceux-là, il n'y a rien à en tirer, commente avec désespoir mademoiselle l'entraîneuse adjointe. Nous perdons notre temps ».

3

Faisons l'amour, faisons la guerre

Le bruit des excavatrices avait cessé et on entendait les voix des ouvriers qui se disaient au revoir. Depuis un bon moment, un chaud soleil se glissait entre les fentes des persiennes ; des rubans de lumière horizontaux incendiaient la poussière, de plus en plus, et tout à coup, comme par l'effet d'une étincelle, toute la pièce ne fut plus qu'un grand embrasement rose et phosphorescent.

– Eh bien, non, dit Nuria en secouant la tête, ça ne s'est pas passé exactement comme tu le dis. D'abord, tu aurais eu du mal à bien connaître la paroisse, tu ne vivais pas encore à Barcelone. Et ensuite, chaque fois que tu parles de ma sœur, c'est sous la dictée de ta mauvaise conscience – jusqu'à ta voix qui change. (Elle s'assit sur le lit, pensive, les bras autour des genoux et verre à la main.) Ce serait rassurant, je le comprends, mais tu ne peux pas retourner le passé comme une vieille chaussette. Ce qu'il y a, c'est que tu vois les choses à ta façon.

– Évidemment.

– Eh bien, c'est une curieuse façon de voir les choses, Paco. Ce que tu n'as pas vu, tu l'imagines. Tu ne joues pas franc-jeu.

– Et si je te disais que j'accorde plus de crédit à mon imagination qu'à la pieuse version de ta famille ?

– Moi incluse ?

– Toi incluse, ma jolie.

Elle se jeta sur moi en riant. C'était la peur : elle remarquait mes efforts désespérés pour transformer un passé répugnant, pour le modifier d'une façon ou d'une autre, pour le changer en une expérience distincte de ce qu'elle continuerait inévitablement à être si nous nous résignions. C'est peut-être pour cela que plus tard elle insista pour que nous allions à la conférence que son mari donnait ce soir-là.

– Tu verras comme c'est amusant, dit-elle en sautant du lit.

Et elle commença à s'habiller avec la même urgence que celle qu'elle mettait à fuir mes questions.

– Comment deux sœurs, élevées dans les mêmes principes sacrés, peuvent-elles être aussi différentes ? demandai-je.

– Parlons d'autre chose, tu veux ?

– D'accord. Passe-moi les cigarettes.

– Je ne comprends pas ton intérêt, après si longtemps…

– Ça va, ça va. Parlons d'autre chose. Les cigarettes…

Pendant qu'elle s'habillait je m'amusai à fureter parmi les livres empilés sur le plancher. Il y avait aussi une chemise pleine de coupures de journaux, quelques articles signés Salvador Vilella avec des paragraphes soulignés au crayon rouge. La lecture de ces paragraphes, au langage ésotérique et au style somptueux, me confirma une fois de plus l'existence des ailes et des serres qu'avaient acquises les désirs expansionnistes de Salva.

De la voiture, quand nous partîmes, je regardai pour la dernière fois le jardin : on aurait dit la coque d'un bateau échoué, mort, étendu sur la chaussée et envahi par le sable. Profitant du fait que Nuria conduisait les cinq sens agrippés au volant (elle avait pas mal bu), j'examinai ma situation présente, fort délicate. Qu'est-ce qui m'avait ramené dans cette ville après une si longue absence ? Un mélange peu enthousiasmant de raisons professionnelles et sentimentales : faire des démarches en vue d'obtenir un permis de tourner pour la maison de production française qui m'emploie et voir Nuria pour jauger de près sa décision, si souvent repoussée, de venir vivre avec moi à Paris. Alors pourquoi, en arrivant, avais-je laissé passer quatre jours avant de prendre contact avec elle ? Je crois que ma crainte n'était pas tant due aux conséquences que ma décision pouvait entraîner pour moi qu'à ce nouvel affrontement avec le passé que Nuria et son milieu me proposaient ici. C'était là quelque chose que j'avais su dès le premier instant, dès que j'étais monté dans l'avion à Orly, et le hasard avait voulu que ce soit derrière un bel exemplaire de chanoine voyageur, élégant, solennel, préconciliaire, enveloppé avec arrogance dans sa cape de satin noir et très sensible au prestige de la pierre pastorale : le souvenir de l'été 1960 m'attendait, tapi, pour jeter une fois de plus sur moi la double griffe de l'analyse et du reproche.

À peine débarqué à l'aéroport El Prat, en voyant mon reflet dans une vitrine je fus enveloppé par une vague familière de chaleur, de vaste et grossière combustion physique : je reconnaissais l'immense marmite où cuisent en public certain incivisme vantard et revendiqué, une accumulation d'impudence, de verbalisme vulgaire et de médiocrité expressive, comme si tout à coup le temps passé à Paris et le tendre et laborieux changement qui s'était opéré en moi (j'aime à le supposer : plus reposé et plus aimable, plus indifférent, plus civique) s'estompaient dans les vieilles vapeurs nationales bien connues. Au milieu d'une fragile profusion de petits taureaux de chiffon noirs, de poupées typiques et de don Quichotte pour touristes, la vitrine m'avait renvoyé, quand j'étais passé devant elle, l'image floue d'un homme de vingt-sept ans, grand, aux yeux bleus fatigués et à la tête dans les épaules, qui se faufilait, pas encore trop ivre mais l'air un peu sauvage, de ce pas allongé, sibyllin, intrigant et courtisan (un pas de subalterne) qu'avaient si souvent reflété, des années plus tôt, les grands et sévères miroirs de la villa de l'avenue Virgen de Montserrat.

Le sens pratique, tant apprécié des Claramunt (et dont je n'ai pas hérité, comme de tant d'autres choses), aurait voulu qu'en arrivant je loge chez l'un ou l'autre de mes oncles et que je profite pour mes démarches de l'influence de Salvador Vilella, qui occupait maintenant une charge importante à la Députation. Mais cela aurait signifié retourner le couteau dans la plaie. La paperasse, le labyrinthe d'audiences et de consultations à la mairie et à la Députation, dans les salons desquelles nous voulions tourner plusieurs scènes, avaient occupé mes premiers jours, où j'avais alterné ces démarches et la recherche d'extérieurs à Montjuich. Je ruminais la façon d'entrer en contact avec Nuria à l'insu du reste de la famille, mais sans grande conviction : en réalité, ce dont j'avais envie, c'était d'attendre de nous retrouver à Paris à la mi-septembre, comme nous en étions convenus, et de nous décider sur place. Mais le troisième jour, le samedi, vers onze heures du matin, alors que j'étais allongé sur le lit de ma chambre d'hôtel à feuilleter le journal (je n'avais plus rien à faire, à part attendre les autorisations de tourner), je reçus un coup de téléphone inattendu de Salvador Vilella. Il me fut très désagréable de reconnaître sa voix, et plus encore d'entendre ce qu'il me disait : après m'avoir souhaité la bienvenue et m'avoir affectueusement réprimandé pour n'avoir pas annoncé mon arrivée, il m'invita à déjeuner chez lui. « J'ai un tas de choses à faire cet après-midi, disait sa voix dans un entonnoir lointain, sourd, et ce soir je pars pour Madrid, mais nous avons le temps de bavarder… Nuria est à Sitges avec la petite et sa grand-mère… » Il se racla la gorge. Je n'avais aucune envie de le voir et je bégayai une excuse : je rentrais à Paris le lendemain et il me restait encore plusieurs choses à faire. Mais il était au courant (comment m'aurait-il trouvé, sinon ?) de mes démarches à la Députation et du temps qu'elles me retiendraient à Barcelone. « Trêve d'excuses, Paquito, je sais que tes affaires ne seront pas réglées avant lundi. C'est décidé : tu passeras le week-end avec nous. Je passe te prendre à ton hôtel dans une demi-heure. » Je lui dis que je ne voulais pas, que je ne pouvais vraiment pas, que j'avais d'autres projets, mais il insista tant qu'il finit par trouver un prétexte douteux : certaines difficultés avaient, semblait-il, surgi dans les démarches pour les autorisations de tourner. « Je ne crois pas que ce soit important, dit-il. Je m'en occuperai personnellement, mais j'ai besoin que tu me donnes quelques renseignements sur ce film… Français, non ? » J'aiguisai mes dents. « Ce n'est pas un film immoral, mon révérend. » J'entendis son rire. « Je ne parle pas de ça, voyons. Ils veulent savoir si le patrimoine artistique sera respecté. La dernière fois que nous avons laissé entrer des gens de cinéma, ils ont complètement saccagé le mobilier. Vous êtes des sauvages. – C'est bon, comme tu voudras, dis-je, fatigué tout à coup. Mais ce n'est pas la peine que tu viennes me chercher, dis-moi où tu habites… »

Au bar de l'hôtel je bus un peu pour me ragaillardir et une heure plus tard, à Pedralbes, je descendais du taxi devant la maison du couple Vilella : une villa étonnante sous le soleil, avec des façades en zigzag, des blocs blancs et superposés, comme des morceaux de sucre au milieu de la pelouse verte. Il faisait très chaud. Salva m'attendait en haut des marches de l'entrée, gainé dans un peignoir bleu et chaussé de babouches de bain. La curiosité me dominait. Je m'étais procuré quelque chose qui puisse provoquer, d'emblée, cet esprit d'indulgence plénière dont il aimait toujours faire preuve : un scandaleux *Playboy* plié sous le bras, et avec la beauté mensuelle en double page bien visible. Cela se révéla une bêtise tout à fait inefficace et, ce qui est pire, d'une autre époque : mon coucou sarcastique s'était arrêté en 1960. Un bon nombre de surprises m'attendaient sur ce plan, mais aujourd'hui encore je me plais à imaginer que mon arrivée dans le foyer de Vilella eut quelque chose d'une retentissante montée sur le ring : toute la lumière de tous les projecteurs était dirigée sur moi et j'avais la faveur de tous les pronostics – la bourse et la belle blonde étaient à moi. Bien plus : un certain raffinement vindicatif oriental s'était mêlé au whisky comme je montais les marches de l'entrée et tendais la main à Vilella : j'aurais aimé me voir brusquement habillé en maléfique mandarin chinois ou quelque chose comme ça, transformé en sinistre et souriant Fu Manchu entouré de ses fidèles dakoïs, qui, sur un simple battement de mes mains, se jetteraient sur les imprudents qui avaient osé se mettre en travers de mon chemin, et pouvoir dire en guise de salut ce fameux : « Mon cher Salvador Smith, c'est dans des circonstances peu favorables pour vous que nous nous retrouvons. »

– Un vrai miracle si j'ai appris que tu étais à Barcelone, dit Salva en me tapotant l'épaule. Mon vieux, tu pourrais avertir, tu n'es quand même pas un étranger.

Son visage affichait une certaine contrariété et sa voix n'avait plus le ton enthousiaste qui était le sien au téléphone lorsqu'il m'avait invité. Je n'allais pas tarder à savoir pourquoi : Nuria était là, elle était rentrée sans prévenir.

– Vous avez une belle villa, dis-je.

– Ce qui est bien, c'est l'endroit.

Il avait pas mal changé : on aurait dit un homme de quarante ans, alors qu'il ne pouvait en avoir plus de trente-trois, il portait maintenant des lunettes à monture métallique et il avait grossi. Mais il conservait sur son visage brun, aux traits durs, l'image de la saine disposition à l'excursion et à l'escalade matinale qu'il avait tant aimée et tant promue, un sourire blanc et frais de vainqueur de pics inaccessibles et glacés et quelque chose comme de la rosée dans ses cheveux en brosse ; on distinguait encore sa complexion athlétique, qui commençait à tomber en ruine, une sereine qualité mi-végétale mi-minérale qui semblait plus cruelle à mesure qu'elle s'efforçait – il avait été conseiller et guide de jeunes, catéchiste fervent – de paraître plus humaine.

Derrière lui, parut la jeune mal mariée : chemisier à haut col frémissant et pantalon noir, toute bronzée par le soleil, cheveux coupés à la garçonne et pleins de reflets roux et dorés. Très sérieuse, mains sur les hanches, jambes écartées, pieds nus fermement posés sur la dernière marche, elle avait l'air d'un pirate adolescent et adorable contemplant la tempête (qui approchait, cela ne faisait aucun doute pour moi) de la proue de son voilier.

– Salut, cousine. Tu n'étais pas à Sitges ?

– J'en reviens à l'instant. Comment vas-tu ?

Et tandis que Salva observait avec une véritable terreur la manœuvre du taxi, qui en faisant marche arrière pour repartir avait roulé sur un massif de violettes, je grimpai, respectueux et courbé, jusqu'à la joue penchée de ma cousine pour y apposer un fraternel et bruyant baiser.

– Qu'est-ce qu'il veut ? glissai-je à son oreille.

Par-dessus le bruit du taxi qui s'éloignait, la voix contrariée de Salvador : « *Macu, home, macu*[1] *!* », qui claquait la langue et allait voir les dégâts de près.

– Excuse-moi un moment, Paco, dit-il.

Nuria s'était pendue à mon bras et me tirait vers elle.

– Je n'espérais pas te voir avant le mois prochain, dit-elle de sa voix pâteuse, basse, comme nous entrions dans une galerie latérale qui donnait sur la ville.

Nous nous assîmes dans des fauteuils d'osier, devant une petite table chargée de boissons. Le lumineux midi, l'azur profond du ciel, la hauteur et le silence, l'élégance féline et aventurière de ma cousine, peut-être, mirent une musique de bal de débutantes dans mon pauvre cœur de Claramunt bâtard. À vingt mètres de nous, au milieu du gazon, près de deux hamacs et non loin de la niche du beau dalmatien, plusieurs lampions accrochés aux branches d'un tilleul éclairaient encore, d'une lumière névrotique, le spectre d'une réunion nocturne. Au loin, sur la route, une longue caravane de voitures quittait la ville.

– L'endroit est magnifique, ça oui, observai-je, tandis que Nuria, blottie dans son fauteuil, me regardait fixement, comme un chat.

J'évoquai fugitivement notre première rencontre à Paris, un jour de pluie : un petit chat mouillé et grelottant dans son imperméable jaune à la porte de mon appartement, immobile, ne se décidant pas à entrer, sous son aisselle douce un des premiers romans de Françoise Sagan et dans ses yeux un appel à l'aide ; fatiguée par

1. « Bien joué, vieux, bien joué ! »

l'ennui et l'insignifiance de sa vie dans un pavillon de Pedralbes, elle a fini par venir, elle s'est déshabillée, elle s'est confessée, elle s'est offerte…

– Je ne t'attendais pas, répéta-t-elle. Quand es-tu arrivé ?

– Le travail…

– Que veux-tu boire ?

– Ce que tu as sous la main. Tu n'as pas l'air très heureuse de me voir.

Nuria eut un sourire énigmatique.

– Eh bien, il était temps que tu arrives, je t'assure. Je crois que j'allais faire une bêtise.

Elle se pencha sur le seau à glace, empressée, et prit une poignée de glaçons. Je méditai sur la dangereuse combinaison de rêves qui flottait toujours autour de ses paupières abattues, dans le jeu lent de ses mains et dans sa voix monotone, un flux ou un battement haletant de secrètes artères en quête de douces connexions.

– Je ne viens pas de Sitges, comme le croit Salva, expliqua-t-elle. J'étais au club.

De vigoureux joueurs de tennis aux flancs fermes et au poignet bandé se dirigent lentement vers la douche, sveltes sous le soleil citron, raquette à l'épaule, serviette autour du cou, bras doré entourant la taille fragile de Nuria. « Il faut que nous parlions de ce *passing shot*, Nuri, je te verrai à la piscine, je t'attends. » Les cuisses lisses et mouillées d'une enfantine nageuse de brasse papillon…

– On dirait qu'il ne t'attendait pas, lui dis-je.

– Qui ? Salva ?

– Oui.

– Il voulait te parler en tête à tête, je suppose. Te demander conseil. (Elle sourit de nouveau, avec mépris cette fois.) Notre ménage lui file entre les doigts, il a fini par s'en rendre compte. Mais ne t'inquiète pas, je ne crois pas qu'il pense à toi.

– Je ne suis pas d'accord.

– Alors, pourquoi as-tu accepté son invitation ?

– Tu connais ma faiblesse pour les situations extrêmes. En ce sens, je vois que le pays n'a pas du tout changé : toujours la même bêtise. *Bon, laissons tomber. Comment ça va, ta vie sexuelle**[1] ?

Elle me jeta un triste regard de reproche en me tendant mon verre et retourna se blottir dans son fauteuil, d'où elle m'observa attentivement.

– Nous avons beaucoup de choses à nous dire.

Deuxième voyage à Paris, automne, distractions pour la jeune mal mariée : tu achèteras enfin ce disque de Boris Vian, ce livre de Marcuse, et tu marcheras, cœur triste, imperméable au temps, le long de boulevards gris, de trottoirs glissants, sous la bruine, vers des horizons urbains couleur de rat. *Petite souris, je t'attendais**. Imperméable au mauvais goût linguistique.

Salvador vint alors nous retrouver, en s'excusant, il me redit tout ce qu'il avait encore à faire et le peu de temps dont il disposait : à quatre heures il devait être à Sabadell, en revenir à sept pour prononcer une conférence, et à onze à l'aéroport pour prendre l'avion de Madrid.

– Tu ne vois pas d'inconvénient à ce que nous avancions un peu le déjeuner, n'est-ce pas ?

Il but une gorgée, sans s'asseoir, allant et venant comme un animal en cage : il était manifestement contrarié par la présence de Nuria et souhaitait avoir une autre occasion de me parler en tête à tête.

1. Les passages en italiques suivis d'un astérisque sont en français dans le texte.

– Mais on va faire une chose : tu viens ce soir à ma conférence et après on dîne ensemble. D'accord ? Mince ! Tu as vieilli, tu as l'air très fatigué. Il faut que tu me parles de ta vie à Paris.

– Ville de péché, fis-je.

Il rit de son gros rire de vache paisible, œcuménique. À ce moment-là Nuria se leva.

– Excusez-moi un instant, dit-elle en rentrant dans la maison.

Nous l'entendîmes aussitôt téléphoner, par la fenêtre qui donnait au salon ; elle le fit sans prendre de précautions (ni par rapport à son mari ni par rapport à moi) et sans la moindre réserve : elle demanda à parler à quelqu'un, un nom qui me disait quelque chose, vaguement lié au tennis, Gilbert ou Puigvert, et ne pouvant le joindre elle pria qu'on lui fasse la commission, elle ne viendrait pas à sa soirée, elle s'absentait de Barcelone, et il ne devait pas la rappeler… Pendant ce temps, Salvador faisait les cent pas devant moi, son verre à la main et les yeux fixés avec insistance sur les miens, recherchant de toute urgence (je fuyais ce regard de cocu, mais je me rendais compte de tout) une espèce de compréhension mutuelle ou de complicité, comme s'il voulait me dire par là : tu vois, tu vois comme elle *nous* trahit ? Mais il ne dit rien. Elle revint alors et nous parlâmes du temps, de la chaleur.

Après son deuxième whisky, Salva alla s'habiller pour manger et ma cousine me parlait maintenant de la famille :

– La petite est à Sitges, avec tante Eulalia et les enfants de Pilar. Maman y est aussi. Elle ne te pardonnera jamais de ne pas être venu pour la mort de papa.

– Oncle Luis est monté tout droit au ciel, il n'avait pas besoin de moi.

– Arrête un peu avec tes plaisanteries, s'il te plaît.

En disant ces mots elle se leva brusquement, et je m'aperçus alors à quel point elle était nerveuse. Ses mains tremblaient tandis qu'elle essayait de préparer un autre whisky, je ne sais pour qui. Elle reposa tout sur la table et se retourna violemment, en prenant ses épaules dans ses bras.

– Calme-toi, lui dis-je. Il sait que tu vas le quitter, ou non ?

– Il le craint depuis longtemps, ce qui est pire.

– Dis-le-lui.

– Je ne peux pas.

La mémoire est tout pour moi : autant tu te souviens, autant tu vaux. Mémoire et feu renouvelés, les retrouvailles dans l'exil. Cinq jours dans un appartement, Rivoli-Pont-Neuf, les odorants alentours des Halles. Curieuse coïncidence : ici aussi, pendant qu'une Claramunt aime vaillamment, pendant que son orgasme détruit et reconstruit fugitivement la réalité, en dominant un bref instant le dédain et la mort, à quelques mètres de là, dans la rue, on charge et décharge des cageots de fruits et de légumes. Très tôt le matin, alors qu'a déjà cessé de vibrer sur les vieux murs couverts d'affiches la lumière clignotante des publicités, deux religieuses bavardes marchandent sur le trottoir les pommes qu'elles rapporteront à l'hospice dans leur fourgonnette…

– Tu veux que je lui parle, moi ? lui demandai-je.

– Certainement pas, répondit-elle très vite. Non. Laisse-moi encore un peu de temps. Quand il rentrera de Madrid, lundi.

Elle se promena autour de moi, bras croisés et yeux baissés. Ses épaules frissonnèrent, et, brusquement, son air juvénile et intrépide, que j'adorais, s'estompa. Je ne pensais pas la trouver si perturbée. L'espace d'un instant, je crus qu'elle allait se mettre à pleurer et je m'inquiétai quand je l'entendis murmurer en me tournant le dos :

– Je n'en peux plus. Je te jure que je n'en peux plus…

Elle se dirige lentement vers la fenêtre, nue, et se retourne pour me regarder. Derrière elle et les vitres embuées, sur la sombre façade de la Samaritaine, il pleut. Elle me dit : j'aimerais rester vivre ici avec toi. D'une certaine façon, je ne lui avais répondu qu'à son voyage suivant, un an après : mais maintenant tu as un fils. C'est une fille, m'avait-elle corrigé avec un sourire triste, absent.

La bonne annonça que le déjeuner était servi et Nuria recomposa son visage.

L'idée de déjeuner ensemble, idée qu'il fallait, vu les circonstances, qualifier d'absurdité, finit par créer le sale moment à passer que je redoutais. Et non à cause de ce dont on parla à table, mais à cause de ce qu'on tut. Salva se montra sympathique à sa façon, fut prodigue d'attentions et s'intéressa à mon travail. Comment t'entends-tu avec ces Français ? Bien, je me débrouille, ils sont fréquentables, ils ne sont pas mauvais bougres. En quoi consistait exactement mon travail ? Étais-je derrière la caméra, ou devant, avec les stars ? Derrière, je suis toujours derrière. Et sur le ton familier de la catéchèse pour les jeunes, lui : tant mieux pour toi, crois-moi, tant mieux. Et moi : tu te trompes, ni devant ni derrière on n'est moralement à l'abri, si c'est ce que tu veux dire. Je veux dire que c'est une position plus intelligente, précisa-t-il, je ne connais rien au cinéma. Et il me regarda avec une pointe de sarcasme dans les yeux. Je lui expliquai que j'étais assistant réalisateur, mais que ce qui m'amenait cette fois à Barcelone était quelque chose qui était plutôt du domaine de la production ; on m'avait envoyé parce que j'étais espagnol, on pensait que je me débrouillerais mieux que les autres. En fait, ajoutai-je, j'ai bien peur de les décevoir. De quelles difficultés voulais-tu me parler ? Si tu crois qu'on abîmera tes tapis…

– Ne t'en fais pas, coupa-t-il, laisse-moi m'en occuper. Lundi tu auras tes autorisations en règle. Parlons de toi, vieux. Ça fait des années qu'on ne s'est pas vus… Depuis le malheur de la pauvre Montsé…

Nuria, qui présidait la table (une table longue, interminable, à l'un des bouts de laquelle nous nous étions réfugiés tous les trois), ne m'aidait pas, elle mangeait en silence, les yeux baissés. Elle était venue s'asseoir avec un verre de whisky, et son mari, tout en m'adressant un regard distrait et une question (« Et comment es-tu entré dans le cinéma, Paco ? ») dont il se servit pour détourner mon attention et en même temps pour atténuer la grossièreté qu'il était en train de commettre, prit le verre de Nuria et le posa plus loin sur la table, hors de la portée de sa femme.

– J'ai fait jouer de vieilles connaissances de Conchi…, dis-je.

Ma cousine fit alors quelque chose d'incroyable, avec le plus grand naturel : elle se leva, prit son verre et, sans retourner à sa place, debout à côté de son mari (qui semblait avoir des difficultés avec son steak ou son couteau), elle but lentement, consciencieusement, son whisky jusqu'à la dernière goutte. Puis elle retourna s'asseoir sans dire un mot, les yeux toujours baissés. Salva examinait d'un air réprobateur le tranchant de son couteau. Enfin, comme si le comportement de Nuria avait été le signal qu'il attendait, il se lança dans un échange de propos ironiques avec moi.

– Il est certes passablement étonnant et même admirable, dit en riant et sur un ton grégorien le révérend Vilella en *clergyman*, qu'un Andalou réussisse si vite à

Paris, et au cinéma, par-dessus le marché, c'est-à-dire dans un domaine tellement étranger à la nature de nos passions ou de nos vertus.

– Pas moins étrange, fit le révérend Bodegas, en soutane mais une quarte plus haut, que de voir le catéchiste obscurément paroissial et faubourien que tu étais occuper aujourd'hui, et en moins de temps encore, un poste à la Députation et fréquenter le cardinal Acquaviva. Ce doit être une preuve du développement du pays. Chez moi, ce n'est pas si étrange, il y a des antécédents dans la famille : tu sais que Conchi a été scripte.

Quand il eut cessé de rire, Vilella avoua qu'il allait très peu au cinéma, il n'avait pas le temps. Il était clair que la conversation l'intéressait de moins en moins : la présence de Nuria l'empêchait d'aborder le sujet dont il désirait parler, celui, sans aucun doute, pour lequel il m'avait invité. Nuria buvait beaucoup de vin et ne dissimulait pas son ennui et son malaise. Je craignais que les sous-entendus ne transforment le repas en une sorte de gueuleton plein d'indiscrétions, de loquacité et de grasses plaisanteries. C'est ainsi que j'eus conscience, pour la deuxième fois, de me retrouver dans mon pays : la banalité, ce remontant merveilleux, nous atterrait tous les trois.

– J'ai tout de suite trouvé du travail, expliquai-je. J'ai d'abord été aidé par un metteur en scène mi-français mi-argentin, un ancien ami de Conchi, ensuite j'ai rencontré une scripte pleine de relations, et ça m'a ouvert les portes…

– Nuria n'a jamais été fichue de me dire ce que tu fais, dit Salva en montrant sa femme. Quand elle rentre de ses voyages, pas moyen de lui tirer une parole. Comment se conduit-elle là-bas ?

J'entendis ma cousine soupirer. Pendant ce temps, la bonne voltigeait autour de nous avec une expression de mépris ou de répugnance parfaite, comme s'il y avait quelque chose qui sentait mauvais sur la table.

– Oh, tu peux bien l'imaginer, dis-je. Elle fait les boutiques, achète des livres et des fringues… Un jour elle est venue me voir travailler à Boulogne. Elle s'est bien amusée. Pas vrai, Nuria ?

– Oui, c'était très amusant.

– Et quel genre de films tu fais ? dit Salva.

– J'ai honte de le dire. Des cochonneries françaises, du cinéma immoral, tu vois ce que je veux dire : des filles en combinaison et porte-jarretelles, chemise de nuit courte et transparente, beaucoup de lit, etc. Vous ne pouvez pas voir ça pour le moment.

La bonne, en prenant mon assiette, m'effleura le nez.

– Ne crois pas ça, dit Salva sur un ton européen, on en donne de pas piquées des vers maintenant… Récemment j'ai pu voir *Viridiana* lors d'une séance spéciale avec débat organisé par des curés. Les choses ont beaucoup changé par ici, et elles changeront encore bien plus, tu verras. Tu as goûté cette moutarde ? Elle est française.

Et, très européenne au-dessus de la table, sa main possibiliste et nationale saisit la transpyrénéenne et démocratique *moutarde**.

– *Viridiana*, as-tu dit ? m'écriai-je. Insensés ! Où donc voulez-vous vous retrouver ?

– Allons allons, Paquito, m'admonesta-t-il, moqueur. Tu t'attribues des fonctions démoniaques que tu n'as jamais exercées. J'ai bien vu que tu t'exhibes avec *Playboy*, par exemple. À qui prétends-tu faire peur ?

Il rit de bon cœur. L'écho de son rire ne s'était pas apaisé qu'en regardant par hasard le guéridon, près de la fenêtre, je vis, au milieu d'autres revues (parmi lesquelles on remarquait *Serra d'Or* et *Cuadernos para el diálogo*), plusieurs exemplaires de *Playboy*. Peut-être cela venait-il de Nuria et ne lui demandait-elle même pas son approbation, mais en l'occurrence cela revenait au même : il me regardait avec des yeux qui souriaient, un peu somnolents, derrière ses lunettes, tout en mastiquant lentement sa nourriture, mesurant d'un air satisfait ma surprise et mon éternel provincialisme : *touché**, Paquito, *dépassé** par l'ex-catéchiste.

Puis il dit à quel point il était absorbé par les affaires de l'usine et par son travail à la Députation (un poste vaguement culturel), outre la sainte cause de la langue vernaculaire bafouée, avec de substantiels et mystérieux intérêts éditoriaux d'Aportació Catalana, et, surtout, l'activité dont il était le plus fier : celle de conférencier. En se référant au cycle dont le thème général, « Les activités économiques et l'Église dans le monde moderne », ou quelque chose comme ça, avait été proposé par lui, il s'étendit longuement sur le dernier exposé qu'il avait fait, « Athéisme et économie marxiste : leur historicité et leur dépassement », ou quelque chose comme ça. Très peu préparé, avoua-t-il, il avait manqué de temps pour se documenter, mais…

– En fait, il était exactement dans la ligne du Concile… Tiens, il faut que tu viennes ce soir. Après on dînera ensemble, avant que j'aille à l'aéroport. Des journalistes et des amis m'ont préparé quelque chose, ce n'est pas un dîner hommage, rassure-toi, mais on nous donnera à manger, je suppose. Quels sont tes projets pour cet après-midi ?

Nuria intervint rapidement :

– Il dit qu'il aimerait aller voir la villa.

– Eh bien, tu es arrivé à temps, dit Vilella. (Et en regardant Nuria :) À propos, cette fois n'oublie pas de me rapporter les livres.

– Très bien.

– Dis-moi, quelle est la ligne du Concile ? demandai-je avec retard.

Salvador Vilella eut l'air étonné de ma lenteur mentale. Puis il sourit, sans daigner répondre.

– Tu sais bien : le dialogue, la coexistence, l'*aggiornamento*, murmura-t-il enfin, sans entrain. Passe-moi les fruits, tu veux bien ?

– Cruelle ironie que celle du destin, dis-je. Je me souviens que vous traitiez Montsé d'oie blanche et de sotte parce qu'elle se situait il y a huit ans dans cette ligne qu'aujourd'hui, précisément, les nouveaux vents œcuméniques vous recommandent.

– La pauvre Montsé a subi une épreuve pour laquelle elle n'était pas préparée, dit-il gravement. Les choses doivent être faites en leur temps, Paco.

Je lui passai les fruits et lui fis la faveur de changer dc sujct.

4

Le couteau entre les dents

Elle avait fait des visites de prisonniers précédemment, mais ça n'avait jamais été un travail de routine. Aujourd'hui encore, peut-être, d'assez nombreuses demoiselles des paroisses franchissent, joyeuses et balançant les bras, la cour d'entrée de la prison Modèle comme elle le fit ce jour-là : avec la secrète espérance d'être recréée, rénovée.

Ses cheveux noirs sont coiffés en arrière, avec une étrange violence, avec rage ou colère, dirait-on, et noués en chignon. Chemisier beige, jupe plissée, chaussures plates et un énorme sac à longue bandoulière pendant à l'épaule. Elle marche d'un pas décidé entre vingt femmes pressées et vociférantes, flanquée de deux gitanes qui se dandinent au rythme gracieux de leurs hanches, avec des œillets dans les cheveux et la cannelle d'un soleil carcéral sur le visage. La sonnette a retenti et elles courent vers la porte de fer et de verre, une jeune demande : « C'est notre tour ? », et elle, elle se retourne et acquiesce, elle sourit dans un éblouissement de bonheur : elle se sent protégée, en odeur de foule, et elle avance, solidaire, anonyme et confiante. Le groupe de femmes se précipite sur la porte, quelques-unes tiennent des enfants par la main, elles suivent un couloir jusqu'à une autre porte, et un autre couloir encore où les voix des gitanes dominent toutes les autres. La jeune Amaya, qui est enceinte, trébuche, elle s'appuie sur l'épaule de Montsé, montre ses blanches dents dans un sourire : « Aïe, j'ai failli tomber ! », et son poing brun et maigre émet une musique : un minuscule transistor. « Ça fait un bout de temps qu'on ne vous avait pas vue par ici, ma jolie », ajoute-t-elle. Montsé passe son bras autour de sa taille et elles avancent d'un même pas, elle lui dit : « Toi non plus, on ne te voit pas à la paroisse, on ne voit plus que tes enfants. » Des voix lointaines qui se perdent dans les galeries, sur le visage un vent chaud, épais, qui court dans les couloirs. Les traits se tendent d'impatience, quelqu'un se met à courir. Une femme de quarante ans, en deuil, blonde, avec une mauvaise humeur accusée sur son beau visage très maquillé, s'arrête dos au mur pour remettre sa chaussure et regarde Montsé avec un air stupide dans ses yeux clairs, glacés. « Dites, cette galerie, ce n'est pas celle des prisonniers politiques ? – Non », commence Montsé, mais son amie la gitane intervient avec un rire métallique, vibrant : « Cambrioleurs et pickpockets, mon cœur ! » Elles rejoignent le groupe et la gitane ajoute : « Qu'est-ce qu'il y a sur ton papier, ma jolie ? – "Galerie numéro quatre" », lit la blonde. « Eh bien, c'est ici. » Elles entrent dans le parloir en se bousculant et entendent les appels des hommes comme à l'intérieur d'un tunnel. Les yeux encore aveuglés par la lumière extérieure, toutes se précipitent sur la grille, derrière laquelle les visages des prisonniers se confondent avec la pénombre. Eux, ombres inquiètes, ils se déplacent bras en croix, échangent leurs places en traînant la poitrine et les mains le long de la grille et crient des noms de femmes en regardant dans le vide, comme des aveugles, « Rosa, María,

Carmela, mignonne, petite, ici, ici ! ». Doigts agrippés aux barreaux, hommes et femmes se cherchent, se trouvent, se reconnaissent. Puis une brusque immobilité s'empare des corps alignés, ils ont l'air d'être à l'abreuvoir ou à confesse.

La galerie présente sur ses deux côtés une double grille, avec un intervalle de deux mètres ou presque, si bien qu'il y a un large passage entre les prisonniers et leurs visiteuses, un passage où se promène le « gorille », d'une extrémité à l'autre. Ses oreilles doivent être insensibles : il faut crier pour se faire entendre, on ne sait jamais qui est le premier à hurler, obligeant les autres à faire de même.

Montsé est entrée la dernière, les yeux grands ouverts, une main sur la poitrine, et elle longe la grille. Elle ne le connaît pas, mais elle croit le distinguer (c'est le seul qui ne parle avec personne) à une extrémité du parloir, isolé, un peu à l'écart de la grille, comme s'il avait peur d'être l'objet d'une mauvaise plaisanterie en se voyant ici, où personne n'est jamais venu le voir. Le prisonnier a les mains dans les poches, dans une attitude nonchalante, méfiante. Il porte un uniforme tout neuf, a le crâne tondu. En souriant, Montsé s'approche de la grille et prend place parmi les gitanes. Lui, à son tour, s'approche en la regardant fixement. Alors Montsé avance encore, elle s'agrippe à la grille et y colle la bouche. La conversation est à voix haute, ils crient pratiquement.

« Je suis une amie de quelqu'un qui vous connaît, de la paroisse… Comment allez-vous ? Vous avez reçu notre lettre ? Nous n'avons pas pu venir plus tôt. Nous sommes d'abord allées voir votre belle-sœur, la pauvre s'occupe toute la journée de ses petits, ils lui donnent beaucoup de mal… Mais elle a été très aimable. Il n'a pas été facile d'obtenir qu'on nous permette de venir vous voir, vous savez qu'on ne laisse entrer que les membres de la famille… Bon, comment ça va ? Nous vous avons apporté un petit paquet avec un peu de nourriture et quelques livres… Ouf ! Quelle chaleur il fait ici, non ? Ne vous inquiétez pas si les vôtres ne viennent pas vous voir pour le moment, ils ont beaucoup de travail, et avec les enfants, vous pensez… »

Elle parle sans arrêt : elle ne recherche pas le dialogue, elle ne l'attend jamais à la première visite. Lui reste silencieux, dans la pénombre, mais son attitude est attentive et respectueuse. Au milieu de son monologue fluide, affectueux, elle distingue ses yeux qui la scrutent avec une légère lueur, immobile et aqueuse. Elle ne s'attendait pas qu'il soit si jeune et si éteint : avec son silence et son crâne tondu, il a l'air de recueillir une pâle lumière astrale au milieu de la nuit, toute sa personne a la qualité d'une planète morte.

« Qui êtes-vous ? dit-il enfin. Qui est-ce qui vous envoie ?

– Une personne qui vous connaît. L'autre jour…

– Je ne vous entends pas, parlez plus fort.

– Je dis que l'autre jour une personne qui vous connaît et qui vous apprécie beaucoup est venue au Centre ! Une gamine. Elle n'a pas voulu me dire son nom. Le colis de nourriture vient d'elle. Nous y avons mis quelques petites choses, nous aussi… Avez-vous besoin de quelque chose de spécial ? »

Il garde le silence, les yeux fixés sur elle. Ses mains escaladent la grille, doucement, et s'arrêtent à hauteur de son visage.

« Pourquoi est-ce que vous faites ça ?

– Quoi donc ?

– Ça, de venir me voir.

– C’est la paroisse. Nous devons nous aider, voyons. En plus… » Montsé sourit, « moi, je me sens comme chez moi ici, je suis venue si souvent…

– Pourquoi ? Vous faites partie des Enfants de Marie ? »

Elle éclate de rire, sa main se porte instinctivement à son chignon. Le profil du gardien s’interpose entre eux l’espace d’une seconde, il va et vient d’un bout à l’autre avec son œil de perdrix.

« Bon, c’est quelque chose comme ça, dit Montsé. Il faut que nous soyons bons amis, hein ? Après tout, nous sommes presque du même quartier. Et dis-moi, tu te conduis bien maintenant ? Tu as un emploi, tu travailles à quelque chose ? »

Le prisonnier baisse sa tête râpée, approche un peu plus son visage de la grille en le plaçant entre ses mains qui s’agrippent comme des crochets, et dans ses yeux semble maintenant poindre une lumière intérieure, différente, une flamme inquisitive et méfiante mais non dépourvue de tendresse.

« Ne me parlez pas de ma belle-sœur, je sais qu’elle ne viendra jamais, dit-il. Et je n’espérais de visite de personne.

– Il ne faut jamais perdre espoir… Et maintenant, conduis-toi comme il faut et tu sortiras bientôt. »

Le prisonnier remue vaguement la tête. Le vacarme des cris retentit dans le parloir.

« Comment vous dites que vous vous appelez ?

– Quoi ? crie Montsé.

– Votre nom ?…

– Montserrat. Il faut que tu me dises si tu as besoin de quelque chose, de linge, de papier à lettres, un livre qui t’intéresserait, n’importe quoi. Nous viendrons te voir souvent, si ça ne te dérange pas.

– Montserrat comment ?

– Claramunt. Ah ! On t'a mis aussi des cigarettes. Des brunes, mais parfois on peut avoir un paquet de blondes. Quelle marque préfères-tu ? »

Il réfléchit un moment avant de dire :

« Des Chesterfield.

– Ah, j'oubliais ! Tu trouveras cinq douros dans le chocolat. Ce n'est pas grand-chose, mais c'est mieux que rien.

– Bon. Et vous…

– Écoute, si on doit être amis, dis-moi tu. Et ne prends pas cet air si sérieux, voyons, tout va s'arranger. Tu vois ? Tu croyais que personne ne penserait à toi, et regarde… Ce qu'il faut maintenant, c'est que tu aies une bonne conduite, comme ça tu sortiras plus tôt.

– Qu'est-ce que vous dites ?

– Ça ne fait rien. » Montsé rit, regarde autour d'elle. « Il n'y a pas moyen !…

– Oui, c'est vrai », admet-il.

Et pour la première fois, tout en la regardant fixement, le jeune homme a un sourire circonspect, et c'est, dans l'ombre, comme s'il avait un couteau luisant entre les dents. Montsé le regarde longuement, elle essaye de se rappeler où et quand elle a vu ce garçon.

« Dis-moi, on ne s'est pas déjà vus ?

– Non.

– Tu n'es jamais venu au Centre jouer au ping-pong ou au basket ?

– Non.

– Je jurerais que… Voyons, tu veux bien sourire encore une fois ? »

Le prisonnier lui fait ce plaisir, lentement : le même éclair, le même couteau entre les dents.

« Eh bien, moi, je crois que je t'ai déjà vu quelque part, ajoute Montsé. Quel âge as-tu ?

– Deux cents ans… »

Montsé rit avec lui. Le premier coup de sonnette retentit, les cris augmentent, et lui il sursaute.

« Ne t'inquiète pas, il y a trois sonneries, dit-elle. Voilà ce que j'aime. Il faut toujours être gai. Mais, sérieusement, je t'ai déjà vu quelque part.

– Et moi aussi je vous ai déjà vue.

– Et pourtant on a eu droit à une place très sombre. Nous aurons plus de chance la prochaine fois, tu verras. Bon, c'est presque l'heure, voilà la deuxième sonnerie. N'oublie pas ce que je t'ai dit, hein. Réfléchis à ce dont tu peux avoir besoin, et si c'est possible, je te l'apporterai. Nous sommes là pour ça. Et bon courage. Nous viendrons te voir souvent.

– C'est toi qui viendras, Montserrat ?

– Je ne pourrai pas toujours, mais ce sera une amie. Il faut que tu sois gentil avec elle. Tu me le promets ?

– Bon. »

Troisième et dernière sonnerie, cris d'adieu.

« Et maintenant, au revoir. »

Montsé se décolle de la grille. Chaque fois, à la fin, il n'y a plus qu'un long regard, impossible de se faire entendre. Elle est contente : elle ne s'attendait pas qu'il soit dans de si bonnes dispositions ni qu'il lui facilite tant son travail. Soudain, alors que déjà elle lui tourne le dos, elle entend sa voix qui l'appelle :

« Eh, attendez ! » Il a l'air brusquement déprimé. « Ça ne vaut pas la peine, vous savez, à quoi bon ? J'en ai encore pour tellement longtemps, vous savez ? Plus d'un an…

– Mais qu'est-ce que tu dis ? Je n'aime pas ça, mais alors, pas du tout, hein ! Il faut garder espoir… Sinon », elle le menace affectueusement de la main, « nous ne t'apporterons rien.

– Tu viendras tous les combien ?

– Tous les quinze jours, ou moins, je ne sais pas… Bon, à bientôt, au revoir.

– Au revoir. »

De nouveau au milieu des femmes, à la porte du parloir, Montsé se retourne : il marche avec les autres vers les ombres du fond, en la regardant encore par-dessus son épaule. Sa main se lève un instant.

Dans le couloir, la blonde mûre et endeuillée se lisse distraitement les cheveux tout en sortant lentement, avec sa démarche provocante, et elle lui adresse un léger sourire. Une chaude vague de sueur à ses côtés, c'est la jeune gitane au transistor : « J'ai vu le tien, cette fois ; il est beau gosse, le type. » Montsé ferme à demi les paupières, elle est maintenant près de la sortie : elle prépare ses yeux à recevoir la lumière violente de l'extérieur, l'éblouissement de ce jour.

5

Confuse convergence d'opinions, ou le conférencier giflé

– … foi paradigmatique dans le social et le démocratique, synthèse divulgatrice, mais non exempte de l'actuel confusionnisme ecclésio-logique, nous devons le reconnaître, et sans la profondeur souhaitable. En tout cas, il faut éviter que la structure hiérarchique ne donne l'impression d'un appareil administratif sans relation interne avec les dons charismatiques… D'autre part, nous devons nous attacher à ne jamais gaspiller la moindre occasion de dialogue…

Le conférencier se racla la gorge, ajusta ses lunettes et but une gorgée d'eau. Il avait préparé sa conférence pour la faire dans la langue vernaculaire, mais au dernier moment, considérant la composition ethnique de son auditoire, dont l'importance dépassait les prévisions, et de loin, il avait décidé, en accord avec le Conseil, de parler en espagnol. Le local était comble. En nous voyant entrer, Vilella jeta furtivement un œil sur sa montre de gousset, qu'il avait posée près de son verre d'eau, sur la table : il devait être huit heures moins le quart. Nous étions en retard. Le silence respectueux du Forum avait un air européisant. L'orateur nous regarda chercher une place dans les premiers rangs : l'un après l'autre, les occupants d'un rang entier se levèrent pour laisser passer Nuria, qui distribuait sourires et excuses. Il faisait très chaud. Il y avait un très grand nombre de personnes jeunes, studieuses et pâles, je crois : c'est ce que dit Nuria, qui, bien qu'elle ait bu plus que moi, était plus lucide.

Salvador Vilella parlait d'institutionnalisation et d'authentification du pays, de démocratisation et de dialogue, de nouvelles voies pour de nouveaux courants. Pendant un moment je fus étonné par ce brillant déploiement de nobles inquiétudes, et franchement surpris par son audacieuse et publique volonté de dialogue, si mûre, si professionnelle. Ce fut plus confus lorsqu'il condamna la violence, qui selon lui ne résout jamais rien. Là, je perdis le fil, et mon intérêt. Il martelait deux expressions : « structuralisme » et « possibilisme ». Je fus ensuite envahi par une torpeur, un ennui et une mauvaise humeur difficiles à préciser. Je ne me rappelle quasiment rien de la conférence. Consultant ses notes, et traduisant au pied levé du catalan ce qu'il disait, Vilella construisait parfois ses phrases avec une curieuse rigueur grammaticale qui m'amusait et m'occupait l'esprit : je crois que c'est ce que je peux dire de mieux en sa faveur.

Un peu avant la fin, il se produisit un petit incident qui devait avoir plus tard des conséquences : un agitateur, un jeune type avec des lunettes noires et une chemise bleue sous un blouson de cuir flambant neuf, interrompit l'orateur depuis le couloir central, tout en jetant dans la salle une poignée de feuilles imprimées. L'incident fut rapidement étouffé par quelques messieurs qui expulsèrent le jeune homme. Le conférencier, plein de sérénité, dit alors que si quelqu'un n'était pas d'accord avec ce qu'il disait, il aurait grand plaisir à établir le dialogue pour satisfaire et expliquer ce qu'on voudrait. À la fin de la conférence, qui fut très applaudie, Vilella réitéra son invitation, mais personne ne prit la parole. Le président de la société organisatrice leva la séance après avoir lu plusieurs télégrammes d'adhésion. L'un de ces derniers produisit, je ne sais pas pourquoi, une étrange émotion générale, une très agréable sensation de danger imminent, d'héroïsme et de clandestinité : « Nous réprouvons la haine et la violence qui écrasent les droits de la personne humaine. Signé : JEC, JIC, JAC, JOC, JAC/F, JEC/F, JOC/F, HOAC et MSC Minyons Escoltes. »

Mais ce qu'il y eut de plus énigmatique dans cette soirée, ce qui devait me confirmer à quel point l'exil me rendait inapte à comprendre mon pays, ce fut le dîner intime offert au conférencier, auquel j'arrivai en retard, toujours tenant ma cousine par la main et dans un état assez lamentable, car entre la conférence et le dîner nous avions bu quelques verres à une terrasse de la rue Tuset. C'est dans un local de cette rue que nous attendaient Vilella et ses amis. Ça s'appelait Cova del Drac. Nuria me mena par un escalier recouvert d'un tapis. En bas, les assistants, réunis autour de pichets de vin, attaquaient le dessert. Vilella présidait les huit petites tables disposées en rangée. Il y avait là des journalistes, des écrivains, des graphistes, un prêtre, des critiques littéraires et plusieurs spécialistes de ces questions très concrètes qui abondent dans la presse, des experts en questions vaticano-conciliaires et en marxisme, en kremlinologie et en sociologie post-œcuménique. Tous confrontaient de respectueux avis et échangeaient opinions et avis convergents. Je me lassai de serrer des mains. Je devais être déjà dans un état de complète dissolution physique et mentale, car, comme je demandais à Nuria lesquels parmi ces gens étaient les critiques littéraires, ma langue fourcha et je fus incapable dès lors de l'empêcher de le faire ou de m'expliquer pendant tout le temps que je passais avec eux. À vrai dire, je me demandais ce que faisaient là ces dignes représentants de notre amphigourique culture actuelle, quelle relation il pouvait y avoir entre eux et Salvador Vilella ; jusqu'à ce qu'on m'informe de la publication récente d'un volume où étaient recueillies les meilleures pages du conférencier, et qu'ils étaient en train de fêter. Les haut-parleurs animaient vernaculairement le dîner avec divers échantillons de la *Nova Cançó*. On parlait de culture, de science et de technique, de télévision, de l'agonie du roman, d'une manifestation de cent prêtres, d'érotisme et de violence. Quelques critiques arrivèrent d'un hôtel où venait d'être proclamé un prix littéraire renommé et ils avaient encore à la bouche des cure-dents triturés et tachés de café, de verbosité et d'ignorance. Entraient aussi des amis de Salva, qu'il saluait dans son meilleur style pontifical (en levant les mains comme s'il soupesait une douce charge invisible, tête penchée, souriant, nuque brisée), et, avec l'aide de Nuria, j'entrepris non sans grande difficulté de les identifier les uns après les autres, dans un brouhaha d'échanges intellectuels, esthétiques, charismatiques et péripatétiques de la plus haute complexité.

– Salvador, salut et félicitations ! s'exclama une plume brillante d'une table voisine.

Et Vilella, du haut de ses montagnes de logomachie, entonnait des remerciements. Non loin de moi, un critique commentait le livre d'un ton véhément ; je jurerais qu'il disait :

– … et ainsi la terre, essence humaine du paysage, pénétration psychologique, complexité problématique, dignité spirituelle et conflit dramatique sont-ils réunis dans ce livre de mon excellent ami, auquel m'attachent des liens nombreux et profonds dans cette aventure des lettres et du savoir, dans une tonalité harmonique qui semble être le fruit médité d'une construction mathématique où rien n'est de trop, et où, par conséquent, rien ne manque. Du moins est-ce mon avis.

– Publiquement, oserai-je dire, expliqua un autre qui pouvait bien être le porte-bannière en chef dans les processions florales des Lettres, publiquement, ami Vilella, combien je suis bouleversé par la fermeté avec laquelle ton œuvre est ancrée dans la sardanistique. Tel un pin, ton œuvre est verticale et souriante. Comme mon inaltérable barcelonisme. Reçois donc une accolade sincère, dans laquelle j'inclus toute l'estime que je dois à ta probité.

Un distingué dégustateur de la langue vernaculaire imprimée improvisa lui aussi un curieux éloge dont j'ai bien peur qu'il ne dît – je résume – plus ou moins ce qui suit :

– Parmi tous ceux qui, comme nous, méritent l'hommage de cette péninsule et sa reconnaissance publique, tu es le premier. Félicitations.

Vilella voulait remercier pour tout cela, mais sans pouvoir le faire.

– Il est visiblement ému, observai-je.

– C'est un possibiliste et un structuraliste de grand avenir, glissa dans mon oreille affolée le directeur de la revue autochtone *Estel de Nadal*.

Et je suis prêt à jurer qu'il ajouta :

– Verbalement parlant, le Barcelonais de l'année.

Rien à boire à portée de mes mains. Alors je dis :

– Sauf le respect que je vous dois, messieurs, serait-il concevable que je pusse ingérer, pourrais-je nourrir l'espoir de déguster quelque boisson spiritueuse, de tâter de quelque généreux cru vinicole ?

On me satisfit avec de l'anis. Singe face au singe de l'étiquette, maintenant. Pleins de compréhension, tous me souriaient et faisaient oui de la tête. Pourtant, derrière les sourires libéraux et dialogants se laissaient deviner de thomistes immobilismes. Absent mais de cœur avec nous, un illustre académicien, à la plume agréable et seigneuriale, avait envoyé de son bureau de conseiller bourbonien un télégramme de félicitations à tous ces mandarins de la catalanité. Quelqu'un dit à Nuria qu'elle avait énormément minci.

– Ce qui vous donne certaine gracilité pleine d'une grâce certaine, si j'ose ce rapprochement peu étymologique.

Nuria me proposa de prendre un café au bar, je refusai : je ne voulais rien perdre du spectacle. Non loin de moi, deux critiques pataugeaient pompeusement dans la mare pestilentielle du journalisme.

– L'eau de rose dans le roman est augmentative et néfaste, nous sommes d'accord, mais la cucuterie télévisée et invertie l'est bien davantage. Un peu plus de sérieux politique, voilà ce qui manque à notre presse.

– Ah ! Quelle leçon magistrale, quelle prose ciselée !

Notre temps (je jurerais avoir entendu le curé chroniqueur dire ces mots) se distingue par une confuse et morbide exagération du sentiment de liberté. Si nous réussissions à être en harmonie avec la vérité pauline, nous verrions disparaître une des causes de la perplexité qui assombrit le firmament religieux contemporain…

Il y avait aussi Mme Buxó, cette dame fessue au barcelonisme éprouvé qui avait présidé à mon enfance de la une du journal *La Vanguardia* avec sa mantille de semaine sainte et qui maintenant, dans sa seconde maturité, était toujours la même matrone souriante à grosse poitrine et décolleté généreux. Elle demandait au maître porte-bannière une brève définition de certain petit livre dont la lecture l'avait impressionnée, intitulé *Lecture continue pour les messes de la semaine*. Il la satisfit de cette façon :

– Un petit livre qui procure chaleur et espérance dans cette époque menacée par d'apocalyptiques catastrophes. L'auteur est un de mes bons amis.

– Merci.

– Vous n'avez pas à me dire merci, dit-il (j'en ai bien peur). Chacun est comme il est. On est fécond comme on est blond ou mince. Mais je serai le dernier Espagnol à cesser de dialoguer et le dernier soldat de la culture à abandonner notre drapeau...

Je m'inclinai, pauvre et misérable, devant les mamelles doublées de satin noir de Mme Buxó et, lèvres et menton tremblants, de ma voix la plus triste et la plus plate, je murmurai :

– Bébé néné-tétée, bébé néné-tétée...

Nuria entraîna très opportunément la dame. Silence. Gargoulettes levées, bouches ouvertes.

– La reconnaissance publique de notre dévouement à la littérature catalane a causé une profonde et générale satisfaction dans les milieux madrilènes, annonça quelqu'un.

À partir de ce moment-là, tout alla de mal en pis. Nuria m'avait abandonné pour bavarder avec un jeune serveur. À la table de Salva, tout le monde dialoguait, européisait. Qu'ils étaient heureux de vivre le mythe de la culture, quelle sourde, quelle intime jubilation, comme ils avaient la bouche pleine du pouvoir, du copinage et du partage du butin ! J'annonçai ma retraite, mais le critique littéraire qui était près de moi me retint un instant.

– Et vous, est-ce que ça ne vous démange pas, n'êtes-vous point tenté par la noble aventure des lettres ?

– Non, monsieur. Tout ce que je voudrais, c'est faire un film et puis mourir : *Les Tambours de Fu Manchu* en trois épisodes, avec José Mojica.

J'avais dit ces mots en expirant presque, sans voix, sans emphase, debout mais dangereusement invertébré, en appelant des yeux Nuria à l'aide. Mon voisin de table me fit ses adieux en riant et en me tapotant les reins ; nous avions bavardé, je lui avais dit qu'il y a deux genres de types qui me causent un véritable dégoût : les soi-disant artistes et les soi-disant experts (experts en *marketing*, en apostolat séculier, en marxisme, en catalanité, experts en n'importe quoi), et il m'avait répondu que ce qui était véritablement ignominieux, c'était de ne pas avoir d'évêques catalans.

– Comme nous ne sommes pas des loulous, il nous faut des évêques andalous, lui dis-je avec mon plus bel accent du Sud.

Je me retrouvai aussitôt avec une grande tasse de café sous le nez, que Nuria et le barman me pressaient de boire.

Brève convalescence dans la fraîcheur de la nuit sur la terrasse, où nous fûmes rejoints par Salva et ses fidèles, qui prenaient congé. En dépit de ses bruyants caillots de lumière, la rue Tuset me sembla triste. La nuit était odorante et chaude. C'est alors que cela se produisit : d'une table voisine, se dégageant sans brusquerie d'un ami qui tentait de le retenir par le bras, le jeune type à lunettes noires qui quelques heures plus tôt avait provoqué l'incident du Forum s'avança d'un pas tout à fait décidé vers Salvador et, à la stupeur générale, sans nous laisser le temps de réagir, il leva la main et flanqua sur l'illustre joue du conférencier une gifle superbe et sonore. Vilella, dont les lunettes se balançaient sur son oreille droite, encaissa l'offense du jeune homme avec une sérénité admirable et dans le meilleur style dialogant et démocratique : non seulement il ne répondit pas, mais, tendant le bras, il réfréna la tardive réaction de ses amis, qui se disposaient à donner ce qu'il méritait à son agresseur, lequel cependant fut retenu et soumis. Le conférencier annonça qu'il ne porterait pas plainte, que ça n'avait pas d'importance, et dit aux autres de lâcher le garçon, de le laisser rentrer chez lui. Il demanda un café et l'affaire en resta là.

Tout le monde se sépara et une demi-heure plus tard le ménage Vilella et moi foncions sur l'autoroute de Castelldefels en direction de l'aéroport. Je crois que Salva espérait encore pouvoir me parler seul à seul. La jeune mal mariée, de fort méchante humeur, conduisait avec une envie évidente de se tuer et de nous tuer avec elle. Assis à son côté, Salva ne cachait pas sa contrariété. Je lui demandai, enfoncé sur le siège arrière, si c'était parce que j'avais été impertinent et soûl devant ses amis, et je le priai de m'excuser. Il me répondit que non. Je pensai alors au type de la gifle.

– Tu le connais ?

– Je ne l'avais jamais vu.

– Tu crois que c'est un de ces… un de ces connards de rouges ?

– Au contraire, il est d'extrême droite.

– Eh bien, mon vieux, alors là, je n'y comprends plus rien, lui dis-je. Et pourquoi l'as-tu laissé partir ?

Il ne me répondit pas. Ça n'avait pas l'air d'intéresser Nuria non plus. Il gardait un œil sur la route et l'autre sur les mains de sa femme, sur la façon insensée dont elle conduisait. Au bout d'un moment, il dit :

– On ne règle rien avec des gifles, Paco.

– Sûr, dis-je. Il faut condamner la violence, et d'où qu'elle vienne. Le fait est que ces derniers temps je n'entends que ça de tous côtés. À vrai dire, je trouve que c'est une phrase assez immorale. À quelle violence faites-vous allusion, vous autres catholiques ?

Je l'entendis rire tout bas, puis claquer la langue avec ennui. Mais il ne répondit pas. J'insistai :

– Fais-moi le plaisir de dialoguer, Salva, sois bon chrétien.

Je lui donnai une tape affectueuse sur la nuque, mais je ne pus me taire : au milieu des gémissements que Nuria arrachait maintenant au moteur, je voulus savoir pourquoi lui et les siens insistaient tellement pour accuser de violence les peuples sous-développés et opprimés qui tentaient de se révolter.

– Et le pouvoir qu'exercent sur elles les minorités privilégiées, est-ce que ce n'est pas une forme de violence, peut-être ? lui demandai-je. Et l'ignorance, la faim, la misère, l'émigration des sans-travail, les salaires insuffisants, la prostitution organisée, la discrimination intellectuelle, etc., ce ne sont pas des formes de violence ? Pourquoi n'appelez-vous jamais cela de la violence, mon révérend ?

Un nid-de-poule franchi à quatre-vingt-dix à l'heure me cloua le bec, en me propulsant contre le toit de la voiture. Souriant du haut de ses hautes convictions, Salva me traita de démagogue et de simplet, mais de brave type au fond. Quand nous arrivâmes à l'aéroport, il ne voulut pas que nous descendions. Il embrassa Nuria sur la tempe.

– Je serai de retour après-demain, dit-il en me tendant la main. Nous pourrons parler.

De la voiture, nous le vîmes pousser la porte à tambour. Dans toute sa silhouette, la fraîche sportivité qu'il conservait encore par moments s'était changée en rigidité méfiante : sa chemise impeccable lui donnait l'air d'avoir le cou dans le plâtre.

– Nous vivons des temps de confusion, dis-je en le regardant tourner avec la porte.

Nuria grogna quelque chose et mit le moteur en marche. De retour en ville, elle me proposa de prendre un dernier verre sur sa terrasse et de parler sérieusement de ce qu'il convenait de faire. Je me sentais terriblement fatigué et sale – j'étais tombé dans une de ces ornières nocturnes qui me sont devenues familières –, mais elle insista tant que je finis par accepter.

Et un moment après, étendus sur les chaises longues du jardin, sous la nuit étoilée et chaude, nous parlions de Montsé et de son prisonnier, en noyant dans l'alcool une certaine mauvaise conscience. Je lui dis que j'avais eu l'impression que son mari mourait d'envie de me révéler qu'elle, je veux dire Nuria, avait eu elle aussi des relations avec le prisonnier de néfaste mémoire, croyant sans doute que je l'ignorais et que la nouvelle m'affecterait peut-être au point de m'obliger à renoncer à elle…

– Bah, qu'importe, me coupa Nuria en bâillant.

Elle décida que je resterais dormir et que le lendemain elle enverrait quelqu'un prendre mes affaires à l'hôtel. Mes jambes ne me soutenaient plus, mais j'étais sorti de l'ornière et dominé par une certaine excitation mentale, par le désir de bavarder toute la nuit. C'est dans cet état d'esprit que je me retirai dans ma chambre, en souhaitant bonne nuit à Nuria avec un tendre baiser et un « Tout s'arrangera, ne t'en fais pas », qui, au fond, s'adressait bien moins à elle qu'à moi-même.

6

Paco, fils naturel

Pressentant l'imminente saleté de l'aurore et décidé à la retarder, j'emportai avec moi dans la chambre qu'on m'avait assignée les ingrédients nocturnes aptes à préparer un champ de plumes aux souvenirs débridés et qui parviendraient à constituer, avec ma cousine, la seule réalité vive et environnante : somnifères, whisky, glaçons et cigarettes. Je ne pus trouver l'interrupteur. M'étant déchaussé, en équilibre sur un pied, je me déshabillai en plongeant dans des dalles teintées de lune et terriblement drôles, profusion exaltée de petits radis roses réunis par leurs feuilles : le sol de la salle de bains ; d'où je ressortis stupéfait et tendrement résigné à accepter mon destin de petit orphelin pour voir aussitôt, près de la fenêtre, contre le dos des livres de l'étagère, une vieille photo encadrée : dans la villa de l'avenue Virgen de Montserrat, debout sous le saule du jardin, le visage et les vêtements d'été tout constellés de pois, monnaies de soleil que laissaient filtrer les branches, oncle Luis et tante Isabel posent doucement les mains sur les épaules de deux petites filles – Montsé et Nuria en uniforme de collégiennes – et sourient avec une bienveillante méfiance, aujourd'hui comme hier, au ténébreux cousin Paco qui observe la scène avec envie.

Je dormis un moment, quelques heures peut-être, avec ma lampe de chevet allumée. Quand je me réveillai, en sueur, la glace avait fondu dans mon verre et les grillons chantaient dans le jardin. La brise nocturne faisait bouger les voilages de la fenêtre et quelque part dans la maison vrombissait vaguement un réfrigérateur. Je ne sais pas quelle heure il pouvait être quand elle ouvrit la porte sans bruit et se glissa dans mon lit. Elle était en pyjama et sa peau sentait le jasmin. Elle tremblait et pleurait. J'accueillis avec préoccupation et tristesse son corps concis de petite fille : cette Claramunt effrontée et précoce ne serait jamais forte, jamais elle ne serait aussi vaillante et décidée que sa sœur. Je crois que c'est à ce moment que je commençai à deviner, au-delà de mon état moral habituel et complexe de ces jours-là – évocateur, inquisitif, loquace jusqu'à l'absurde et la nausée –, au-delà de mes souvenirs de Montsé dans la svelte villa des mythes, au-delà même de sa violente histoire d'amour et de mort, la phase décisive de ma vie qui m'y attendait et au bout de laquelle il me fallait aller une bonne fois pour toutes.

– Quand est-ce que cette photo a été prise ?

Nuria se blottit près de moi, m'enlaça.

– Je ne m'en souviens plus, mon amour.

Ce devait être en 1947. Petites filles adorables, respectueuses, bien sages, en uniforme du collège des Esclaves, je ne vous connais pas encore que déjà votre nom est une brise parfumée quand quelqu'un vous nomme à la maison : les Claramunt.

Cette famille se compose de gens respectables et croyants, fabricants de tissus de soie, établis depuis trois générations dans l'ex-ville de Gràcia. Bien qu'ils aient gagné beaucoup d'argent et qu'ils mènent aujourd'hui une vie sociale brillante, les Claramunt forment d'une certaine façon un *orphéon*, une modeste, fraternelle masse chorale typique de Gràcia, à preuve le fait que, lorsqu'ils discutent entre eux de questions d'argent, c'est comme s'ils chantaient : il y a toujours une subtile harmonie qui point précautionneusement sous l'ensemble des voix, faite d'accords profonds et cadencés dont le secret appartient entièrement à la meilleure tradition chorale et marchande catalane, et qui conduit mystérieusement tous les registres (non pour des raisons de parenté ou de liens du sang, mais plutôt à cause de l'expansion émotive qui découle de sentiments de puissance réciproques) vers une note aiguë, sage, tremblante et pleine de ferveur qui en se diluant dans l'air laisse place à un silence rempli de résonances caressantes et de vagues promesses de prospérité.

C'est qu'ils sont tous d'accord.

Moi, je suis né en marge de cette harmonie quasi liturgique : en avril 1939, juste après que Barcelone eut été libérée des hordes rouges, ma mère, Conchita Claramunt, contrevenant à toutes les voix harmonieusement disposées, s'enfuit avec un beau sous-lieutenant originaire de Cordoue, obscur acteur de cinéma sans argent ni avenir, et ce fils du péché que je suis naquit à Madrid. À l'époque, oncle Luis avait déjà la gérance de l'entreprise. Un autre frère de Conchi, que je n'ai pas connu (ayant des idées républicaines, il avait émigré), se solidarisa avec elle et tous deux demandèrent la liquidation de leur participation dans l'entreprise. Ce fut un geste symbolique plutôt qu'autre chose, car, face à la crise provoquée par la guerre, le chœur claramuntien serra les rangs avec une indestructible solidarité familiale et remit ladite liquidation à plus tard. Je crois que Conchi s'en occupa de nouveau en 1944, et qu'elle en retira quelque chose, mais avec une forte baisse dans la valeur des actions de l'entreprise, qui était alors devenue une société anonyme. Oncle Luis resta à la tête de l'orphéon administratif, mais cette belle idée que partageaient tous les Claramunt (chez tante Isabel et les pieuses belles-sœurs contraltos, elle fleurissait en mystiques accords de bonne conscience) et qui prétendait perpétuer l'entreprise au sein de la parenté, comme une tradition familiale consacrée au bien commun (tous en étaient pleinement convaincus, alors même qu'ils étaient dans la merde jusqu'au cou), fit chou blanc à cause des exigences de l'économie moderne. Malgré tout, le merveilleux *Virolai* montserratin, lors de certaines festivités solennelles, continuait à se répandre glorieusement dans toute la maison et le jardin.

J'avais cinq ans lorsque Conchi devint veuve – assurément, la mort de papa dut assez bien s'ajuster à l'idée maligne que les Claramunt s'était faite de lui : il mourut habillé en bandit de grand chemin andalou, et alors qu'il tirait sur des propriétaires terriens, brûlant de la poudre avec un tromblon face à une caméra des années quarante. Une crise cardiaque. Maman, qui l'admirait comme acteur, se souviendrait encore bien des années plus tard combien elle avait pleuré ce jour-là pendant qu'on lui décollait ses favoris postiches et qu'on lui ôtait son tromblon des mains, pour toujours cette fois – il fallut tirer très fort dessus. Mais elle était très liée alors avec un producteur actif, un type mûr et grisonnant avec une vague saleté sur le visage ou dans les cheveux, je n'ai jamais su où exactement, peut-être sur son front haut et bronzé. Il était d'une famille barcelonaise distinguée mais ruinée, et je me rappelle le voyage en train quand nous vînmes vivre ici, et, quelque temps plus tard, la fulgurante et amusante – du moins pour moi, et pour Conchi aussi, je veux croire – métamorphose du dynamique et galant producteur : c'était maintenant un sympathique *cameraman* qui portait une visière verte et des gilets à fleurs, qui m'offrit un projecteur de films fixes

Nick et m'emmenait dans les studios Orphea de Montjuich, aujourd'hui disparus (je me souviens encore des plateaux, des impossibles murs sans toit, des arcs voltaïques et des *sunlights*, de ces silences suivis d'une explosion de voix et d'ordres désespérés). Je crois que c'est à cette époque que je commençai à prendre conscience de la profession de Conchi : scripte. J'ignore comment une Claramunt avait pu arriver à un degré d'émancipation aussi inquiétant et comment elle avait pu apprendre un métier aussi mystérieux et si peu en rapport avec la tradition familiale ; auprès du Cordouan, sans doute, en l'accompagnant dans ses déplacements, peut-être pour accroître un peu les revenus du ménage. Elle fut, à ce que j'appris par la suite, une professionnelle compétente et très estimée dans le milieu. Mais si elle était constante dans son travail, elle ne l'était pas dans son cœur : un metteur en scène passionné et extravagant, franco-argentin d'origine, qui se faisait appeler Roberto Desnoyers remplaça très vite le rutilant *cameraman* aux gilets à fleurs, à mon grand chagrin. Je ne parlerai pas de certaines images sépia qui me plongeaient dans la stupeur, et qui aujourd'hui me font sourire. Conchi rentrait toujours de quelque voyage (je me souviens seulement de ses retours) et notre petit appartement en haut de la rue Balmes était toujours plein d'étranges, de gesticulants et loquaces personnages. Ce fut une longue et confuse période sans collège mais avec des après-midi de cinéma de quartier en compagnie d'une vieille domestique qui m'avait pris en pitié ; mon cœur était alors partagé entre Paulette Goddard et Madeleine Carroll – avec un léger avantage pour Paulette. J'aimais aussi une dame de haute taille, aux yeux clairs et aux joues creusées de douces fossettes, Kay Francis, mais uniquement parce que Conchi et elle se ressemblaient comme deux gouttes d'eau, et parce qu'elle se conduisait avec les hommes comme j'aurais voulu que Conchi le fasse…

Vers 1947, Conchi fit plusieurs tentatives de réconciliation avec la famille, très probablement en pensant à moi : une vie comme celle qu'elle menait ne lui permettait pas de s'occuper de son fils. Elle apprit alors que le grand-père était mort et qu'oncle Luis, après avoir surmonté la crise de l'après-guerre, maniait la baguette orphéonique et textile avec une réelle fortune, surtout grâce aux bas Nylon, dont il fut l'un des premiers à lancer la fabrication dans le pays. Ce rapprochement de Conchi et de la famille, plus ou moins repentant et mutuel, se traduisit finalement pour moi par une espèce de tutelle d'oncle Luis. J'entrai comme interne dans un collège de Salésiens, à Gràcia, et je passais souvent le dimanche à la villa en compagnie de mes cousines. Il y venait parfois une obséquieuse parentèle de Sabadell, et dans le jardin jouait alors avec nous une petite cousine aux tresses blondes, pleine de taches de rousseur et de malignité, qui s'accroupissait en souriant sous les lilas et s'obstinait à nous faire deviner la couleur de sa petite culotte – tendre désir que je satisfaisais avec indifférence et une secrète nostalgie au cœur : seule m'intéressait la couleur de celle de ma cousine Nuria. Une rumeur de soie qui me serrait, des mains baguées et des dentelles, un essaim de tantes qui me bécotaient et convoquaient autour de ma tête bouclée, scandaleusement cordouane, des visions concupiscentes de maman : « *Criatura innocent…* », « *Macu ! Sembla un Nen Jesús de Praga* », « *I la Conxi, na fent, la boixa ?… – Ves ell què sap, pobret…* »[1].

1. « Innocente créature… », « Qu'il est beau ! On dirait un petit Jésus de Prague », « Et Conchi, elle tient le coup, cette folle ?… – Qu'est-ce que tu veux qu'il sache, le pauvre gosse ?… »

Malgré tout, ce fut l'époque la plus heureuse de ma vie. Le dimanche, je voguais, enthousiaste et haletant, vers l'île de mes cousines : jardin oint du miel doré d'un soleil dont je n'ai plus jamais joui depuis, avec ses bancs de mosaïque bleu et blanc et son guéridon de pierre, le bassin aux poissons rouges, les haies taillées en forme de boules et d'arcs de triomphe et les muets petits personnages de terre cuite, faunes sans nez et sans sabots, Diane sans arc ni flèches, qui me souriaient de leurs bouches fendues et de leurs yeux vides. Un grand saule pleureur, des lilas, des mimosas, des rosiers, des hortensias, tout cela disposé en monticules de terre brune doux et arrondis, en parterres semblables à des îlots dont la disposition géométrique formait un délicieux labyrinthe de petits sentiers tapissés de gravier. Et, présidant cet archipel heureux, la vieille villa avec ses dominicales et solennelles résonances d'orgue, le pavillon aux persiennes vertes, élégant et solide à la fois, avec son toit d'ardoise incliné qui recueillait les embrasements du crépuscule et sa fine tour à un coin, surmontée d'une poivrière et d'un paratonnerre. J'ai depuis cette époque, je l'avoue, des relations d'une sensibilité outrée et presque obscènes avec les dimanches et les autres fêtes d'obligation. La vie avait une étrange qualité d'Avent – perplexité dangereuse chez l'enfant, terriblement catastrophique chez l'adulte, je le sais maintenant.

Mes yeux faisaient l'admiration des Claramunt (ils reconnaissaient dans ce bleu pâle la marque de la famille), mais pas mes cheveux, noir cauchemar gitan, et mon nom encore bien moins : Paco Bodegas. Nom capable de toutes les vilenies. Prénom affreux et affreux nom qui ne tardèrent pas à être miséricordieusement catalanisés, d'abord timidement (de Paco on passa à Paquitu) puis avec décision, jusqu'à ce que ledit prénom soit brutalement, radicalement rayé du lexique familial. La cérémonie du nouveau baptême, où officia la voix puissante d'oncle Luis, eut lieu par un après-midi ensoleillé alors que mes cousines et moi nous jouions dans le jardin et que la famille était réunie au salon. Grand, autoritaire, investi d'étranges pouvoirs, oncle Luis se pencha à la fenêtre et, d'une voix tonitruante, me héla : « *Francesc ! Les nenes no es toquen*[1] *!* » À partir de cet après-midi-là, toute la famille, sauf Montsé, qui donna toujours des preuves de bon sens, m'appela Francesc, et durant longtemps ce prénom me sembla le juste qualificatif que méritait mon obscénité flagrante, quelque chose qui, d'une certaine façon, me désignait au monde avec la tendre obstination que mettaient mes mains à se balader dans l'entrejambe chaud et soyeux de mes cousines. Ah, communiant, communiant ! Un peu plus tard, on nous permit à mes cousines et à moi d'aller patiner au club Skating (les haut-parleurs répétaient « Jolie petite poupée – aux cheveux dorés – aux dents de perles – aux lèvres de rubis »), et moi, véritable pantin sur patins, épouvantail sentimental enflé de quelque chose que je croyais être de l'amour, je coupais le vent musical et haletais, plein de désir, toute langue dehors, derrière les fesses tremblantes de ma cousine Nuria… Je me rappelle avec émotion un parfum de lilas dans le jardin, un entêtement pathétique à prolonger certains jeux mystérieux et laborieux à la lumière incertaine du crépuscule ou dans la pénombre de l'entrée, sous les grandes feuilles d'émail d'une plante ou au pied de la tapisserie où des anges soufflaient furieusement (leurs joues gonflées me saisissaient par leur réalisme : j'entendais

1. « Francesc ! Pas touche aux filles ! »

le « fffff... ») un nuage de pourpre qui soutenait la Vierge, ou sous quelque objet décoratif en ivoire et en forme de losange, accroché près de la porte et qui disait « *Déu vos guard*[1] », en lettres d'argent soutenues avec une certaine fatigue ou un certain désenchantement (c'était l'impression que j'en avais) par un enfant aux bras levés. Mais ensuite, toute la semaine, au collège, c'était entre mes mains la survivance froide de la poignée de laiton de certaines portes interdites, et c'est avec des hurlements de parent pauvre qu'aujourd'hui encore j'évoque la chambre de mes cousines à la villa, leurs lits polychromes – un sentiment d'exclusion qui allait croître et me dévorer... Et les goûters de chocolat que nous préparait la grand-mère, les cigarettes Bubi que je volais à mon oncle, les lotions de massage Floïd que nous aimions tant, Montsé et moi, et certaine conversation excitante avec Nuria sur *Rebecca*, le film-terrible-péché-mortel (des années plus tard, en le voyant lors d'une reprise, quelle déception !), et les dimanches avec séance de sardanes dans le parc Güell. C'était l'époque où les petits vauriens du Guinardó se faisaient la guerre à coups de pierres sur la place Sanllehy, et où les *xavas* et *trinxas* incontrôlés et non scolarisés se suspendaient aux attelages du tram 24 ; c'était l'époque où mes cousines avaient de jolis porte-monnaie en plexiglas rouge, jaune ou vert, et des bérets bleus : c'étaient les jours de « *Commang vous la pela-vous ? – Avec les deux mains et mieux que vous* » ; c'était un temps d'Avent.

Je fus renvoyé du collège pour avoir fait des dessins pornographiques (pendant les cours d'instruction religieuse, si ma mémoire est bonne : ce fut la première

1. « Dieu vous garde. »

manifestation de ce que tante Isabel devait appeler l'« *herència del trabucaire*[1] ») et la pauvre Conchi, qui était déjà très abattue et avait de sérieux problèmes économiques, dut prendre ma défense en affrontant la famille. Elle se disputa violemment avec tante Isabel, elles s'insultèrent, et le résultat fut que jamais plus je ne retournai dans la jolie villa de l'avenue Virgen de Montserrat. Mon séjour dans les îles avait duré exactement trois ans. Il me resterait définitivement, dans une zone profonde de ma mémoire, une rumeur de gravier foulé semblable à celle de vagues lointaines s'abattant l'une sur l'autre sur le brisant d'une plage-jardin qui était – ou me paraissait – comme une désolation.

J'emportai aussi une image hivernale de ma cousine Montsé dans le jardin : avec sa cape bleue de collégienne agitée par le vent, en un jour gris et froid, la petite fille est assise au bord du bassin et contemple de ses yeux très attentifs les troubles poissons rouges, en rêvant peut-être à un monde de lumière.

Conchi se maria avec un photographe de province qui avait tenté sa chance au cinéma (une photo fixe : ainsi devait s'achever la flamme ardente de Conchi) et qui la convainquit de tout abandonner et d'aller vivre avec lui – et avec moi – dans son village, San Pedro de Alcántara, province de Málaga. Il y avait sa vieille mère et une petite boutique bien achalandée, et je commençai à travailler avec lui – noces, banquets, premières communions et baptêmes. J'appris les secrets du développement et des retouches ; les années passèrent et je me réfugiai dans l'œil de l'appareil et dans la bibliothèque de Germán (surprise qui n'enthousiasma pas Conchi : le photographe se révéla homme de lectures

1. L'« héritage du type au tromblon ».

et de culture), où je pus éclairer de nombreuses zones intimes et fis une importante découverte : cette qualité aventuelle de la vie que j'évoquais n'avait pas été un mirage d'enfance d'un parent pauvre, mais une prémonition de cet exil en province et de cette attente qui continuait à me proposer de prendre les rames – véritablement comme s'il s'agissait du vert archipel rêvé, d'îles ensoleillées, émergeant des brumes grises de l'enfance, depuis mon exil andalou je voyais constamment le jardin et la villa de mes cousines dans la lointaine capital du *seny*[1]… Mais finissons-en avec cette évocation de Conchi, si peu édifiante. En effet, je ne vous revis pas avant l'été 1959. J'avais vingt ans, et j'étais devenu un provincial introverti, amer et teinté de catalanisme, ruminant depuis longtemps l'envie d'aller travailler à Barcelone, lorsque Conchi, dans un ultime et pathétique effort, reprit son flirt avec la famille en faisant quelques voyages (je la revois très bien à cette époque : une étonnante femme de quarante ans, qui ne se maquillait pas, anguleuse et chaleureuse, avec de beaux cheveux noués en deux macarons dorés derrière les oreilles), et, après des mois et des mois, obtint qu'oncle Luis m'offre un emploi de bureau dans l'une des usines de la famille. Et, un beau jour, Conchi me déposa dans un train, à la gare de Málaga, avec mon costume croisé prince-de-galles, me donna quelques sages conseils au sujet des Claramunt, m'embrassa en pleurant et en me disant adieu comme si je partais pour les croisades. Cela fait, votre folle de tante disparut brusquement de ma vie, de celle du photographe et de celle de tout le monde – engloutie, cette fois, par la dangereuse proximité du Torremolinos nocturne et d'un

1. Le *seny* désigne, globalement, le *nec plus ultra* de la catalanité.

ancien petit acteur connu, une vulgaire « doublure de lumières », un rat de plateau luisant.

Dès lors, plus jamais les Claramunt ne la nommèrent en ma présence.

7

Celui qui doit être régénéré

J'aime aussi à croire que le vacarme était si grand dans ce parloir commun qu'ils se contentaient de se regarder en silence tout le temps de la visite, de se regarder longuement dans les yeux à travers la double grille, sans parler, comme le faisaient certains couples de jeunes mariés. Mais cela, ce dut être bien plus tard, alors que cela faisait déjà plusieurs mois qu'elle venait le voir.

« Courage, tu n'en as plus pour longtemps, devait-elle lui dire.

– Oui. » Ses cheveux ont poussé, il a l'air plus grand, plus homme, plus triste et plus fatigué. Il a l'habitude de parler très bas et Montsé a du mal à comprendre ce qu'il dit. « Et toi, comment vas-tu, Montsé ?

– Bien. Le gâteau était bon ?

– Très bon, oui.

– Je suppose que tu l'as partagé avec tes amis.

– Bien sûr. Approche-toi, je ne t'entends pas. »

Montsé colle son visage à la grille.

« Tu sais quoi ? dit-il en souriant. Il y a un truc : si tu te frottes contre la grille, c'est comme si le courant passait et la voix s'entend mieux.

– Ah oui ?

– Sérieusement. Tu vas voir, essaye. »

Elle obéit en riant, avec des mouvements doux et maladroits elle frotte sa bouche, sa poitrine et son ventre contre la grille. Pour faire un test, il lui dit tout bas :

« Tes yeux, ils sont noirs ou marron ? »

En effet : on dirait qu'on entend mieux. Ils ne cessent de bouger pendant qu'ils se parlent.

« Vous devez tous bien vous entendre, là-dedans.

– Je mets ce temps à profit pour étudier. Il y a un vieux très sympathique qui m'apprend le français. Il est drôle. Sa fille tient une pension près du Borne, et il veut que je m'y installe quand je sortirai.

– Tu veux dire que tu ne sais pas où aller ?

– Je ne veux pas rentrer à la maison. »

Ses mains glissent le long de la grille, il recule un peu et garde le silence. Sa tête est enveloppée d'ombre, on ne distingue pas son visage. Montsé plaque son corps contre la grille et scrute la pénombre, elle s'y submerge pour s'isoler, comme dans un confessionnal. Il ajoute :

« Ils ne m'ont même pas écrit.

– Ne pense pas à mal, voyons. Ils ont beaucoup de travail… Et d'ailleurs, tu n'en as plus pour longtemps. »

Le parloir a l'air d'un poulailler. Montsé se surprend à crier de nouveau, elle veut s'assurer qu'il l'entend. Elle est encadrée par une Flores et par Amaya, qui racontent en braillant des querelles familiales à leurs prisonniers. À une extrémité, tout au bout de la longue rangée de femmes collées à la grille, la blonde en deuil se penche en arrière et la regarde par-dessus son épaule, elle lui fait un sourire, auquel Montsé répond. Puis elle interroge le garçon des yeux et il confirme : oui, c'est elle, la patronne de la pension, et le prisonnier avec qui elle parle est son père.

« J'aimerais que vous soyez amies, ajoute-t-il. C'est une bonne personne.

– Bien. Et dis-moi, tu fais toujours le même travail, électricien ? Tu connaîtras le métier quand tu sortiras…

– Maintenant, je fais aussi des valises.

– Quoi ? Je ne t'entends pas.

– Des valises. Pour voyager. De très bonne qualité.

– Magnifique ! Dis, il y a un autre livre dans le paquet, j'espère qu'il te plaira. »

Première sonnerie, le vacarme des cris augmente.

« Sûr. Ici à la bibliothèque il n'y a pas grand-chose de bien. Autre chose, Montsé : tu as reçu ma lettre ?

– Ah, oui. »

Elle regarde une des boutonnières de son chemisier. La sonnerie, deuxième avis. Un bouton est défait. Il sourit, Montsé ajoute :

« Que tu écris de longues lettres ! Ça ne te fatigue pas ? Moi je ne pourrais pas. Et de toute façon je ne sais pas quoi mettre, tu as dû t'en rendre compte. Des bêtises…

– Eh bien, la dernière m'a beaucoup plu. » Il est toujours dans l'ombre, tout à fait calme maintenant, ses doigts de nouveau accrochés à la grille. « Autre chose que je voulais te dire : pourquoi tu ne te lierais pas avec cette femme, celle de la pension, en sortant d'ici ?… Histoire de voir ce qu'il y a de vrai dans ce que me raconte son père.

– Si tu veux, accepte-t-elle sans entrain. Mais ne t'inquiète pas, voyons, on ne te laissera pas à la rue. Je peux moi-même chercher quelque chose pour toi, une chambre. »

Troisième et dernier avis. Ils se disent au revoir pour quelques jours : il y a une fête dans la semaine, et elle en profitera pour lui faire une autre visite.

Quand elle sort dans le couloir, la blonde en deuil l'attend. Souriante et bavarde, elle se présente à Montsé, un nom qu'elle oubliera vite, parce qu'elle n'aime pas sa façon de dire « Quel garçon sympa, non ? », et de plus elle a une dépression vague, inconnue et entièrement nouvelle en sortant de la prison, très différente de celle qu'elle éprouve toujours, cet éblouissement habituel qu'elle ressent en affrontant la violente lumière du jour, désorientée et soudain vide.

– Une minute.

Je me libérai de son étreinte, sautai du lit et d'un pas hésitant me dirigeai vers la bibliothèque.

– Où vas-tu ? murmura Nuria depuis la chaleur de l'ombre. Elles sont là, les cigarettes…

Une vague de fraîcheur, le cadre de la fenêtre touché par une lumière affectueuse, intime, familière. Les extrémités des voilages, que la brise fait bouger, parcourent mon torse, me chatouillent, m'entourent comme des flammes blanches. Dehors il y a une rumeur de feuilles et de branches qui se heurtent, nous sommes envahis par les odeurs du jardin. Les cigarettes… Ah oui, les cigarettes…

– Tu crois qu'elles se ressemblaient, Nuria ? Qu'elles avaient quelque chose de commun ?

– Rien du tout. Tante Conchi était très intelligente, je crois ; je l'ai à peine connue. Tu devrais le savoir, c'était ta mère.

J'avais la photo dans les mains. Je restai un moment sur place, debout devant la fenêtre, entouré, possédé doucement par les odorantes et soyeuses langues. Cet éclair pâle sur la bouche de Montsé, est-ce un défaut de la photo ou bien le sourire de Conchi ? Une prémonition du scandale, de l'ignominie qui devait l'accompagner elle aussi dans son aventure sordide ?… Non, c'est inutile, rien de commun. Mais mon attendrissante collection

Conchita, chaque fois que je l'examine, m'amène à cette conclusion : jusqu'à aujourd'hui je n'ai pas réussi à isoler une seule image où Montsé ne soit pas présente, d'une façon ou d'une autre.

– Vous les femmes, on dirait que vous avez toujours été plus éminentes que les hommes, dans la famille, lui dis-je. Qui est-ce qui a pris la photo, tu t'en souviens ?

– Et c'est pour ça que tu t'es levé ?... Allez, recouche-toi.

– Que penses-tu d'elle ?

– Allons bon ! À croire que tu ne me connais pas.

– Il se peut que je ne te connaisse pas assez... Excuse-moi. Je veux dire que, en tout cas, le temps ne passe pas en vain, et qu'il modifie aussi les opinions. Que penses-tu d'elle ?

– Que tu es pénible, Paco.

Quelque chose la fit rire, là-bas dans son ombre, enveloppée et choyée par les invisibles mains du bonheur. Le lit grinça, et après un silence Nuria ajouta :

– C'est du passé. Moi j'ai toujours été de son côté, malgré tout... Et c'était ta mère.

– Je ne te parle pas de Conchi. Je te parle de ta sœur.

Je remis la photo des collégiennes Claramunt à sa place et me retournai. La chaleur était encore forte en dépit de l'heure avancée de la nuit et de la brise, et la chambre était un vrai four ; seul le carrelage, sous les pieds nus, soulageait un peu les ardeurs. Il y avait une phosphorescence bleue dans le jardin. Au loin, sur la route, les phares d'une voiture fendaient la nuit. Le silence de ma cousine enflammait ma virilité et je m'approchai d'elle comme un misérable : je voulais lui demander – une fois de plus – si quand elle pensait à Montsé elle n'était pas comme moi assaillie par un sentiment de culpabilité. Mais pour une raison quelconque je me tus. Je me recouchai et laissai mon regard errer vaguement dans la chambre en quête d'un détail qui me tranquilliserait et, comme autrefois, je me fixai sur ses yeux, ses grands yeux marron, deux prunelles touchées par une lumière très vive qui me regardaient du creux de l'oreiller avec une immobilité expectante et animale, en guettant sur mon visage le signe d'impatience et de curiosité qui d'un moment à l'autre pouvait de nouveau la rendre nerveuse ou lui inspirer la peur d'elle-même, ou réveiller sa volonté endormie de raisonner, ce que cette nuit-là encore je ne parvins pas à définir. Et elle, en une lente, une consciencieuse et presque maniaque récupération du temps perdu dans son corps, du temps mort, accumulé lors de nuits d'indifférence et peut-être d'opprobre, elle entoura mon cou de ses bras et convoqua le sommeil en respirant en rythme.

– Au fond, nous n'avons pas tellement changé, murmura-t-elle, et sa respiration devint haletante, un rire nerveux la secoua de nouveau. Rien n'a changé. Et toi moins que personne. Tu sais ce que Salvador aime dire de toi ? Que tu es aigri, et que c'est pour cacher une ridicule morale provinciale que tu exhibes ton ressentiment et ton impertinence.

– Il est très fin, ce leader diocésain.

– Tu ne trouves pas ça drôle ?

Je lui rendis ses baisers avec rage : je ne voyais pas la fin de cette nuit.

8

Une lézarde dans la villa

Je sentais l'enveloppe de la nuit recouvrir le pavillon. Et quelque part, en quelque moment de ce temps sans rives, j'entendais la voix timide d'Esperanza, la petite bonne, qui m'invitait à entrer de la porte de la villa, lors d'une chaude fin d'après-midi, et je le racontais à ma cousine, je lui disais avec quelle clarté je me revoyais au milieu du salon des Claramunt, tout juste arrivé du Sud, seul, plein d'espoir et d'effervescence, antennes déployées pour capter les moindres bruits de la maison : je plonge de nouveau les mains dans les poches de mon vieux prince-de-galles croisé, qu'elles ont tant frottées et que la sueur et la pauvreté ont réduites à des toiles d'araignées, et je contemple le grand tableau représentant le patriarche fondateur et ses usines qui pend au-dessus du foyer. (Le grand-père avec ses vingt cheminées à l'arrière-plan, sept de plus qu'il n'en a jamais eu, précisa Nuria. Parce qu'il était vaniteux.) Mais allons au plus important : que savais-je du malheur qui déjà s'abattait sur Montsé et sur ce foyer quand j'arrivai ? Rien. (Et moi pas grand-chose, à la vérité. Je n'y attachais pas d'importance. Et tu vois…) Et pour tout dire : déjà, au moment de renouer de tremblants contacts avec la famille, en cet été 1959, la seule chose que j'éprouve, c'est certainement une affectation provinciale. (Même pas, chéri : quand il était de bonne humeur, papa aimait à dire que tu ne venais pas de la province, mais de la cambrousse.) De la cambrousse. Je manque d'assurance. Je suis employé depuis deux semaines à l'usine de la rue Escorial et cet après-midi enfin oncle Luis me fait appeler à son bureau pour me demander si je suis content de mon travail – section des stocks et de la gestion des magasins – et pour m'inviter à dîner chez lui. Jusqu'alors je n'ai vu que ta sœur, tu étais déjà à Sitges quand je suis arrivé de Málaga.

Le premier jour, c'est à peine si je la reconnus : l'image grise d'une petite fille que je gardais à la mémoire, d'une collégienne qui rêvait au bord du bassin aux poissons rouges, un jour de pluie, avec sa cape bleue agitée par le vent, ne vint pas au rendez-vous des souvenirs parfaits, ceux qui pourraient jeter une lumière sur la nature de nos rêves.

Elle venait souvent faire un tour aux magasins, allégrement déléguée par son comité de quête et montrant un penchant démesuré pour les salutations effusives et joviales. Curieux : en son absence, on l'imaginait selon certain cliché que sa présence démentait chaque fois ; ce n'était pas une de ces demoiselles dévotes à mantille et paroissien, au sourire aigre et aux mystérieux cercles violets sous les yeux. (Cela, ce fut plus tard, quand elle passait ses nuits à pleurer et que je l'entendais de ma chambre, affirma Nuria.) Cela, ce fut plus tard. À l'usine, elle vendait des billets de tombola de bienfaisance et parlait d'un centre d'orientation spirituelle pour employés de bureau, avec de raisonnables conseils dont je ne profitais pas, et non par manque d'énergie morale ou à cause de convictions contraires à la religion – à l'époque je n'étais qu'un indifférent heureux – mais parce qu'elle m'inspirait une méfiance subtile ; il m'arrivait avec les conseils de Montsé la même chose qu'avec ceux de quelques bons amis d'un niveau économique supérieur au mien : je reconnais qu'ils sont tout à fait de raison, mais ils ne me servent à rien. Montsé pensait que vivre dans une pension de famille devait être très triste, et donc elle a dès le premier moment décidé que ce qu'il me fallait c'était un appartement, elle s'offrit même à m'en trouver un pas trop cher et si possible pas trop éloigné de l'usine. Sympathique et bavarde, avec des réflexes très rapides et plus intelligente que ne le supposaient ses camarades de bureau, elle ne savait pas rester en place un seul instant. Avec un sourire franc elle assaillait dans les couloirs tout le personnel administratif, flatteuse et entêtée dans ses prétentions banales, un curieux mélange d'enfant gâtée et de petite vieille ronchonne, jusqu'à ce qu'elle ait réussi à obtenir quelques douros pour ses enfants pauvres du Guinardó et du Carmel. Nombreux étaient ceux qui s'efforçaient de l'éviter, et souvent de façon grossière ; assurément, sa loquacité nerveuse et son allégresse pouvaient finir par être assommantes, mais ce qu'on critiquait le plus chez elle, la pesante obséquiosité avec laquelle elle approchait les gens et les enveloppait, n'était rien d'autre que le juste excédent vital par lequel elle se voyait souvent obligée de compenser l'indifférence mal dissimulée, la paresse verbale et la sécheresse de cœur de ceux – dont moi – qui la fréquentaient : avec elle, personne ne faisait le moindre effort pour être agréable, et nous n'étions même pas capables de le dissimuler. Apparemment toujours occupée, sans le temps ni l'envie de penser à elle-même, c'était une essence volatile, asexuée, sans désirs ni complexes. Et ce qui attirait d'abord l'attention, c'était sa voix : une belle voix d'enrhumée perpétuelle qui cachait un écho humide, une affectueuse duplicité.

Et donc, lors de cette fin d'après-midi languide, quand j'arrive avec deux heures d'avance pour le dîner, je vois le jardin qui dort tranquillement après les rigueurs du soleil et je passe quelque temps à parcourir avec les yeux de l'imagination la géographie parfumée des îles du souvenir : en marchant le long des sentiers de gravier, sous les arcs de buis, je récupère le jet d'eau à la fine vasque doublée de mousse, et le saule, et l'eucalyptus, dont les feuilles longues et étroites couvrent le sol. Pour entrer dans la villa de tes parents il fallait faire toute une série d'opérations qui prédisposent les âmes simples à la soumission et au respect : introduire la main entre les piques de la grille du jardin et l'ouvrir par l'intérieur en soulevant le pêne, refermer, puis faire le tour du jet d'eau, écarter de la main une branche basse du saule, monter les quatre marches de l'entrée et enfin faire sonner la clochette, ni trop fort ni trop doucement. (C'étaient tes complexes, observa Nuria. Manque de sûreté. L'ambition de prospérer auprès de nous, qui te dévorait à l'époque ; c'est pour la même raison que tu as tant tardé à te décider à m'embrasser. Comme Salva.) Comme Salva. Et alors je me présente, « Un neveu de Monsieur et de Madame », et Esperanza me fait entrer au salon et me dit que Madame n'est pas encore rentrée, mais qu'elle ne saurait tarder. Esperanza : une petite Galicienne aux joues rouges que tante Isabel avait tirée de la Maison de famille de la rue Verdi. (Qu'elle avait achetée à la Maison de famille, comme elle l'avait fait pour les autres domestiques, et dont elle avait fait une perle du foyer avant de la marier.) Qu'elle avait achetée. Une fille de qui émane toujours une vague odeur de cire vierge, comme ces meubles du salon. Nous revoici dans cette paix et cette harmonie – bien que les poignets de ta chemise, quelle allure !, soient trop grands, me dis-je, ton pauvre prince-de-galles n'en peut plus, cache-moi cette manche, il n'y a pour te voir que le vieux pionnier diplômé de l'école de Tarrasa, du haut de son tableau, lointain Claramunt, progressiste et industriel du coton, vigoureuse silhouette qui se dresse, verticale et endeuillée, sur un fond gris de fumantes cheminées.

Une antenne vibre, une porte s'ouvre et se referme et une joyeuse voix féminine entonne dans le couloir « Esperanza, Esperanza », sur un rythme qui est la prémonition exacte de celui de la chanson du même nom qui devait faire un malheur de longues années plus tard, lors d'un de tes voyages à Paris, souviens-toi, et presque en même temps, comme je me tourne vers la porte du salon, je suis aveuglé par une neige ensoleillée et éblouissante : une jambe levée, en arrière, le corps en avant et le bras tendu, et la main qui tient la raquette comme si elle voulait renvoyer un amorti surprenant contre un invisible filet. (En fait, m'expliqua Nuria, ta présence inattendue au salon m'avait surprise alors que j'étais penchée, je voulais simplement jeter ma raquette sur le canapé.) Une joueuse de tennis, une jolie poupée vêtue de blanc m'observait d'un air amusé, en se balançant sur un pied. Tu ne devais pas avoir plus de dix-huit ans, je te vois encore, tu avais un ruban élastique rouge dans tes cheveux raides et partagés en deux, d'un beau châtain, et des tennis aux pieds, une jupe et un chemisier blancs et un pull léger jeté sur les épaules. Jambes et bras très bronzés…

« Mais c'est Francesc ! »

Tu cours vers moi, qui me balance aussi comme un pantin devant ta tentative de m'embrasser sur la joue.

« *Ja no hem coneixes*[1] ? Nuria !…

1. « Tu ne me reconnais pas ? »

– Ah, bien sûr… C'est vrai, je ne t'aurais pas reconnue. » Et aussitôt cette précision : « J'ai presque entièrement oublié le catalan.

– Quelle surprise ! Ne reste pas là planté comme ça, voyons, viens t'asseoir. »

Et tu me conduis vers le canapé où tu me fais asseoir, puis tu recules de quelques pas, tu m'observes d'un air satisfait et, d'une certaine façon, émerveillé (Tu étais vraiment comme un enfant monté en graine, provincial, mais extraordinairement séduisant), tête penchée et mains derrière le dos, tu m'examines de la tête aux pieds. Moi non plus je ne me lasse pas de te regarder, tu as sur les joues les mêmes fossettes que Conchi. Tu me demandes si je veux boire quelque chose.

« Euh… Du vin.

– Du vin à cette heure-ci, avant dîner ? » dis-tu.

Tu es nerveuse et un peu excitée, tes jolies cuisses serrées, et je te vois courir vers le couloir et appeler Esperanza en criant pour revenir aussitôt t'asseoir près de moi – un parfum de petit animal en sueur se répand sur mon corps – en me demandant comment va mon travail, pourquoi je ne suis pas venu te voir plus tôt, où j'habite et quel âge j'ai maintenant. Je t'explique que pour le moment je loge dans une pension de l'avenue de la República Argentina, une vieille bâtisse mais avec une propriétaire sympathique, mais que je cherche un appartement pas trop cher, et que j'ai vingt ans, toujours deux de plus que toi. Que je gagne quatre mille et quelques pesetas par mois, mais que je serai augmenté, à ce que m'a promis oncle Luis, je ne peux pas me plaindre. Tu veux savoir comment un garçon aussi timide que moi dépense son argent à Barcelone, et moi, romantiquement, je précise, je corrige : un garçon aussi bizarre que moi dépense tout son argent en livres, en particulier des livres sur le cinéma, en disques et en boisson. (Funeste héritage du Cordouan, devait dire maman, tu te souviens ?) Funeste héritage. Et après être entrée en silence, avec un joyeux tintement, Esperanza pose son plateau sur la petite table devant nous, une bouteille de clairet et un verre, tu ne cesses pas de parler en me servant.

« Tu as beaucoup changé, mais tu es toujours aussi beau. Je n'avais pas remarqué que tu avais les yeux de la même couleur que ceux de tante Conchita, bleu clair.

– Ah oui ?

– Sûr ! Tu as de ses nouvelles ? »

Avec ces mèches longues et raides, ton expression bien sage, tes socquettes blanches, tu as encore ton air abattu d'élève du collège des Esclaves.

« Elle est avec une doublure lumière, je crois…

– Une doublure quoi ? Lumière ? Comme c'est drôle ! Quel joli nom ! Qu'est-ce que ça veut dire ?

– Ce sont les gens qui servent à faire les essais de lumière au cinéma, ceux qui remplacent les acteurs avant le tournage…

– Ah… Et quelles nouvelles as-tu d'elle ?

– Tu es bien curieuse, ma petite. »

Et alors je t'observe longuement, bien installé sur le canapé, que tu es jolie, je prends une voix douce, est-ce que je fais l'intéressant ? Vous allez voir si je viens de ma cambrousse, vous allez voir ! Tu t'impatientes.

– Allez, raconte ! Je n'ai plus peur de ce genre d'histoires.

– Il semble qu'elle ait disparu le jour même où j'ai pris le train pour venir ici, il y a quinze jours… Je viens de l'apprendre, Germán vient de m'écrire. »

Tu fronces les sourcils, je précise :

« Germán, son mari.

– Ah.

– Ton père a reçu une lettre de Conchi, mais…

– Pourquoi tu l'appelles Conchi ? C'est ta mère.

– Je l'ai toujours appelée comme ça.

– Tu restes dîner ?

– Il paraît. Et Montsé ?

– Qui sait où elle est… Tu vas voir ce qui t'attend. Je sais pourquoi maman t'a invité.

– Parce que je suis un bon garçon, et parce que je suis seul dans une ville pleine de dangers. »

Réponse brillante qui fait naître ton rire plein de fraîcheur. Vous verrez si je sors de ma cambrousse, vous verrez !

« Bon, qu'est-ce qui m'attend ?

– Un interrogatoire, lâches-tu d'un ton guttural, en simulant l'effroi. (Jamais je n'aurais plaisanté sur ce sujet si j'avais su ce qui allait se passer, dit Nuria. Et qui aurait pu l'imaginer ?) Maman veut t'interroger.

– M'interroger ? Pourquoi ça ?

– Ah ! Mystère… » Et tu te lèves d'un bond. « Je te raconterai. Maintenant je vais me doucher et m'habiller pour le dîner. »

Tu disparais en me laissant ta raquette et ton inquiétant parfum. Et je corrige ma position sur le canapé, je tire sur le poignet de ma chemise, me voilà de nouveau seul, toutes mes antennes vibrantes et hypersensibles entièrement déployées, qui enregistrent de lointains parasites, une voix, des pas, un téléphone qui sonne quelque part dans la maison, et que personne ne décroche. (C'était le téléphone de maman, dans son bureau, qu'elle fermait toujours à clef. Elle seule utilisait cette ligne. Elle seule.) Je me ressers un peu de vin, c'est un clairet très convaincant. Contrairement à ce que pensera tante Isabel, c'était Conchi, une Claramunt, qui m'avait inculqué le goût du bon vin et l'avait éduqué, et ce n'était pas un héritage néfaste du Cordouan…

Une autre porte qui claque, et cette fois, oui, c'est tante Isabel qui apparaît en égrenant une discrète litanie de plaintes au sujet de la chaleur et de l'importance de la circulation. Son visage reflète une grande préoccupation. (Vraiment, Montsé ne t'avait rien raconté ? Tu ne savais pas que maman vivait déjà le drame ? Ne désires-tu pas toi aussi te justifier, retarder l'évidence ?) Je ne désire pas me disculper. Tante Isabel m'embrasse affectueusement sur les deux joues et me demande comment je vais, comment j'ai fait pour grandir autant. Tu vois, ma petite tante – debout, raide, avec mes horribles poches sous les genoux du prince-de-galles, trop serré, limé, calamiteux, comment pourrais-je être préoccupé par quoi que ce soit d'autre ? Tante Isabel me propose d'aller dans son bureau ; en quittant le salon elle adresse un regard vague et méprisant au verre de vin.

« Tu peux emporter ça, si tu veux », dit-elle.

Mais il est clair qu'elle ne me laisse pas le choix. Je la suis donc sans toucher au vin, je vais derrière elle aussi droit qu'une planche, je suis son lent et volumineux corps sévèrement vêtu de mauve le long du couloir envahi maintenant par la brise qui vient de la galerie ouverte, au fond, en me regardant furtivement dans les glaces accrochées derrière les grandes plantes aux feuilles d'émail. Le bureau, que je ne connaissais pas, a très peu à voir avec le reste de la maison, il a quelque chose d'une salle d'opération : meubles aseptiques, métalliques, luisants. Mais les deux fenêtres qui donnent sur le jardin, ou plutôt ce qu'on voit à travers elles (Le mur couvert de bougainvilliers, où tu m'a embrassée pour la première fois), me rappellent que c'était là que se trouvait votre salle de jeux, là aussi que tu faisais tes devoirs, et donc je dis :

« C'était la chambre des filles. »

À ce moment-là, comme lorsqu'on met dans le mille, à la foire – et un cadeau pour le jeune homme ! –, retentit une sonnerie stridente, le téléphone de la table, qui disparaît presque sous les dossiers et la correspondance. Je vois les ailes déployées de cet ange de bronze, et des buvards dans leur cadre de cuir repoussé, et une copie du Christ de Lépante. Tante Isabel décroche et je me mets à regarder les murs. Je ne tarderais pas à savoir que c'était son téléphone à elle, sa ligne privée directement reliée à de lointaines et actives dames du Comité d'orientation pour jeunes ménages ou de la Commission pour la lutte contre la prostitution, pour la réhabilitation des invalides, l'assistance aux asiles de vieillards, orphelinats et prisons, etc. Par ce fil, les agents transmettent à leur présidente consignes et communiqués d'une guerre qui n'a pas de fin : je vois le malade chronique qui doit entrer dans un centre de santé gratuit, la jeune mère qui sollicite un bon pour obtenir une aide permanente de lait en poudre pour son nourrisson, je vois la vieille invalide qui reçoit son fauteuil roulant. Admirable labeur. En dépit de la froideur mécanique de ce système de contrôle téléphonique, qui pourrait faire penser au standard d'un hôtel, chaque appel transmet un appel au secours venu d'on ne sait où, des pleurs inconsolables, la voix d'un enfant des faubourgs qui a faim ou celle d'une femme désespérée dont le mari est au chômage ; et tante Isabel saisit l'écouteur, s'assied, cherche un crayon, prend des notes rapides, vérifie les stocks, approuve, transmet ou refuse, toujours selon ses possibilités et les pouvoirs conférés à sa condition de multi-présidente. Sans s'altérer, stoïque, indifférente, dirait-on, comme si elle était consciente que sa tâche ne finira jamais parce que la douleur et l'injustice des hommes ne finiront jamais elles non plus, tout en parlant elle caresse le fil du téléphone : c'est le cordon ombilical qui la rattache au monde et à ses dolentes palpitations de chaque jour, aux troupes déployées de son armée du salut, à ses innombrables œuvres, filles de l'enthousiasme et de l'effort. Effort qui ne se limite pas, comme chez sa fille Montsé, aux paroisses du diocèse et de l'archidiocèse : Caritas opère sur l'ensemble du territoire national. Parfois elle est obligée de partir en voyage, et il lui est arrivé d'aller à Rome comme membre de l'Union mondiale des organisations féminines catholiques. (Il y avait aussi, à ce qu'elle raconta à son retour, d'une voix encore altérée, des représentants du « tiers monde ». Pauvre maman.) Pauvre. Mais en hiver, alors qu'elle souffre de rhumatismes, clouée à cette table dans son châle de laine violette et ses gants noirs, longs, à reflets métalliques, avec quelque chose d'un chercheur tenace et sinistre enfermé dans son laboratoire, sa silhouette si bonne écrasée par les problèmes, son labeur désintéressé finissent par me remplir d'une tristesse indéfinissable. Ce jour-là, le téléphone lui suffit pour contrôler et diriger son vaste et palpitant monde de nécessiteux. Et c'est de là qu'elle organise, sollicite et obtient, prépare des conférences et des fêtes de bienfaisance et des troncs pour recueillir les dons, inaugure et clôture, oriente, conseille, promeut.

« Assieds-toi, mon garçon. »

Tante Isabel a déjà raccroché.

« Je suis bien comme ça, tante, merci… »

C'était la chambre des filles. Un tendre regard d'assentiment. Je peux constater l'amplitude et la chaleur de son aile, toujours prête à abriter des poussins sales et tout transis dans mon genre ; mais c'est inutile, devant elle je me sentirai toujours déshérité, véritablement orphelin, bien plus que devant le reste de la famille. (Pendant assez longtemps, se rappela Nuria, chaque fois que tu venais à la maison tu avais l'air de ne pas savoir quoi faire de tes mains, tu les gardais dans tes poches comme si c'étaient des bestioles dangereuses.) Comme des bestioles, oui. Et, laissant ma nostalgique observation sans réponse, tante Isabel se penche sur la table et range un peu ses papiers.

« Au fait, mon garçon, as-tu vu Montsé ces derniers temps ?

– Oui, nous nous voyons souvent.

– Que sais-tu de ce garçon, le prisonnier ? Elle t'a parlé de lui ? »

Ce serait la première nouvelle, la première fois que j'entendrais obscurément parler de l'existence du prisonnier. Son nom et ses pouvoirs mystérieux ne devaient m'être révélés que quelques jours plus tard.

« Non, non, elle ne m'a rien dit. Pourquoi, tante ? Il se passe quelque chose ? »

Tante Isabel lève la tête et me regarde en silence, elle étudie mon éventuelle aptitude à dissimuler, à feindre l'ignorance. Mais elle croit à mon innocence, elle m'absout :

« Pour rien. » Et en soupirant elle ajoute : « Dieu veuille que je me trompe. »

Tante Isabel a un noble visage au menton arrondi et fort, véhément, un menton décidément éloigné des extravagances de la jeunesse mais non sévère, et le mimétisme contagieux des fortes personnalités. Elle est aimable et cordiale, sa silhouette est d'un volume accueillant et équilibré, avec quelque chose des matrones du XIXe siècle, quelque chose qui m'a toujours fait penser à je ne sais quelle vieille allégorie de plaque commémorative ou de diplôme (Accroché dans le bureau de papa, à l'usine de la rue Escorial) représentant la Poésie et la Vérité, ou alors les Postes et Communications.

De nouveau, elle s'applique à ranger sa table tout en s'intéressant à mes petites affaires : si je suis bien aux magasins, dans la pension qu'elle m'a trouvée, si je ne me sens pas trop seul à Barcelone, quels sont mes projets d'avenir…

« Je n'ai pas besoin de te dire que tu es ici chez toi, viens quand tu veux. À ton âge, et venant du fond de la province, ce n'est pas facile. »

Elle sourit en secouant la tête. Je crains déjà qu'elle ne me suggère quelque remède infaillible pour l'orientation de mon âme ; effectivement, c'est de cela qu'il va être question (« Va donc un jour au Centre paroissial, écoute les bons conseils de Montsé, sûr »), mais d'un ton absent, comme si elle dictait, comme si elle parlait en rêve : je comprends qu'il s'agit d'une formule toute faite, comme une autre, une espèce de déformation professionnelle, évangélisatrice en l'occurrence (Oui, dit Nuria, quelque chose pour entrer doucement en matière et pouvoir lâcher ensuite, sans stridence, la question qui t'était destinée avant même que tu n'arrives) :

« Et à propos de Montsé… Dis-moi la vérité, Francesc, mais sincèrement : est-ce que ma fille t'a déjà demandé de l'accompagner à la prison Modèle ? »

Aujourd'hui, le chien salarié que je suis jurerait qu'il sortit précipitamment ses mains de ses poches et les porta à son nœud de cravate, comme s'il avait peur de ne pas être présentable.

« Non, tante, je n'ai jamais fait ça avec Montsé. » (Et d'ailleurs tu ne savais même pas où se trouvait la prison Modèle. Tu ne pouvais pas le savoir encore.) Je ne pouvais pas. « C'est la première fois que j'entends parler de ce prisonnier, tante. »

Elle a l'air convaincue, pour le moment on n'en parle plus. Bien que je sois passablement intrigué, je préfère ne pas poser de questions.

Est-ce ce soir-là que j'ai vu se disputer pour la première fois oncle Luis et ta sœur ? Non, ce soir-là Montsé ne vint pas à table.

« Où est ta sœur ? » demande ton père.

Et son ombre, la seule chose que je verrai d'elle, traverse le vestibule alors que nous en sommes au dessert. (Mais son absence avait présidé la table, dit Nuria. Tu te rappelles cette tension, cet ennui ?) Avait présidé la table. Mais elle passa en courant devant la salle à manger et monta l'escalier pour s'enfermer dans sa chambre, elle ne salua personne. (Elle pleurait, mais je ne l'ai su que lorsque tu es parti : Salva l'avait accompagnée jusqu'au jardin, ils venaient du Centre, où on l'avait réprimandée pour son comportement et où le comité l'avait avertie pour la première fois que si elle continuait à aller voir le prisonnier et à lui donner de l'argent, elle serait remplacée, on nommerait quelqu'un d'autre.) Elle pleurait, oui. De ce dîner je me rappelle un regard furtif que tu me lanças par-dessus le compotier, comme pour m'annoncer la tempête familiale qui approchait (et qui allait éclater dans ton dos), et je me rappelle aussi que tante Isabel, sans la moindre altération de voix, quand Montsé fut passée, continua à parler de cette plante du salon dont la chute soudaine des feuilles était inexplicable…

Mais quand en repartant je traverse le jardin en ta compagnie j'ai déjà oublié l'étrange comportement de Montsé, je ne pense même pas à elle. (Ce n'est pas vrai, dit Nuria, nous parlions d'elle, précisément.) Nous parlions d'elle, peut-être bien, mais c'était un prétexte, et je revois comme si c'était hier nos mains qui se rencontrent lorsque nous ouvrons la grille : il se trouve que ce soir-là je suis infiniment moins intéressé par la possibilité de savoir ce qui arrive à ta sœur que par celle de prolonger cette tendre proximité avec toi, ce douloureux désir de toi, et de jauger la passivité presque effrontée de ta main sous la mienne. Et donc, pensant exclusivement à te revoir dès que possible, et en tête à tête, je n'hésite pas à m'appuyer sur Montsé : l'énigme du prisonnier semble un magnifique prétexte pour obtenir un rendez-vous avec toi. (Mais tu ne voyais donc pas que je le désirais moi aussi, tu ne le voyais donc pas ?) Je ne le voyais pas.

« Je me fais du souci pour ta sœur, te dis-je. Je pense toujours qu'il peut lui arriver quelque chose de mal, elle est si… ingénue. Il faut que tu me racontes ce qui se passe… »

Et d'autres fariboles de ce style, voilà ce que je te dis. Toi, tu me regardes dans les yeux, en t'approchant davantage, tu me regardes avec cette bienheureuse effronterie que les ans n'ont pas fait céder, avec ces mouvements graciles et abrupts à la fois, l'allure d'une fille habituée à fouler les courts de tennis. Et quelque chose de très joyeux, soudain, quelque chose de drôle et d'émouvant à la fois, comme de rejouer à cache-cache avec toi dans l'ombre lumineuse des lilas, se dégage du frôlement de tes cuisses contre ta jupe violette.

« Nous pouvons nous voir à La Salud, si tu veux », dis-tu.

Et ma timidité encore :

« D'accord, appelle-moi à la pension… »

Et avant de m'en aller j'écris précipitamment sur une feuille mal arrachée à mon agenda, d'une main tremblante, névrosée, serre émergeant grotesquement du poignet durci de ma chemise, le numéro de téléphone de la pension.

Oui. Et dès le week-end suivant tu m'as appelé, et nous sommes allés au cinéma comme deux fugitifs. Je me souviens que tu m'as parlé d'aller un jour à la plage, et que moi cette idée ne me disait rien du tout, aujourd'hui encore j'ignore pour quelle raison ; peut-être que cela n'entrait pas dans mes objectifs, peut-être que je me réservais des décors plus intimes et plus musicaux pour te conquérir. Nous avons parlé de films, je t'ai dit que j'aimais beaucoup le cinéma ; et je t'ai raconté ma triste vie à la pension, mes parties de billard solitaires au café d'en face, mes lectures. Et en te raccompagnant chez toi, dans le jardin, je t'ai embrassée. Et je suis parti en courant. Et, non, je ne me souviens pas que nous ayons parlé d'elle. (Mais si ! protesta Nuria. Je t'ai dit que tout s'était compliqué, que Montsé se sentait terriblement malheureuse, qu'il fallait faire quelque chose pour elle.) Non, ça, c'était un autre jour, à ton club. C'est là que tu m'as fait voir le problème ; non que je l'aie vraiment souhaité, mais une fois commencée la grossière simulation d'intérêt avec la question « Qu'est-ce qu'elle a exactement, ta sœur ? », la mémoire devait enfin retenir les faits, une histoire qui me parut vulgaire et même risible, à cause de l'idée mesquine que je me faisais de la bigoterie de Montsé, je suppose. C'est ainsi que j'ai appris que depuis un peu plus d'un an ta sœur rendait visite à un jeune type à la prison Modèle, un délinquant ; qu'il n'y avait, en principe, rien de particulier à ces visites, car elle faisait ça depuis des années, comme ses camarades du Centre : parfois c'étaient des malades dans les hôpitaux, ou des familles des quartiers pauvres. Elles leur offraient des colis de nourriture, du tabac, du linge, des livres et un peu de compagnie, un soupçon d'aide morale. D'après toi, qui semblais très au courant même si tu ne fréquentais plus le Centre paroissial, Montsé avait toujours posé ce genre de problèmes à cause de sa générosité et de son inconscience, obstinée qu'elle était à faire du bien à des gens qui, parfois, ne le méritaient pas. (Ce sont les mots de maman, pas les miens, protesta Nuria. Et c'était la raison même.) Tante Isabel était la raison même, d'accord. Mais c'est bien toi qui as insisté en disant que, cette fois-là, le problème était différent ; que tout paraissait indiquer que le prisonnier en question exerçait sur Montsé une influence étrange et dangereuse, car, bien qu'elle eût été remplacée déjà par une camarade de son groupe (C'est maman qui avait imposé cette mesure au comité de la paroisse), elle continuait à le voir pour son propre compte et à ses risques et périls. Jamais elle n'était allée si loin : non seulement elle le voyait très fréquemment, mais elle s'obstinait à vouloir lui trouver un emploi et un logement pour quand il sortirait. C'est ce que tu m'as dit ; et qu'elle lui remettait certaines sommes d'argent, et, ce qui semblait encore plus grave, qu'elle était prête à lui trouver une place à l'usine… Bref, le désir de Montsé de régénérer ce prisonnier sortait de la norme, de la juste mesure commandée par la prudence et la décence. (Mots de maman, protesta Nuria.) Mots de qui que ce soit, c'étaient les seuls qu'on entendait chez toi. Tu m'as même dit que dès cette époque ta mère soupçonnait la vérité, à savoir que Montsé subissait une sorte de mirage amoureux – qui que ce soit qui l'ait dit, c'est assez drôle –, un caprice, plus propre à une gamine un peu fofolle qu'à une jeune fille dotée d'une solide formation morale et religieuse. (Parce qu'elle, je veux dire maman, admettait qu'il y avait précisément les deux choses chez Montsé : généreuse, dévouée, c'était une bonne fille, incapable de tromper personne, mais aussi d'une intelligence un peu limitée, simple, un peu sotte, allons.) Simple, oui. Et qui l'avait toujours été, depuis l'enfance, ce qui expliquait qu'elle ignorât tout de la vie et des dangers du monde. C'est ce que disait tante Isabel, m'as-tu dit. D'autre part, dans les milieux paroissiaux, les cancans commençaient à prendre de l'ampleur. J'ai appris aussi que Montsé ne voulait pas céder, et qu'elle souffrait de ne pas comprendre pourquoi on lui interdisait d'aller voir son prisonnier et de lui apporter des livres et de la nourriture ; et qu'oncle Luis, enfin, était intervenu avec énergie…

C'était au club de tennis, en effet : je te revois alors, assise sur le haut tabouret, au bar du snack en plein air et regardant les courts déserts, qui montraient une belle terre mouillée. Il ne pleuvait plus, mais ma gabardine était encore trempée et tu as beaucoup ri quand je l'ai secouée parce que le col, qui était décousu, a failli me rester dans les mains. Près de là allait et venait ce groupe de tes amis qui buvaient du Schweppes et qui m'intimidaient et m'ennuyaient. Je peux dire que la seule chose que nous avions en tête toi et moi c'était trouver un endroit où nous embrasser. Quand je t'ai raccompagnée chez toi, les acacias de l'avenue Virgen de Montserrat faisaient encore goutter la pluie sur ma gabardine, dont j'avais relevé les inconsolables et ténébreux revers. Tu marchais près de moi, l'air triste, je ne savais pas encore pourquoi mais je savais en revanche que ce n'était pas à cause de ta sœur.

Tu as toujours été, et de façon très aiguë, ce que nous pourrions appeler l'oreille musicale de la famille, présenté une habileté rare pour apparier ta voix à des accords nombreux et variés ou pour improviser d'hypocrites duos confidentiels en attendant l'occasion propice de pousser un *ut* de poitrine suivi d'une aria apaisante. Et tu as pu en tirer parti avec Nuria : en moralisant comme un coquin de province que tu es, en modulant ta belle voix de jeune diacre devant son fidèle auditoire féminin et puéril, en vendant de faux paradis et en insinuant misérablement d'autres plaisirs cachés dans ta manche, au cours de vos rencontres successives tu fais dire à ta cousine les raisons de cette violente tristesse dont la cause n'est pas Montsé et qui deux ou trois fois devait la faire courir à Castelldefels, ou Dieu sait où, en se servant de vous comme alibi, toi ou ses amies : une fugace amourette de collégienne qui connaît ses derniers soubresauts dans son cœur virginal d'élève des Esclaves. Il s'agit, en effet, d'un jeune joueur de tennis dans les bras duquel Nuria a failli commettre une grosse bêtise. Elle l'oubliera, tu l'aides gentiment à surmonter sa crise par ta compagnie fouineuse et tes conseils sibyllins, mais durant quelque temps encore elle croit être amoureuse – oh, tu n'as jamais vécu d'expérience aussi émouvante, aussi excitante ! –, ce qui t'oblige à faire monter ta voix jusqu'à des cimes insoupçonnées, faussement moralisantes, astucieusement séductrices. Exactement la même consolation sournoise que Salvador Vilella, à cette époque, offrait à Montsé, nous le savons aujourd'hui. Tes meilleures armes, c'est curieux, ont été la solitude et la pauvreté.

– Je suis tombée amoureuse de toi la première fois que tu es venu au club, avec ta vieille gabardine toute trempée de pluie, dit Nuria en faisant une boule de son oreiller, qu'elle entoure de ses bras.

– Ton premier amour, le joueur de tennis, ressemblait beaucoup au prisonnier. Tu te rappelles ? Brun, avec des yeux noirs. Un beau ténébreux.

Elle eut un soupir d'ennui.

– On était si bien avant de parler de tout ça, eut-elle l'amabilité de dire. Pourquoi veux-tu tout gâcher ?

La moitié du corps hors du lit, je continuais à mener une lutte à mort avec mon verre, la bouteille et le seau à glace, vide maintenant.

– Il y en a d'autre dans le frigo, dit Nuria.

– Laisse, j'y vais.

Je sautai du lit et quittai ce nid de lumière. Je pénétrai avec soulagement dans la pénombre, et, à l'aveuglette, nu, je réussis à trouver le couloir puis la cuisine, où je me surpris soudain prêt à faire tout un tas de choses. Je pensai vaguement à la possibilité de me préparer, furtivement, deux œufs au plat et de les manger sur place, à la hâte, comme un voleur. Il y avait une lumière crue, impitoyable, et le réfrigérateur vrombissait avec rancœur. J'aurais aussi aimé m'occuper distraitement de vider et nettoyer les cendriers, comme je le faisais chez moi à Paris quand j'avais l'impression que mon cerveau allait exploser. Mais extraire les glaçons de leurs compartiments de plastique, même après les avoir soumis à la pression du jet du robinet, me prit tant de temps et me demanda tant d'efforts que je renonçai à mastiquer des aliments en solitaire pour m'éclaircir les idées et que je revins avec la glace, rapide et nu, auprès de Nuria.

Maintenant sa peau sentait le cognac mélangé à du lait, comme ces tasses fumantes que Conchi m'apportait au lit quand j'avais un gros rhume. Je me servis mon quatrième whisky et, après la première gorgée, je le posai pour prendre un somnifère.

– Je n'y peux rien, lui dis-je, j'ai la coupable impression d'avoir passé ma vie à t'arracher aux bras des autres.

– Et c'est bien la vérité.

Et donc tu as eu cette chance, en plus : les premiers baisers ont déjà un goût d'adultère. C'est un hiver long et pluvieux, elle aime acheter des pommes aux étalages devant lesquels vous passez et les manger dans la rue, se promener lentement et se faire attendre ; elle porte un imperméable blanc à ceinture très serrée et capuche, et toi ta gabardine marron ou ton pauvre parapluie paysan de grosse toile noire. L'objectif est que tu ne te sentes pas si seul dans la ville et de t'aider à trouver un logement bon marché ; c'est du moins ce que pense la famille. Mais toi tu tisses déjà les fils d'or d'une autre histoire : sous l'invocation des lilas du jardin tu recommences avec ta cousine le jeu d'autrefois, toi avec ton sourire à demi détruit par ton long exil, par le temps perdu et la hâte de le récupérer, elle dans une disposition décidément plus franche, plus généreuse, et vous vous fiancez en secret, pour dire ça comme cela, parce que tu crains la famille et parce que quelque chose (le comportement de Montsé ?) te dit que ce n'est pas le moment, te conseille la prudence, la patience. Nuria, cependant, ne tarde pas à être plus audacieuse : elle te téléphone à la pension et à l'usine, elle va même parfois t'attendre à la sortie de ton travail, et au club, où elle insiste pour t'emmener, elle se pend allégrement à ton bras. Tu as peur, tu ne peux pas supporter l'idée de la perdre à cause d'une négligence, tu sais qu'un faux pas, une quelconque maladresse due au sentiment de possession qui te dévore pourraient transformer cette relation en une farce amusante mais limitée dans le temps.

– Le mieux serait que nous partions dès demain matin par le premier avion, sans prévenir personne.

Son bras entoura ma poitrine, j'entendis sa respiration bien rythmée.

– Essaye de dormir, lui dis-je, et laisse-moi prendre la décision. Tu veux un somnifère ? Moi, cette nuit, ça ne me fait aucun effet.

– Il faut que nous nous décidions tout de suite, Paco.

– Oui, je ne sais pas…

Tu ne t'es jamais senti complètement contemporain du présent : ce qu'on appelle les lendemains qui chantent, cette dignité de l'homme si malmenée, avance toujours masqué. Rappelle-toi la vie que tu menais dans ta pension, tes relations avec le quartier, tes voisins, la propriétaire, les autres clients : tu te drapais dans une excitante et vague clandestinité qui durant les jours gris de l'hiver, quand tu avais le moral dans les chaussettes et que la migraine te taraudait, avait la saveur d'une agréable consolation et de l'espoir, une chaleur, un constant frôlement de revers relevés, le pas pressé et le regard droit devant, sans saluer ; tu vivais l'avenir plus que le présent, et tu te plaisais même à l'équivoque que tu faisais naître autour de toi : ce jeune type n'a pas l'air des nôtres, on dirait qu'il n'habite ici que provisoirement, que ce n'est pas son quartier, qu'il s'en ira d'un moment à l'autre. Et en attendant, qu'en est-il de l'amour, du véritable amour ? Saurais-tu le reconnaître au milieu de l'immense terrain vague de l'érotisme national, avec sa prodigieuse et sordide faculté inventive, camouflé derrière ton envie de faire fortune ? Qu'il est facile de se perdre dans le sentiment de culpabilité qu'on nous a inculqué lorsque nous étions enfants, depuis l'époque – où nous tétions encore ou presque – des branlettes collectives et estudiantines, frustrantes par leur précocité, jusqu'aux heures perdues dans les snacks face à la cruauté pectorale de serveuses secouant leurs cornets à dés, en passant par les accouplements stratégiques dans les wagons bondés du métro ou sur la plate-forme des trams, par la tendre et infinie variété de mouvements dont est capable le coude dans la pénombre argentée des cinémas, ou lorsque nous nous agitons dans des ombres plus dangereuses, à côté de l'inconnue déjà mûre de la séance de matinée dominicale, qui fait crisser son sachet de bonbons et son cœur solitaire, pour en arriver, épuisés et indécis, aux pelotages subreptices, à la plage et à la piscine, dans des *boîtes** obscures comme des aisselles, ou encore, pour ma part, aux frôlements de genoux sous la table bien servie de la maison de l'oncle, en cherchant mon chemin à travers d'horribles ombres, toujours avec acharnement et l'oreille aux aguets. Comme si l'amour avait été exclu de tout cela, comme s'il n'avait rien y à voir. Comme s'il était possible d'évoquer sans amour cette grille à l'entrée du club et la lumière aveuglante des phares d'une voiture, certains porches obscurs du quartier, des escaliers, des paliers, temples de l'amour inhospitaliers et stériles où se déroulaient les rites les plus étranges et les plus précipités, depuis la jubilation mécanique de mains libérant et apaisant des ardeurs sans nombre jusqu'aux interminables et suaves frottements des fines soies de marque Claramunt, mouchoirs zélés et honteux qui seraient ensuite jetés dans les ténèbres de la nuit.

Avoue-le sans rougir : c'est de cette façon qu'a commencé ton éducation érotique et sentimentale.

9

Tante Isabel sur son nuage de pourpre

– Maman a vieilli d'un seul coup, dit Nuria.

– C'est ce qui arrive à tout le monde ou presque.

– Non. C'est qu'elle a deviné dès le début ce qui allait arriver.

Elle me tourne le dos, puis, lentement, tête basse, elle va à la fenêtre, s'arrête, se retourne et me regarde. Derrière elle et les vitres embuées, sur la haute façade grise de la Samaritaine, il pleut par intermittence. Pantalon et veste de velours côtelé couleur cendre, écharpe, tresses et cigarettes Gitanes – mais tout cela ne réussit pas à camoufler la dame de Pedralbes. Ses beaux yeux sont pleins de promenades ennuyeuses sur les quais, d'heures passées à m'attendre à la terrasse-serre du Petit Cluny, de bruine et d'automne étranger…

– Quand tu as commencé à travailler pour papa, ajouta-t-elle, cela faisait déjà un an que Montsé allait voir son prisonnier. Alors ne prétends pas être plus royaliste que le roi.

– Loin de moi une aussi sinistre prétention.

– Tu ne te fatigues jamais de tant parler ?

Ses reproches, de plus en plus faibles, faisaient partie du complexe engrenage de souvenirs que j'avais mis en marche.

– Ils se voyaient plusieurs fois par semaine ?

– Je ne sais pas. Très souvent en tout cas.

Avec des gestes d'automate, en regardant obstinément le vide, Nuria se pencha sur mon bureau, palpa le paquet de cigarettes, le prit et le plaça à ma portée. À supposer que la pièce ait eu plusieurs fenêtres (la mémoire me manque pour tout ce qui n'était pas à portée de mes mains), l'une d'elles devait être ouverte et donner sur Rivoli-Pont-Neuf ; les klaxons des voitures, dans un embouteillage, lui offrirent une ardente sérénade tandis qu'elle défaisait ses tresses. Elle m'écoutait tête baissée, profil bougon. Puis elle s'agenouilla sur le fauteuil et se lissa les cheveux en se regardant dans quelque miroir invisible et lointain pour moi, avant de se pencher et de tendre la main vers les disques répandus sur le tapis. Je secouai mon verre vide sous ses yeux, les glaçons tintèrent joyeusement, et elle sourit. Elle bondit avec agilité et courut, nu pieds, vers des ombres déplaisantes dont j'aime à croire aujourd'hui qu'elles cachaient la mer. Avec elle à Paris ou à Pedralbes, mais toujours la mer : des années plus tôt j'avais rêvé d'emmener Nuria dans certain petit hôtel hypothétique de Castelldefels, et si j'avais eu le courage de le faire à l'époque cette mer fantomatique ne grifferait pas aujourd'hui, à Paris, les pieds de mon lit solitaire. De toute façon, où que nous nous trouvions, ses bras entouraient mon cou et le souvenir de Montsé persistait. Je m'en remets par conséquent à ces bras : avant que Nuria ne revienne des ombres avec une autre bouteille et des glaçons, j'avais préparé deux ou trois questions de plus, l'une d'elles concernant tante Isabel.

– Elle passe son temps, m'expliqua-t-elle, assise dans son fauteuil à bascule face à la mer, sur la terrasse de Sitges. Tu veux de la glace ?

– Oui. Et qu'est-ce qu'elle dit, qu'est-ce qu'elle pense ?

– Rien. Je ne sais pas. Elle prie et se souvient.

Plongée dans ses pensées, échouée à Sitges, elle contemple cette confuse mer de la mémoire, ce brumeux horizon qui fut jadis sa terre de mission et où elle se remémore aujourd'hui d'anciennes navigations avec l'enseigne de la Charité tout en haut du grand mât. Où donc sont les signes du temps ? Ah ! tante Isabel ! Un navire encore majestueux et admirable, aussi paré que le jour de son heureux lancement dans une humble paroisse, quand elle partit à la tête de dévotes congrégations à vocation caritative. Mais comme il est maintenant rongé de l'intérieur, quel châssis malmené de crissements et de mystères, lourd de tant de revers, de tant de fausses routes. L'a-t-elle compris, enfin, dans sa retraite ? Sait-elle qu'elle s'est trompée ? Son cœur de mère a-t-il aimé avec l'amour qui convenait ? Je pense à elle comme à une vénérable conscience en constant autoexamen face aux vagues qui vont et viennent : entendre cette voix du temps, l'entendre raconter sa candide version depuis ce fauteuil à bascule, endormie au-dessus d'une bruyante rue de Sitges où triomphe un violent été de jeunes corps…

– Oui, j'aimerais bavarder avec elle.

– Pourquoi ne vas-tu pas la voir ? dit Nuria. Tu lui ferais beaucoup de bien.

– Tu crois qu'elle en serait heureuse ?

– Bien sûr, pauvre maman.

– Cette question du bien et du mal, dans ta famille, est toujours un mystère pour moi. Mais la vieillesse m'émeut, ça oui. Je me souviens d'une conversation que j'ai eue avec elle à propos d'un mendiant ; j'étais encore un enfant…

Je me rappelle, tante, un vieux vagabond que j'ai vu un jour place Calvo Sotelo ; sa figure sale était écrasée contre la vitrine d'une boutique de luxe éclatante de lumière et il pleurait à chaudes larmes, comme hypnotisé, en silence, sans consolation possible.

… omnipotent et éternel soleil dont les doux rayons se répandent également sur tous par le vaste monde, purifiant cœurs et lèvres comme le charbon allumé appliqué sur la bouche du prophète, illuminant ceux qui sont assis dans les ténèbres et qui souffrent du terrible mal de mémoire, et qui déjà se cache à l'occident en soulageant de ses derniers éclats le vieux dos endolori de la mer, qui s'étale sur le sable. Le jour se meurt en louant la Création dans son insondable et majestueux mystère, une fois de plus, toujours, pour une éternité de siècles et de siècles qui se prolongera au-delà de cette blonde baie de larmes et de sucs sexuels, au-delà d'un certain hiver rude : couvre-toi, ma fille, que Dieu te bénisse. Il fait froid et les vagues troubles lèchent les pieds des humbles cahutes qui méritent elles aussi le nom de foyers, véritablement, car dans un assez grand nombre d'entre elles, derrière leur apparence ignoble, règnent l'harmonie familiale et la résignation chrétienne, qui illumine et transforme tout ; si bien qu'on peut parfaitement dire que la soumission est une vertu providentielle qui récompense les nécessiteux par toutes sortes de plaisirs et de bonheurs. Les petites lumières du port s'allument et déjà est apparue la première étoile, la douce et radieuse Vénus. Tel un baume suave aux bienfaits incalculables et aux effets miraculeux, le manteau gris de la nuit tombe sur les humbles toitures que l'arrogante cité méprise, et sur la plage déserte, où tangue sans cesse, impuissant et plein de fracas, l'aveugle et sourd effort des vagues, et plus loin encore, au-dessus du port et au-dessus de Montjuich. Et ici aussi, au-dessus de toi, impudique Sitges, tombe la nuit…

La vénérable vieille dame qui se balance sur la terrasse, face à la mer, évoque ensuite, rétrospectivement, la pieuse Montserratpolis faubourienne, elle cherche où, à quel moment, elle a commis une erreur. Prudente, la mère qui commence à bien connaître sa fille. D'un pas incertain elle se donne l'illusion de la suivre au-delà de l'horizon, de la limite du souvenir, un jour d'hiver où elle l'a emmenée en voiture et l'a laissée avec son amie dans cette région d'ombres grises sous les étoiles, deux fantômes à la juvénile et gracieuse silhouette qui s'enfoncent dans le soir qui tombe : debout sur le sable sale et en vue des premières petites baraques, Montsé échange de salutaires impressions avec sa camarade María Cinta, la sympathique assistante sociale du Foyer de Casa Antúnez, jeune fille moderne et courageuse s'il en est, un cœur tout de générosité. Elles se quittent et Montsé entre d'un pas rapide dans le faubourg, elle marche, confiante et heureuse, entre des tas de décombres et des gosses souriants et transis de froid qui sautent et dansent tout joyeux autour d'elle. Étonnamment propres et bien élevés, pour certains, et même franchement beaux. Ni l'inclémence du temps, ni l'inhospitalité des lieux, ni les moqueries ou les grossièretés, parfois, des hommes postés devant les portes des minuscules tavernes, sans parler de nombreux autres désagréments et difficultés, comme par exemple les impertinences souvent blessantes de quelques petits jeunes gens incontrôlés, ne l'empêcheront de poursuivre son chemin. Ses petits amis les enfants, qui arrivent de partout pour la saluer, savent qu'elle est bonne. Et donc, ici, le bien est source de connaissance. Par-dessus les grossiers cache-nez tricotés par leurs vaillantes mères, qui, bien qu'elles soient assujetties aux misères de ce monde, luttent admirablement contre l'adversité, on peut voir des prunelles innocentes, et pour certaines, assurément, d'une grande beauté, car dans la fange aussi naissent des fleurs. De joyeuses grosses commères aux bras dodus la saluent affectueusement, de sains et forts et allègres cœurs de mères recrus de fatigues et d'épreuves sans fin, creuset des incorruptibles vertus dont sont parées nos femmes, communiquent facilement avec elle. Des petites entrées fermées par des sacs et des toiles de jute sortent la musique stridente et gaie des radios, et des cris, et des enfants, des rires, des discussions plaisantes et des battements de mains et des notes de guitare, car la distraction est elle aussi un don de Dieu. Entourée par la marmaille qui l'adore, inutile de le dire, Montsé continue à avancer le long des ruelles étroites arrosées avec soin et décence, entre de petites maisons délicatement blanchies à la chaux – on dirait un village miniature –, elle traverse de petites places où l'on prépare le dîner sur des fourneaux à charbon, sous les étoiles, et finalement elle s'arrête devant la petite cahute du bout de la rue. Elle écarte la toile de sac et entre en disant « Bonjour ! » d'un ton dégagé et sympathique.

Les deux petits cousins, Miguelín et Rafaela, qui, surmontant leur pauvreté momentanée, s'aiment et s'entraident et se conduisent comme deux petits anges, se lèvent en la voyant entrer. Miguelín était assis par terre, près de l'armoire, et Rafaela sur le châlit, recouvert de la couverture neuve que Montsé a apportée la semaine précédente. Leurs petits yeux noirs brillent de joie.

« Maman n'est pas là ? demande Montsé.

– Bonsoir, mademoiselle, disent-ils tous les deux en même temps. Maman est allée au dispensaire voir Mlle Cinta, grand-père est tombé dans la rue.

– Que dis-tu, petite ? Il s'est fait mal ?

– Rien du tout. Le coude », dit Rafaela.

L'innocente créature bat des paupières avec grâce, elle est un peu coquette, et elle baisse les yeux jusqu'à ses cuisses maigres et noires, que sa jupe courte laisse à nu. Montsé soupire et se laisse tomber sur une chaise.

« Ouf ! Que je suis fatiguée ! » s'écrie-t-elle.

Les ombres se sont emparées de la maisonnette, petite mais propre et bien rangée, et d'une certaine façon pourvue de tout – il y a même un poste de radio et un petit réfrigérateur. Montsé regarde le bébé dans son berceau, à côté de Rafaela, le petit berceau qu'elle a pu obtenir grâce à Caritas il y a un mois.

« J'apporte le ticket pour le roi de la maison », annonce-t-elle avec une allégresse saine et expansive.

Les deux petits cousins bondissent en frappant dans leurs mains de contentement. La grand-mère est sur le pas de la porte de derrière, en train de regarder une jolie mer dans le couchant, elle aime ça, elle ne fait rien d'autre depuis qu'elle est arrivée de son village, si vieille, la pauvre. Rumeur de vagues au-dehors, et à l'intérieur une ravissante céramique andalouse, une cruche, une chaleur de foyer silencieux et honnête. Petite fille active, Rafaela s'occupe de la maison (elle vient de changer le bébé et maintenant elle plaque sur le miroir des mouchoirs frais lavés, quand elle les décollera ils seront secs et bien repassés : solution ingénieuse et charmante quand on n'a pas de fer) parce que maman va faire les sols chez des gens bien qui la payent ce qui est juste et même un peu plus, et que papa et grand-père vendent des graines de tournesol et de la réglisse avec la petite carriole, des temps meilleurs viendront.

« Ah ! s'exclame Montsé en fixant des yeux Miguelín qui, assis par terre, a une jambe attachée au pied de l'armoire avec la chaîne et le cadenas de la bicyclette de papa. Ah, je vois que tu es toujours vilain, et que maman est toujours obligée de t'attacher quand elle va au travail, la pauvre !… Tu t'es encore échappé, Miguelín, méchant garçon ?

– Oui, mademoiselle, il est très méchant », dit sérieusement Rafaela.

Son vaurien de cousin baisse les yeux, tout honteux. En riant, Montsé prend le bébé dans ses bras, il est bien enveloppé dans ses langes propres, et elle lui fait des câlineries qui sont tout à fait à son goût, à en juger par son sourire coquin. C'est un amour d'enfant et Montsé éprouve un immense plaisir à le prendre dans ses bras. Rafaela se lève de l'humble châlit de ses parents et s'approche de la demoiselle en souriant. Son attitude respectueuse et bien comme il faut dénote l'excellente disposition de la petite fille. Jolie et bien propre en vérité bien qu'elle soit d'une famille nombreuse, avec ses grands yeux charmants de gitane et ses lèvres de cerise. Une délicieuse gamine dans la fleur de sa beauté, treize petites années. Quoiqu'il soit un peu plus âgé qu'elle, Miguelín n'est pas aussi expansif et il reste tranquille par terre, avec des airs de petit homme, renfrogné et pensif, un mécanicien de grand avenir, qui a sans aucun doute déjà ces problèmes propres aux hommes et qui chez lui sont drôles. Famille de petits soûlographes (il serait injuste de parler d'alcooliques) mais dans laquelle règne l'harmonie. Rafaela est employée chez un marchand de couleurs et le soir elle suit des cours au Foyer social.

« Vous avez le ticket pour le lait en poudre, mademoiselle ?

– Oui. Le voilà. Tiens », dit Montsé, qui continue à bercer le bébé.

Et soudain, paf !, voilà ce fripon qui fait des siennes.

« Eh, vous, petit cochon ! Qu'est-ce qu'il a fait, ce petit cochon ? Hein, qu'est-ce qu'il a fait ?

– Donnez-le-moi, mademoiselle », dit Rafaela, serviable.

Et de nouveau elle lui change ses langes.

« Je vais t'aider », s'offre Montsé.

Et la petite odeur est un motif de rire et de distraction et de sainte détente. À elles deux elles couchent le bébé sur le lit. Cela fait plaisir de les voir penchées sur le roi de la maison, ce terrible dictateur aux boucles noires et au sourire coquin. Il grandira et bondira de joie parce qu'il a reçu en partage la gloire des grands et sains espaces, le royaume enfantin des versants de Montjuich ou du mont Carmel ou de la montagne Pelée. Montsé se lave les mains dans la cuvette du coin puis s'assied en face de Rafaela et s'intéresse à son travail de vendeuse. Rafaela a la cuisse gauche toute griffée. Elle explique avec animation qu'elle est très contente de son travail et que chaque jour elle étudie davantage. Sa mission accomplie, Montsé prend congé.

« Et toi, Miguelín, voyons si tu te conduis bien et je demanderai à maman de te laisser de nouveau sortir dans la rue. »

Allègres comme des castagnettes, les petits anges disent au revoir à la demoiselle avec un baiser. Rafaela l'accompagne jusqu'à la rue et quand elle revient elle s'assied sur le lit et regarde son méchant cousin avec une gracieuse sévérité de petite grande personne. Ils sont tous deux seuls à la maison. Miguelín regarde Rafaela avec son sourire de fripon, et elle, assise bien comme il faut sur le lit, elle le contemple maintenant avec une lumière souriante dans le regard, bras croisés sur sa poitrine. Miguelín lui fait des signes avec les yeux, il se décide, il commence à tirer très fort sur la chaîne qui l'attache par la jambe à l'armoire, puis à l'aide d'un clou tordu il essaye d'ouvrir le cadenas, mais il n'y arrive pas et tire de nouveau sur la chaîne. Rafaela observe ses efforts sans bouger, la poitrine agitée, ses petits yeux luisants. Miguelín renonce avec tristesse, la lourde armoire ne bouge pas, et il se rassied par terre en soupirant. Maintenant sa petite cousine a baissé les yeux, assise comme une statue sur le lit. Il renouvelle son essai : il veut sans nul doute approcher l'armoire du lit et s'asseoir à côté d'elle et de son petit frère, jouer avec eux, se sentir moins seul. Ses efforts désespérés, cependant, ne parviennent pas à déplacer l'armoire, alors Rafaela se lève brusquement et pousse le lit avec les deux mains, en serrant les dents, et elle avance petit à petit vers Miguelín, qui a repris des forces en voyant l'aide que lui apporte gentiment sa cousine, et ils se rapprochent peu à peu, le lit et l'armoire crissent et grincent, Miguelín tire désespérément sur sa chaîne et Rafaela pousse, tous les deux accroupis ils poussent, quel beau spectacle d'entente et de bonne volonté, les voilà presque réunis, maintenant la longueur de la chaîne permet à Miguelín de s'allonger sur le lit, Rafaelita s'allonge elle aussi sur le dos en relevant ses jupes et son cousin alors grimpe sur elle avec son pied attaché à la chaîne, ils soupirent et s'agitent comme deux petits sots, l'humble châlit grince tant qu'il peut et dans son berceau le roi de la maison remue ses menottes et proteste en exigeant câlins et cajoleries, ce grand fripon.

Alors, qui que tu sois, brave homme, ne pleure plus et décolle ton front de la vitrine, prend ces quelques pièces et va dîner. Le vieux vagabond accepte l'argent qu'on lui donne, s'éloigne en grommelant, entre dans un bar et demande du vin. Qui le fait vivre et régner.

Le soleil s'est caché. Dans son fauteuil à bascule de la terrasse, face à la plage de Sitges, tante Isabel a agité sa clochette pour appeler la bonne, puis elle a attendu. Il faisait frais. Toujours méditant, avec une onction extrême, elle a fermé les yeux.

10

Le dirigeant

Il semble qu'il ait travaillé de façon enthousiaste et désintéressée dans plusieurs paroisses avant d'arriver dans la vôtre, en formant la jeunesse, et qu'à l'époque on l'ait connu simplement sous le nom de Salva. (Vado, corrigea Nuria, Vado Vilella.) Vado. Et que ce soit par l'adroit maniement du prestige moral qu'on acquiert dans ces domaines méconnus du monde diocésain – qui procure des pouvoirs que d'ordinaire nous sous-estimons ou dédaignons – que silencieusement, pendant des années, il aiguisa les serres qui devaient un jour s'abattre sur les pieuses demoiselles Claramunt.

Le type constitue un intéressant exemple d'arrivisme dans la spécialité qu'on pourrait appeler diocésaine. Un garçon éveillé et serviable grandissant – c'est ainsi que j'aime le voir – au milieu des cierges grésillants et des génuflexions, des chuchotements et des murmures de presbytère prometteurs de faveurs, de mérites et de recommandations. Un authentique enfant de la paroisse. (Mais pas seulement de la nôtre, dit Nuria. Il a été un peu l'enfant de toutes.) Un peu de toutes, en effet, car dès son plus jeune âge il accompagna son oncle lors de ses pompeuses expéditions dans les églises et les chapelles, en portant un dossier rempli de partitions. (Jamais il n'a voulu parler de cet oncle, un vieux ténor catalan chanteur de zarzuelas qui s'était spécialisé dans les noces de rite montserratin, en les agrémentant de petites chansons de *mel i mató*[1].) Il n'a pas voulu reparler de lui, mais à ses côtés il apprit, tout jeune, à s'introduire dans ces replis de notre bourgeoisie bienfaitrice et caritative, ces molles cavités de la charité. Et des années après, quand il fit son apparition au Centre, converti en actif dirigeant de l'Action catholique, et se lia d'amitié avec Montsé, il avait déjà une grande expérience des pratiques paroissiales en matière d'organisation de jeunesse. Nous savons qu'à l'époque le Centre, en dépit des efforts du bon curé, n'était qu'une grande bâtisse triste et désolée : à peine une demi-douzaine de petits jeunes gens déguenillés du Guinardó et du Carmel, que personne ne pouvait ni tenir ni éduquer. Les quelques demoiselles catéchistes – et parmi elles ta sœur – se consacraient plutôt au culte. Le jeune Vado apportait des idées neuves et se gagna tout de suite la jeunesse du quartier, les garçons le suivaient. (Il a attiré les garçons sans leur apporter d'affection, dit Nuria. Il ne les a jamais aimés comme Montsé.) Jamais. Mais il déploya avec eux une grande activité, ses dons ne tardèrent pas à se manifester et ce fut pour le Centre le début d'une période féconde ; parmi les riches paroissiens commencèrent à émerger des bienfaiteurs. (La première fois que je l'ai vu il parlait avec papa, un dimanche matin après la messe ; je le vois comme si c'était hier : il avait la main posée sur l'épaule d'un gamin, un petit voyou du Guinardó, et il disait à papa qu'on venait de monter une équipe de football et qu'elle avait besoin de chaussures et de maillots, et d'un autre ballon, d'un équipement complet.) Oui. Et il organisa aussi le Centre d'excursions et l'École des

1. « Doucereuses. »

aspirantes, l'équipe de basket féminine (Qu'il fit monter en première catégorie diocésaine, rappela Nuria) et des championnats de ping-pong et d'échecs. Et un peu plus tard il assuma la direction du Tableau scénique, qui donna chaque année *Els Pastorets* dans le petit théâtre et osa même représenter *Le Divin impatient*, et il prit la tête des jeunesses de l'Action catholique. Puis il commença à rédiger de petits articles pour la *Feuille dominicale*, et fit de même ensuite pour la revue *Persévérance* et d'autres du même genre éditées par l'évêché. À l'époque, on le voyait souvent avec un paroissien très connu et très estimé dans ces milieux, propriétaire semble-t-il d'une agence de publicité. (Je crois, dit Nuria, que c'était une société immobilière.) C'est ça, une société immobilière à laquelle oncle Luis avait confié des terrains qu'il possédait à Vallgorguina, opération réalisée en dépit des sages conseils du jeune Valdo (Salva. Il était déjà le grand Salva à ce moment-là), Salva ; qui, avec une vision financière qui ne devait pas échapper à ton père, lui conseilla de ne pas vendre. (Il alla même jusqu'à lui proposer de bâtir à cet endroit une sorte de Maison de la jeunesse ou quelque chose comme ça, et de l'exploiter avec lui, confiant qu'il était que ton père pourrait obtenir des crédits…) Oui. Et oncle Luis préféra vendre, mais la suite donna raison au précoce spéculateur, car ces terrains valurent rapidement le double. Et depuis lors ton père le tint en grande estime. Mais il devait rester plusieurs années encore dans l'agence en question, où il travaillait comme cadre, rédacteur et projeteur, un peu de tout, cette agence qui depuis assez longtemps faisait plutôt mal quelques travaux pour les bas Claramunt. (Je ne sais pas, dit Nuria, s'il travaillait déjà là-dessus quand il fit la connaissance de papa, ou si c'est après.) Je ne sais pas. Ce que nous savons en revanche, c'est qu'un beau jour, assez longtemps après, tout le monde apprit – ta sœur ne le sut pas à temps – qu'il travaillait dans l'entreprise Claramunt comme directeur de la publicité, parce qu'il passa du côté de ton père en emportant avec lui le programme « bas » de cette agence. (En le volant, précisa Nuria. Il le vola à cette agence en s'offrant à le mener dans de meilleures conditions pour papa. Voilà ce qu'il fit.) Il le vola.

Il dégageait alors cette sympathie abrupte, tenace, sportive, et avait cette contagieuse facilité de parole qui flattent aujourd'hui de plus vastes et plus influents auditoires. En dépit de sa grande activité, il avait toujours du temps pour s'occuper de sa santé corporelle. Amant fervent de la nature, de l'excursion et de l'escalade à risque, qu'il pratiquait avec ses garçons (Toujours, dit Nuria. Et il le faisait encore quand il commença à sortir avec Montsé et qu'on parlait déjà fiançailles à la maison), il était un peu voûté, comme s'il portait en permanence un sac à dos. Avec son visage sec, tanné par le grand air et le soleil, et sa large tête carrée aux cheveux courts et brillants, comme couverts de rosée, son aspect ordinaire était celui de quelqu'un qui vient juste de prendre une douche froide et qui est joyeusement réconcilié avec la vigueur de son corps.

C'est comme cela que je le revois la première fois qu'il me parla du problème de Montsé ; cela faisait plusieurs mois que je travaillais aux magasins et je le voyais souvent en compagnie de ta sœur, mais je le connaissais à peine. Ce jour-là, un dimanche matin, je le rencontrai par hasard dans un bar de la place Sanllehy : imagine-toi un type jeune et bien habillé en train de distribuer des verres de limonade à une douzaine de gamins turbulents et couverts de sueur – c'étaient ses pupilles, l'équipe de basket, les *minyons de muntanya*[1]. Entouré de ces fauves déguenillés, il buvait une bière au comptoir tout en examinant des papiers dans un porte-documents. Et voilà qu'il me dit, après m'avoir salué avec effusion :

« *Parles català*[2] ?

– Non.

– *Però l'entens*[3].

– Mal.

– *Però una mica sí*[4].

– Mal.

– *Però lo suficient, vamos*[5] ?

– Mais non, je te dis. Je regrette. Bon, attends un peu : *Setze jutges mengen fetge*[6]...

– Ça ne fait rien, à vrai dire. Tout bien considéré, et les choses étant ce qu'elles sont, tu n'es pas obligé.

– J'espère que non, tout bien considéré.

– Tu l'apprendras, mon vieux.

– Avec l'aidc dc Dieu.

– Sûr. Montsé Claramunt, ta cousine, m'a dit que tu avais vécu ici étant gosse et que tu le parlais assez bien.

– Je l'ai oublié. Mais je l'apprends, je veux l'apprendre, oui, l'apprendre. Avec l'aide de Dieu.

– Sûr, dit-il, un peu méfiant maintenant. Et comment va, ton travail ? Tu es aux magasins, non ?

– Oui. Ça se dit *magatzems* ? Dis donc, qu'est-ce qu'elles sont moches, mes cousines, tu as remarqué ? Surtout Nuria, on dirait un clown. Tu ne trouves pas qu'elle est laide ?

1. « Boy-scouts. »
2. « Tu parles catalan ? »
3. « Mais tu le comprends. »
4. « Un peu, quand même... »
5. « Mais suffisamment, non ? »
6. « Seize juges qui mangent du foie... »

– *Lletja*, ça se dit. » Et il sourit, en vaillant paladin de la langue vernaculaire, si mal nommée et humiliée. « Eh bien, non, franchement. Elle est si gaie et si sympathique…

– *Bona noia*[1], oui.

– Je suppose, dit-il en changeant de voix, que tu es au courant pour Montsé.

– Oui.

– Et qu'est-ce que tu en penses, Paco ? L'affaire est épineuse. Qu'est-ce que tu crois qu'il faudrait faire ?

– Rien. »

Il resta un moment pensif, le dirigeant, en regardant la mousse de sa bière. Puis il dit :

« *Es futut, parlant malament*[2]. »

Je lui offris une autre bière, mais il s'entêta à vouloir payer. Autour de nous, les gamins ne cessaient pas de faire du tapage et de temps à autre il les rappelait à l'ordre.

« *Futut*, ça veut dire baisé, non ? lui dis-je.

– Non, arrête ! Quel animal tu fais ! C'est beaucoup moins fort, voyons ! Ce n'est pas qu'on puisse le dire, et surtout devant les dames, mais allons, une fois n'est pas coutume… Et pour en revenir à l'affaire Montsé : bizarre, non ? Une fille si sérieuse. Elle a l'air tout… hébétée, aveuglée.

– Vous les catholiques vous parlez volontiers d'aveuglements et de mystères.

– Qu'est-ce que ça a à voir ? Si ça se trouve elle souffre d'une grande désillusion.

– La désillusion est la meilleure école de la vie. C'est frère Eusebio qui le disait, mon professeur de latin.

1. « Une bonne fille. »
2. « Elle est foutue, pour parler poliment. »

– Tu es allé chez les Salésiens, non ?

– Oui, et toi ?

– Tu veux des *tapas* ?

– Je ne mange jamais avant de boire.

– Hé hé hé ! C'est drôle. Nuria m'a dit que tu aimes bien plaisanter. Tu habites dans le coin ?

– Avenue de la República Argentina, au-dessus de la place Lesseps. Une pension minable. Et toi ?

– Ici, rue Cerdeña. Avec mon oncle et ma tante. Un appartement neuf, mais je ne sais pas quand j'aurai fini de le payer. Mon oncle et ma tante sont très âgés. »

Les gamins, qui commentaient les péripéties de la partie, se lancèrent dans une bruyante discussion. Il les calma : « *Nois, nois*[1]. » Il remplissait de temps en temps leurs verres de limonade, qu'il leur distribuait équitablement. Puis il m'expliqua qu'il attendait Montsé pour aller avec elle à une réunion, au Centre.

« L'affaire est délicate, ajouta-t-il en plissant le front.

– Tu sais ce que je pense ? Qu'elle l'a dans la peau.

– Quoi ? Amoureuse de ce type, tu veux dire ? Je ne crois pas. Que Montsé soit trop bonne, ça oui. Ses parents le vivent très mal.

– Qui est-ce ? Ils se connaissaient ?

– Non. Il paraît qu'il vivait par ici, un garçon de la paroisse, mais incontrôlé. Un voyou, un irrécupérable. »

Ah ! Regarde-moi ces sauvages qui s'aspergent de limonade, pensai-je. Il avait dû être comme eux, toujours à traîner dans les salles de billard du quartier, devant les kiosques à illustrés ou les stands des vendeurs de *churros,* autour des baby-foot et dans les halls des cinémas. Mais il avait grandi dans le monde de la délinquance et avec le temps il devait finir en prison,

1. « Les enfants, les enfants. »

et voilà que Montsé l'avait trouvé et qu'elle voulait le racheter. En fait, le groupe des visiteurs se composait de jeunes ouvriers de familles pauvres et de demoiselles plus ou moins oisives de familles riches : la paroisse a toujours été inconditionnellement ouverte à tous les vents et à toutes les créatures du Seigneur, ce qui fait que parmi les paroissiens de ce quartier, vieille zone résidentielle dévorée par l'expansion du quartier de Gràcia et par l'invasion étrangère de l'après-guerre qui nourrit de *charnegos* le Guinardó et le Carmel, certaines pieuses catéchistes bonnes à marier et de bonne famille pourraient être une proie facile pour les quelques ombres masculines en génuflexion qui fréquentent le Centre depuis leur enfance et qui vivent dans des recoins du district que personne ne connaît : ce sont les régénérés, des jeunes à l'origine obscure et apparemment inoffensifs, dévots, persévérants, toujours prêts à fraterniser. Ils ont fait partie de la paroisse tout jeunots, ils ont été les premiers à être sauvés, au prix de grands efforts, du danger de la rue et des bars, du billard, des cartes et des bals populaires, pas vraiment attirés par l'hymne de la campagne de Noël (« *Som germans tots, rics i pobres, fora lluites i rencors*[1] »), plutôt par le ballon de football que leur a offert le bon curé pour qu'ils jouent sur le terrain qui jouxte l'église. Apprivoisés, transformés d'abord en enfants de chœur et en membres de la chorale, en excursionnistes enthousiastes et ensuite en aspirants de l'AC, en grandissant ils intégraient les cadres et la direction de la catéchèse, et fréquentaient alors les très actives préceptrices de la section féminine, auxquelles ils étaient unis par le noble labeur apostolique qui efface les

1. « Nous sommes tous frères, riches et pauvres, trêve de luttes et de rancœurs. »

frontières sociales. De leur côté, les demoiselles catéchistes de bonne famille, merveilleusement douées pour l'abstraction, éduquées dans l'idée que le monde d'aujourd'hui n'est plus divisé en classes (vieille définition blasphématoire, disaient-elles et continuent-elles à dire, et d'une fausseté rancunière), sont arrivées, avec le temps et à force de chanter l'hymne, à oublier que certains de leurs compagnons d'apostolat et d'excursion en autocar ne sont autres que les ombres inquiétantes du quartier qui se sont un jour présentées au Centre avec une prière muette : qu'on leur permette de jouer au ping-pong, en échange de quoi ils apprendront le catéchisme.

Et Salva Vilella, alors jociste remarquable et cadre publicitaire, qui était-il sinon une de ces ombres rachetées ? (Mais qui s'en souvient ? dit Nuria.) Oui : en le voyant distribuer de la limonade à ses garçons – mais en le voyant depuis aujourd'hui, depuis la perspective élevée qu'offre le pavillon de Pedralbes –, on est stupéfait par la brillante carrière qu'il devait faire en un peu moins de neuf ans.

« Vue de l'intérieur, la vie d'une paroisse doit être sacrément intéressante », me souviens-je de lui avoir dit.

Il revint au problème de Montsé et à sa relation avec le prisonnier : il était préoccupé parce qu'à la réunion, dans un instant, Montsé devrait une nouvelle fois entendre quelques petites choses qui ne lui feraient pas plaisir. Il dit qu'il se sentait lui-même obligé de lui parler clairement, pour son bien. Je lui répondis que oui, bon, mais je n'étais pas d'accord, et il me répliqua qu'il ne comprenait pas ma façon de penser, mais qu'il l'acceptait par respect pour les idées d'autrui – il me dit quelque chose comme ça ; et en me demandant la permission de me poser une question, il voulut savoir si ça me serait égal, vu que j'avais l'air si libéral, si ça me serait égal d'avoir, par exemple, et que je ne me fâche pas pour la question, d'avoir une sœur qui serait une fille de rien. Mais c'est là la classique et trouble question à laquelle je fais toujours la même réponse, rapide et enthousiaste :

« Oui. Ça me serait égal. »

11

Où la jactance moralisante fait eau de toute part

« Mlle Nuria n'est pas là. Elle est allée voir une amie qui s'est cassé la jambe au ski », dit Esperanza en s'écartant pour le laisser entrer.

Presque en même temps, la voix de tante Isabel l'appelle du bout de la galerie. Tante Isabel a de la visite. Il la trouve assise dans son fauteuil, en train de prendre le thé en compagnie d'une dame âgée très bien habillée et dont le nom est Comajuncosa ou Gratamamella, un nom à faire fourcher la langue et plein de prestige et de tradition, présidente de quelque chose comme les Dames Bleues ou l'Union pieuse. Elle habitait près de l'église et on la voyait souvent en compagnie d'un petit voyou du Guinardó apprivoisé par le Centre, qui avait toujours un harmonica dans sa poche et à qui elle disait parfois, après l'avoir présenté à quelqu'un comme exemple de régénération : « *Nen, macu, toca* El Sitiu de Saragossa[1]. » Et le gamin soufflait comme un malade, et marquait le rythme d'un pied affolé en frappant le sol avec sa chaussure de Caritas flambant neuve.

Avec une pensée fugace et fraternelle pour lui, tout en se penchant maintenant devant tante Isabel pour qu'elle l'embrasse sur les deux joues, Paco Bodegas

1. « Petit, joue-nous *Le Siège de Saragosse.* »

improvise une mauvaise excuse, pour ne pas laisser voir que c'est l'espoir de trouver Nuria seule à la maison qui l'a amené :

« Je viens chercher des livres que j'ai prêtés à Montsé, tante. Il faut que je les rende, ils ne sont pas à moi. »

Les dames l'observent avec sympathie, mais dans toute la maison, y compris dans le sourire tenace et plein de bonté de l'invitée, il y a une tension, une impatience. Assieds-toi, mon garçon. Tante Isabel est très contente de le voir et veut qu'il reste dîner. Assieds-toi. Elle ne sait rien de ces livres, Montsé n'est pas encore rentrée du Centre, il est possible qu'elle soit en retard aujourd'hui. Mais assieds-toi donc, ballot ! Quel rustaud ! « C'est mon neveu, il n'est avec nous que depuis six mois », précise tante Isabel au sourire satisfait de l'autre. Enchanté, enchantée, alors Montsé sera peut-être en retard, et la présidente échange maintenant un regard avec tante Isabel, un regard investi de pieux pouvoirs et de préoccupations qui concernent sans doute la cousine Montsé, oui, oui, mon garçon, il est possible qu'elle soit en retard, elle a une réunion importante aujourd'hui, tu sais plus ou moins ce qui se passe… « Euh… non, tante, je ne suis pas au courant. » La présidente invitée bat des paupières, les yeux fixés sur lui, souriante en dépit de la douloureuse mission qui l'amène : Ne savez-vous pas qu'il y a un mois que votre cousine n'a pas mis les pieds au Centre ? Non, madame. Eh bien oui, c'est ce que j'étais en train de dire à Isabel – les mots maintenant sortent en se bousculant, mais le sourire persiste –, ta fille doit comprendre que… Tante Isabel, avec un geste d'impatience, se tourne vers son neveu :

« Si tu veux monter et regarder toi-même, tu sais, dans la bibliothèque du salon, à côté de sa chambre, c'est là qu'elle range ses livres. »

La présidente invitée aurait préféré continuer d'informer le jeune homme sur l'affaire, c'est évident. Quoi qu'il en soit, il veut se libérer le plus tôt possible de ce sourire halluciné, alors il salue et monte au premier. Le salon du premier a un petit balcon qui donne sur le jardin, soutenu par les deux colonnes du porche, juste en face du jet d'eau. La nuit tombe. Accoudé au rebord, Paco sent bouillir en lui une variété inconnue de langage scatologique – cela fait une semaine que cette petite capricieuse de Nuria ne l'a pas appelé, ne lui a pas donné signe de vie, c'est la deuxième fois qu'elle le fait – tout en observant la rue, au-delà du jardin ; un réverbère à gaz, entre les branches sans feuilles d'un acacia, pétarade moqueusement. Mais ce n'est pas tout : comme si la nouvelle perspective que le balcon lui offre sur les îles lui révélait brusquement la fragilité du système défensif de la vieille forteresse claramuntienne (particulièrement vulnérable du côté des filles), ses nerfs se détendent et il éprouve tout à coup l'insolite besoin de libérer un éclat de rire – quelque chose de drolatique, quelque chose qui a toujours attendu, endormi au fond de la partie la plus andalouse et la plus piquante de ses entrailles et qui exigera désormais qu'il change de comportement dans cette maison…

Comme toujours, ce qu'il remarque en dernier, c'est Montsé : elle est dans la rue et elle semble avoir froid, ou être sur le point de s'évanouir, épaule contre la grille, main sur le front, tête baissée. Devant elle, lui parlant à l'oreille, celui qui depuis des mois a l'air d'être son timide prétendant, Salvador Vilella. Montsé n'a jamais eu de petit ami et depuis des années elle est sérieusement menacée par le terrible fléau des Enfants de Marie, le célibat, cancer qui, comme le vrai, ne paraît pas avoir de remède. Plus que discret, le siège que ce jeune homme honnête et propret fait de Montsé : oncle Luis l'apprécie, la famille nourrit quelques espoirs… Mais ce soir il ne lui fait pas fête, mais, dirait-on, il la gronde ; et brusquement, sans refermer la grille ni laisser à Vilella le temps de finir sa phrase, elle se met à courir et traverse le jardin vers la maison, fait le tour du jet d'eau en prenant ses tempes dans ses mains, et ce n'est que lorsqu'elle arrive au porche et qu'elle lève légèrement son visage vers la lanterne qui pend au-dessus de la porte que Paco peut voir qu'elle pleure.

Aussitôt, il entend des voix fortes dans la galerie, en bas, une porte qui claque, un sanglot et des pas qui montent précipitamment l'escalier. Montsé entre dans sa chambre, d'où elle ressort presque tout de suite, de la stupeur dans les yeux. Du balcon, Paco la voit se diriger vers lui dans le couloir, elle le regarde sans le voir.

« Ah, tu es là ? Tu m'attendais ? »

Elle ouvre son grand sac d'employé du tram pour y cacher un petit mouchoir rose transformé en boule spongieuse. Ses yeux sont humides et rouges. Très nerveuse, arborant l'air de réflexion qui précède souvent ses réactions les plus choquantes, elle s'approche de la bibliothèque et examine les livres avec attention, dos à son cousin.

« Paco, dit-elle en faisant un effort, prête-moi un autre livre…

– Pourquoi pleures-tu ?

– Qui ? Moi ?

– Oui, toi. Qu'est-ce qui s'est passé ?

– Rien.

– Je pourrais peut-être t'aider… »

Lui tournant toujours le dos, Montsé fait non de la tête. En souriant, Paco ajoute :

« De quoi te parlait Vilella ? Est-ce qu'il a voulu aller trop loin avec toi, ce réac ? »

Il n'a dit ça que pour ouvrir la voie à la confidence. Mais les yeux de sa cousine, qui se retourne brusquement, le regardent avec un mélange d'étonnement et de tristesse.

Et l'intelligente formule qu'elle emploie pour lui dire qu'au lieu d'inventer des grossièretés il ferait mieux de s'occuper de Nuria ne pourrait l'être davantage ; elle lui fait comprendre par là, en passant, qu'elle est au courant qu'il y a quelque chose entre sa sœur et lui, à l'insu de la famille :

« Salva n'a pas de vues sur moi. C'est clair ? Ce qu'il y a, c'est que Nuria ne fait pas attention à lui et qu'il se demande pourquoi. Il ne sait rien de votre histoire…

– Mais… il ne te courait pas après ?

– Qu'est-ce que tu peux être attardé, mon petit ! » Puis elle ajoute : « Qu'est-ce que maman cherchait dans ma chambre ?

Je ne sais pas. »

Paco s'assied sur le canapé, l'air pensif. Elle porte de nouveau son attention sur les livres.

« Maintenant je voudrais un roman moderne…

– Je peux savoir pour qui, cette fois ? Je dois te rappeler que tu m'as pillé et que tu ne m'as rendu aucun de mes livres. Je sais, et c'est ta sœur qui me l'a dit, qu'ils sont tous entre les mains de tes prisonniers et tes malades de l'âme, dont la formation culturelle semble beaucoup te préoccuper… »

Tant d'ironie injustifiée la fait se retourner, et maintenant elle regarde fixement son cousin et veut savoir, considérant non pas la main qui frappe mais le ressentiment, le dédain ou la solitude qui meut arbitrairement cette main : exactement comme il aimerait que Nuria le regarde quand il se sent seul et déprimé.

« Excuse-moi, Montsé. Pourquoi ne me dis-tu pas ce qui t'arrive ?

– S'il te plaît, ne plaisante pas, j'en ai plus qu'assez.

– Sérieusement, tu ne crois pas que tu devrais chercher une autre façon d'avoir des livres ? Celle-ci me revient très cher. Qu'est-ce que tu fais des petites aumônes qu'on te fait à l'usine ?

– S'il te plaît… »

Soudain, ses forces abandonnent ce corps sévèrement vêtu – chemisier violet boutonné jusqu'au cou, pull bleu, jupe plissée très longue, à carreaux rouges et verts, très ample. Bras croisés, elle marche de long en large devant son cousin, nerveusement, puis s'assied à une extrémité du canapé, en tenant son ventre entre ses bras, comme s'il lui faisait mal ou qu'elle eût froid. Elle a l'air si triste qu'il regrette sincèrement de n'être pas né muet. Montsé plongée dans ses pensées : elle ne dit même pas « essaye de comprendre » ou quelque chose comme ça, mais reste silencieuse en regardant par terre. Enfin, elle tourne vers lui son front abattu, lisse, d'une beauté lumineuse difficile à préciser. Selon les canons de l'époque, elle est laide ; ses cheveux noirs partagés en deux, coiffés en arrière et rassemblés en un chignon, lui font comme un casque mélancolique qui lui cache les oreilles et donne à son front de nacre une forme triangulaire, une étrange vie romantique et démodée. Elle a sur le visage la lourdeur des tuberculeuses, cette palpitation sereine sous la peau transparente de son front et de ses pommettes, une harmonie dans l'expression qui naît non pas tant de la conformité des traits que de la couleur, de certaine lumière de la peau, qui monte d'on ne sait quel recoin embrasé et aimable de son âme.

Elle regarde maintenant son cousin comme si elle ne le voyait pas, et, avec cette froide ignorance qu'elle a de son physique, elle pose une main raide sur son sein gauche, en effleurant distraitement le tissu de son ongle. On dirait qu'elle traite ses seins de façon extrêmement maladroite, ou qu'elle les porte sans le savoir : ils vous frôlent quand elle passe, elle se les aplatit sans s'en rendre compte, elle les touche et a l'air de penser qu'il s'agit de protubérances gênantes dont elle ne parvient pas à comprendre l'utilité. Elle n'a pas encore conscience de son corps.

« Oui, j'ai bien peur que oui. » Réponse qui n'a rien à voir avec la question de Paco, elle suit plutôt le fil de ses propres pensées. « J'ai bien peur qu'il faille laisser tomber.

– Qui a dit ça ? Le Comité de rachat social ? »

Elle n'a pas l'air déconcertée, c'est même tout le contraire : elle fait des signes d'affirmation décidés avec la tête, en regardant le vide avec des yeux que leur immobilité même fait paraître humides.

« Tout le monde.

– Et c'est pour ça que tu as pleuré ? Allons, allons… S'ils t'enlèvent ce prisonnier, tu en trouveras un autre, n'aie pas peur, le terrain est bien amendé. Celui-ci ou un autre, qu'est-ce que ça peut faire ? »

Elle ne répond rien à cela. Elle hausse les épaules. Il insiste :

« Qu'en dit Salvador Vilella ?

– La même chose que les autres. Mais venant de lui je ne m'y attendais pas. Ils se demandent si après tant de temps je ne me laisse pas conduire par… par… » Elle regarde brusquement son cousin avec un éclair dans les yeux, qui s'éteint presque aussitôt. « Qu'est-ce qu'ils s'imaginent à mon sujet ? Paco, je trouve tout ça si honteux… que je ne veux même pas y penser.

– Eh bien, tu peux pourtant commencer à y penser. Parce que c'est ce que tout le monde croit. Ouvre les yeux, voyons.

– Et toi ? Toi aussi, tu le crois ? »

Elle est vraiment déconcertée. En la voyant comme ça, Paco change de ton et essaye de sourire, conciliant, même s'il est probable qu'il ne réussit qu'à montrer les dents.

« Bah ! Ne t'en fais pas trop pour ce que ces gens peuvent penser de toi. Ce sont des sauvages. Fais ce que te dicte ta conscience. Tu vois toujours ce garçon ? »

Elle fait signe que oui, la tête dans la poitrine. Il lui demande pourquoi le type est en prison, et elle lui dit qu'ils sont tous là pour la même chose, pour des « délits communs », qu'elle ne sait rien de plus, qu'elle ne leur demande jamais ça, quelle importance ? Et que la seule personne qui le connaît est une fille qu'elle rencontre parfois dans la queue des colis à la prison Modèle ; elle ne demande jamais de visite, elle ne fait qu'apporter de la nourriture, et elle ne parle presque pas, c'est une fille très bizarre, il semblerait qu'elle habite sur le mont Carmel : elle lui a dit qu'il était là pour vol de motos et vol à la roulotte.

« Quel âge ? demande Paco.

– Qui ?

– Lui.

– Vingt et un ans. »

Il observe la délicate transparence, le battement des artères sous la peau des tempes. Calme-toi, Montsé, je ne pense pas à mal. Mais ce qu'il dit, c'est :

« Que pense ta mère de cette folle aventure ? »

Elle ne semble pas l'entendre. Paco laisse passer un instant, puis demande :

« Quand est-ce qu'il sort ?

– Bientôt. Cet été. » Montsé parle maintenant comme pour elle-même. « Et ils ne savent pas où aller, ou plutôt, je préférerais qu'ils ne le sachent pas… Mais les abandonner maintenant serait pire que de ne pas leur avoir offert aide et compagnie depuis le début.

– Il paraît que tu ne vas plus à la paroisse.

– Ça, ce n'est pas vrai.

– En tout cas que tu y vas moins qu'avant. Pourquoi ? Serait-ce que tes amies commencent à te taper sur le système, ou bien est-ce que tu as peur qu'on te renvoie si tu continues ?…

– Non, voyons, ils ne sont pas si mauvais », le coupe-t-elle avec un sourire. Puis elle semble réfléchir, et brusquement elle se lève en soupirant. « C'est qu'ils se croient tous obligés de me donner des conseils, de me prévenir contre… je ne sais pas. Ne ris pas, je t'en prie.

– Je ne ris pas. Et les livres ? Ils sont pour lui, évidemment. »

Son sourire s'élargit, il est presque lumineux.

« Figure-toi qu'ils lisent et étudient sans arrêt. Ils aiment beaucoup ça, ils n'ont pas beaucoup de distractions. »

Jusque-là, Paco ne s'était pas aperçu qu'elle parlait de lui au pluriel : de toute évidence, si Montsé éprouve pour son prisonnier un peu plus qu'un noble désir de le régénérer, elle l'ignore ; en tout cas, c'est un sentiment qu'elle ne semble pas s'être formulé encore. Si on laisse de côté la convenance ou l'inconvenance de freiner ses généreux élans, les suppositions de tante Isabel sont peut-être fondées. Paco se souvient, de plus, que récemment Nuria lui a exprimé ses craintes que le prisonnier ne fasse pleurer sa sœur sans raison (pour Nuria, les larmes non motivées sont symptômes d'amour naissant) et lui a raconté qu'une nuit elle avait entendu du bruit dans sa chambre et qu'en y allant elle l'avait vue couchée à plat ventre sur son lit, serrant son oreiller dans ses bras, en larmes.

Esperanza vient annoncer le dîner. En descendant l'escalier derrière sa cousine, les yeux fixés sur sa nuque, Paco se demande s'il ne devrait pas lui dire que, de toute façon, bien que personne ne doute de ses bonnes intentions, peut-être que le Comité paroissial et sa famille elle-même sont mieux placés qu'elle pour juger des conséquences que pourrait entraîner sa conduite… Mais quelque chose l'en empêche, quelque chose qui ressemble à de la pudeur ou à du respect : peut-être pressent-il maintenant que Montsé n'est pas aussi simple ni aussi désarmée devant la vie que tout le monde le croit, et que ses défenses, quoique faibles et peu nombreuses pour le moment, commencent à avoir quelque chose à voir avec la matière conventionnelle et fallacieuse qui doit la mettre à l'épreuve.

Le dîner est servi et oncle Luis est assis, il regarde un verre à contre-jour. Nuria aussi est assise, qui a l'air gaie et un peu excitée ; elle porte un gros pull blanc très moulant, à haut col roulé, presque masculin, on dirait un gardien de but, il rappelle à Paco ceux que portait Ricardo Zamora sur des images qu'on pouvait encore voir quand il était gosse… « Pas vrai, oncle Luis ? ajoute le chien salarié. Vous devez vous souvenir de lui, il est de votre époque. » Oncle Luis sourit. « Ah, oui, tu peux le dire. » Paco insiste : « Tu as remarqué, oncle Luis, que les reporters sportifs intelligents appellent ces gardiens des cerbères ? » Il suppose, ce chien salarié, que sa présence retardera la tourmente. Mais il se trompe :

à un moment, alors que Nuria est en train de raconter de quelle sotte façon son amie s'est cassé la jambe en faisant du ski à La Molina, oncle Luis tourne la tête de côté et demande à voix basse – on dirait qu'il parle à son épaule – à Montsé, qui est à sa droite : « Que s'est-il passé à la réunion d'aujourd'hui ? » Sa voix est presque affectueuse. Montsé dit : « Rien », et lui : « Cette plaisanterie a assez duré, tu ne crois pas ? » Il mange bien raide sur sa chaise, sans lever les yeux de son assiette. Tante Isabel, devinant peut-être, par pure intuition féminine, la gravité du mal qui croît dans le cœur de sa fille (elle n'a pas encore dit ce qu'elle a trouvé dans la chambre de Montsé : des lettres du prisonnier), reste silencieuse et surveille les entrées et sorties ponctuelles de la bonne dans la salle à manger. Au contraire, oncle Luis, qui a toujours admirablement su contrôler la lumière rusée qui point souvent dans ses petits yeux d'acier, se répand en longues, aimables et savantes considérations sur la question : Montsé devrait suspendre ses fonctions à la congrégation durant un certain temps et s'occuper davantage de son travail, qui n'est assurément pas bien pénible, dans les bureaux de l'entreprise. « Tu viens quand ça te chante, tu ne fais que ce dont tu as envie », la réprimande son père, et il ajoute : « Qui a décidé que tu ne viendrais que le matin, et quand bon te semble ? » Montsé, contrairement à lui, parle en le regardant dans les yeux : « Mais l'après-midi il n'y a pratiquement rien à faire, papa. Tout ce qui concerne les assurances et le syndicat doit être fait le matin. » Oncle Luis la gronde d'une voix douce, il disserte et philosophe sur la façon de gérer le temps, sur la primauté de l'obligation sur la dévotion, tante Isabel acquiesce imperceptiblement de la tête, tout est très discret, la scène est un exemple d'harmonie familiale, de confiance dans les vertus du dialogue ; cela en devient quelque chose de soporifique, jusqu'au moment où, soudain, on sent que dans le discours d'oncle Luis tinte la jactance habituelle : l'intransigeance, l'argutie et la ruse, déguisées en paternalisme. Et l'invisible prisonnier, le cerveau faubourien et puissant qui dans l'ombre manie les fils, s'est lui aussi glissé dans la conversation, il est là, assis à table, vigilant et impénétrable, et oncle Luis s'intéresse à lui, à ses faits et à ses gestes. « Il profite de la situation, ne le vois-tu pas ? Et il continuera à le faire quand il sortira de prison. Je connais ces malheureux, ma fille. Malgré tes honorables désirs, le monde sera toujours plein de coquins, pour ne rien dire de pire… » Il semble avoir médité et choisi soigneusement ses mots, ils s'adressent à une enfant : cela peut se terminer par quelque chose de très désagréable pour elle, Dieu a dit qu'il fallait être frères mais il n'a pas dit qu'il fallait se laisser faire, il a discuté hier avec Salvador Vilella, et tout le monde à la paroisse est très préoccupé, très troublé, on lui a raconté cette histoire d'argent, une certaine somme qu'elle a tirée des fonds de la congrégation pour la destiner entièrement à son protégé en profitant de sa condition de collecteuse, sans soumettre son intention à l'approbation du Comité. « Pourquoi as-tu fait ça ? C'est beaucoup d'argent pour un seul bénéficiaire. – Ce n'est pas pour lui », dit Montsé, et en regardant tante Isabel elle ajoute : « C'est pour sa mère, qui est seule et très vieille… Un cas urgent, je l'ai expliqué à la réunion. » Oncle Luis échange un regard avec sa femme, puis il demande à Montsé si elle croit vraiment que ce garçon, de sa prison, envoie cet argent à sa mère. Montsé affirme : « Non seulement cet argent, mais presque tout ce qu'il gagne, en prison on travaille, il a appris le métier d'électricien et en plus il fabrique des valises… » Oncle Luis l'interrompt : « Où habite sa mère ? – Dans un village, je ne sais pas... Mais qu'est-ce que ça peut bien faire, papa ? Je crois que l'important... – Écoute, Montsé, que tu t'obstines... – Papa, tu me laisses parler ? » coupe-t-elle avec une douce énergie, et elle continue maintenant d'une voix qui oblige tout le monde à la regarder. Pendant qu'elle expose, avec exaltation, presque, son point de vue sur la façon dont il faut interpréter le véritable christianisme social, Paco, en se resservant du vin d'un geste prudent et bref, se voit conforté dans son soupçon que d'une certaine façon Montsé a désormais conscience – même si ce n'est qu'une conscience filiale – de la matière répugnante, de la boue, qui doit l'éclabousser ; elle parle de façon précipitée, ses dons polémiques se révèlent bien pauvres, pour ne pas dire nuls, et particulièrement pathétiques : convaincue qu'il doit y avoir une explication, un langage qui a été expressément forgé pour exprimer ce qu'elle désire mais qui a été oublié à cause de sa simplicité même, elle cherche ses mots à l'aveuglette, s'orientant à grand-peine, se débattant contre des forces adverses qui l'emprisonnent et qui, de façon inattendue, incompréhensible, ôtent tout sens à ce qu'elle dit. Elle lutte désespérément contre les normes et les principes qu'on lui a enseignés dès l'enfance, ces formules claires, stables, convaincantes et irréversibles hier mais qu'aujourd'hui, apparemment, tous ceux qui sont autour de la table ont oubliées : Montsé ignore que la parole vive, comme tout ce qui vit, trahit, et plus encore en matière de religion, et elle se débat, prise au piège ; bien qu'indestructibles théoriquement, ses opinions (elle parle d'aide morale et pas seulement matérielle, de la nécessité d'être plus conséquent, plus responsable) sont l'une après l'autre facilement réfutées par oncle Luis, qui élève un peu la voix maintenant, impatient : « Une chose est d'être bon, ma fille, et une autre, bien différente, d'être poire ! Où veux-tu en arriver, on peut le savoir ? Il faut être réaliste, bon sang ! Vilella me disait hier quelque chose de très bien, en parlant de toi, de vous… » Un regard à tante Isabel. « Qu'à force de vouloir faire tant de bien, parfois vous ne savez plus où est le mal. » Salva, astucieux dirigeant, tu feras carrière – pense le chien salarié Paco J. Bodegas, prudemment penché, presque renversé, sur son assiette, sans regarder personne. On parle du mal, alors, naturellement, tante Isabel intervient. Mais, bien qu'ils soient pleins de bonne volonté, elle autant que son mari manquent totalement du véritable sens du mal, chose qui ne doit pas étonner, pour paradoxal que cela semble, dans cette classe de catho-richards. Les Claramunt ont toujours eu une idée mythique du mal et une habileté rare pour actualiser cette idée : comme chez certains curés affables, leur perception molle se tord et s'arrête là où le véritable mal a planté ses racines puissantes.

Paco se décide à intervenir une ou deux fois sur un ton apaisant mais totalement dépourvu du sérieux requis par le sujet, et par là même il fait le jeu d'oncle Luis (« Tu te rends compte, maintenant ? »), jusqu'au moment où il entend soudain la voix aiguë et reposée de tante Isabel qui parle des lettres. Alors Montsé, que tout le monde observe, regarde sa mère d'un air sévère : « Alors comme ça tu as fouillé ma chambre… Maman, au nom du ciel ! », et elle ne semble pas honteuse ni rien, simplement étonnée, déconcertée de nouveau. Avec une douce affection maintenant, tante Isabel murmure, sur un ton pleurnicheur : « C'est pour ton bien, ma fille. » Ce n'est que lorsque oncle Luis, pour qui dirait-on les lettres sont plus qu'il n'espérait, la traite à voix basse de sotte et d'idiote que les yeux de Montsé s'humectent de nouveau. Tout n'est plus que confusion et négligence. Dans la voix d'oncle Luis pointe une cruauté inhabituelle qu'il ignore lui-même à cause de sa propre conviction, affable, autosuffisante, quelque chose qui se marie à la perfection avec la lumière rusée de son regard aigu. Car il n'interroge pas sa fille avec violence : cette voix qui tonne entre les murs de son bureau, ici, au milieu de sa famille, est une petite musique douce, tenace, lourde de rhétorique, quelque chose de terriblement ridicule qui préside un vaste et pathétique auditoire de moutons – toi y compris, Bodegas. Mais quand l'affaire devient sérieuse, quand finalement oncle Luis cesse de cacher son irritation, ses laïus moralisants ont déjà fait eau de toute part, et cela l'irrite outre mesure, car d'une certaine façon il le remarque et il est impuissant à l'éviter. Heureusement, Montsé ne veut plus rien savoir ni entendre : elle se lève de table sans toucher à son dessert, c'est à peine si elle a grignoté. Quelque chose la transfigure à ce moment-là, sous les insultes de son père, quelque chose d'aussi dur et d'aussi ferme que le roc, d'aussi insensible que le roc, un rigoureux et simple sens du dévouement ou de l'attente qui chez elle, par sa nature même, aurait peut-être autrefois soulevé des montagnes : la foi. Montsé regarde droit devant elle d'un air résolu en se levant de table, elle repousse sa chaise, fixe le néant avec une certaine avidité, avec cette soif d'horizon que tu as vue dans ses yeux, quand tu étais gosse, lorsqu'elle se levait de son banc à l'église et que, mains croisées sur la poitrine, tête bien droite, elle avançait vers l'autel pour recevoir la communion.

Tante Isabel s'apprête à demander à sa fille de se rasseoir, mais oncle Luis, d'un léger geste de la main, la retient. Montsé se retire dans sa chambre sans dire bonsoir. Et la conversation d'après dîner se poursuit sans elle. Oncle Luis se montre contrarié et questionneur, il parle en s'adressant de préférence à son neveu, en sollicitant son assentiment, et en montrant par des signes évidents qu'il en a assez de traiter avec les femmes. Nuria, pensive, exprime à plusieurs reprises son intention de monter parler avec sa sœur, mais elle n'arrive pas à se décider. Et cela donne une de ces conversations habituelles après les dîners à la villa, qui allaient de pair avec la lourdeur ruminante des digestions qu'imposaient à cette époque les vertus culinaires de la pauvre Esperanza. Elles avaient la qualité volatile des conversations qui se situent hors de la réalité de la vie : quand tu mangeais à la villa et que tu entendais parler les Claramunt, tu avais toujours l'impression – si agréable parfois ! – que quelque part, très loin, le monde continuait à tourner et que vous vous étiez arrêtés Dieu sait sur quel nuage de pourpre, protégés par tante Isabel, conseillés par oncle Luis.

Quant à ce qui t'avait amené là : Nuria te raccompagna à la grille de la rue, où, cachés comme vous l'étiez tous deux dans l'ombre, des ardeurs renouvelées sous son gros pull de gardien de but firent fondre dans tes mains les plaintes et les reproches que tu avais préparés.

12

Le poisson

Ce printemps-là, je vis planter les tulipes rouges autour du général San Martín, je les vis pousser et je les vis mourir de la fenêtre de ma chambre, à la pension. Entre mars et avril. De ma fenêtre, je pouvais voir aussi le pont de Vallcarca, austère et gris avec sa longue liste de suicidés, et plus loin, tout en haut d'un dégradé de bleus, le Tibidabo.

Sur les bancs du mirador les couples d'amoureux roucoulaient dans le soir tombant. Pour aller de la pension à la villa de mon oncle ou au club de tennis La Salud, je descendais généralement jusqu'à la place Lesseps, en laissant derrière moi une école de musique devant l'entrée de laquelle il y avait toujours des filles très comme il faut et élancées, avec des serviettes et des étuis à violon, puis une fois à Lesseps je tournais à gauche (je crois qu'il y avait encore des bâtiments au milieu de la place), je passais devant la teinturerie où mon prince-de-galles se refaisait parfois une santé, et un peu plus loin je me plongeais dans la lumière chaude et dans l'odeur d'huile frite d'un stand de *churros*, pour prendre ensuite par la Travesera de Dalt et entrer, une fois passé la rue Escorial, dans l'avenue Virgen de Montserrat. Quelquefois, en sortant de la pension, je préférais descendre par le petit jardin du général jusqu'à l'avenue del Hospital

Militar et arriver place Lesseps par son milieu. Mais, quel que fût le trajet, il me semblait toujours long.

– Parce que j'étais éperdument amoureux, bien sûr. Mais cette main indécise qui te caressait lors des nuits sereines, dans le jardin de ta maison, était, est encore, j'en ai bien peur, une serre. Je crois qu'au fond, ajoutai-je en m'asseyant dans le fauteuil avec le journal, et en refusant le café que Nuria m'offrait, je n'étais guère différent de ton premier prétendant, ce joueur de tennis. De plus, ma chère cousine, il y a deux choses dans la vie que ton père a toujours renoncé à comprendre : les impénétrables desseins de la Providence et l'âme mystérieuse des pédés.

– Allons, murmura-t-elle d'une voix mécontente, sa tasse à la main et très correctement assise en face de moi, cesse de dire des âneries. Tu n'as pas assez bu ? Tu devrais prendre un café.

– Plutôt un somnifère.

Je me mis à lire le journal. Nous étions dans la bibliothèque, je crois, et toutes les lumières étaient allumées. À un moment, je parcourus des yeux les rayonnages, couverts de livres de Vilella : ouvrages de diarrhée mentale reliée. Je pensai avec regret à ce livre que je n'écrirai jamais : *Comment la société fabrique ses intellectuels*, conférence du P. Bodegas, o.p. Je secouai mon verre, mais il n'y eut pas de tintement : seuls y flottaient deux petits poissons bien polis, ventre en l'air, qui ne tarderaient pas à disparaître.

– Oui, dis-je, c'est comme une obsession de Prince Vaillant, je n'arrive pas à te voir autrement que sur un fond de château à tours crénelées, et avec un dragon, ce jardin, ces nuits étoilées, un décor fabuleux toujours lié à toi… Que c'est joli ! Il fallait tuer le dragon pour te mériter. Et je me demande si cette toile de fond, ce dragon qu'il fallait vaincre et ce château étaient un moyen ou une fin ; je me demande si tout cela ne m'attirait pas plus que toi.

– Bêtises, dit une Nuria tout à coup habillée en Rimbaud et assise à la terrasse du Flore, devant un crème, ses doigts tapotant nerveusement l'anagramme rouge de la NRF, sur la couverture de son livre. Tu as toujours aimé rêvasser. Naturellement, au début il n'y avait qu'un attrait physique, nous étions des gamins. Mais moi je t'ai tout de suite aimé, bien avant que je ne l'aurais cru. Et c'est pour ça que je suis ici avec toi… Arrête avec le Pernod, chéri, passe au café. Tu aimes mon pantalon ?

Conversations sans date. Un souvenir où les temps se mélangent : Paris ou Pedralbes, qu'est-ce que ça peut faire ? Il est peut-être encore temps de nous demander de nouveau, et sérieusement, si les pantalons moulants nous rendraient heureux, et d'envoyer tout le reste au diable… Je lâchai mon journal – mais trop tard, ce genre de choses ne se fait pas impunément et je me souviens que cette nuit-là je devais rêver un étrange méli-mélo celtibère : un torero est victime d'un coup de corne dans le cordon spermatique à Tarragone, un groupe de pieux messieurs est honoré à Madrid par un dîner donné en récompense de leur courageuse opposition, aux Cortes, au projet de loi sur la liberté religieuse, le mot « monocratie » est rejeté au profit de « polymathie », enveloppés dans des fourrures hors de prix les Burton quittent Paris précipitamment…

L'*ABC* accroché aux flancs du kiosque devant le Flore, troisième séjour, un café pour elle, un Pernod très allongé pour moi : elle s'est présentée fourrée dans du velours côtelé couleur cendre, pantalon et écharpe, non maquillée, échevelée, libre et antifranquiste. Paris nous politise, nous poétise et nous érotise, nous autres

Espagnols. *Madame** Vilella, j'ai besoin de toi. Reste avec moi. Si je t'aime ? Je ne sais pas, je ne sais plus. Mais notre si beau passé, les vieux décors de notre amour…

– Tu te souviens de nos premiers baisers dans le jardin ?

Sa voix retrouva son velours.

– Je revenais de chez le dentiste, j'avais un terrible appareil dans la bouche. Ça m'avait mise dans une de ces rages !

– L'appareil, précisai-je, c'était après, au printemps, la fois où j'ai accompagné Montsé à la prison Modèle.

– Tu confonds, mon cœur. C'était bien avant.

Non. Je me souviens parfaitement de ce dimanche de printemps ensoleillé, parce que en traversant la ville en taxi, avec Montsé, tous deux chargés de paquets pour son prisonnier, j'avais l'impression de laisser derrière moi un désordre crasseux, un sillage de cendriers pleins à ras bord et pestilentiels, d'heures perdues à rester allongé sur mon lit de la pension, et de monotones, de persistantes pluies noires derrière la vitre de ma fenêtre.

– Au fait, dis-je à Nuria, c'est à ce moment-là que j'ai appris que toi aussi tu avais plusieurs fois accompagné Montsé à la Modèle dans ta voiture. Pourquoi ne m'en avais-tu jamais rien dit ?

– Montsé voulait que personne ne le sache.

– Et tu l'y conduisais, malgré l'interdiction de ton père ?

– À l'époque je ne voyais rien de mal à ça. D'ailleurs, je me faisais payer ce service, je m'abritais souvent derrière elle pour sortir avec toi. Que crois-tu que je disais, à la maison, quand j'arrivais en retard à cause de toi ?

Je gardai le silence. Puis je repris :

– Elle avait presque entièrement cessé d'aller au Centre, et on ne la voyait pas beaucoup non plus à l'usine ni chez vous. Elle commençait à être une ombre fugitive, une pauvre pestiférée…

– Tais-toi. Et fais comme moi, tu veux bien ? Passe au café.

– … et nous devions être les seuls toi et moi à savoir qu'elle continuait à voir le prisonnier. Salvador aussi, je crois. Non ? Mais pourquoi ton mari a-t-il été si discret, à une époque où il s'intéressait tellement aux sentiments des demoiselles Claramunt ? Tu te souviens de l'honorable rôle de dépité qu'il jouait, genre « on ne me dit rien, à moi », presque jusqu'au dernier moment ? Et pourtant, tu te rends compte, il savait tout.

– Salva ne pouvait réellement rien faire, dit Nuria. Les choses sont comme elles sont.

– Il avait toujours l'air d'arriver en retard, d'être le dernier à savoir. Mais ce culot, cette attention respectueuse du type qui sollicite la confidence, c'était un mensonge, tu comprends ? Et il te tournait autour, il te tournait déjà autour…

Nuria s'était installée dos contre l'oreiller. J'entendis le crissement de la cellophane. C'était la troisième fois que je l'obligeais, par envie de bavarder, à allumer la lumière et à fumer une cigarette. En dépit du somnifère – qui avant de se noyer dans l'alcool, et de me flanquer des coups de pied de l'intérieur, me joue toujours le même mauvais tour : il me fait fourcher la langue –, mes yeux étaient comme deux phares dans la nuit du temps. Nuria but une gorgée de café au lait, elle se drapa dans son écharpe, son corps nu se détacha un moment sur la façade de la Samaritaine lorsqu'elle se tourna vers moi en tirant avidement sur sa cigarette, déconcertée mais heureuse, tandis que moi, mon verre à la main, je regardais fondre le dernier reste de glace…

– Ça t'amuse vraiment de me faire souvenir de tout ça ? se plaignit-elle faiblement. Qu'est-ce que tu veux, Paco, pourquoi cet acharnement à chercher la raison de tout ?

Le dernier petit poisson émergea un instant, fit un tour complet, sur le côté, et, comme dévoré par un acide, il disparut définitivement.

13

La liberté conditionnelle

Un jour férié du mois de juillet, à l'époque où le comportement de Montsé éveillait déjà chez tous une curiosité des plus troubles, toi tu m'attendais au club, assise sur une chaise au bord du court central et entourée de quelques petits jeunes gens séduisants à blanc poignet de force et muscles dorés. Un soleil splendide brillait dans un ciel radieux, suffocante et couverte de sueur, tu te remettais de la partie que tu venais de disputer, et en me voyant arriver avec mon épais et lourd costume d'hiver tu ne pus éviter un sourire. Quelqu'un t'apporta un *cuba libre*. Et ce n'est que lorsque tes amis nous eurent laissés seuls que tu me dis d'approcher ma chaise de la tienne pour me donner la nouvelle.

« Le protégé de Montsé est sorti de prison.

– Quand ça ?

– Il y a trois jours. »

Les pieds sur le bras d'une autre chaise, la raquette en travers des cuisses, tu sirotais ton *cuba libre* et observais, paupières mi-closes, les mouvements un peu gauches de Menchu Nin, qui commençait à servir sur le court. À chaque imperceptible coup de vent ta jupette blanche plissée voletait, blanches ailes d'une colombe qui ne parvenait pas à prendre son vol, et les minuscules champs de blé dorés et soyeux de tes bras et de tes cuisses s'agitaient en moutonnant dans le soleil, peignés par la brise, ils tourbillonnaient et s'abattaient nonchalamment vers l'horizon gris et insouciant de tes yeux…

« Jeudi dernier, comme je sortais des vestiaires et me dirigeais vers la piscine, commenças-tu doucement, tes paupières de bronze, poussiéreuses, mi-closes sous le soleil, Montsé m'a appelée d'un bar. Elle m'a dit qu'elle venait de passer toute la matinée au Foyer social de Casa Antúnez avec une déléguée rurale, à faire des démarches pour obtenir une requête en invalidité ; elle devait aller au Somorrostro pour une autre affaire et elle me demandait si je pouvais la prendre en voiture une demi-heure plus tard devant l'hôpital des Infectieux ; elle s'était mise en retard, elle avait peur de ne pas trouver de taxi et de plus elle était un peu juste question argent. Elle parlait très vite et était très nerveuse. "Je te dirai tout plus tard, viens tout de suite", m'a-t-elle dit. Pour moi c'était une vraie corvée, mais elle avait l'air si préoccupée que j'ai accepté. Quand je l'ai retrouvée elle m'a demandé de la conduire à toute vitesse rue Entenza, parce qu'elle était très en retard. Bon, je lui ai demandé si quelqu'un était en train de mourir ou quoi, et en fait elle voulait que je la conduise à la prison Modèle. Elle était toujours aussi nerveuse et j'avais du mal à lui tirer un mot, elle ne me regardait pas, elle était plus attentive à la circulation que moi. Elle portait une robe trop chaude pour la saison, elle était un peu endimanchée et, si je n'avais pas si bien connu ma sœur, j'aurais juré qu'elle s'était mis une légère couche de rouge sur les lèvres. Elle m'a fait monter par la rue Rocafort, puis tourner à gauche, et une fois arrivées au coin de la rue Rosellón et de la rue Entenza elle m'a dit de m'arrêter, sans me laisser me rapprocher de l'entrée de la prison. Elle a regardé sa montre et m'a dit qu'il fallait attendre. Je lui ai demandé si c'était ce jour-là qu'il sortait, et elle m'a fait vaguement oui de la tête, elle ne m'entendait même pas. Elle ne cessait de surveiller l'entrée, sans vouloir descendre de la voiture. Elle avait l'air plus calme, mais n'avait pas envie de parler. Et comme elle ne voulait pas m'exposer ses plans j'ai fini par m'énerver, j'ai beaucoup fumé. Il faisait une chaleur épouvantable dans la voiture et je suis sortie boire un citron pressé au bar en face de la prison. Au comptoir, un type à l'air rébarbatif a commencé à vouloir me draguer, j'essayais de ne pas faire attention à lui mais il ne me fichait pas la paix avec ses impertinences et il commençait à me presser un peu trop quand un jeune type qui était à l'autre bout du comptoir, avec un sac de plage et une veste en cuir pendue à l'épaule, je ne l'avais pas remarqué, a pris mon dragueur par le bras, très doucement, et lui a dit : "Pourquoi ne laissez-vous pas mademoiselle tranquille ?" ou quelque chose comme ça, et alors l'autre a un peu grogné, mais il s'est écarté et ne m'a plus ennuyée. J'ai à peine eu le temps d'adresser un regard de remerciement au jeune type, parce qu'il a fait demi-tour, il s'est arrêté sur le seuil, a regardé un moment à droite et à gauche, et brusquement il est parti.

« Quand je suis retournée à la voiture, je l'ai trouvé assis à l'arrière, avec Montsé. Je l'ai alors observé. Ce n'était pas le genre d'individu que j'avais imaginé. Très jeune, et à part ses cheveux, qui étaient horriblement mal coupés, avec les pattes tondues, comme s'il faisait son service, il n'avait pas l'air de sortir de prison. Il portait un jean très usé et une chemise blanche sans col, avec des manches trop courtes. Sa veste, je m'en suis rendu compte à ce moment-là, était celle que Montsé lui a offerte il y a un mois. Je me suis assise au volant en demandant où nous allions maintenant. Montsé a posé sa main sur mon épaule et m'a fait me retourner pour me présenter le type, elle m'a dit qu'il s'appelait Rafael, ou quelque chose comme ça, je ne me souviens plus. Nous nous sommes serré la main, il m'a regardée droit dans les yeux et a souri, il avait un sourire agréable. Il n'a fait aucune allusion à ce qui venait de se passer dans le bar, et moi non plus. "Alors ça y est, c'est fini, lui ai-je dit, vous devez être content", et j'ai mis le contact. "À vrai dire je ne sais pas, c'est maintenant que commencent les complications", a-t-il dit en souriant, et j'ai vu dans le rétroviseur la main de Montsé serrer la sienne. Je me suis mise à penser à la bonne foi de ma sœur et je suis devenue furieuse, je suis restée un long moment sans parler. "Je me suis occupée de tout", ai-je entendue dire Montsé. Il regardait les rues par la vitre d'un air indifférent, mais de temps à autre je croisais son regard dans le rétroviseur. L'endroit était une pension bon marché place Comercial, juste en face du marché du Borne. Il semble qu'il avait une recommandation d'un compagnon de cellule, le père de la patronne, et qu'on ne le fera pas payer tant qu'il n'aura pas trouvé de travail. La rue était tout encombrée de camions en train de manœuvrer et de transporteurs qui criaient, j'étais si énervée que je klaxonnais sans arrêt, je me suis fait insulter par tout le monde. Je les ai laissés devant la pension et Montsé m'a demandé de l'attendre un moment. Il m'a dit au revoir avec une longue poignée de main, en me remerciant avec une amabilité recherchée, ridicule. Montsé ne cessait pas de l'observer, mi-contente mi-préoccupée. Elle est entrée avec lui dans la pension et en est ressortie un quart d'heure après environ, et quand nous sommes reparties elle m'a fait promettre de ne rien dire à maman ni à personne. "Mais bon, lui ai-je dit, qu'est-ce que tu penses faire ?", et elle m'a répondu que cette pension ne lui revenait pas du tout, et la patronne et les clients encore moins, et que le garçon devait forcément se trouver bien seul et déprimé maintenant, qu'il fallait lui trouver un emploi…

« Ce matin, continuas-tu à me raconter pendant que je t'accompagnais au vestiaire en portant ta raquette et ta serviette, nous nous sommes rencontrés par hasard dans une rue de l'Ensanche, comme je revenais de Sitges. Il était plongé dans ses pensées, seul, sa veste à l'épaule. J'ai failli le renverser en montant sur le trottoir pour entrer dans la station-service – j'avais besoin d'essence et j'étais très pressée, je ne voulais pas faire cadeau de la partie à cette bêcheuse de Menchu… Il a été surpris de me voir, il était très distrait mais il m'a reconnue tout de suite. “Où vas-tu comme ça par cette chaleur ?” je lui dis, et lui : “Tu vois, je me promène.” Il m'a regardée un moment en souriant, et sans rien dire, penché vers moi les deux mains appuyées sur la voiture, je ne pouvais pas entrer dans la station. Histoire de dire quelque chose, je lui ai demandé s'il avait revu Montsé, et il m'a dit que oui, qu'il l'avait vue vendredi dernier et hier, et qu'il l'attendait aussi cet après-midi… Je n'ai pas aimé sa façon de me le dire, je ne saurais expliquer pourquoi, on aurait dit que ça ne l'intéressait pas ou qu'il voulait montrer que c'était lui qui commandait avec ma sœur, quelque chose comme ça, et je crois qu'il a remarqué mon mécontentement parce que aussitôt après il a souri de nouveau, avec cette manière qu'il a de le faire, et il m'a dit : “Il faut que tu aimes très fort ta sœur, elle est très bonne, c'est la meilleure personne que j'aie connue dans toute ma chienne de vie”, il m'a dit quelque chose comme ça, et, tu vois, je te jure qu'à ce moment-là au moins il était sincère, je l'ai vu dans ses yeux. Mais ce que je voulais te dire c'est qu'en arrivant à la maison, quand j'ai retrouvé Montsé, j'ai eu envie, je ne sais pas pourquoi, de ne pas lui dire tout de suite que je venais de voir ce garçon par hasard ; au lieu de ça je lui ai demandé si elle l'avait revu depuis jeudi. Elle ne m'a pas répondu tout de suite et quand elle l'a fait ça a été pour me dire que non. Et ça, ça ne me plaît pas du tout, tu comprends ? Quel besoin Montsé a-t-elle de me mentir ? Qu'est-ce que tu en penses, Paco ? Tu crois que je devrais le dire à maman ?... »

Sur le dallage ensoleillé qui menait aux vestiaires, tes pieds chaussés de tennis et de socquettes blanches se déplaçaient sans bruit, lentement, en se croisant avec soin. Nous étions près de la piscine. Comme tu finissais de tout me raconter, nous arrivâmes aux vestiaires. Je ne sus que te dire, l'histoire de Montsé ne m'intéressait pas.

« Alors comme ça il est dehors », vocalisai-je en levant la tête.

Et je fermai à demi les paupières dans la lumière qui éclatait dans tout le complexe, qui incendiait la terre rouge des courts et les blancs uniformes des joueurs de tennis, les cris de joie, la peau brunie et les bikinis des filles qui, venant de la piscine, passaient près de nous couvertes de gouttes. Je te laissai devant les douches. Avant d'y entrer, tu récupéras ta serviette. Tu étais toute décoiffée, en sueur, je retins ta main un instant et nous nous regardâmes dans les yeux.

« Tu es très belle », te dis-je.

La brise chaude déplaça tes cheveux raides sur un côté de ton visage, tes beaux yeux reflétèrent un bref instant l'immense solde de ton père, une heureuse indifférence presque inhumaine, une assurance végétale, et, absorbé dans la contemplation des petites gouttes sur ton front, de la naissance de tes seins que laissait voir l'échancrure de ton polo, j'eus encore l'idée de te dire :

« Alors, comme ça, Montsé l'a mis dans cette pension et elle lui cherche du travail... Ne t'inquiète pas, ta sœur est majeure et elle sait ce qu'elle fait... Rhabille-toi... Je... je t'attends. »

Et pendant que tu te douchais je restai là à t'attendre, au bord de la piscine, mort de chaleur et grotesque dans mon épais costume gris au milieu de l'agitation des baigneurs, ta raquette pendante à la main et pensant à ton corps qui se tendait sous la froide caresse de la douche.

Quelque temps avant les vacances je recommençai à chercher un appartement meublé. Mais mes quatre mille cinq cents pesetas mensuelles ne me permettaient pas de nourrir beaucoup d'espoir et je dus très vite renoncer, une fois de plus, et me contenter de ma triste chambre de la pension, où je ne pouvais t'emmener. Un dimanche matin, après avoir visité un minuscule attique sur l'avenue Meridiana (trop cher), il me vint à l'idée d'entrer dans le parc de la Ciudadela, où de loin j'aperçus Montsé et quelques jeunes garçons de la paroisse, assis sur les bancs du rond-point. Les garçons avaient des sacs de toile et deux d'entre eux portaient encore le maillot bleu à franges rouges de l'équipe de basket. Montsé, avec son chemisier couleur lilas qui sortait de sa jupe, s'était levée et semblait leur dire de l'attendre. Elle partit en courant le long d'une allée du parc, sans me laisser le temps de l'avertir de ma présence. Il faisait très chaud et je m'assis à l'ombre des arbres, sur l'un des bancs occupés par les garçons. Ils avaient tous l'allure impossible à confondre des jeunes voyous du Guinardó, noirs de peau, petits, avec une expression grave et prématurément mûre, comme s'ils avaient eu dix-huit ans. L'un d'entre eux, que j'avais vu plusieurs fois en compagnie de Vilella, me reconnut, il était assis sur le ballon et ses mains pendaient, rouges et teigneuses, devant les genoux usés de son pantalon. Tous étaient décoiffés et cramoisis de chaleur. Celui qui était assis sur le ballon, après m'avoir regardé un instant, me dit tout à coup :

« Tu as été dans ce foutoir ? »

Et en avançant sa lèvre inférieure comme une lippe il souffle vers le haut, en essayant vainement d'écarter la mèche qui tombe sur son front. Je lui demande quel foutoir, et alors il m'explique qu'ils viennent de faire un match du championnat diocésain dans une paroisse du voisinage.

« Et Montsé ?

– Elle a été chercher les rapports, me dit-il, elle avait oublié de les prendre. Celle-là, elle oublie toujours quelque chose.

– C'est elle la déléguée aux sports, maintenant ?

– Non. Mais Salva est parti en excursion. C'est pour ça qu'on a perdu.

– Ne sois pas idiot, intervient un autre. Ce n'est pas sa faute.

– Ah non ? Salva aurait obtenu qu'ils annulent la quatrième faute personnelle de Monito. Mais elle, c'est une cruche.

– Arrête de dire des bêtises, coupe tranquillement un autre, qui est assis à côté de moi. On a perdu parce qu'on a mal joué. »

On ne parle plus de l'affaire. Certains se lèvent et commencent à lancer des pierres sur les arbres et sur les oiseaux. Un couple d'amoureux s'arrête pour boire à la fontaine, le petit jet vertical leur mouille la figure et ils rient. On est bien, ici, affalé sur le banc, la veste pliée sous la nuque. Maintenant c'est celui qui est assis à côté de moi qui a le ballon, je le vois du coin de l'œil, il le fait rebondir machinalement entre ses jambes, les coudes sur ses genoux, tête penchée.

« Fait chaud, hein ? l'entends-je dire.

– Oui », dis-je. Et après un instant : « Il est loin, ce terrain de basket ?

– Juste à côté, rue Wellington. »

Les oiseaux piaillaient et menaient grand tapage dans les arbres. Brusquement, j'éprouvai la curiosité de savoir ce que ces petits voyous du quartier pensaient de ma cousine.

« Dis donc, qu'est-ce que vous pensez de Mlle Montsé et de cette histoire de prisonnier qu'on raconte à la paroisse ?... »

Je ne vois que ses mains, qui retiennent le ballon un instant.

« Tu es son cousin, pas vrai ?

– Oui. »

Il ne dit plus rien, et alors je le regarde pour la première fois avec une certaine attention. Il a toujours les coudes sur les genoux et la tête penchée, et il recommence à faire rebondir le ballon entre ses pieds, patiemment. Il est beaucoup plus vieux que ses camarades, mais avec son allure de *charnego* et sa façon de s'habiller il ne se distingue pratiquement pas d'eux. Il dit :

« Un jour à aller à la plage, oui, monsieur. »

Et il soupire et se lève paresseusement, il lance son ballon vers les autres garçons et secoue la poussière de ses mains en les battant l'une contre l'autre. Puis il se retourne, un instant, simplement pour me regarder avec ses yeux très noirs.

« Bon, je m'en vais. »

Et il s'éloigne en sifflant gaiement, mains dans les poches revolvers de son jean.

Montsé revient ; elle s'étonne de me voir. Très contente, elle regarde autour d'elle, comme si elle cherchait quelqu'un, et me dit :

« Il est parti ? » Elle sourit. « Tu lui as parlé ? »

Je la regarde un instant sans comprendre, autour de nous les garçons s'agitent et, à quelques mètres derrière elle, une fille vêtue d'une robe rose vaporeuse et avec des chaussures blanches, s'appuyant gracieusement sur la main que lui tend un jeune homme, se penche pour boire à la fontaine.

« N'est-ce pas qu'il est sympathique ? » me disait Montsé, les yeux inondés de lumière.

14

Le transport des sens

Tous tes souvenirs de Montsé Claramunt sont faits d'une matière complexe où il est difficile de délimiter les espèces et les variétés, ou les simples mélanges : tels certains minéraux soumis à de longs séjours marins, le passage du temps, la splendeur et la mort de printemps invisibles les ont peu à peu tapissés de mousse, de grains de sable et de croûtes de provenance lointaine et oubliée, d'étranges sympathies et antipathies que les ans ont superposées à leur caprice. Comme sur ces coquillages d'un bel éclat irisé, tu distingues surtout dans tes souvenirs – qui te viennent à l'esprit liés non pas au fil sans cassures du temps, mais à celui des sentiments, si emmêlé, si fragile – des adhérences et des fulgurations particulièrement dorées, dont l'origine t'est bien connue : elles proviennent de Nuria, du soleil que Nuria irradiait alors pour toi.

Tu gardais la cousine Montsé dans le tiède aquarium de tes distractions dominicales, étroit récipient d'eau sale et dormante sur lequel tu te penchais de temps en temps pour la regarder avec curiosité, avec une certaine stupeur et parfois même avec peine, mais sans jamais essayer de la comprendre, sans l'associer au destin des mortels, réellement comme si ta cousine était un exemplaire rare dont la vie et les mœurs offraient un certain intérêt biologique mais non humain. Et ce n'est que maintenant que tu sens le flux de ce temps-là couler dans ton sang, frapper ton pouls et tes veines de façon pressante, et tu essayes de te rappeler la jeune fille ambiguë et inquiétante de cette fin d'été, quand sa confiance en toi la poussait à venir te trouver pour parler de ses conflits avec la famille et la paroisse, et avec elle-même. Elle avait pris l'habitude d'aller te voir à la pension depuis ce jour où tu avais été malade, elle s'asseyait au bord du lit et allait au fait sans détour. Elle te disait qu'il lui arrivait de se sentir si mal qu'elle faisait des cauchemars ou qu'elle avait l'impression de s'évanouir, elle te parlait de tante Isabel et de ses craintes « compréhensibles » – c'était le mot qu'elle employait –, de la patronne blonde de la pension Gloria, de sa solitude et de la nécessité qu'elle avait éprouvée de se lier d'amitié avec Manuel ; de l'emploi dont celui-ci avait besoin comme de l'air que nous respirons, de l'impatience où il était de se voir intégré dans la société ou de la couleur d'une cravate qu'elle avait l'intention de lui offrir. C'était sa vie et elle n'en avait pas de plus vibrante ni de plus authentique que celle-là, et tu ne t'en rendais pas compte. Elle te parlait de rêves dont tu n'as jamais su si elle les vivait en songe ou éveillée. Une fois, elle te raconta qu'elle avait rêvé qu'elle et Manuel s'étaient réfugiés dans une vieille bâtisse abandonnée, aux murs décrépis, avec des meubles brisés qui conservaient toutefois quelque chose de leur antique splendeur, et qu'ils y réorganisaient leur vie sur l'étrange conviction d'être seuls au monde, comme des survivants d'une guerre qui au-delà des fenêtres n'aurait laissé que des ruines, jusqu'au jour où elle s'apercevait que cette bâtisse était la villa de ses parents, aimables personnages sans visage et désormais perdus dans la mémoire des temps… Étrange Montsé que celle-là, aux pressentiments fugaces et aux terribles convictions. En parlant elle se fatiguait et elle était heureuse, elle acceptait parfois un verre de cognac, et alors elle s'enhardissait à fumer une cigarette et à s'asseoir sur le tapis, elle ôtait ses chaussures et s'éventait gaiement avec les pans de son chemisier, elle avait toujours l'air de venir de découvrir qu'il faisait chaud, de s'étonner de l'été. D'autres fois, de soudaines vagues d'affection et de gratitude la poussaient à se pendre à ton cou et à te couvrir les joues de baisers. Ton seul mérite consistait à l'écouter : tu es là, vêtu d'un de ces tricots de peau bleus bon marché et marqués de transpiration, debout, dos appuyé à la fenêtre et à contre-jour, verre en main, avec un sourire amusé qui danse dans tes yeux, tout en haut d'une curiosité superficielle et un peu trouble. Que reste-t-il de tes paroles, de tes conseils – si toutefois il y en eut ? C'est elle qui est tout, sa présence physique : un petit chemisier rose très ample sur des seins tombant harmonieusement et un peu écartés vers les flancs, un tintement de bracelets, une gesticulation nerveuse sous ton nez, ses vêtements chers, son air de demoiselle du genre catho-richard. Cet été-là, son corps éclatait d'un étrange effort inutile, d'un désir de vouloir bousculer le néant ou d'embrasser le vide. Et cette force qui ne trouvait pas à se canaliser te mène à un autre souvenir : le jour où, brusquement, alors qu'elle te plaisantait au sujet des frisettes brunes de ta poitrine qui dépassaient de ton tricot, elle s'était laissée tomber sur le lit, bras en croix, et où elle était restée un long moment dans cette position, sur le dos, en riant, avant de se taire et de se raidir peu à peu, pâle, yeux fermés, et tu n'as jamais su si elle s'était endormie ou évanouie, parce que lorsque tu l'avais secouée, effrayé, elle avait réagi et t'avait dit que ce n'était rien, elle t'avait prié de l'excuser, ce n'était rien…

Et en parcourant par la mémoire ce temps qui maintenant te semble si loin, ces scénarios transformés par la conscience actuelle des erreurs, des égoïsmes et des malheurs qui les ont agités, tu la revois lors d'une ardente nuit d'août, se roulant sur le lit défait de sa chambre, gémissant et se mordant les lèvres comme si elle luttait pour se réveiller d'un cauchemar, se débattant au milieu de forces inconnues. Une crise de nerfs, une aurore sanglante, résolument féminine – un transport des sens, pour le dire en termes Claramunt.

Ce soir-là, une série de circonstances favorables – pluie torrentielle, opportune foulure de la cheville dans le jardin, absence d'oncle Luis et longue veillée au salon avec les femmes, passée à prendre des liqueurs douceâtres autour de ta jambe allongée – devait dresser devant tes yeux la tremblante et fragile charpente d'un rêve d'adolescent que tu avais presque oublié : passer une nuit dans la villa de tes cousines, tenter dans l'obscurité la folle aventure d'un rendez-vous furtif avec Nuria... La conversation tourne autour du mauvais temps et d'un voyage à Sitges : demain tante Isabel emmène Montsé pour un mois ; Nuria ira plus tard, elle reste pour disputer les championnats sociaux du club. Personne ne fait de commentaire, mais ce voyage obéit à des intentions clairement préventives : bien que le prisonnier soit maintenant libre, raison pour laquelle il est logique de penser que l'aide matérielle et morale que Montsé lui a dispensée touche à sa fin, tante Isabel est encore plus méfiante qu'avant – et non sans raison, vu que Montsé s'entête maintenant à lui trouver un bon emploi, et qu'elle ne s'arrêtera pas avant de l'avoir obtenu... Mais d'autres questions, plus chaudes, occupent ce soir-là l'arrière-boutique en désordre de ton cerveau : dehors il continue à pleuvoir à seaux, tu pries Dieu et le diable que la pluie ne cesse pas, et l'heureuse possibilité que cette inclémence du temps fasse que tante Isabel ait définitivement pitié de toi – c'est déjà le cas à cause de ta cheville douloureuse, de l'air tristounet que tu exhibes ce soir-là, profondément enfoui dans le fauteuil à oreilles de l'oncle, dans ton meilleur style de pauvre orphelin – et qu'elle ne te laisse pas partir en boitant sous l'orage, s'est aussi installée dans l'esprit de Nuria, pelotonnée dans sa bergère, ses bras entourant ses adorables genoux, yeux fixés sur toi. Tante Isabel t'offre un Calisay dans un verre pansu et violet, Montsé place un coussin sous ton pied. Chaleur de foyer : tes serres s'attendrissent. Puis Montsé se lève comme si elle manquait d'air et ouvre la fenêtre qui donne sur le jardin : pénètre alors par vagues un parfum intense, une odeur de fleurs exubérantes et possédées par la pluie qui, d'une certaine façon, établit entre Nuria et toi un courant secret de folles extravagances. Si tante Isabel pouvait lire, l'espace d'une seconde, ce qui te passe par la tête, elle en aurait un choc qui la tuerait. Mais c'est l'heure de se retirer et elle prend congé en se plaignant de ses rhumatismes, non sans avoir décidé que tu resterais (c'est un vrai déluge) et dit à ses filles de te montrer ta chambre. Parvenue à la porte du salon, elle fait tourner le poids de son corps et nous souhaite une bonne nuit. Debout, chien salarié : « Bonne nuit, tante. Et merci pour tout… »

Dans la chambre du second, avec deux fenêtres en forme de chapelle donnant sur la partie arrière du jardin, tu attends, tapi entre de fins draps de fil, à la lumière intermittente des éclairs, que le silence s'installe dans la maison. Un moustique, avec sa note de violon aiguë, passe et repasse en bourdonnant près de ton oreille. La pluie tombe maintenant plus calmement, et vient le moment où, passé minuit, en t'appuyant sur une sorte d'abracadabrante auto-excuse (boire un verre d'eau dans la cuisine, en dépit de la petite carafe et du verre qui trônent ostensiblement sur ta table de nuit), tu t'orientes dans l'ombre, flottant dans un énorme pyjama d'oncle Luis, et descends à l'aveuglette, en boitant, l'escalier qui conduit au premier étage. Pour atteindre la chambre de Nuria, au fond du couloir, tu es obligé de passer devant celle de Montsé, sous la porte de laquelle, avant même d'y arriver, tu distingues un filet de lumière. En palpant les murs, les meubles et les objets, tu avances davantage avec la mémoire qu'avec les mains, puis tu t'immobilises un instant, indécis : la lumière t'incline à penser que Montsé ne dort pas, qu'elle est peut-être en train de lire. On n'entend rien. Et tu continues à avancer, tu laisses sa porte derrière toi. C'est alors que, par-dessus la rumeur éteinte de la pluie, te parviennent des gémissements, ou plus exactement des bruits gutturaux, effrayés, rauques. Quand enfin tu arrives à la porte de Nuria, les bruits que tu as laissés derrière toi acquièrent soudain un rythme progressif, avec des halètements étouffés et des plaintes. Tu reviens sur tes pas et colles l'oreille à la porte de Montsé. Assailli par tu ne sais quelle idée sinistre, tu l'ouvres brusquement.

Tremblant de la tête aux pieds, prise de convulsions, Montsé se débat dans son lit, sa chemise de nuit trempée de sueur, les cheveux en bataille, ses mains crispées serrent l'oreiller sous sa tête. Elle est sur le dos et son corps forme un arc invraisemblable, en appui simplement sur les talons et la nuque. Mais elle s'affaisse aussitôt et dresse ses jambes en l'air, dans un douloureux effort, avec application et anxiété, comme si elle les collait à une forme invisible. Tu te précipites sur elle et tu lui tiens fermement les poignets, tandis que ses yeux te regardent, exorbités et lointains. Elle ne crie pas, elle ne fait que gémir et elle se mord les lèvres, si pâle, que faire ?, contrôle tes nerfs, les draps sont mouillés, effrayé et plein de trouble devant son effort démesuré, que faire exactement dans ces cas-là, des tapes sur les joues, puis, te rappelant ce qu'on avait fait un jour chez Conchi à une vieille actrice qui s'était soudain mise à hurler et à trépigner, tu enlaces avec tes doigts ses deux majeurs à elle et tu les tords presque jusqu'à lui faire perdre les sens. Peu à peu elle se calme, ses gémissements deviennent tendres et plaintifs. Sa tête retombe lentement sur le côté, ses jambes se détendent. Sur la table de nuit il y a une carafe d'eau, mais elle ne veut pas boire, elle serre les dents, le liquide se répand le long des commissures de ses lèvres dures et violettes, de son cou congestionné, sur sa poitrine. Un somnifère, peut-être, ils sont à portée de main (la quantité de pilules dans le tiroir de la table de nuit est étonnante), mais elle n'en veut pas non plus. Elle a l'air plus calme, yeux fermés, très raide, son front brillant comme de la nacre et ses cheveux très longs étalés sur l'oreiller. Complètement trempée et dégageant une odeur d'algues, comme si elle venait de surgir de la mer, elle recommence soudain à trembler.

« Montsé, Montsé ! appelles-tu à voix basse, bouche collée à son oreille. Qu'est-ce que tu as ? »

Il faudrait prévenir tante Isabel, et tu te lèves et ouvres la porte sans penser aux conséquences (ou bien pensais-tu à Nuria ?), mais elle, en se redressant, poitrine agitée :

« Attends, qu'est-ce que tu vas faire ? » supplie-t-elle.

Elle te regarde avec des yeux implorants. Elle saute de son lit, toute tremblante, s'interpose entre toi et la porte, où elle s'appuie de dos.

« Prévenir tante Isabel… Nuria.

– Non. Je vais bien maintenant, c'est passé. »

Son corps est brûlant, collé au tien, ses mèches mouillées collent comme de noires couleuvres à son cou et à ses épaules, elle transpire tout entière la combustion interne qui la consume.

« C'est vrai, tu te sens mieux ?

– Mais oui.

– Tu m'as fait une de ces peurs…

– Viens. »

Elle essaye de sourire tout en te prenant la main, elle s'écarte, retourne à son lit. En t'asseyant avec elle sur le bord, tu entends les battements de son cœur. Ses deux mains serrent la tienne et elle se recouche sur le dos.

« Ce n'est rien, dit-elle. J'ai fait un cauchemar. Quelquefois, la nuit, je me réveille comme ça, ce n'est pas la première fois. »

Elle exhale un profond soupir. Et maintenant, avec le plus grand naturel, elle se penche vers la table de nuit, bras tendu, cherche ses pilules et les prend.

« Ne me regarde pas comme ça, voyons, ajoute-t-elle d'une voix étrange. Ce n'est rien. »

Elle se repose en silence durant un long moment. Elle semble avoir oublié ta présence, bien qu'elle continue à te serrer très fort la main.

« Tu veux prendre un peu l'air sur le balcon ? » lui dis-tu.

Elle ne répond pas. Les yeux fermés, elle t'attire à elle, elle tremble légèrement, c'est comme si elle avait froid, et elle te prend dans ses bras, bouche ouverte collée à ton épaule. Tu lui tapotes affectueusement le dos.

« Ah, Montsé, Montsé, lui dis-tu. Qu'est-ce qui t'arrive ? »

Effrayé, tu lui suggères de nouveau de prévenir sa mère.

« Ça va passer, ça va passer, ce n'est rien. »

Tu la laisses se calmer, peut-être a-t-elle raison, attendons, pourquoi alarmer les gens (et d'ailleurs, maintenant que j'y pense : comment justifier ma présence ici, alors que je couche à un autre étage ?) ? Elle ne s'est pas encore rendu compte de l'état de sa chemise de nuit, complètement trempée, collée à son corps comme une seconde peau et remontée jusqu'à l'aine. Et pas seulement ça : ses cuisses, d'une pâleur rosée et marmoréenne, luisantes de sueur, continuent maintenant, sans raison, à s'entrechoquer doucement, dans un mouvement rythmique qui n'a plus rien à voir avec sa crise, une version lente du trépignement de tout à l'heure et qui dessine peu à peu, tandis qu'elle glisse entre tes bras, une position maladroite, comme si elle te serrait la taille entre elles. Elle se pelotonne, elle glisse de plus en plus. Ses bras tremblants ceignent tes reins, et maintenant, ses yeux battus et tristes fixant le vide, son sang cognant dans ses mains avec urgence, elle prend soudain conscience de sa nudité, ou plutôt de ta présence devant sa nudité : une vague de honte ou de pitié pour elle-même la laisse sans force, attendrie, misérable, totalement soumise au caprice de sa posture, bien qu'elle ne semble pas encore se rendre compte de la position de sa tête par rapport à ton ventre, livrée qu'elle est à Dieu sait quels pauvres fantasmes. Elle tremble et gémit.

« Ne pleure pas, Montsé, ne pleure pas », balbuties-tu maladroitement.

Finalement, comme tu le craignais, sa joue en feu – puis sa bouche – glisse encore plus sur le tissu de ton pyjama, effleure paisiblement ton sexe. Un instant seulement, quelques secondes à peine. Épargne-nous pour une fois tes considérations freudiennes plus ou moins ingénieuses – d'ailleurs, tu ignores encore quel degré d'intimité ont atteint ses visites au prisonnier dans la chambre minable d'une pension de la Barceloneta. Il y a dans cette union fugace et ambiguë, tandis que la pluie tombe en un long murmure sur le jardin, quelque chose de plus que le flux inconscient d'un désir : pour elle ce doit être aussi, tu le jurerais, retrouver un peu le monde sûr et heureux de l'enfance, un monde de rougeole, de lumière rouge et de bons remèdes, quand le corps nous promettait une fidélité sans limites et que nous ne savions pas encore – personne ne devait nous l'enseigner – qu'il peut lui aussi nous imposer un atroce destin. Mais il est tout aussi certain que seul un niais pourrait ne pas se rendre compte de quelque chose de troublant, et tu voudrais n'être pas là, tu as l'impression d'être témoin de quelque chose d'interdit, tu veux te libérer de cette étreinte tremblante et inconsciemment lascive mais pure, l'étreinte la plus pure et la plus attendrie que ton corps ait jamais méritée. Tu ne sais que faire. Et tu restes tout raide, froid, tu offres maladroitement la seule chose que tu sois capable d'offrir : une considération affective, correcte, mais incapable de réaction.

L'analyste chatouilleux qui ne tardera pas à faire de toi la loque alcoolique que tu es devenu capte pour la première fois ce qui n'a jamais cessé d'être une évidence : ces yeux doux, ces joues anodines, cet inexpressif visage de pomme qui attend végétalement la morsure… Mais ne t'inquiète pas : elle, déjà, notant peut-être dans ton silence, dans la raideur de ton corps, ta négligente réponse à la chaleur de son étreinte, elle s'écarte lentement, les yeux baissés, et tire sur les bords de sa chemise de nuit, couvrant ces inutiles cuisses de fille laide et bizarre, résignées de nouveau, endormies et inconscientes dans leur ignorance rose. La tremblote et le halètement ont cessé. Mais son regard est toujours obsédant, plus profond que jamais.

« Je suis bien maintenant, c'est passé.
– As-tu besoin… tu veux quelque chose ?
– Non, merci. »

Elle se lève et ouvre la porte. D'un mouvement habile et rapide elle rassemble ses cheveux sur sa nuque. Elle les attache avec un petit élastique, en fait une queue-de-cheval emmêlée. Elle est debout près de la porte ouverte, attendant que tu sortes, yeux baissés et chemise de nuit collée à la peau, ayant retrouvé son attendrissante laideur, prise dans une sorte de halo sacré ou délirant, férocement seule et sans remède, mais désormais, d'une certaine façon, maîtresse de la situation. Elle ne te demandera pas comment tu es arrivé jusque-là, comment tu as pu l'entendre gémir depuis ta chambre à l'autre étage. Et c'est peut-être pour ça, à cause de cette preuve définitive de sa discrétion, que, lorsqu'elle a refermé sa porte en te laissant de nouveau dans l'obscurité du couloir, tu ne continues pas ton chemin vers la chambre de Nuria. Tu retournes dans la tienne.

– Eh bien, si cette nuit-là, me dit-elle, tu étais entré dans ma chambre, bien des choses auraient changé pour nous…

– C'est ce que j'ai toujours pensé. Mais je n'ai pas pu, je n'en ai pas eu le courage. Tu m'attendais ?

Nuria tarda quelques secondes à répondre.

– Oui.

– Réveillée ?

– Oui…

– Tu mens, ma petite chatte. Faire l'amour avec moi n'entrait pas encore dans tes calculs.

Elle eut un sourire énigmatique, le regard pris dans la fumée de la cigarette qu'elle écrasait dans le cendrier, et murmura :

– Tu n'as jamais rien compris. Rien de rien.

Elle tira brusquement sur le drap, se pelotonna. J'avais les paupières lourdes, le somnifère commençait à faire son effet. Recroquevillée sous le drap, Nuria me provoquait, me pinçait, avait envie de jouer. En fait, elle était mue par le désir de changer de nouveau de conversation.

– Du calme. Laisse-moi réfléchir.

Elle avait des fruits sur la table de nuit, de petites poires de couleur foncée. Elle sortit sa main de sous le drap et en prit une, puis montra sa tête décoiffée.

– Une poire ?

– Non.

– Tu ne disais pas que tu ne pouvais pas dormir ?

– Maintenant si.

– Tu veux que j'aille dans ma chambre ?

– Non.

– À quoi penses-tu ? Tu veux mordre mes poires ?

Je me tournai vers elle en riant et l'embrassai sur les yeux, à moitié endormi. Puis je l'enlaçai doucement, et mes mains, j'en suis sûr, lui transmirent ma curiosité, la question que je me posais moi-même.

– Dis-moi une chose, me devança-t-elle, avec une certaine anxiété dans la voix. Cette nuit-là, quand elle a eu cette crise, tu crois que le mal était déjà fait ?

– Le mal ? Tu veux dire… ?

– Non, voyons, non.

Nuria tire de nouveau le drap sur elle, sans cesser de mordiller sa poire, bien collée contre moi, mais en évitant de me regarder.

– Non, je ne voulais pas dire ça, que tu es bête, ça, ça a dû être bien plus tard. Je me demandais simplement si ce qui la poussait vers lui, à aller le voir à la pension et à lui chercher du travail, à se promener ou à manger de temps en temps avec lui dans ces bistrots répugnants et ces buvettes de la plage de la Barceloneta – qui aurait dit ça de Montsé ! –, bref, si elle faisait déjà tout ça à cette époque non pas à cause de ses croyances ou de ses principes, ou de son sens de la charité ou de ce que tu voudras, mais à cause d'impératifs d'un autre genre, même sans qu'elle le sache elle-même, bon, tu me comprends, un attrait physique ou quelque chose comme ça, ce que maman craignait. Je veux dire, est-ce que ce garçon lui plaisait, bon, s'il l'avait déjà éveillée sexuellement.

– Je ne sais pas. Je serais tenté de dire oui. Mais il est très possible, presque certain, qu'elle ne le savait pas elle-même.

– Je me souviens qu'à cette époque il est tombé malade et est resté quelques jours au lit.

– Ça, c'était moi.

– Non, toi c'était avant.

Dans la petite pièce suffocante, Montsé se penche, en souriant, sur les yeux noirs qui la regardent depuis l'oreiller, reconnaissants et rieurs, ironiques peut-être : « Ce n'est rien, petit peureux, un peu de grippe, c'est bizarre à cette époque de l'année, je t'apporte le remède miracle. » En repliant le bord du drap, ses mains effleurent son menton. Elle met un peu d'ordre là où elle le juge nécessaire : les livres et les revues qu'elle lui a apportés, l'aspirine, les cigarettes, elle change l'eau du verre, vide le cendrier – quoi d'autre ? « J'ai prévenu la patronne pour le cas où tu aurais besoin de quelque chose, moi il faut que j'y aille. Voyons ce front… Rien, quelques dixièmes. Un bon verre de lait avec un peu de cognac pour bien transpirer, et demain tu seras comme neuf ! Quoi d'autre, mon Dieu, quoi d'autre ? Il faut que je m'en aille… » Elle se lève et se retourne, mais, obéissant à un élan soudain, il sort de sous le drap une main ardente et forte qui prend la sienne, la serre. « Comment pourrai-je te payer tout ça ? Qu'est-ce qu'ils vont dire chez toi, qu'est-ce qu'ils vont penser de nous ? Et de moi ? Que je suis un profiteur, ou encore pire… – Un vrai gosse, voilà ce que tu es, tu aimes jouer. Allez, couvre-toi. – Ne t'en va pas tout de suite, Montsé, reste encore un peu. On lit ensemble les petites annonces de *La Vanguardia* ? On ne risque rien à essayer. » Ses mains sont brûlantes, la proximité, la fièvre, les garçons du Centre les traitent de mains de bigote, et ils ont raison, mais il se passe quelque chose cet après-midi-là, ou un autre du même genre : sait-elle déjà que la volonté qui la mène à la pension, et de façon urgente, n'est pas la même que celle qui la poussait vers la prison ? Est-elle consciente, quand elle traverse la place Comercial entre de lourds camions rauques, entre des montagnes de cageots de fruits et de légumes, entre des hommes en plein travail et couverts de sueur qui ont toujours le temps de lui lancer une plaisanterie ou de jeter un regard discret sur ses hanches, est-elle consciente de ce changement ?

Par un chaud matin de juillet, elle arrive à la pension plus tôt que d'habitude. Elle lui apporte de la nourriture. Elle ne pense pas le trouver. Trois jours plus tôt, elle l'a accompagné au Paseo Nacional pour qu'il s'inscrive auprès des Bureaux des travaux portuaires et maintenant elle pense qu'à cette heure-là il doit déjà être au travail. Mais en ouvrant la porte de sa chambre elle le voit qui dort dans son lit, serrant son oreiller dans ses bras, l'entourant dans un geste très choquant, une combinaison de tendresse et de désespoir. Il règne un grand silence dans la chambre, dans toute la pension. Le soleil qui entre par le balcon ouvert donne en plein sur le lit et baigne le corps nu, mal recouvert par le drap. Sur la table de nuit il y a une bouteille de cognac à moitié vide, deux verres et un cendrier rempli de mégots. Montsé s'immobilise près de la porte entrouverte, sans entrer ni sortir, sans savoir que faire, elle regarde l'aveuglante explosion de lumière que projettent les draps autour du corps de Manuel. Quelque chose sur la peau du garçon retient son regard, quelque chose que sur l'instant elle ne parvient pas à pénétrer ; l'oreiller est une loque quasi humaine entre les bras brun cuivré, presque rouges. C'est cela : il est allé à la plage, sûrement avec la patronne, Los Orientales sont si près, il fait si chaud et on s'ennuie tellement à la pension… Un bruit lui indique qu'il y a quelqu'un d'autre dans la chambre : surgissant du coin invisible pour Montsé, la patronne se dirige en silence, pieds nus, vers les cages des canaris accrochées au mur près du balcon. D'une voix basse et endormie elle cajole les oiseaux, tandis que, sur la pointe des pieds, bras levés, elle arrive tout juste à introduire quelques petites feuilles de laitue entre les barreaux. Comme elle est ainsi dressée, à contre-jour, on peut voir son corps, bien plein et aux chairs un peu relâchées, à travers son ample robe de chambre à fleurs. Il y a dans les gestes de la blonde – devine Montsé –, dans son attitude par rapport au lit et à celui qui y est couché (pas un seul regard au garçon qui dort), une indifférence trop absolue et trop tranquille, presque animale. Elle n'a pas encore vu Montsé, qui referme la porte sans faire de bruit et retourne dans le vestibule désert. Là, elle attend un instant, sans quitter le couloir des yeux. Puis elle voit la patronne sortir avec un paquet de draps propres, entrer dans la chambre d'en face en chantonnant entre ses dents. À pas lents, Montsé se dirige de nouveau vers la chambre du garçon et entre : il est comme elle l'a laissé, son oreiller entre ses bras, face à la porte. À peine Montsé a-t-elle refermé celle-ci derrière elle qu'il ouvre les yeux et sourit. Il tend une main, paume en l'air : « Entre, ne reste pas là... Je vais t'expliquer. » Montsé pose son sac de nourriture par terre, fait le tour du lit en direction du balcon : une feuille de laitue est tombée d'une cage, elle la ramasse et, sur la pointe de ses chaussures plates, bras levé et à contre-jour, elle essaye un bon moment de la passer entre les barreaux. Il l'observe, coude appuyé sur l'oreiller. « Elle est très haut. – J'y arrive, ne t'en fais pas, dit-elle. Je ne pensais pas te trouver. – J'ai quelque chose de mieux en perspective. Viens, assieds-toi ici », dit-il en tapotant gaiement le bord du lit. Montsé est toujours sur la pointe des pieds, bras au-dessus de la tête, la petite feuille de laitue tremblant entre ses doigts. Elle parvient à l'introduire dans la cage. « Tu ne veux pas que je te dise ce que c'est, alors ? » ajoute-t-il. Montsé murmure des mots doux aux oiseaux, puis laisse lentement retomber ses bras et se dirige vers le lit, où elle s'assied, tête baissée. « Je ne pensais pas te trouver », répète-t-elle.

Puis, ma chère cousine, elle suivit, lors de matins semblables, le long et difficile chemin qui la menait de la pâle vision rose à la véritable lumière du jour, violente et crue parfois, et c'est peut-être à la moitié du trajet que naquirent l'angoisse, la première larme de lucidité : sa conscience se rétracta d'abord à leur contact, puis s'ouvrit, reçut son amertume, et ne se referma plus.

– Quant au prisonnier, ajoutai-je en regardant Nuria à travers mon verre, assis sur le lit, c'était un brave garçon malgré tout, je ne me lasserai pas de le répéter.

– Bien sûr, dit Nuria. Tout le monde sait ce qui pouvait se passer dans cette pension. Il pouvait se passer n'importe quoi. Mais nous aurions pu en convaincre Montsé dès le début, toi et moi surtout, et nous ne l'avons pas fait. Maman avait raison. Si on avait fait quelque chose à temps !…

– Ta mère, dis-je, avait la stupide raison de l'horoscope : elle aurait de toute façon vu juste dans ses prédictions parce que le monde, effectivement, est plein de dangers, le monde est mauvais et diabolique et dégueulasse. Sauf qu'il ne l'est pas de la façon strictement diocésaine en laquelle croyait ta chère mère et qu'elle a enseignée à Montsé. C'est tout le problème, chère cousine.

C'est là que la conversation, si ma mémoire est bonne, se noya définitivement dans le somnifère. Tant mieux. Nous avions joué et batifolé sous le drap, elle m'avait percé des boutons dans le dos, nous avions mangé les petites poires glacées et malignes qu'elle avait rapportées de ses voyages au réfrigérateur, nous nous étions promenés autour du lit tout en discutant et avions visité plusieurs fois la salle de bains, avec des allées et venues de la fenêtre au lit et au guéridon (la chaleur était insupportable), en bavardant comme des perroquets nostalgiques, et désormais la nuit ne nous réservait plus rien. Ses cils effleuraient mes joues, elle s'endormait elle aussi. J'étais enveloppé par le flux abondant de son sommeil heureux et calme, par une odorante vague de parfum mêlé à son haleine, qui sentait les fruits. Et, avant de m'endormir définitivement, je lui dis encore, à peu près, que sa sœur n'avait pas été trompée par ce *charnego* apparemment déshérité, mais détrompée, ce qui est très différent. Je lui dis quelque chose comme ça, en évoquant fugitivement l'incroyable aventure des stages à Vich et en me promettant de la lui raconter à la première occasion qui se présenterait.

15

Le bâton de rouge à lèvres ou les mystères de Couleurs *(en trois épisodes)*

Ainsi donc, ce n'est pas le ressentiment puéril et grotesque du dépossédé ou de l'aigri social qui ne se console jamais de n'être pas né au sein d'une famille riche, ce n'est pas le dépit qui le pousse parfois à se moquer de la tradition familiale qui a fait d'oncle Luis un superbe et apoplectique porte-croix de procession et un célèbre mariologue de réputation internationale, ce qui le conduit à ironiser sur le rosaire en famille selon le père Payton ou les réunions sabbatiques de tante Isabel et de Mmes Pahissa et Gratamamella avec les pieuses Adoratrices (et leurs prodiges : le sang liquéfié de saint Janvier, les larmes d'une Vierge d'argile, le soleil dansant de Fatima, la béatification refusée de Josefina Vilaseca, vierge et martyre), causeries et banalités domestiques, pouls familial que Montsé lui transmet parfois lors de ses visites à la pension Gloria, pour le distraire ; et ce ne sont pas non plus la sotte mansuétude ni la traditionnelle picaresque qui caractérisent notre sous-développement qui le font de temps à autre tomber dans le cas opposé, à savoir l'adulation émerveillée pour tout ce qui brille dans la famille et qui pourrait même l'obliger à frotter tendrement son dos sensible de chat abandonné au brillant et prestigieux nom de Claramunt, mais le simple fait de ne pas avoir de famille, d'être de sang orphelin, ainsi que la nostalgie biblique des dynasties (comme dirait le Rév. Vilella, o.p.), cette enveloppe tribale dont jouissent d'ordinaire les familles catho-richardes à multiples rejetons et qui aide à se sentir moins seul et moins déshérité en ce bas monde, au travail et dans les relations, bien à l'abri dans l'ombre des majestueuses branches de l'arbre-nom à riche frondaison, qui se balancent avec assurance au-dessus de cette société aux ongles et aux dents affilés : simplement la vieille et profonde nostalgie d'être entouré d'oncles et de tantes solvables et hospitaliers, de sœurs bien mariées et de beaux-frères, de beaux-pères, de bouquets bien fleuris de nièces, de cousins germains et de cousines à chair plus que chère, de parents proches ou éloignés, absents ou présents mais en tout cas nombreux, tous frères et bien placés dans la vie, influents et introduits partout ; bref, ma chère cousine, votre nombreuse parentèle, la claramuntienne assemblée de fidèles splendidement ramifiée sur le vieux tronc de l'argent et vivifiée par l'opportune greffe financière de la chatoune parfumée de telle ou telle belle-fille, ou d'attributs masculins très estimés dans ce milieu, avec bénédiction papale télégraphique et vœux fervents de bonheur. Peut-être n'y a-t-il dans tout cela qu'un sentiment banal et épidermique, que veux-tu ?, une mélancolie maladive, une idée typique de pauvre orphelin, je ne sais pas, en tout cas une idée que je comprenais et que je partageais, de mon autre pension-orphelinat. Et je suis sûr que c'est cette indescriptible nostalgie d'une parentèle – nostalgie qui nous rapprochait, le *charnego* et moi – qui au début le poussa à s'abandonner totalement aux mains de sa protectrice, et surtout ce jour où il accepta sa suggestion, liée à une vague possibilité de travail, de participer à des exercices spirituels, à un stage de christianisme à Vich, sur la recommandation de Montsé à certaine ouvrière paroissiale de ses amies. Et c'est pour ça qu'il quitte provisoirement sa pension, la solitude, la page des petites annonces de *La Vanguardia*, qu'il renonce aux heures d'insomnie qui enregistraient ponctuellement les arrivées et les départs des trains de nuit à la gare toute proche ; pour ça, et pour voir comment tout cela finira (et parce que celui qui ne possède rien n'a rien à perdre) qu'il va vivre trois inoubliables journées parmi des stagiaires aliénés, des coloristes mièvres, de vaillants dakoïs de la nouvelle et virile christologie, du supplice occidental à raffinements orientaux – une sorte de nouvelle version des *Tambours de Fu Manchu* que je tournerai un jour...

Ils marchent lentement, plongés dans leurs pensées, sur le quai de la gare de France, le long du train arrêté et au milieu des gens, jusqu'à ce qu'ils arrivent à la voiture de tête, et là il se retourne et lève un regard triste vers l'horloge, en haut du mur, pose un pied sur le marchepied, son estomac vide grogne tandis qu'il écoute les instructions que Montsé lui répète : « En arrivant à Vich, tu vas directement au Centre et tu demandes Mlle Roura – tu te souviendras ? –, elle te présentera au directeur du stage. – Bien. – Tu n'oublies rien ? – Je crois que non », dit-il en remontant la fermeture Éclair et le col de son blouson, pas parce qu'il fait froid, bien sûr, bien qu'il ait plu et que ça se rafraîchisse. Montsé regrette qu'il n'ait pas pris son pull et lui dit que le soir, à la campagne, on sent la différence, quoiqu'on soit en été. Il regarde avec insistance l'horloge du quai, patient, flegmatique, résigné maintenant à avoir faim (aujourd'hui la générosité de Montsé n'a pas été plus loin qu'un café crème et un gâteau), avec ses lunettes noires à branches larges qui ne laissent absolument pas voir ses yeux, et, pendant à son épaule, un sac de toile avec deux changes et un rasoir électrique, un modèle ancien qui a appartenu à oncle Luis. Et un air de fatigue et d'ennui qu'il ne peut dissimuler, un menton qui se distend de temps à autre sous l'effet des bâillements avortés, tandis qu'elle insiste : « Ça te plaira, tu verras, tu te feras de bons amis… » Désirant le voir témoigner plus d'entrain, Montsé s'efforce de capter un signe d'intérêt derrière les froids reflets qui glissent sur les verres de ses lunettes, un signal de simple curiosité face à l'inconnu, ou pour le voyage, non pour les bienfaits que son âme pourrait retirer du stage (« une expérience religieuse moderne », lui a-t-elle dit), car cela ne l'intéresse pas et c'est bien naturel, mais pour le changement d'atmosphère et la possibilité d'obtenir un emploi. Quoi qu'il en soit, il l'écoute avec attention. « Quant à M. Glaría, lui dit-elle, tu ne le verras certainement pas avant dimanche, à la séance de clôture, mais il est prévenu et tu peux lui parler en toute confiance, je suis sûre qu'il nous aidera. » Et en lui serrant un peu le bras il lui demande maintenant si tout cela va réellement servir à quelque chose, est-ce qu'elle ne pourrait pas venir avec lui ? et quand est-ce qu'ils se reverront ? Pendant qu'elle compte en regardant distraitement les rails, « Il n'y en a que pour trois jours, tu seras de retour dimanche soir », la blanche peau de son bras nu couverte d'une sueur froide se colle à ses doigts à lui, mais c'est elle qui s'en aperçoit et cela semble lui être désagréable, elle retire brusquement son bras, « alors appelle-moi lundi de la pension, je serai à l'usine. Comme mardi c'est fête, nous pourrons aller au parc danser des sardanes. Tu aimes les sardanes ? – Je ne sais pas danser la sardane. »

Derrière les lunettes semblables à un masque collé à la peau, autour de cette noire et artificieuse clandestinité qui naît probablement d'un sentiment d'autodéfense et de timidité, le reste du visage, les pommettes, le front, la perfection amère de la bouche, surtout, l'étrange dureté des commissures, tout cela acquiert un inquiétant pouvoir, vaguement ironique à mesure que le train retarde son départ. « Trois jours, c'est vite passé, insiste-t-elle en souriant, et si ça se trouve nous aurons de la chance, qui sait ?, il faut y croire. » Le garçon détourne son visage avec une prestesse irritée et sa bouche se contracte en une grimace à peine perceptible : curieuse prolongation de la prison et de la faim que ces premières semaines, même si elle l'assiste et l'aide dans tout ce qu'elle peut, de bonne foi (moralement surtout, encore à ce moment-là, encore), que cette liberté provisoire dont aucun des deux ne saurait établir les limites. Vivre une expérience apostolique – doit-il penser obscurément –, satisfaire son désir de le racheter et de le récupérer pour la société, est-ce la seule chose que veuille Montsé pour l'instant ? Nous verrons. Patienter et voir venir.

Son corps, cependant, maintient devant elle une attitude plus que respectueuse, même dans les moments où ses intestins desséchés réclament tristement une assistance plus urgente, plus réaliste, c'est une attitude physique qui marque presque de la soumission et une aimable disposition à être manipulé et envoyé où elle voudra, « parmi des gens simples et bons, lui précise maintenant Montsé, des gens toujours prêts à rendre tous les services. On peut facilement les tromper, tant ils sont bons, mais je sais que tu ne le feras pas. Tu dois mettre cette expérience religieuse à profit, alors promets-moi une chose : tu ne joueras pas la comédie, je veux dire que tu seras sincère… Ne fais rien parce qu'il faut le faire, ni parce que tu verras les autres le faire, fais-le par conviction, de tout cœur, ou ne le fais pas. Tu me le promets ? – Tu veux dire communier ? dit-il. Bon. Moi je ne crois que ce que je vois », et il sourit maintenant pour la première fois, en ajoutant : « Ne reste pas, va-t'en. – Ça ne fait rien, ça va être l'heure. » Près d'eux les wagons se mettent à gémir, le train s'étire. « Au revoir », il saute sur le marchepied au dernier moment, ils se donnent la main, elle accélère le pas et le regarde dans les yeux avec une certaine alarme dans les siens, puis il disparaît pour aussitôt se pencher à la fenêtre et la regarder, là-bas sur le quai, agitant le bras et devenant de plus en plus petite et étrangère avec sa longue jupe plissée, son grand sac accroché à l'épaule et ses cheveux sévèrement plaqués sur la tête, comme un casque noir.

À un moment ou à un autre Montsé a glissé cent pesetas dans sa poche, maintenant, à Vich, sa main à lui trouve le billet comme il descend du train et demande où se trouve le Centre paroissial. La ville se recueille sous la nuit étoilée avec une intime frustration, ou de la mauvaise humeur. À la cafétéria de la place del Mercado il y a un peu d'animation ; sandwich au jambon et verre de très bon clairet, avec sonnerie de cloches à la cathédrale. Puis, une fois au Centre, après avoir demandé Mlle Roura, il attend assis sur un long banc d'église, dans un couloir mal éclairé et aux murs couverts d'affiches annonçant la « Journée du Domund » et des convocations diocésaines, où déjà les stagiaires venus de différentes bourgades de la région discutent à voix basse, timidement, en groupes, avec leurs valises et leurs sacs de voyage. Le couloir reçoit les échos d'une salle voisine, résonances d'école enfantine, échanges de balles de ping-pong, voix d'enfants, chaises qu'on déplace. Trois filles gaies vêtues de deuil, avec un cardigan et une mantille sur les épaules, passent en courant devant lui, main dans la main, riant, les yeux au sol, leurs jupes noires voletant au-dessus de leurs genoux gainés dans des bas noirs, beaux et funèbres genoux couverts de poussière de prie-Dieu, et l'enveloppent dans un arôme de fleurs fanées.

Mlle Roura ne tarde pas à venir, c'est une ouvrière paroissiale d'une famille distinguée de Vich ; elle arrive en souriant et en agitant les bras avec entrain : une jeune femme grande et ossue, nerveuse, qui met une débauche d'énergie dans le geste le plus insignifiant. « C'est toi qui viens de Barcelone, n'est-ce pas, de la part de Montsé Claramunt ? », mais comme il s'apprête à lui serrer la main elle croise les bras sur sa poitrine plate avec une prestesse qui dénote l'habitude. « Tout est en règle, l'informe-t-elle, Montsé a téléphoné ce matin des instructions, M. Glaría est prévenu et dimanche vous pourrez faire connaissance et parler affaires – électricien de profession ? », bien bien, maintenant ce qu'il doit faire c'est ne plus y penser jusqu'à dimanche et se lier d'amitié avec les camarades du stage, tout le monde part tout de suite pour Casanovas. Présentations : « le directeur du stage, *mosén* Albiol, un autre stagiaire de Barcelone, un étudiant, vous voilà deux, et voici les professeurs », de jeunes jocistes au regard clair, franc et direct, presque hallucinant, elle sourit maintenant, les bras le long de son corps anguleux, en frappant en rythme ses hanches avec les jointures de ses doigts ; elle a l'air d'être pressée et très vite elle replie les bras avec cette étrange aisance, en lui parlant avec un sourire figé comme sur une photo et un regard qui ne semble pas l'atteindre, suspendu à mi-chemin ou au bout de son propre nez. « Comment va Montserrat ? Toujours au travail ? Ça fait des siècles que je ne l'ai vue. » Le *mosén*, qui de son côté se met en quatre pour les stagiaires qui arrivent, a lui aussi dans les yeux une attention aimable mais dispersée, semblable à celle d'un aveugle, comme s'il écoutait toujours une tierce personne, des pas lointains ou une présence invisible, en tendant l'oreille, comme s'il entendait une confession. « Il manque encore quelques personnes mais vous pouvez déjà monter dans le car », dit-il, et il s'excuse d'emmener Mlle Roura, il a besoin d'elle. Le groupe de stagiaires augmente pendant que Manuel attend sur son banc avec son sac de toile entre les pieds, en fumant. *Mosén* Albiol fait de brusques et amusantes apparitions, tapotant les dos et donnant des ordres aux professeurs, plaisantant, portant la soutane avec une décontraction toute sportive, Mlle Roura le suit partout, mais à un moment, voyant le garçon si seul sur son banc, elle s'assied à côté de lui, elle est si aimable qu'il ne peut s'empêcher de penser aux recommandations que Montsé doit lui avoir faites au téléphone. Qu'il ne reste pas ici tout seul, et pourquoi porte-t-il ces lunettes noires ?, ça lui donne un air si mystérieux, et elle lui explique qu'elle aussi elle a suivi des stages, « je crois bien que j'en ai suivi », mais des stages pour femmes uniquement, bien sûr, et aussi à Casanovas, qui est une ferme très ancienne et très jolie, comme il verra. « Moi c'est la première fois », dit-il, pour dire quelque chose, tête baissée et enveloppée dans la fumée de sa cigarette. L'ouvrière, bras toujours croisés (pourtant, dans son comportement, dans tous ses mouvements il y a un excès de naturel, quelque chose de très tenace qui frôle l'inconscience), jette la tête en arrière et rit, et en se balançant dans une subtile vapeur hystérique elle donne au garçon un coup de coude dans les côtes : il perçoit quelque chose de délicat et de résistant à la fois dans l'arc de ses sourcils, sur ses pommettes tendues et couvertes de sueur, sur ses lourdes paupières de cire sous lesquelles sommeillent, comme privées de vie, deux pupilles grises, une vague somnolence qui d'une certaine façon résume l'indifférence du monde pour sa personne.

Il aurait sans doute lié amitié avec elle, mais il n'en a pas le temps, tous les stagiaires sont maintenant arrivés et l'un des professeurs fait l'appel.

Voici ceux qui trois jours durant seront ses amis, cinquante stagiaires maintenant silencieux et attentifs, chacun avec sa valise, disposés à obéir à n'importe quel ordre, avec dirait-on une tendance nerveuse à se mettre en rang par trois, comme à l'armée. L'autocar attend dans la rue, moteur en marche. Il s'attarde un peu à prendre congé de Mlle Roura (cette fois elle lui serre la main) et il monte le dernier, il s'assied sur un siège à l'avant, à droite du chauffeur. Le vieil autocar trépide avec son joyeux chargement de stagiaires dans l'obscurité, il flotte une puérile atmosphère de distraction imposée par les professeurs, *mosén* Albiol arrive en courant et s'assied à côté de lui, puis il tourne la tête pour crier : « On est toutes là ? Alors vive la mère supérieure, et en avant les championnes ! » Rires, une agitation de mains dans l'ombre : ils se signent. Une fois sur la route, une voix de ténor inattendue, avec de délicats trémolos de dimanche de Pâques, entonne quelque part dans l'autocar un air de danse à la mode qui l'espace d'un instant plonge tout le monde dans la confusion, car la voix est celle d'un des professeurs. Mais aussitôt s'unissent à lui le *mosén* puis, timidement, quelques stagiaires, qui suivent avec plus d'entrain quand on passe à *Petits Yeux noirs*, dirigés par le curé. Une autre voix (un professeur ?), profitant d'un répit général, se lance dans un vibrant « Jeunesse printemps de la vie, Espagnol, titre immortel », et c'est alors que le premier frisson parcourt le car d'un bout à l'autre. Abrité derrière ses lunettes noires, il fume en silence et ses yeux ne peuvent voir que ce que les phares éclairent – Je ne crois que ce que je vois : la route bordée d'arbres, le fossé, des insectes nocturnes qui s'écrasent sur le pare-brise, aveuglés. À côté de lui le *mosén* s'agite en fouillant dans les profondes poches de sa soutane, soudain il crie « Qui veut des bonbons ? » en se retournant pour en offrir. Lui refuse d'un signe de tête. Après une demi-heure de route l'autocar ralentit, tourne à droite et se met à gémir en cahotant, il monte, Bon sang, qu'est-ce que je fous là ?, monte par un chemin de traverse, Avec ces gens-là ?, jusqu'au moment où les phares atteignent un mur blanc, alors il tourne et s'arrête. La voix joyeuse d'un professeur : « Nous voilà chez nous, *nois* ! » Il fait froid, Montsé avait raison : un pull. La haute façade d'une ferme qui se dessine contre un ciel étoilé, le cadran solaire sur le grand arc du porche. Les grillons chantent dans le noir et l'herbe a une odeur intense. Au milieu d'une grande confusion, tout étourdis, les stagiaires sont conduits à la chapelle annexée à la ferme, une petite grotte, glaciale et sonore, à peine éclairée par deux lampes à huile au pied d'une Vierge et par un cierge sur l'autel. Quand tout le monde est agenouillé sur les bancs de bois et sur les froides dalles de l'allée centrale, le *mosén* improvise une prière, puis on retourne à la ferme par le même chemin. Ils entrent dans le vestibule, en peloton, lentement, en trébuchant et se cognant avec leurs valises, et lui, poussé et entraîné par les autres, les pieds ne touchant presque plus terre, il se voit en train de monter un escalier de brique rouge et aux murs blanchis à la chaux qui a une agréable odeur de linge propre, puis dans un long et large couloir du premier étage et finalement dans la salle de conférences, assis à une table et remplissant un imprimé avec un stylo à bille. Tout est badigeonné à la chaux, spacieux et solide, c'est une pièce avec d'énormes poutres et des balcons à verrière sur la façade de la ferme, et elle a une petite estrade, un tableau sur pied, cinq tables et de nombreuses chaises disposées comme dans un café. Balmes laisse voir son étonnement philosophique du haut d'un cadre doré, vêtu de noir et plume en arrêt, accroché de travers au mur. Dos ronds de stagiaires empressés qui remplissent leur imprimé sur les tables, les plus méfiants tenant leur valise serrée entre leurs jambes, pendant qu'un professeur distribue de petits livres à jaquette grise, le *Guide du Pèlerin*, avec la croix de Saint-Jacques. « Nom et prénoms, âge, né à, état civil, profession », Montsé ne lui avait pas parlé de ça, lui voulait un incognito total. Il souffle un vent, un vent agreste, irrégulier et sans direction : des yeux clairs et déconcertés lui demandent de l'aide, un sourire timide de la table voisine, sur un visage canin, un peu triste, brûlé par le soleil et ridé. La lente main de paysan frotte les poils roux et les petits boutons du menton en même temps que les yeux d'eau lui demandent : Qu'est-ce que c'est que ce foutu truc, pourquoi ils nous font écrire ? mais lui se plonge de nouveau dans sa tâche : « inscrivez deux sports que vous aimez » (tennis et golf), « vos deux auteurs préférés » (Blasco Ibáñez et García Lorca), « deux films inoubliables » (*Le Lagon bleu* et *Autant en emporte le vent*). Le sac de toile accroché au dos de sa chaise glisse par terre, en descendant sa main en heurte une autre, du bois desséché mais sensible, tremblant, et les yeux du paysan lui sourient. « Tu y connais quelque chose, toi ? Qu'est-ce que tu mets ? » lui dit-il en se levant et en lui tendant son sac. « Bah, n'importe quoi ! » L'autre revient à la charge, avec application, penché sur une écriture énorme et laborieuse, on dirait que le stylo à bille va se briser entre ses doigts noueux. Un professeur passe ramasser les imprimés, il demande : « Écrivez vos nom et prénoms bien lisiblement. » « Langues » : français, et un peu d'anglais (notions). « Profession » : électricien (provisoirement, perspectives d'employé de bureau). Il signe, remet le papier, se lève et rencontre les yeux désolés du paysan, dont les doigts se raidissent sur son stylo à bille. Il hésite un moment, puis : « Donne, lui dit-il, tu ne sais pas écrire ? », et, prenant l'imprimé, il s'assied à côté de lui. « Allez, dis-moi. » Simón Bernal Carbó, trente-cinq ans, natif de Moyá, tractoriste de profession, salarié du Syndicat. Pas d'études, pas de goûts sportifs (« mets football, allez »), sans auteurs préférés, sans films inoubliables « ni conneries de ce genre, qu'est-ce qu'ils me racontent ? ». « Calme-toi, vieux, il ne faut pas le prendre comme ça. » Il faut qu'il signe. « Bon, on va mettre une croix. » Pourquoi il est venu à Couleurs ? Un ami le lui conseillait depuis longtemps, un vrai casse-pieds, il le harcelait. « Et comme maintenant je suis en vacances, et qu'en plus je n'ai pas de famille, je vis seul… » Il laisse Simón faire sa croix et sort de la pièce, sac à l'épaule.

Dans le couloir règne encore le désordre, un professeur demande le silence, un autre fait l'appel et les stagiaires, à mesure qu'ils sont nommés, se mettent sur un côté, par quatre, de nouveau avec cette tendance instinctive aux formations militaires. Le directeur du cours leur explique qu'à chaque groupe de quatre est affectée une chambre. On leur présente un nouveau prêtre, un petit vieux au visage affable et gros, rougeaud (« C'est le représentant de l'évêque », commente à voix basse un stagiaire). Et soudain : « De Couleurs ! Joie ! » crie quelque part un énergumène. *No futem bestieses*[1], pense-t-il directement en catalan, chose rare chez lui. L'atmosphère s'échauffe. Un plaisantin éteint les lumières durant quelques secondes et au milieu des cris et des éclats de rire apparaît un nain, un bouffon rouquin qui éclaire son

1. « Faisons pas de conneries. »

visage piqué de taches de rousseur avec une lampe électrique : c'est un jeune péquenot que tout le monde bouscule, il a mis sa veste à l'envers et ses cheveux sont en bataille. Le *mosén* rit, poings sur les hanches. Au bout du couloir un groupe entonne le *Virolai*, puis *Asturias, patrie chérie*, dirigé avec une invisible baguette par le représentant de l'évêque. D'autres déambulent le long du couloir, jettent un coup d'œil aux lavabos, aux chambres, montent au second, où il y a encore des chambres, et en redescendent, avant d'envahir joyeusement le réfectoire, où deux longues tables sont déjà mises pour le dîner. La ferme est immense et compliquée, et les meubles, rustiques et rares, sommeillent dans une atmosphère monacale, sévère. Des traces de travaux récents, des cicatrices sur les murs, des taches de ciment non passées encore à la chaux attestent que la maison a été aménagée pour recevoir un grand nombre de pensionnaires. Et maintenant, qui donc entonne cette romantique chanson de Luis Mariano ? Le jeune *mosén* en personne. « Quand je suis loin de toi, ô mon aimée. » On pourrait penser que le séjour sera divertissant ; mais lui connaît très bien la nature de cette euphorie à voix de baryton et pleine de trémolos qui s'empare des hommes quand ils sont nombreux et qu'ils mangent et dorment ensemble, dans un strict régime de collectivité, sans femmes : comme en prison et à la caserne. « Au-delà du soleil et des étoiles, ô mon aimée », voilà où je suis.

Avec toutes ces allées et venues, certains visages commencent à lui être familiers : paysans, employés de bureau, ouvriers agricoles, deux camionneurs – le père et le fils –, un voyageur de commerce et quelques aides-maçons, des compatriotes à lui, émigrants du Sud. La majorité de Vich et de la région, plusieurs d'Igualada, de Arbucias, de Camprodón, de Prats de Llusanés et de

San Quírico de Besora. L'âge moyen est de trente à quarante ans et le stagiaire le plus vieux est un commerçant à la mise recherchée et serviable, un sympathique petit homme aux cheveux blancs avec un foulard de soie autour du cou, toujours souriant, heureux de se trouver au milieu de jeunes gens si pleins d'entrain.

Histoires drôles racontées rigoureusement à tour de rôle durant le premier dîner présidé par *mosén* Garriga, le représentant de l'évêque, tandis que les professeurs et le directeur du stage lui-même s'activent à servir les commensaux entre deux bouchées, allant et venant avec des assiettes et des plats de nourriture, riant, rapides, omniprésents, surveillant et assurant ici et là la chaîne de blagues par de rapides interventions, colmatant les trous, les silences et les malentendus. On sait déjà qu'en bas, au rez-de-chaussée, il y a un obscur et silencieux monde de sacrifices, la cuisine, dont s'occupent les petites sœurs : les aliments arrivent au premier étage par un monte-plats, dans le couloir. Pour manger, les professeurs s'assoient n'importe où, au hasard, joyeusement mêlés aux stagiaires. Les blagues prudemment anticléricales sont très applaudies par les *moséns*. Le représentant de l'évêque prononce quelques paroles de salutation et de bienvenue toutes simples, debout, avec son bon sourire et sa soutane trop courte devant, « Bienvenue à Couleurs, à Casanovas où vous êtes chez vous », mains croisées sur son ventre qui a l'air d'un melon, « nous allons vivre ensemble ici d'intenses journées de prière et d'étude, on appelle aussi de couleurs ces stages de religion, comme certains le savent déjà, et cela veut précisément dire ceci, que nous admettons ici toutes les couleurs, toutes les tendances, toutes les opinions, tous les avis et tous les postulats du monde, parce que les champs et le printemps s'habillent de couleurs, les couleurs de la vie même avec l'*esperit de germanor*[1] si bellement symbolisé par notre sardane. Bienvenue aux braves, et une recommandation particulière : tout problème ou doute ou conflit spirituel, si personnel soit-il, doit être exposé en toute confiance et toute liberté aux professeurs et au docteur Albiol, notre directeur, ou même à moi si je peux tout bonnement faire quelque chose, et rien de plus. De Couleurs ! ».

Applaudissements et toasts. « D'autres bonnes histoires, s'il vous plaît, demande le jeune curé. Vous, *mosén*, asseyez-vous, vous n'êtes plus fait pour ces travaux rhétoriques », et au milieu de sains éclats de rire de saine allégresse un voyageur de commerce de Vich qui dès le premier instant s'est fait remarquer par son esprit de collaboration, un type décidé et bavard, demande : « *Mosén*, les histoires un peu vertes sont-elles interdites ? », et le docteur répond : « Elles ne sont pas interdites ; c'est que nous les connaissons toutes. » Éclat de rire général.

Mais tout continue à glisser sur les verres sombres de ses lunettes, son attitude est vraiment celle d'un soudeur à l'arc qui repousserait les étincelles, bien à l'abri de sa visière, imperturbable, plongé dans ses pensées. On lui indique sa chambre, au second étage, au bout d'un couloir où flotte une odeur de grenier, et en revenant des lavabos ses compagnons de chambre se déshabillent aussitôt, chancelants et émus. Ils sont trois : le camionneur père, robuste, la cinquantaine rougeaude, voix asthmatique et sifflante et toujours au bord de l'éclat de rire, très enclin à la bonne grosse blague, originaire de Logroño ; un jeune venu d'Igualada, employé de banque, à l'aspect maladif, bien propret, en pyjama ; et le petit et robuste péquenot roux aux cheveux en

1. L'« esprit de fraternité ».

bataille, heureux comme un gosse avec sa belle lampe électrique chromée, qu'il a achetée à Vich et dont il ne se sépare pas un seul instant. « Ignacio Velasco », dit le camionneur en tendant la main. « José María... » – la voix de l'employé de banque se brise. « *Jo, Salvador* », intervient le rouquin sans le regarder, en dévissant sa lampe. Lui, il se déshabille. La chambre est petite, à plafond incliné, on lui a laissé le plus mauvais pieu, dans un coin, parallèlement aux grosses poutres chaulées du plafond qui, dans leur pente, frôle presque son chevet. Par un vasistas situé près de son oreiller entrent la nuit étoilée, un silence lointain. La lampe inquiète de Salvador scrute les coins : sous son lit luit l'étui doré d'un bâton de rouge à lèvres. Il a sans doute appartenu à une jeune stagiaire qui a dormi ici. Le péquenot le découvre avec un hurlement d'enthousiasme. « À moi ! » s'écrie-t-il en se jetant par terre avec son étrange corps nu, blanc comme le lait sauf le cou et les bras, brûlés par le soleil. Puis, assis sur son lit comme un ours blanc, il sourit de bonheur en flairant le bâton de rouge, se peint les ongles des pieds, se roule par terre en hurlant « Aïe, *cony !* » admiratif. « Chuuut ! fait l'employé de banque en pliant soigneusement son pantalon. *Estàs boix, tu*[1] *?* » Le camionneur a un accès de toux alors qu'il se déshabille, et il suspend tout mouvement, reste un instant debout, fixant le vide de ses yeux exorbités, en caleçon, sa grande carcasse pliée en deux et le visage en feu, la main sur l'aine, pour maintenir sa hernie. Sa toux surchargée de registres, de sifflements et de vents et de métaux, révèle un passé agité et tavernicole, ses pauvres yeux de bête traquée sont de plus en plus exorbités. Il se calme enfin et se couche

1. « T'es pas fou, toi ? »

péniblement, en soupirant, avec un rauque « Ah, putain, quelle vie ! », tandis que de son lit l'employé regarde le péquenot comme pour lui dire « Nous voilà bien », mais ce dernier, tout en murmurant « De Logroño, bordel ! » et en riant tout seul, ne semble intéressé que par le bâton de rouge et par sa lampe de poche. C'est l'employé qui est le plus près de l'interrupteur, alors c'est lui qui doit se lever et éteindre, en disant « Bonsoir, tout le monde », d'une voix flûtée. Le type de Logroño répond par un grognement, son lit grince de tous les côtés et lui il souffle comme un bœuf. Une clarté laiteuse entre par le vasistas, la lampe de poche projette son faisceau de lumière sur le plafond et on entend le petit rire du péquenot.

« Vous avez vu ? brame le camionneur. Ils ont même une espèce de bistrot, en bas, dans le hall. Et ils vendent des crucifix à cinq douros, des cigarettes et de la bière… Dommage qu'ils ne fassent pas de café arrosé. – Ils n'ont que du Pepsi-Cola. » C'est la voix de l'employé empyjamé qui ajoute : « Et c'est normal, hein, on n'est pas à l'hôtel. » Le camionneur, en soufflant : « Messes et chapelet toute la putain de journée, vous verrez. » Lui il s'en doutait, lui il ne voulait pas venir, mais son fils, qui était aussi bigot que sa mère, l'avait convaincu après lui avoir cassé les pieds pendant des mois et des mois ; et lui, il ne fallait pas lui raconter d'histoires d'enfer et tout ça (« *Ja't futarà el Banyeta*[1] *!* » lance très vite le péquenot depuis son jeu de lumières) ni de paradis, lui on ne l'avait pas comme ça. L'employé, d'une voix étouffée par son drap, allègue que les professeurs ont l'air de gens bien, et qu'il faudrait rendre ce bâton de rouge, « si ça se trouve c'est un souvenir, il a l'air de très bonne

1. « Le diable te fera ton affaire ! »

qualité. – Ça suffit avec tes conneries, espèce d'idiot, éteins ta lampe, *tarugu, pajerol*[1]. – *Malparit*[2] *!* » réplique le péquenot. On dirait une piqûre de moustique dans le noir, mais il éteint sa lampe. « Il est complètement timbré », conclut l'employé. Alors, du fond de son ombre ardue et grinçante, le camionneur commence à raconter des blagues bien salées qu'il célèbre par de grands, de formidables éclats de rire, et ensuite, en même temps que sa voix asthmatique qui se change vite en toux, on entend une musique lointaine qui monte peu à peu : il a un transistor dans son lit. « La fête ! *Collonut*[3] *!* » s'écrie Salvador. Le type d'Igualada demande timidement s'il n'est pas interdit d'avoir de la musique. La toux du camionneur n'est plus qu'un interminable filet, un sifflement de serpent, tandis que du lit de Salvador arrive une rumeur étrange avec plusieurs exclamations de contentement, mais d'une voix défaillante maintenant, ou doucement fatiguée, entrecoupée, et que Manuel cherche à tâtons sur sa chaise ses lunettes de soleil, ses cigarettes, « Je vais devenir vraiment grossier, putain, fermez-la, merde ! », en se retournant pour regarder dans le noir, d'où monte « Pour ta nuit de noces, un dessus-de-lit en soie, un dessus-de-lit en soie », qui sert de musique de fond à une scène qui fait se tordre de rire le camionneur – l'employé, en revanche, en reste muet de stupeur et de honte : sur le lit du péquenot, la lampe s'est de nouveau allumée, et dans le cercle de lumière, oscillant, mal contrôlé, entre les plis nivéens et transparents du drap, s'excite et danse, en extase, une petite tête souriante toute barbouillée de rouge, avec une bouche, des

1. « Andouille, abruti. »
2. « Avorton ! »
3. « Super ! »

yeux, un nez et tout ce qu'il faut, un petit pantin furieusement agité à la base par une calleuse main de laboureur, une petite bouille marrante qui rit comme un lapin.

Le camionneur manque en tomber de son lit, mort de rire.

16

Intermède

Quand je me réveillai, à la mi-matinée, j'étais seul. La lumière, jaune, filtrait à travers les persiennes. La première chose que je fis fut de me demander si le mari de Nuria était rentré, et, en ce cas, s'il ne valait pas mieux lui parler clairement une bonne fois pour toutes. Mais d'autres questions non formulées, paresseuses larves de la veille, et de bien avant, des années plus tôt, un composé amer d'ingrédients nocturnes et de fils non noués, serpentait encore nonchalamment dans ma conscience quand je me penchai sous le fouet glacial de la douche. Puis je m'enveloppai dans un peignoir bleu que je trouvai accroché derrière la porte de la salle de bains et allai à la cuisine. Nuria était dans la piscine.

Les yeux posés sur elle, mais sans la voir, j'avançai le long d'un sentier dans la lumière violente du matin, près de l'innocent et beau gazon dont le vert aveuglait, blessait ma conscience, une attendrissante pelouse qui léchait, tout au fond du jardin, les dalles rouges bordant la piscine. Ce matin-là, donc, je me traînais lamentablement, mais en l'honneur de la vérité je ne peux pas parler de gueule de bois, c'était autre chose : momentanément apaisée, la bête pressentait déjà l'horrible opacité d'une longue journée grise, d'un dimanche névralgique. Ondoyante, fragile et hâlée, émergeant d'un miroitement doucement verdâtre où se reflétaient le soleil et le ciel étincelant, Nuria tourna la tête et me regarda en souriant. Au ras de l'eau, sa bouche était une blessure rose et fraîche. Vêtue d'un deux-pièces orange minuscule et trop étroit, elle nagea jusqu'au bord de la piscine. Ses courtes mèches mouillées étaient collées sur son cou et sur son front, et ses bras et ses jambes ondulaient dans l'eau comme des serpents.

– Bonjour, monsieur le dormeur. Comment vas-tu ?

– On a beaucoup bu hier soir ?

– Toi, oui, énormément.

– Quand Salva revient-il ?

– Demain, dit-elle en s'accrochant au bord et en tapant dans l'eau avec ses pieds. Pourquoi ?

De la vie conjugale, je ne devine que ceci : absolument rien de ce qui se dit au lit n'a à voir avec ce qu'on dit hors du lit. C'est pourquoi, en cette matinée puissante et omniprésente, exubérante de vert, d'un vert triomphant, ressuscité et mystérieux comme Lazare, matinée de Pedralbes grosse d'échos, de sons de cloches et de gazouillements d'oiseaux (le jardin avait l'air d'une cage affolée par la rigueur du soleil), je ne fus pas étonné de voir s'estomper chez Nuria les dernières vapeurs de l'exaltante évocation de la veille. Les mouvements de son corps dans l'eau se répercutaient sur mes nerfs, comme sous l'effet des éclaboussures, m'excitaient, l'espace d'un instant je crus que je serais capable de donner vie à une sorte de dimanche idéal, mais non, je me retrouvai très vite assis en face du petit spectre de la mort : ce front de nacre perlé de petites gouttes d'eau était le sien, tout comme le léger halètement qui semblait la maintenir miraculeusement à flot. Même ce sourire, tendre, rose ramollie par l'humidité, était celui de Montsé.

– Tu as déjeuné ?

– Un peu de café, dis-je. Et un verre que m'a servi Purita, avec un regard de réprobation absolue. Il faudrait vraiment informer les domestiques que je suis ton cousin et que je jouis de l'hospitalité et de la pleine confiance du seigneur de la forteresse. J'ai l'impression qu'ils me prennent pour un petit mac des Ramblas provisoirement engagé par Madame.

Barbotant dans l'eau, Nuria riait.

– Tu as toujours eu ce complexe, dit-elle.

– Ce n'est pas un complexe, ma chère cousine, c'est une nostalgie, une vocation frustrée. Style de conversation exécrable, mais le seul que me permet la gueule de bois. (Je m'allongeai dans l'herbe, un coude fiché en terre pour supporter ma tête. La chose empira.) Et si à dix-huit ans je m'y étais livré corps et âme, mes relations avec la famille auraient peut-être été plus orageuses, mais à coup sûr plus honnêtes. Je n'ai pas su assimiler mon destin comme Manuel le Murcien, d'heureuse mémoire.

– Ne dis pas d'énormités.

– Je ne dirai pas d'énormités.

Nous restâmes silencieux durant un moment. Je m'allongeai sur le dos. J'entendais son clapotement dans l'eau : je nageant nue, répondant à la magie de certains soirs, et son mari au bord de la piscine criant et la menaçant, en agitant un poing livide dans la large manche de son peignoir. Je vis ensuite sa tête, par-dessous mes bras croisés sur mon front, plonger dans l'eau et en ressortir. Elle remonta par l'échelle, toute ruisselante, et vint s'allonger sur sa serviette, à côté de moi.

– On mange des huîtres, annonça-t-elle gaiement.

– J'aimerais bien un potage de pois chiches et de lentilles, comme ceux que je mangeais à la pension.

Dis-moi, tu crois que c'est bien que Salva me trouve ici quand il rentrera ?

– Pourquoi pas ?

Elle tira de quelque part des lunettes de soleil à monture blanche, les mit, me regarda et dit :

– Je vais à Paris avec toi, c'est décidé.

– Parle-moi de l'entreprise Claramunt, société anonyme. Je suppose que ton mari, pour des raisons post-conciliaires, je veux dire, conscient de la misère ouvrière sur laquelle est fondée l'entreprise, a fait des réformes et apporté des idées nouvelles, plus en accord avec les temps que nous vivons…

Elle haussa les épaules.

– Par exemple, insistai-je, ce doit être une de ces entreprises modèles qui font asseoir un ou deux ouvriers à la table de leur conseil d'administration.

– Écoute, ne me complique pas la vie. (Et elle ajouta d'un ton distrait) : Il y a pas mal de problèmes depuis la mort de papa. Tu sais que Salva partage la gérance avec oncle Enrique. Et il y a aussi le cousin Oriol, et sa femme, qui est une abrutie… Mais il semble que Salva vaille mieux qu'eux tous réunis. Papa le savait et c'est pour ça qu'il lui a fait confiance dès le premier moment. Il supporte pratiquement tout le poids de l'affaire. Il faut reconnaître que pour ça au moins il est le plus compétent et le plus responsable.

– Un garçon intelligent et sérieux, oui, madame. Ils feraient bien de laisser la gérance entièrement entre ses mains. Et penser que le protégé de ta sœur a autant fait ses preuves que lui, quoique dans un autre genre !

– Pas suffisamment, dit Nuria avec une certaine sécheresse. Il s'est vendu. Il avait un prix. Et pas très élevé, il faut dire.

– Dépendant de l'offre et de la demande, c'est sûr. Mais qui ne l'est pas, dans ce marché de voleurs qu'est le monde ? À propos, sur cette question de prix j'aimerais connaître quelques détails, et aussi te demander…

– Je n'ai rien eu à voir avec tout ça.

Nuria se leva brusquement.

– Sûr, dis-je, mais j'aimerais savoir…

La bonne arrivait dans le soleil, précédée d'un joyeux tintement métallique, avec des fulgurations sur son uniforme blanc et sur les verres qu'elle apportait, et je me tus. Je désirais poser plusieurs questions à Nuria. Mais à l'intérieur de l'aveuglant morceau de sucre, ce foyer si doux, l'étreinte et la paralysie demeuraient ; je crois qu'il flottait trop de vert et trop de lumière alentour – cette réverbération m'a toujours empêché de lire ou de penser calmement. La domestique, sur un ordre de Nuria, posa dans l'herbe son plateau avec les boissons et la glace, et sa patronne déploya soudain une grande énergie à transporter matelas de bain, verres, huile pour la peau, cigarettes et serviettes. Comme elle improvisait un lieu accueillant dans les limites permises par les conditions plutôt dures de l'endroit – moitié herbe, moitié dalles –, avec ce désir de rester au soleil où il m'a toujours semblé voir un léger désespoir, ou avec cet instinct diabolique que certains majestueux chiens de race ou certains riches enclins à la dépression ont pour trouver très vite leur place et convertir une situation provisoire en un cosmos en réduction mais accueillant, confortable, où rien ne doit manquer, et, de plus, durable (un peu comme s'il fallait y vivre à tout jamais), surgit soudain autour d'elle, au bord même de la piscine, un insolite et heureux prolongement de notre intimité nocturne.

– … c'est ce jour-là que j'ai commencé à t'aimer, disait Nuria en remplissant nos verres. Jusque-là, tu n'avais été qu'un tendre passe-temps, mais ce jour-là tu as commencé à devenir quelque chose de sérieux. Tu avais un costume prince-de-galles.

N'était-ce pas ma vieille gabardine trempée de pluie ? Traversé par le soleil, le whisky resplendissait dans sa main. Fin de semaine lumineuse et alcoolique, midi torride, dimanche sentant la rose fanée, cloches, bain dans la piscine, pelouse verte et, surtout, la conviction heureuse et assez ferme encore (ce baiser sous l'eau, ivres de lumières plus encore qu'à la surface) de notre flamme amoureuse immaculée qui garantissait, tant qu'elle brûlerait, notre fuite à Paris. Mais l'immobilité perplexe qui suivit ces jeux apporta de nouveau la brise à peine perceptible qui peignait les branches hautes des cyprès, un silence éclatant de questions et un retour à notre sujet qui, peut-être parce que nous n'avions rien de mieux à faire qu'attendre, était encore bien maigre et finirait par nous proposer alternativement la dispersion et la concentration imaginative et même physique, pas perdus entre le lit et le jardin et la terrasse, le long de couloirs et dans des pièces sans histoire, verres vides posés au hasard d'un meuble sur notre chemin et cigarettes égarées à demi consumées et retrouvées, tristes vers de cendre, avec toute leur charge d'évocation intacte, jusqu'à l'heure du déjeuner sur la terrasse.

Des huîtres, en effet.

Face à face et tête baissée, nous pressions avec soin des morceaux de citron, tandis que très loin dans mon souvenir je voyais s'élargir ce sourire, comme une belle cicatrice, la bouche sensuelle de Manuel et l'éclat de ses dents blanches au soleil, dans l'air imprégné de fragrances marines, le jour où il emmena Montsé à la plage de la Barceloneta : lui avait-elle jamais inspiré du désir ?

– Pension Gloria, ça s'appelait, dis-je. Sinistre ironie.

– Ce n'était pas le nom de la patronne ?

Belle veuve discutant avec des camionneurs et des prostituées. Elle glisse le long des couloirs de sa pension comme une ombre familière, en fumant des Abdulas de contrebande que ses amis vendent dans le quartier maritime. Elle a toujours une chambre ensoleillée pour les jeunes émigrants qui arrivent, en quête de travail : sympathique garçon, viens, tu n'aurais jamais dû quitter ton village, que vas-tu devenir ?

– Pourquoi le défends-tu ? demanda Nuria. As-tu oublié à quel point il la trompait ? Il prétendait vouloir travailler, mais il ne faisait rien pour trouver un emploi, et en plus il la menaçait de se faire embaucher comme saisonnier dans le Borne, et alors, bien sûr, ma sœur le suppliait d'être patient, ils trouveraient bientôt quelque chose de mieux. Et elle, toujours d'un côté et de l'autre, sans répit, en train de découper des petites annonces dans le journal, d'importuner les relations de papa, toi, moi, remuant toutes sortes d'influences pour le caser. Elle est même allée au club ! Et lui, pendant ce temps, il se promenait, il allait à la plage avec la veuve et ses petits amis, il fainéantait dans les bars ou passait des heures sur son lit, à lire.

Origine obscure : d'après Salva et oncle Luis, il venait de la turbulente zone industrielle du Llobregat ; d'après Montsé, du mont Carmel.

– Avec elle, il ne s'est pas mal conduit. Du moins jusqu'à ce que la famille intervienne…

– De toute façon, coupa Nuria, c'était un moins que rien. Un cynique, une canaille. Il a insisté jusqu'à ce qu'il obtienne ce qu'il voulait… Et elle, toujours dans les nuages, la pauvre.

– Il l'a faite femme.

– Si tu crois que perdre sa virginité c'est devenir femme, tu te trompes.

Admets au moins, ma chère cousine, que c'est une façon de se connecter à une partie de la réalité, même si c'est dans ce que vous appelez son expression la plus vile. D'ailleurs, moi, à l'époque, je ne pensais pas que ce garçon ait sérieusement imaginé de lui jouer un mauvais tour, qu'il ait eu la moindre prétention. Il attendait, tout simplement, en s'efforçant d'être sociable et obéissant, il attendait, comme nous le faisions tous, Salva, toi, moi, de voir comment tout cela finirait.

17

1re journée : l'énigme des pendus souriants

Le péquenot dort, nu, sur les draps tachés de rouge, avec un sourire béat, heureux. Il est sept heures du matin et quelqu'un parcourt les couloirs en faisant sonner une clochette de viatique. « Debout, les coloristes ! » La première chaude pensée du jour est pour Montsé : Ne m'aurait-elle envoyé ici que pour m'éloigner, pour se libérer d'une responsabilité qui menace de lui créer des problèmes ? Pour tranquilliser sa famille, ou pour rester quelque temps seule et réfléchir ?… Ou peut-être simplement pour que je puisse me nourrir gratuitement pendant quelques jours ?

Il se lave et se rase en compagnie de stagiaires qui fredonnent entre leurs dents et se donnent des tapes dans le dos : on dirait que la nuit a été prodigue en rigolades, et qu'ils s'en promettent de plus chouettes encore. Urinant à distance contre le ciment frais, son camarade de chambre lui fait un clin d'œil, avec encore du rouge sur les mains et sur le sexe, comme s'il s'était écorché : le type est d'une inconscience hautement salutaire.

Pudiquement caché derrière ses lunettes noires, répondant par de prudents mouvements de tête aux « *Bon día*[1] » insensés des coloristes, il descend au rez-de-chaussée et

1. « Bonjour. »

sort du bâtiment. Près du porche, on vend des cigarettes, du Pepsi et des crucifix, le tout exposé sur des étagères de bois d'un bleu chimique, au-dessus du comptoir de zinc ; c'est le snack-à-la-ferme tenu par le vieux métayer. Il fait froid, l'air est coupant, la matinée est nette. Paysage plat, champs de culture sèche et là-bas, tout au fond, des montagnes sur lesquelles se réverbère un brouillard rosé et ténu, balayé peu à peu par un soleil pâle et encore très bas. Rien ni personne en vue, pas une maison, pas une route : complètement isolés à plusieurs kilomètres de Vich. En face de la ferme se dressent trois cyprès et plus loin, sur un terre-plein herbeux, un énorme saule et la margelle en ruine d'un puits bouché. Au loin, des champs d'amandiers. Le silence blesse les tympans, on entend seulement, de temps à autre, le cri d'un oiseau en vol, comme une flèche, et sous les pieds le crissement de l'herbe couverte de rosée. Arrivé au saule, il s'adosse au tronc rugueux et contemple la ferme, en face de lui : grande, solennelle et harmonieuse, elle fait penser aux propriétaires qui l'ont habitée, paysans riches et pieux à coup sûr, aimable ménage à la chair triste qui n'a pas eu d'enfants et qui a légué en mourant la maison et les terres à son directeur spirituel… Un timide raclement de gorge à la hauteur de ses genoux.

« Comment va ? » dit quelqu'un qui craint de déranger.

Assis sur une pierre, dos appuyé de l'autre côté du tronc, un homme peut-être jeune encore le regarde en souriant par-dessus son épaule. C'est Simón, le tractoriste blond qui hier lui a demandé son aide pour faire le test. Il roule une cigarette.

« Tu veux fumer ? » Il lui tend sa blague à tabac. « Alors, qu'est-ce que tu penses de tout ça ? Tu crois aux curés, toi ? Moi je m'en irais bien, avec tout le travail que j'ai.

– Je croyais que tu étais en vacances.

– C'est que je fais aussi le maçon, de temps en temps. Dis donc, tu penses te confesser, toi ?

– C'est obligé ?

– Bien sûr. Ils te convainquent – on dit qu'ils parlent très bien, ces professeurs. Ils font des conférences et des sermons toute la journée... Tu verras. On m'a dit que ça ne rate pas, que tout le monde finit par devenir croyant, même les athées. Tu es athée, toi ?

– Est-ce que je sais ?

– Il paraît qu'il y a des miracles, ici à Couleurs. Ce type dont je t'ai parlé, mon ami, il passait son temps chez les putes, et depuis qu'il a été à Couleurs il ne sort plus de l'église. Il faut voir ça. »

Le soleil réchauffe l'air, la matinée s'enflamme, presque tous les stagiaires sont dehors maintenant et ils prennent le soleil en se promenant par petits groupes devant la ferme. Simón se lève, secoue la cendre de son pantalon de velours côtelé.

« Ici je ne connais personne, dit-il, et toi ?

– Moi non plus. »

Simón regarde l'horizon. Ses yeux clairs, voilés par une sorte de givre, semblent habitués au froid et à la solitude, et à la lumière du jour son visage montre une peau criblée de petits boutons noirs, un front ridé et souple comme celui d'un chien.

Du côté de la chapelle se promène *mosén* Garriga, plongé dans son bréviaire. Il les voit et s'approche avec un sourire, en traînant ses vieux pieds, il arrive avec un « *Bon dia* » et un conseil affectueux : « Attention, ne vous éloignez pas trop et ne restez pas isolés, le docteur Albiol et les professeurs n'aiment pas ça. » Alors, d'un pas lent, ils rejoignent les autres, Simón, tête basse, avec des airs coupables.

À la chapelle, prières (à genoux) et hymnes chantés (debout).

> Jeunesse, printemps de la vie,
> Espagnol, titre immortel,
> Si la foi du croyant t'anime
> La victoire te couronnera.

Après le petit déjeuner (grand bol de café au lait, pain de campagne et confiture), la terrible mécanique se met en marche : première conférence, messe, une demi-heure de récréation, conférence, cercle d'étude, prières à la chapelle, déjeuner. L'après-midi : conférence, récréation, prières à la chapelle, nouvelle conférence, salut au Saint Sacrement, dîner, et au lit. Recommandations étonnantes : ne pas devenir l'ami intime ni exclusif de qui que ce soit, ne jamais s'asseoir à la même place à table pour les repas ni engager de conversations privées, ne pas parler à voix basse. « Entrain, allégresse, allégresse ! » crie le vieux *mosén* Garriga, et « De Colores ra, ra, ra ! » répond le professeur énergumène. Les histoires drôles sont une institution sacrée : elles ne peuvent manquer à aucun repas, bonnes ou mauvaises elles sont toutes bienvenues. « L'important, dit un professeur, c'est de se distraire et de ne penser à rien d'autre. » Le péquenot à la lampe de poche, dont les relations intimes avec le bâton de rouge n'ont pas encore été rendues publiques, se lance dans une histoire trop salée et il est fraternellement conspué. Si un stagiaire timide dit « Je passe », il est conspué lui aussi.

Les décuries une fois formées et baptisées (la sienne s'appelle Saint-Paul), dix stagiaires par table, avec président et secrétaire nommés selon de mystérieux mérites établis par le test de la veille, le stage est inauguré officiellement par une conférence en catalan à la charge du directeur, *mosén* Albiol, idole des jocistes de Vich. Il parle de la chasteté (« *Cagada l'hemus*[1] *!* » entend-il le péquenot dire à Simón – tous deux dans sa décurie), de la façon d'être un homme pur sans-être-ta-pet-te. Il appelle un chat un chat. Un langage qui constitue la première surprise. Un petit crucifix à la main, le *mosén* se balance sur l'estrade, sonore, retentissant comme une cloche noire et plein de lui-même, glorieusement transpercé par les rayons du soleil qui traversent la verrière. Dans les moments de plus grande véhémence, apparaît sur son front haut et pâle une étincelante veine violette en forme de Y, et sur sa bouche fine et humide le mot « concupiscence » acquiert de terribles résonances vernaculaires. Deux heures durant, il alterne anathèmes furibonds et absolutions soudaines, compréhension et pitié, havres d'humour miséricordieux, irréel, catéchistique, béatifique vision du Mal et récits de sa lutte quotidienne pour la vie incubée dans les confessionnaux, où jour après jour il entend des énormités ; particulièrement réaliste et poétique est la fugace référence à ses combats les plus intimes et les plus épuisants, ce qui l'unit secrètement (« Croyez-vous que nous autres curés nous sommes de pierre, que vous êtes les seuls à avoir ces petites choses entre les jambes, fanfarons ? » brame-t-il devant l'auditoire stupéfait), ce qui l'unit secrètement, qui l'aurait dit ? à la condition humaine : lui aussi, sous ces grotesques jupes noires qui font tant rire les gens, il est un homme et il a les attributs d'un homme, et que personne ne se scandalise, ne soyons pas hypocrites, lui

1. « On n'est pas dans la merde ! »

aussi il s'attendrit et il est sensible à la fugitive beauté des formes, lui aussi il souffre devant de beaux yeux bleus, une chevelure blonde ou un profil virginal, devant cette « *noia fresca i plena de vida ballant una sardana* » (« *Tot-són-pits, tot-són-pits*[1] *!* » sardanise brusquement à voix haute le rouquin à la lampe, que tout le monde tient déjà pour anormal). Un mélange d'admiration, d'infinie tristesse et de peine pour le *mosén* s'abat sur l'auditoire. Et lui, transporté, avec sa veine sur le point d'exploser sur son front puissant, il les invite de nouveau à l'abstinence, et termine complètement enroué, en pleine ardeur flagellante et inquisitoriale, si démesurément grandi et congestionné qu'il en est impressionnant (« Il sera bientôt évêque », pensent quelques-uns). Mais peu après, à la chapelle, pendant la messe célébrée par *mosén* Garriga et servie par un professeur, seuls se confessent et communient une douzaine de stagiaires, que les autres observent avec un certain scepticisme moqueur. Maigre récolte, pour le moment.

Pendant la récréation, les professeurs organisent une urgente, une folle, une hallucinante partie de football entre coloristes : ils ont l'air de s'obstiner à se dessécher les poumons et la cervelle. D'autres stagiaires déambulent, déconcertés, autour de la ferme. Ici aussi, comme en prison, s'établissent très vite de subtiles hiérarchies : le stagiaire le plus prestigieux et le plus surveillé est l'étudiant de Barcelone, on raconte que déjà, dans le test, il s'est déclaré athée, on le croit très cultivé et il inspire un certain respect. Il est suivi, en mérites, par le Murcien sauvage qui n'enlève jamais ses lunettes de soleil, pas même pour dormir, celui qui ne parle presque

1. « … fille fraîche et pleine de vie dansant une sardane ("Des nichons ! Des ni-chons !"). »

à personne. « Tu veux jouer ? » entend-il lui dire la voix du professeur, mais il fait celui qui n'a pas entendu. Il cherche Simón à travers le brouillard verdâtre, agréable et dense (mais pas suffisamment) de ses lunettes, et il le voit se promener tout seul sous les cyprès, foulant l'herbe, avec son large pantalon de velours côtelé qui crisse allégrement quand il marche, cric-cric. Ensemble, ils font le tour de la ferme. Ils voient entrer dans la chapelle *mosén* Albiol, qui bavarde amicalement avec un stagiaire, ils ont l'air d'être en train de conspirer – le curé avec son bras sur l'épaule du stagiaire – et Simón dit : « Ça y est, ils sont mûrs. »

La clochette appelle au cercle d'étude, maintenant les présidents de décurie doivent faire un résumé oral du sujet et les secrétaires un résumé écrit, tandis que quelques stagiaires, au tableau, font des dessins qui prétendent représenter de quelque façon l'attitude de Couleurs face à la vie et à ses dangers : debout, honteux, ils balbutient des concepts infantiles sur l'abstinence, la chasteté, ils tentent de dire ce que c'est que d'être un homme, un vrai, et de savoir résister, et sur le tableau apparaissent des dessins naïfs, maladroits et laborieux, qui représentent des cœurs transpercés par des flèches, des globes terrestres soulevés par des leviers, de blanches colombes et des soleils d'école maternelle avec dedans le mot « pureté ». Quelqu'un dessine un cœur et quelque chose qui ressemble à une longue et ondoyante chevelure de femme ; sous le cœur il écrit : « De Couleurs », et sous la chevelure : « Du monde. » Il est fort applaudi.

Comme un seul corps, comme un mille-pattes névrosé, le groupe se transporte de nouveau à la chapelle en se bousculant derrière les professeurs. Dans la pénombre froide ils obéissent et s'agenouillent bras en croix pour répéter mot à mot la prière de *mosén* Albiol, une promesse d'abstinence, de lutte éternelle contre la chair, de sécheresse de cœur. Et on chante. Mais avant la fin de l'hymne lui il sort fumer une cigarette sous le saule.

Et dès lors il sera toujours derrière le mille-pattes, presque toujours seul, arrivant partout en retard ou repartant en cours de route. Il déambule dans la campagne et dans la ferme en recueillant des échos de conférences, de chants et de prières, de sermons et d'anathèmes, de voix d'énergumènes qui traversent les murs, troublant la paix des champs et des vieilles pièces, et il se couche tard, se lève tôt, mange en silence et tête basse au milieu du vacarme général du réfectoire, où de temps en temps, lorsqu'il boit, ses yeux rencontrent ceux de Simón qui l'appellent à l'aide, d'un endroit ou d'un autre – toujours différent, comme c'est la règle – de la table : prêtres et professeurs continuent à s'obstiner à détruire tout embryon de conversation privée, ils recommandent « qu'il y en ait un qui parle et que les autres l'écoutent, pas de petits secrets et vive les histoires drôles audibles par tout le monde », et il flotte de soudains, d'angoissants silences que personne ne peut éviter si ce n'est en disant une ânerie, chose qui arrive fréquemment et de façon de plus en plus décidée et complaisante, comme si la consigne d'anéantir le sens du ridicule (« Ici il faut retomber en enfance », leur a expliqué *mosén* Albiol) était la plus agréable et la plus supportable : tous rivalisent bestialement pour être les premiers à entrer dans le prétendu paradis de l'innocence.

Le Christ subitement vêtu d'un bleu de mécanicien et maniant une clé anglaise apparaît à l'auditoire pendant la conférence de l'après-midi, à la charge du professeur Rosell, ouvrier dans une usine de Vich. « Vous n'osez pas regarder cet Homme en face, le Camarade de travail de chaque jour, le Journalier résigné et patient ! Regardez-Le, lâches, regardez-Le bien et écoutez les leçons qu'Il vous donne ! » s'écrie-t-il en brandissant son crucifix, courbé en deux sur l'estrade et s'adressant aux stagiaires, blond, avec des yeux affectueusement perçants, robuste et doux à la fois et si simple dans sa façon de s'habiller (une vieille veste croisée sur son bleu de travail impeccablement repassé) qu'on dirait l'image idéale de l'ouvrier aseptique, souriant, à mâchoire carrée et beau gosse qu'il a vu sur les affiches diocésaines du Centre paroissial de Vich. Mais sa voix est comme un coup de fouet et son langage impitoyable et furibond, il a l'air tout à fait familier avec le nouveau Christ qu'il vient de présenter à ses auditeurs, à coup sûr il travaille avec Lui, il est « l'Ouvrier Exemplaire qui ne se mêle ni de politique ni de grèves ni de manifestations, qui ne s'occupe que de nos péchés, pourrissoir du monde », Rosell s'excite, brame, mugit, se lance dans un exposé confus sur la mentalité prolétaire maladive actuelle, ça y est, il passe aux insultes, « fainéants, esbroufeurs, *saltataulells*[1], ambitieux, égoïstes ! Regardez-Le, voyez l'authentique Ouvrier, Celui qui ne se plaint jamais, Celui qui transpire comme vous et reçoit la même paye que vous et a les mêmes problèmes professionnels que vous, parce qu'Il est avec vous ! Et vous ? Êtes-vous avec Lui, hein, êtes-vous avec Lui ? Oui, ou non ? Eh bien moi je vous dis : misérables geignards que vous êtes, qui n'êtes jamais contents, qui n'en avez jamais assez, bourgeois, amants de vos aises, coureurs de tavernes, barceloniers et putassiers du Barrio Chino, pourquoi crânez-vous tant avec vos compagnons d'atelier, de bureau ou de labours, pourquoi parlez-vous tant de virilité avec les femmes ? Moi je vous parlerai d'une virilité de l'âme, de barcelonades de l'âme, de grèves et de manifestations de l'âme,

1. « Saute-ruisseau. »

je vous montrerai cet Ouvrier qui porte un bleu de travail comme le mien, sale de graisse et de sueur et d'heures supplémentaires, un Christ plus de chez nous, plus viril qu'aucun autre, un Christ moderne, fort, courageux, patient, faisant bien Son travail à l'usine et respectueux de Ses supérieurs ! Celui qui manie Sa clé anglaise pour construire et pas pour détruire, mais aussi, attention !, Celui qui a Ses idées et Son opinion sur le capitalisme, et dont la patience est peut-être à bout, vous verrez, oui, vous verrez !… »

Du doigt, Manuel rajuste ses lunettes (il reçoit par en haut un éclat de soleil très gênant) et il lève légèrement la main, au milieu de sa décurie, pour attirer l'attention du *mosén* : « Puis-je sortir uriner, *mosén*, puis-je sortir ? » Simón, à côté de lui, ne le voit même pas se lever de table : honteux, abattu sous le poids de l'invisible clé anglaise. Un autre membre de sa décurie, l'étudiant de Barcelone, écarte les genoux pour le laisser passer et sourit d'un air moqueur. La voix de Rosell le poursuit jusqu'aux toilettes puis jusqu'à sa chambre, où il s'allonge sur son lit et fume en pensant aux filles qu'il a vues hier, au Centre, courant gaiement avec leurs bas noirs et leurs genoux sales de la poussière du prie-Dieu : l'étrange odeur de fleurs fanées qu'elles ont laissée sur leur passage. Enveloppées dans le voile de poussière qui préfigure le linceul, ou comme des nards endormis et inconscients dans leur primitive blancheur. De même Mlle Roura et Montsé : comment étaient-elles avant d'avoir la foi, avant de bercer leurs doux et héroïques rêves de bonté universelle dans une Mariapolis idéale ? Il s'endort un moment, de l'autre côté du vasistas le soir se meurt, sur les champs silencieux, tandis qu'ici les mugissements du professeur Rosell et les dogmatiques coups répétés de sa sainte clé anglaise errent dans toute la ferme comme des âmes en peine.

Personne ne fait attention à lui quand il revient dans la salle, sauf *mosén* Albiol, qui lui sourit d'un air préoccupé. De l'estrade pleuvent les anathèmes doctrinaires. À demi pendus, les auditeurs coloristes extériorisent des symptômes très étranges : ils prospèrent dans leur misère générale et patibulaire, dans leur bilan à l'agonie, la nuque complètement brisée, s'affermissant de plus en plus dans leurs principes à mesure que le conférencier chasse la réalité pour qu'à aucun moment elle ne récupère ses domaines ; mais, en même temps, l'éclipse mentale (que certains manifestaient déjà en arrivant : le péquenot à la lampe de poche, par exemple) est trop favorable à l'infantilisme, à la puérilité (cet âge innocent né-ces-sai-re pour pouvoir aller à Couleurs), et, satisfaits, plusieurs d'entre eux s'attardent à ce rendez-vous qu'on leur propose avec les années heureuses du collège et se mettent à faire des pitreries : ils se pincent, se passent des petits mots, se lancent des boulettes de papier et se font des farces comme à l'école. Qu'est-ce qui arrive ? Voilà que ces hommes faits commencent à se regarder entre eux avec leurs cerveaux à l'envers en se souriant sottement et en se tirant la langue ; les terribles accusations des professeurs ne laissent pas d'autre choix : de l'humaine existence, pourrie et pécheresse, mieux vaut ne rien savoir. Mieux vaut retomber en enfance. Et sur l'estrade l'accusateur continue à secouer incongrûment les consciences et à manier des outils sacrés et invisibles, les vissant les uns après les autres, les montrant du doigt, touchant leurs plaies les plus présomptueusement intimes et tuméfiées et leur proposant de répudier maîtresses supposées et bistrots et bordels qui mangent la paye et la paix du foyer pour pouvoir s'enrôler sur-le-champ dans la grande armée de Couleurs et se lancer ensemble dans la grande bataille des titans. « De Couleurs ! » brame-t-il comme s'il haranguait un bataillon avant le combat, bras au plafond et penché en arrière, rauque, rouge, projetant son regard sur les foules enflammées et vociférantes. Et lui, il le regarde sans rien comprendre ; il l'écoute, oui, mais il ne parvient pas à relier les mots dans son esprit, celui-ci saute tout le temps, se ramifie et fleurit en pâles et fugaces visions de Montsé venant le voir à la pension. Mais déjà Rosell pend tout en haut de sa propre épée flamboyante, il brûle, empli de terreur, congestionné, sans voix, ses cheveux de paille oscillant comme des ailes engommées sur ses oreilles rouges, il a l'air d'un oiseau terrible et exotique annonçant de nouveaux continents. Et la nuit tombe, et au milieu d'une sourde rumeur de bataille se meurt le jour.

Rosell saute précipitamment de l'estrade avec la recommandation habituelle (« Et maintenant allons prier pour qu'il en soit ainsi ») et prend la tête du cortège vers la chapelle, où les coloristes tombent à genoux, prostrés, foudroyés, bras en croix et tête baissée. Odeur de cire, pénombre dans la chapelle et dans l'esprit de nombre d'entre eux, encore un entrechoquement apaisé de lances, le lointain fracas d'une croisade, et une crispation, une émotion belliqueuse sur le museau des coloristes, belliqueuse, belliqueuse, un éclat aveugle dans les larmiers, une farouche disposition à obéir à n'importe quoi et à devenir ce que demandent les dirigeants, quelque chose que Manuel devine terrifiant et pour la première fois parfaitement possible : on dirait un fléau qui, partant de cette ferme, pourrait changer la face du monde. Rosell à genoux devant le tabernacle et les stagiaires autour de lui, sur les dalles froides, ils ont mal aux genoux.

Soudain, de l'arrière, une voix annonce lugubrement : « Si quelqu'un veut se confesser publiquement il montrera l'exemple à ceux qui ne l'ont pas encore fait, par timidité, ou par orgueil. » Silence de mort, puis virils raclements de gorge, murmures, on dirait que l'air va éclater, et, un vide dans l'estomac, Manuel commence à penser à s'en aller quand, derrière lui, une voix brisée et nouée, après un balbutiement pénible, se détache et bave une confuse explication publique de misères personnelles : c'est le camionneur fils, ce spectre pâle. Il bégaie, il sanglote. « Je suis fatigué de ne pas avoir de volonté, de mentir, d'être un porc et un misérable, heureux, oui, voilà ce qu'il faut être, je veux, une personne digne, pardon, moi !, ça semble incroyable », et il pleure, il pleure avec un vrai chagrin et promet d'être un homme désormais, de ne plus faire de cochonneries tout seul, de ne plus penser à la fille du garage, une moins que rien en pull jaune. « *Mosén*, *mosén*, au nom du Christ... avec volonté et esprit de sacrifice... y arriver... ferme intention... rechercher le véritable bonheur... plus jamais je ne reverrai cette fille, plus jamais je ne penserai à elle !... » Toutes les têtes effleurent le sol de la chapelle, une indicible honte collective les abat. Mais le camionneur fils se répète lamentablement, et son histoire avec la fille au pull jaune, qui avait plus ou moins bien commencé, commence maintenant à révéler un goût morbide dans la description de certains détails, certaines rondeurs et protubérances de la fille, qui acquiert alors une réalité franchement palpable dans l'enceinte sacrée, raison pour laquelle *mosén* Albiol coupe brusquement la confession par une prière qui étouffe peu à peu cette plainte et ce chagrin qui étaient en train de dégénérer en hystérie.

Maintenant tous sortent de la chapelle sauf le camionneur fils, qui demeure agenouillé, bras en croix, sanglotant, secoué par le hoquet et d'une certaine façon décapité. Un professeur reste près de lui dans l'ombre, immobile et noir comme un oiseau de proie, tandis que le vieux *mosén* Garriga trotte allégrement vers un confessionnal, précédant quatre stagiaires courbés qui plongent dans les épaisses ombres pénitentielles.

Dîner et au lit. Comme elles changeaient, ces gueules ! En se glissant entre les draps froids, Manuel se sent fatigué et fâcheusement griffé, comme s'il avait passé la journée à se débattre dans les ronces. « *Collons, tu, això no va de broma*[1] *!* » bredouille le laboureur à cheveux de maïs en projetant le faisceau de sa lampe sur le derrière de l'employé pendant qu'ils se déshabillent. Lui, il pense à Montsé, à plusieurs reprises – images étonnamment douces, et confuses, murmurantes possibilités de tendresse amoureuse : il la voit, jambes jointes, si immobile, si concrète sur le quai de la gare. Montsé et sa soupe pour enfants pauvres : sur les versants de Montjuich, marchant entre de pestilentiels décombres, entre les cahutes du bidonville, les mômes et les mouches ; âme rêveuse et bonne jour après jour rongée par la dure réalité… Au lit, maintenant ! Et au-dessus de sa tête le vasistas ouvert laisse entrer le chant des grillons, la paix des champs dans la nuit, cette indifférence aimable des étoiles et de la lumière de la lune qui, tel un disque de glace, flotte dans le firmament. Ses compagnons sont couchés, sauf le camionneur, qui revient du lavabo en toussant et en déblatérant contre son fils :

« Cet imbécile, qui est-ce qui lui a demandé de se ridiculiser ? Demain il va m'entendre ! Et quant à ces corbeaux en soutane !…

1. « Putain, ça ne rigole pas ! »

– Je vous en prie, supplie l'employé de banque, ils peuvent nous entendre.

– Qu'ils m'entendent ! Je m'en branle complètement ! »

Le plancher tremble sous ses énormes pieds tandis qu'il se déshabille dans le noir, trébuchant, jetant ses affaires par terre, projetant partout sa salive jusqu'au moment où il a un accès de toux et où, plié en deux, il s'accroche au lit, en caleçon, son pantalon à moitié enlevé. Son grand corps en proie aux secousses, dans la lumière de la lampe du péquenot, qui la dirige sur lui en riant de son rire de lapin, semble recevoir un châtiment du ciel.

« S'il avait pris des purgations à temps, ce fils du diable, il ne serait pas si foireux, non, monsieur ! » Et soudain il éclate d'un rire qui fait trembler les murs, et il se tourne, rouge comme une tomate, vers le lit de l'employé d'Igualada. « Et j'ai quelque chose à te dire, à toi, le gratte-papier, même si tu t'es déjà confessé…

– Je ne me suis pas confessé, proteste la petite voix depuis l'ombre.

– Eh bien, je vais te dire une chose : cette fille du garage, c'est de la cannelle en branche, *bocati di cardenale*, et par-dessus le marché pute comme pas une ! Gaie comme une paire de castagnettes et toujours prête à te faire une faveur ! Tu parles si je le sais ! Mais cette andouille est comme sa mère ! »

Le camionneur s'efforce de dominer sa juste indignation, ce qu'il parvient à faire après avoir juré un moment comme un charretier. Maintenant, plus calme, il s'adresse à lui :

« Dis donc, toi, mon garçon, comment tu t'appelles ? Tu me plais, toi, mon garçon. Toi et moi on va s'entendre. »

Le péquenot fait des bonds sur son lit. « *Hem furaté un pet*[1] », annonce-t-il. Montsé Claramunt apparaît sur fond noir : petits seins écrasés contre la grille de la prison, au milieu des cris assourdissants du parloir commun, seins anonymes qui n'ont pas connu de regards, ni de caresses, ni de baisers… Le lit grince et on entend le camionneur souffler bruyamment, il s'immobilise ensuite et pousse un profond soupir, « Ah, quelle vie ! », et peu après on dirait qu'il étouffe des hurlements dans sa gorge, en fait il rit sourdement. « Tu as pété, espèce de cul-terreux », dit-il au péquenot. « Chuuut ! » fait l'employé de banque. « Toi, dors ! » le coupe le camionneur, puis il ajoute : « Lèche-cul ! Ah, tu ne vas pas être long à te confesser ! » Et après avoir ri d'une humeur aigrie, pris par une sorte de tristesse, le camionneur commence à parler du stage comme d'une course de poules affolées, en se demandant combien de stagiaires sont restés dans la chapelle en plus de son branleur de fils, et lesquels tomberont le lendemain, en rappelant que le premier à le faire a été le voyageur de commerce, un homme mûr, ce qu'il ne faut pas voir !, le matin même ils s'étaient raconté des petites aventures de route et d'hôtels, des choses de la vie, de bons moments, putain !, parce que les mauvais arrivent tout seuls et tous les jours.

« Mais il ne semble déjà plus le même, ajoute-t-il. Et il a l'air d'être ici comme chez lui, le type. Je ne comprends pas.

– Oui, on dirait qu'il a déjà fait des séjours ici, observe timidement l'employé. Mais ça n'est pas possible, on ne peut venir qu'une seule fois à Couleurs…

– Et toi, qu'est-ce que tu en penses, pays ?… brame le camionneur. Eh, garçon, tu dors ? »

1. « Je vais me tirer un pet ! »

Les paupières de cire de Mlle Roura, les cercles violets sous les yeux de Montsé : amoureux regard pastoral sur le troupeau, sur d'invisibles multitudes de pécheurs. Le pull jaune de la fille du garage, les genoux sales de poussière de prie-Dieu, la chevelure blonde de la paroissienne sardaniste du *mosén*, tout ça c'est la même chose.

« Je jurerais qu'il sert de compère », murmure Manuel.

Et le camionneur éclate de rire.

« Tu entends ça, secrétaire ? dit-il. Mon pays connaît la vie. Je te dis que moi ils ne me baiseront pas, je ne suis pas comme mon imbécile de fils, je ne me laisse pas convaincre facilement ! »

Fragiles, sensibles, étranges congréganistes mariales, nivéennes et pures, avec des zones de vie secrètes, et par centaines, par milliers. Familles stables, solides. Champ bonifié ?… À coup sûr, elle ignore cette autre vie qu'irradient ses mouvements quand elle marche entre les cageots de légumes et les camionneurs blasphémateurs, dans le Borne, en se rendant à la pension, avec des consignes de Caritas. Que c'est curieux : pourquoi les sentiments s'aiguisent-ils tant ici, pourquoi ce désir de vivre et de jouir, quitte à faire un pacte avec le diable ?

« Allez, b'soir » – la voix flûtée de l'employé. Personne ne lui répond. Le transistor, entre les mains du péquenot maintenant, émet une musique douce, une musique de film à danser qui suggère une fête dans un jardin résidentiel avec des femmes élégantes aux épaules nues, lors d'une nuit chaude, étoilée et tropicale. Et, allongé sous ce rêve dans son lit, le péquenot fredonne, rit et joue avec sa lampe de poche toute neuve. Il respire bruyamment.

18

2e journée : le passage secret

Rencontre fortuite avec l'étudiant considéré comme athée au snack-à-la-ferme, en milieu de matinée. Jeune type réservé et moqueur, qui remarque toujours tout et prend patiemment des notes (d'une écriture soignée et très belle, mais avec des gribouillis, Manuel peut lire sur le bloc négligemment ouvert sur le comptoir : « aliénation », « terreur », « lavage de cerveau », « inquisition », etc.) et qui lui avoue qu'il s'amuse beaucoup : « Incroyable, vieux ! Et pour toi, ça se passe comment ? » Manuel hausse les épaules, se dispose à payer les bières, mais : « Laisse, c'est pour moi », le devance l'autre. Des notes encore qu'on peut regarder discrètement sur le bloc : « Les cinq décuries, les cinquante stagiaires cloués sur leurs chaises fatidiques écoutent le professeur : vidés, épuisés et nuque ployée, ils s'abandonnent à l'implacable rythme exigé par leur salut, un crescendo subtilement calculé qui renferme la froide et mathématique exactitude d'un parfait mécanisme d'horlogerie, et qui en détruisant le sens de la réalité et en réaffirmant à sa place les funestes frontières qui séparent le Bien et le Mal que l'Église a inventées en accord avec la société bourgeoise, au profit de leurs intérêts mutuels, sous une pluie de coups de crucifix et d'anathèmes grotesques qui proposent le tout ou rien, le c'est à prendre ou à laisser, christovirilité ou rien... » Il ne va pas jusqu'au bout de sa lecture, mais, peut-être en guise de compensation, il lui dit : « Quelle belle écriture, putain ! Et qu'est-ce que tu vas faire de tout ça ? » demande-t-il sans enthousiasme. L'étudiant le regarde un moment avec curiosité, puis il sourit et met son bloc dans sa poche. « Bon », ajoute Manuel d'un air d'ennui. Et il vide son verre. « Je monte un moment. »

Aveugle et convulsé, entouré d'un cercle de feu désormais impossible à rompre, le mille-pattes se contracte et se serre entre les tables tandis que sur l'estrade le conférencier décoche à l'auditoire ses propres expériences vitales – exacerbées –, qu'il utilise comme arguments : j'étais un misérable avant d'appartenir à Couleurs, *ergo* vous êtes des misérables. Comme d'habitude ; grande préoccupation pour le sexe : monde de trafics diaboliques et d'industries bestiales, damnation et putréfaction et triste hôpital pour les maîtresses, les amantes nocturnes et diurnes. « Barcelonades ! » brame le professeur Guillot, échevelé et tremblant, visage long et émacié, pâle, avec une petite moustache profilée, des yeux à fleur de tête et injectés de sang qui roulent, comme fous, au fond de deux cadavériques orbites : version tuberculeuse du fin danseur de bastringue dominical, du beau gosse aux yeux cernés en décadence. « Barcelonades et purgations », ajoute-t-il, et il explique avec un sourire de loup comment il a un jour été touché par la lumière et dans quelles mystérieuses circonstances, car il a été un mauvais mari et un mauvais père, un fainéant, un ivrogne récalcitrant et un « syphilitique pourri de barcelonades » (il expliquera plus tard, dans une parenthèse sereine, le sens que cette expression a dans la région : les barcelonades sont les escapades en ville pour « aller aux putes »). Et c'est le début de l'autoconfession, du minutieux exposé des horreurs par lesquelles il est passé avant d'être touché par la lumière. « J'étais un dégénéré et un pilier de bistrot, tel que vous me voyez » ; et, vu la froide mécanique consistant à se servir de ses mains et à soulever les mots comme s'ils avaient poids et volume, en déformant les phrases avec le jeu monotone de ses doigts longs et attaqués par l'arthrite, sur un rythme gauche, rigide, qui lui confère une douloureuse emphase, on dirait qu'il a déjà fait cette autoconfession des centaines de fois, en se servant des mêmes mots et sur cette même estrade… Mais déjà de sa bouche surgit l'insolite, qui cette fois paralyse les stagiaires, car c'est quelque chose d'autre qu'un abandon total aux plaisirs de la vie qui a conduit cet homme que vous voyez ici, lors d'indescriptibles nuits de pleine lune, à barceloner avec une de ses cousines et à se rouler dans ses bras sur la tombe de son père dans un cimetière, une cousine indomptable, vorace et aussi effrayante qu'un incendie et qui finirait par quitter son village pour devenir une femme de Mauvaise Vie à la ville, une femme qui maintenant revit sous les yeux exorbités des stagiaires, durant une glorieuse seconde, couchée sur le marbre mortuaire, jupes relevées, et enlaçant de ses jambes le professeur Guillot. Qui la possède barcelonesquement, comme un furieux, sur le RIP de son propre père, pourquoi ?, pourquoi ? le comble de la dépravation, la stupéfaction des cyprès, muets et graves témoins d'une telle mort corporelle et spirituelle. « Et sans respect ni pour les morts ni pour les vivants, voilà comme j'étais, moi que vous voyez ici, votre serviteur », et l'auditoire est atterré, aucun détail ne lui est épargné : le vent hurle dans le cimetière, faisant plier les grands cyprès, les gémissements de la cousine font frémir les morts sans confession, un chien aboie dans la nuit et la pleine lune éclaire l'horrible orgasme. Simón est abattu, mais de nombreux stagiaires (indifférent ou sommeillant dans la torpeur de l'après-midi, le représentant de l'évêque dodeline de la tête, assis sur sa chaise près de la porte) sont comme devant un appareil de télévision. Après s'être entièrement couvert de fange et d'immondices, le professeur continue d'une voix lumineuse, éthérée soudain, comme s'il parlait maintenant devant des enfants de maternelle, en disant qu'un jour, au milieu de ces horreurs, rentrant chez lui ivre et sans sa paye, voilà que son fils de cinq ans, malade du cancer depuis longtemps déjà, est en train de mourir, et qu'il l'appelle de son lit, « Papa, papa ! », d'une voix qui fend le cœur, et qu'il court à son chevet et le caresse, avec l'odeur du cimetière et du corps de cette femme dépravée sur les mains, et qu'il entend la supplique de l'innocente créature, à savoir qu'avant qu'elle ne meure celle-ci voudrait que son papa lui promette de ne plus battre maman ni de rentrer sans le sou à la maison et avec cette tête de méchant homme, parce que c'est uniquement pour sauver son âme qu'il va mourir, et ici le conférencier commence à pleurer macabrement mais sans aucun doute avec sincérité, des larmes énormes, sa voix se noie comme dans un puits sans fond, se débat dans une mare, et son visage se décompose à mesure qu'avance l'agonie de son fils, toute pleine de détails pathétiques à donner le frisson, lui agenouillé près du petit lit, râles enfantins et cancer qui tenaille cette gorge innocente, près de la mère en larmes et gisant comme un ballot au pied du lit, ce désespoir de l'épouse résignée et de la mère devant la lente agonie de son enfant, et lui ne sachant que faire, cris, larmes, râles encore, hurlements, la promesse, papa, tiens ta promesse, mon fils, cousine, autres râles d'agonie, cette femme perverse, châtiment de Dieu, prise de conscience foudroyante, le cancer, les hurlements, ce cimetière, ma chère cousine, gémissements de plaisir, repentir, sale pute, une lumière, mon fils, la lumière, la promesse, oui !… Mais de toute façon l'enfant meurt. Fini les barcelonades et la fornication sur la tombe du père par les nuits de pleine lune. « J'ai été un grand pécheur, et regardez-moi maintenant ! » Maintenant on n'entend pas une mouche dans la salle. Mais, retrouvant de nouvelles énergies, la voix noyée de larmes insiste pour dire que c'est pour qu'il puisse se sauver lui que son fils est mort, et naturellement cela l'a beaucoup impressionné, il ne pouvait pas être plus longtemps sourd à l'appel de Dieu, hoquet et sanglots et pauses fort pénibles, le professeur n'est plus désormais qu'une pauvre loque sans voix et sans force sur son estrade, baignant dans ses larmes, autodétruit, à coup sûr heureux.

Personne ne peut rien pour lui. Puis, au milieu d'un silence de mort, où l'on n'entend plus que sa respiration, comme un soufflet, il fait encore un suprême effort et se redresse (tout le monde a peur qu'il ne s'effondre) pour frapper bruyamment sa maigre poitrine avec son crucifix, il ravale ses larmes et chancelle, yeux fermés, en balbutiant des mots inaudibles et en traçant avec sa main d'arthritique de monotones cercles dans le vide, de plus en plus lents, telle une roue qui continue à tourner par inertie alors que la machine qui l'a impulsée s'est déjà arrêtée. Quand il prononce ses derniers mots, les cris de rigueur, « De Couleurs ! », son aspect est franchement lamentable et sur son visage épuisé il y a l'expression définitivement animale des pendus.

Vite, tout le monde à la chapelle tant que l'affaire est chaude ! Mais, oh surprise !, cette fois ils ne descendent pas en passant par l'entrée et en faisant le tour de la ferme mais sont pratiquement poussés vers une petite porte secrète derrière l'estrade dont ils ignoraient l'existence, elle s'est mystérieusement ouverte et tous descendent par un étroit et sombre escalier en colimaçon puis prennent un couloir tout aussi étroit qui, en quelques secondes, les déverse brusquement dans la chapelle, serrés comme des moutons, stupéfaits. Passage secret pour cas d'urgence, sans nul doute, et qui produit son effet : ils sont plus de vingt aujourd'hui à se confesser.

Ils sortent de la chapelle au milieu d'un grand silence, les pieds traînent très tristement, et aujourd'hui l'hymne (« Jeunesse, printemps de la vie… ») a un air plutôt funèbre. Puis c'est la promenade sous le soleil, on dirait des reclus ou des convalescents dans un sanatorium, ils sont toujours nuque baissée et pensifs, ils échangent des sourires et de timides regards d'hallucinés, ils semblent égarés : certains allument leur cigarette à l'envers, par le filtre, d'autres frottent leurs genoux malmenés d'une main tremblante, ils font le tour de la chapelle et s'épient. Soudain paraît le directeur du stage qui chante l'hymne de Couleurs, tout seul, en se promenant au soleil comme sur une scène, mains dans les poches de sa soutane élégante, bien droit, toute poitrine dehors et souriant, et sa douce voix de ténor tremble un peu (« De Couleurs, de couleurs se revêtent les champs et le printemps, de Couleurs ») ; heureux personnage d'opérette en parfaite harmonie et en paix parfaite avec les nuages et le bleu du ciel, visiblement ému et satisfait. Il redonne le moral à beaucoup.

S'éloignant en direction du saule, Manuel commence à se demander s'il ne rêve pas, quoique, à y bien réfléchir, cette ferme du diable semble avoir toujours été habitée par ces cauchemars, ou par ces réalités, allez savoir ! ombres amoureuses et excitantes comme la fille du garage avec son pull jaune, amantes qui sourient de vice parmi les tombes et les croix, et sur l'herbe, et dans les lavabos, et dans la chapelle elle-même, dans les chambres, en se vautrant dans l'odeur des cimetières comme les adultères concupiscents qui provoquent le cancer chez les enfants. Le passage des jours marque aussi les objets : ses lunettes noires, par exemple, se sont transformées en instrument de travail. Le regard errant au loin, vers les montagnes grises, il entend les pas de Simón qui vient à lui, les bras douloureusement croisés. Il est un peu enrhumé, il a remonté le col de son pull, comme un cache-nez. « Ça devient sérieux, dit-il. Salut, Simón. » Il ôte ses lunettes et se frotte les yeux, fatigué, puis sourit avec sympathie au tractoriste, considérant avec une tendresse fraternelle les plis de peau triste qui entourent et tourmentent les yeux clairs de son ami, ses joues larges et résignées, son noble regard de vieux lévrier.

« Alors, qu'est-ce que tu penses de tout ça ? dit Simón.

– Assieds-toi, on va fumer. Allez, prends-en une.

– Merci. Tu sais ce qui ne me plaît pas ?

– Quoi ?

– Qu'ils parlent comme ça, de façon si crue, je veux dire, si mal. On me l'avait bien dit qu'ils appellent un chat un chat.

– Oui, c'est laid. Chez eux, c'est laid. »

Simón coupe la petite branche du saule qui pend au-dessus de lui, il baisse la tête et ses mains larges et noueuses, aux mouvements très doux, se distraient à l'effeuiller, « Tu sais quoi ? commence-t-il, accablé. On ne sait jamais quoi faire dans cette putain de vie. Je vis seul et je n'aime pas les embrouilles, mais, tu vois, les choses sont comme ça et il faut les prendre comme elles viennent, tu sais, il y a une femme, je veux dire, une amie que je connais, elle est mariée avec un berger, un sauvage qui la roue de coups, elle est gentille, la pauvre…

Mais quelquefois je réfléchis, quand on se voit, parce que maintenant on se voit dans un pailler près de là où je travaille, eh bien des fois je réfléchis, je réfléchis, et alors, mon vieux, je ne sais pas quoi faire… Elle aussi elle le dit, que ce n'est pas une vie, les curés ont raison là-dessus, et je crois que c'est ce qui m'a décidé à venir, tu comprends ?, pour voir s'ils pouvaient m'expliquer, je ne sais pas, on a tous nos problèmes… Je sais bien que ce sont des dégénérés, que tout ça c'est de la fumisterie, mais il y a des choses, hein, au fond ils ont raison, parfois on n'est pas heureux parce que ces histoires ne peuvent pas te rendre heureux, je ne sais pas comment m'expliquer, tu me comprends… » Simón scrute alors les verres obscurs qui cachent les yeux de son ami, lequel le regarde fixement, de façon inexpressive, et finit par baisser la tête. Simón ajoute : « C'est assez clair, ce que j'essaye de te dire ? Je sais très bien qu'il faudrait changer de vie, mais c'est tout ce que j'ai au monde, à y bien réfléchir, cette femme, je n'ai rien d'autre, María, elle s'appelle, et ce n'est pas une femme légère ou une de ces traînées, ne crois pas ça, je ne sais pas si tu me comprends, on ne sait jamais quoi décider… » Tête baissée, Manuel fait oui en silence, plusieurs fois. Bougon et pensif, il reste un long moment sans rien dire, puis il ôte la petite branche des mains de Simón et, sans le regarder, il lui demande s'il l'aime, sa María. Oui, il ne savait pas, Simón pensait que oui, ils se voyaient en cachette des gens du village, et quand il y réfléchissait il voyait que dans sa vie il n'y avait que ça, cette femme, mais que s'ils devaient être toute leur vie des malheureux, comme ils disaient ici… « Ne les laisse pas se mêler de tes affaires », lui conseille simplement Manuel. « Moi ? Tu parles ! Tu ne me connais pas… » Puis ils restent sans rien dire un moment tous les deux, Simón tire consciencieusement sur son mégot. Son vieux front de chien, avec des rides profondes qui convergent entre les sourcils et où chaque clignement de paupières provoque une petite catastrophe, un monde de tristesse chaotique, s'affaisse tandis que Manuel lui dit, en lui tapotant le dos :

« Allons-nous-en d'ici. Tu as entendu le curé… Et ne te fais pas de mauvais sang, ces types-là sont des salauds qui ne s'occupent que de ce qui les intéresse.

– Tu crois que tout ça c'est des mensonges ?

– Ils crient trop.

– Il y en a déjà plus de trente qui se sont confessés. Et demain le reste, tu verras. Qu'est-ce que tu penses faire, toi ?

– Rien. »

Le tractoriste regarde l'horizon brumeux, avec un clin d'œil souriant.

« Mon non plus. »

Le professeur Guillot paraît soudain derrière eux. Il a étonnamment récupéré de son épuisant numéro et il sourit, avec d'évidentes intentions rédemptrices. Il leur propose de faire un tour ensemble, mais Simón s'éclipse sans faire de bruit (Guillot ne fait rien pour le retenir) tandis que Manuel ajuste calmement ses lunettes sur son nez, en les réaffirmant dans leur condition d'instrument de travail, de casque protecteur. « Alors, on respire un peu d'air pur ? commence le professeur en lui passant le bras autour de l'épaule. Tu es croyant, pas vrai ? – Si vous le dites, professeur », et il ne peut éviter un sentiment de répulsion en sentant le bras de l'autre : barceloner comme un furieux avec sa cousine sur le RIP de la tombe de son propre père les nuits de pleine lune, quel sauvage ! Est-ce qu'ils sont tous fous ? Montsé lui a dit un jour que la foi est une affaire de fous, « un peu comme pour don Quichotte », lui a-t-elle dit, pendant que l'expert en barcelonades, de sa voix visqueuse, répète qu'il l'a bien observé et qu'il aime bien l'attention avec laquelle il écoute les conférences, mais pourquoi ne s'est-il pas encore confessé ? Bon, il sait bien ce qu'il a, ce qui l'empêche d'être heureux comme les autres : « Ah, les *dones* de Barcelone *tiren molt, noi*[1], on sait ce que c'est ! » Le professeur Guillot recommande un simple acte d'humilité devant le tabernacle, et seul, sans témoins, simplement se laisser tomber à genoux et dire : « Seigneur, aide-moi. » « Bien entendu, toi, ajoute-t-il, tu n'es pas comme ce malheureux, ce péquenot ignorant qui ne se sépare pas de son bâton de rouge et qui s'en barbouille la nuit (les sœurs ont eu un drôle de choc en lui faisant son lit, elles croyaient que c'était du sang), et qui se masturbe à la lumière de sa lampe, il dit que le rouge donne une grande douceur aux mains, cet animal, il s'est enfin fait prendre, son camarade de chambre, l'employé de banque, l'avait dit au *mosén* pour éviter le mauvais exemple » ; non, il n'était pas, lui, comme ce pauvre anormal, il raisonnait, lui, il avait une tête, et c'est pour ça qu'il pouvait s'agenouiller à la chapelle et demander « Seigneur, aide-moi à y voir clair », ce serait suffisant. Une preuve d'humilité. Non ? Alors, pour le moment, enfin, la ferme intention de ne plus penser à elles, ce sont toutes des salopes. « Professeur, pourquoi est-ce que vous détestez les femmes comme ça ? – Ah, on s'y connaît, hein ! Quel brigand tu fais ! » insiste le professeur, en ajoutant que d'une certaine façon c'est normal, quelqu'un d'aussi beau gosse que lui… « Moi aussi j'étais un vaurien, un type immoral, comme toi », précise-t-il avec une lueur lointaine dans ses yeux de

1. « … les femmes de Barcelone sont très sexy, mon garçon. »

loup. Et alors, de sa voix glaciale, impersonnelle et si terriblement lasse, le Murcien, tout en s'arrêtant un instant à regarder les montagnes qui barrent au loin la plaine de Vich, dit : « Moi je n'ai pas d'argent pour les barcelonades, et je ne baise jamais dans les cimetières, vous savez ? Je crois que je ne serais pas capable de jouir, et d'ailleurs je ne sais pas où mon père est enterré, je ne sais même pas qui est mon père. » Il se baisse pour couper un brin d'herbe tout en parlant, puis s'éloigne, lentement, mains dans les poches. Et il pense encore qu'il aurait pu ajouter : Je n'ai même pas un fils qui a le cancer, putain, tu parles d'un cadeau, touche du bois. Alors à d'autres.

Cependant, le signal d'alarme a été tiré, le siège salvateur ne fait que commencer : l'un après l'autre, professeurs, curés et quelques stagiaires avancés l'abordent désormais pour lui proposer un acte d'humilité à la chapelle comme première et indispensable mesure pour obtenir la si difficile félicité. Ils le harcèlent dans les couloirs, au réfectoire, dans sa chambre, pendant les récréations, et même aux toilettes, pendant qu'il urine des jets de mauvaise humeur : « Prosterne-toi devant le tabernacle, seul, et demande que, s'il y a quelque chose à l'intérieur, cela se manifeste à toi. » Ils le prennent par le bras et le tirent par la manche, il est secoué, poussé, traîné presque, mais en vain. La situation commence à être désespérée quand il apprend par Simón, qu'il croise dans l'escalier, qu'il y a un autre stagiaire qui est dans la même situation que lui, ou même pire : l'étudiant de Barcelone, assiégé en ce moment par *mosén* Albiol derrière la chapelle, et qu'il l'envoie lui demander s'il veut faire cause commune avec lui, « une espèce de Front populaire », ce sont ses mots. « Il est aussi fou que les autres, opine le Murcien. Tu sais ce que je te dis, Simón ? Chacun sa merde, et ici, c'est comme à l'armée, chacun se fait baiser à son tour. »

Excepté les stagiaires qui communient déjà et qui ont des prurits évangélisateurs (plus obstinés et plus dangereux que les professeurs eux-mêmes), les autres restent à distance, sur leurs gardes, préoccupés, dirait-on : bien qu'ils n'en parlent pas, dans l'esprit de tous sont constamment présents l'entêtement, la malignité, la résistance des deux Barcelonais manifestement pourris de barcelonades. D'un autre côté, les mystères augmentent : on raconte que les professeurs, après dîner, quand tout le monde est couché, descendent à la chapelle par le passage secret et passent la nuit à « faire le levier », à prier pour lui et pour l'étudiant, des heures entières les bras en croix et à genoux sur des pois chiches crus, il y en a même qui disent qu'ils se flagellent les uns les autres avec leurs ceintures. « Quand est-ce qu'ils dorment, alors ? » commentent-ils, pleins d'admiration. Manuel ne peut éviter un nouveau sentiment de répulsion, un goût de cendre dans la bouche. Et, à mesure que les heures passent, tout devient plus violent, plus tordu, plus désaxé : les conférences sont de plus en plus braillardes, hystériques et insultantes, et les confessions publiques plus grossières et plus sordides, les *mea culpa* plus chargés de satisfaction et de vanité, les hymnes plus vocifératrices et plus belliqueuses, et plus rapides et urgents les visites au saint sacrement, les raids par le passage secret, en troupeau, tout le monde se bousculant, tombant. Pendant les repas, tous montrent maintenant un certain penchant pour l'immondice, ils rient aux éclats la bouche pleine, mangent comme des goinfres, les histoires drôles sont troubles et dégradantes, l'hilarité pure défécation, ordure… Mais bon, pourquoi s'étonner ? doit penser Manuel. Puisque dans l'atmosphère tendue et patibulaire de la salle de conférences ils étaient tous conduits de façon dégradante, répugnante, vers l'au-delà céleste, pouvaient-ils ne pas être dégradants et répugnants ? Et, étant dégradants et répugnants, pouvaient-ils se conduire d'une façon qui ne soit ni dégradante ni répugnante ? Immonde, *ergo*. Maintenant, il n'est même plus bien vu de se promener tout seul pendant les récréations : immobiles, plantés tels des pieux pourris par la pluie sous le soleil, les stagiaires se regardent les uns les autres sans savoir quoi faire, quelle direction prendre, et ils tournent sur leurs talons comme des ivrognes ou comme des toupies sans force, en échangeant des sourires stupides par lesquels ils se disent : Toi aussi ? Moi aussi, puis ils s'immobilisent et se tournent le dos, sans avoir rien d'autre à se dire.

Ce soir-là, à la chapelle, de nouveau des confessions publiques, stagiaires agenouillés et tassés les uns contre les autres face à l'autel, à la lueur pétillante d'un cierge qui dans sa décadence a atteint l'œillet du vase voisin. Confusion de voix dans la pénombre : toutes réunies, elles forment un orgue névrosé à mille registres, qui gémit et balbutie. Des voix qui semblent être celles de malades et de ressuscités, des voix rauques, maigres, flûtées, suppliantes, asthmatiques, timides, des voix criardes, émues, pleurnicheuses, étouffées, inconsolables, concert inharmonieux et sans envergure, guttural, inhumain, quelque chose de sourd qui se situe entre le mugissement et le beuglement. Jusqu'à ce que *mosén* Albiol les coupe d'un geste, bras levé, et leur dise qu'ils doivent faire leur autocritique à tour de rôle, l'un après l'autre. Long silence, puis finalement une voix larmoyante, bégayante, se décide et s'ouvre péniblement un passage des tout derniers rangs, une voix que la langue ne parvient pas encore à retenir, on dirait un accouchement douloureux dans un coin de la chapelle : le vieux commerçant, ce petit homme serviable avec un foulard de soie autour du cou et l'air d'être venu ici comme on va prendre les eaux, on ne comprend pas ce qu'il dit, mais bientôt, entre deux hoquets et deux bégaiements, entre deux battements de coulpe, commence à se former dans l'air calme et terriblement sonore de la chapelle une confuse histoire de dix enfants et d'une épicerie montée au prix de grands efforts et de fortes sueurs, puis d'un magasin de chaussures à Vich et d'un saint et pur amour pour sa femme, qu'elle repose en paix, et pour leurs dix enfants, et pleurant son chagrin maintenant le vieil homme jure sur la tête de sa sainte mère, que Dieu l'ait dans Sa sainte gloire, combien il a aimé ses enfants et à quel point il s'est sacrifié pour eux, pour les nourrir et les élever, il a même volé, oui, volé !, et quelle récompense a-t-il reçue en retour, au bout de tant d'années ?, les larmes étouffent sa voix et on ne le comprend plus, il vous fend le cœur, ce pauvre vieux, ils se sont tous mariés et lui ont tout pris, ils l'ont haï et l'ont abandonné, ils ne l'aiment pas, les misérables, les dilapidateurs, seul comme un chien dans la vieillesse !, l'entendre fend le cœur, « ça suffit, qu'on le fasse taire », comme un chien teigneux, ses enfants l'ont abandonné après tous les sacrifices qu'il a consentis pour eux, ils ne le respectent plus, ils ne veulent même plus le voir, comme un chien !, « ça suffit, s'il vous plaît, *mosén*, qu'il se taise », ah, *mosén*, jeunes professeurs, comme un chien galeux, sans un coin pour mourir, sans un morceau de chaise où s'asseoir, comme un chien, misérables enfants !… « Suffit, grand-père, calmez-vous, c'est la vie. »

Mosén Albiol le coupe de nouveau, mais il est trop tard. La curieuse autocritique du vieil homme a eu un effet contraire à celui qu'on attendait : la catharsis s'est produite à travers la faute des autres ! « Ce sont ses propres péchés qu'il faut évacuer publiquement, grand-père, pas ceux d'autrui ; ses propres misères, pas celles d'autrui, ni les coups qu'on reçoit. » Le grand-père est déconcerté, et son trouble se traduit par de faibles gémissements de bestiole. Quelle putain de vie, qu'elle est vile et traîtresse, comme elle se plaît à troubler les eaux du plus pur sentiment, y compris du repentir ! Malheureux vieillard, submergé maintenant de honte et de stupeur (il ne comprend toujours pas pourquoi on l'a fait taire), il avait l'air si heureux, il avait un tel moral en arrivant ! Humilie-toi et tu seras élevé, élévhumilie-toi et tu seras humilélevé. Ou était-ce le contraire ? Quelle embrouille, quel foutoir, ces choses de l'esprit, Montsé, c'est la vie qui est la grande coupable de tout, la vie elle-même, cette vieille pute. Et maintenant, qui est-ce qui met de l'ordre ici, qui est-ce qui fait justice ? Confus et impuissants autour du vieil homme en larmes, ni les professeurs experts en enseignement du Bien et du Mal ni le docteur en théologie lui-même n'osent se prononcer, ils restent muets : la faiseuse d'embrouilles, cette salope, a encore une fois été plus forte qu'eux.

Au lit, le camionneur ne s'aventure aujourd'hui à raconter que deux histoires, vieilles et franchement délavées. Mais même comme ça il provoque une crise d'hystérie chez l'employé de banque, qui s'est confessé, et qui réclame en pleurant presque un peu d'éducation et de respect avec des accents si pathétiques et si désespérés qu'ils laissent apparemment sans voix le camionneur, lequel demeure un long moment sans rien dire.

Lui, il ôte ses lunettes d'un geste prévoyant et très prudent et il se couche cigarette au bec, yeux au plafond. La chambre pue les pieds, le péquenot ne se lave jamais. Il est très calme dans son lit, drap jusqu'au cou et visage tourné vers le mur, où sa main calleuse et maladroite trace du doigt des lignes imaginaires, avec une émouvante mélancolie carcérale. On voit qu'on lui a passé un bon savon, sûr qu'il n'a plus envie de « se faire une petite branlette »... C'est à peine si on l'a vu de toute la journée, un des professeurs s'est exclusivement occupé de lui et *mosén* Garriga l'a confessé et lui a donné la communion. « Prêt pour la sentence ! » dit le camionneur, et lui il continue à tourner le dos, sans s'occuper de personne. Pauvre type, il était heureux à sa façon, il ne faisait de mal à personne. Comme si on l'avait mis au piquet. Ses yeux apeurés, quand il se retourne, cherchent chez les autres quelque chose de cette ancienne et joyeuse camaraderie qui les a rapprochés le premier soir, et sa main tâtonne autour de la chaise où il accroche ses vêtements, cherchant sa lampe ou son bâton de rouge, tombé par terre et en danger d'être écrasé par l'employé de banque qui, dans un nouveau pyjama, va éteindre la lumière.

Plus tard, dans son lit, le camionneur recommence à vitupérer son fils, qui est un idiot et un crétin, qui ne sera jamais rien dans la vie. « Pourquoi est-ce qu'il s'est confessé ? », il ne comprend pas ça, hein. « *Aquest no deu trempar*[1] *!* » lance le péquenot, qui recouvre fugacement sa lucidité, et aussitôt l'employé se dresse dans son lit, très digne, et crie : « Avorton ! », fantomatique et ténu à la lumière de la lune qui entre par le vasistas, et il ajoute : « S'il vous plaît, assez de blasphèmes et un peu de respect pour les croyances des autres ! » Le péquenot répond encore par quelque chose d'incompréhensible, une longue plainte quasi animale (« *Qu'hem ve la trempeeeeeeera*[2] *!...* »), et finalement Manuel, qui

1. « Celui-là, il doit pas bander ! »
2. « Ça y est, je bande !... »

aimerait pouvoir dormir, s'accroche à la poignée de la fenêtre ouverte pour se redresser et lancer un : « Merde, vous allez dormir ! », et alors tous se taisent ou s'endorment, ou tentent de s'endormir.

19

3e journée : l'étrange cas du fils à papa et du téléphone

Cinq stagiaires de plus communient pendant la messe, raides, bras croisés et paupières tombantes, comme des assermentés. Lui, il est resté dehors à prendre le soleil, ses lunettes provisoirement relevées sur son front et parcourant de ses yeux maintenant sans défense la vaste face des champs à cette heure, la plus agréable de la journée. Le petit matin est beau, sur cette plaine de Vich entourée de montagnes, et il en vient même à penser que les cérémonies à la chapelle, les chants et les prières du matin, entendus de l'endroit où il se trouve, ne sont pas si mal. « Être apôtre ou martyr, peut-être… », oui, peut-être, on dirait que les voix sont justes maintenant, qu'elles se sont adoucies, efféminées, en quelque sorte.

Aujourd'hui, Simón le tractoriste ne vient pas le rejoindre, et pour la première fois il éprouve une impression de solitude. À la fin de la messe, le camionneur sort de la chapelle, bras dessus bras dessous avec son fils : l'homme l'écoute les yeux au sol, très attentif, en se grattant la nuque, dos courbé et comme étourdi. Les autres sortent derrière eux, mais Simón n'apparaît pas. Compact, complètement domestiqué désormais, harmonieux, le mille-pattes se traîne au soleil, paisiblement mais sans but, il se déplace dans plusieurs directions mais n'avance dans aucune : c'est une masse informe et convulsée aveuglée par la lumière du jour, et tous ensemble ils gagnent enfin le mur blanc de la ferme où éclate le soleil, et s'alignent comme des vieillards transis de froid, tête basse, gros d'évocations : ils ont atteint la sérénité.

Soudain quelque chose se débat au centre d'un petit groupe, on entend des pieds traîner : le camionneur père, avec une stupéfaction enfantine sur son large visage, penché comme un chêne qui s'abattrait dans un grand nuage de poussière, s'élance de nouveau vers la chapelle au milieu des coloristes qui lui ouvrent le passage. Son fils l'accompagne. Puis on voit passer Simón, dans une amicale conversation avec le professeur Rosell, il roule avec précaution une cigarette, son ample pantalon fait dric-dric et son visage est aussi ravi et doux que celui d'une sculpture romane, il a lui aussi le signe : il semble avoir dit adieu à ses pauvres et odorantes amours de pailler. Ainsi donc, l'affaire touche à sa fin : dernier jour, le soir, clôture solennelle du stage en présence d'invités, parents et amis qui viendront chercher les leurs. À partir de ce moment il y aura toujours un prêtre au confessionnal, même à l'heure du repas, pour répondre aux urgences spirituelles de ceux qui ne se sont pas encore mis en paix avec eux-mêmes. « Peut-être par notre faute, précise *mosén* Albiol, parce que nous ne sommes pas assez humbles, deux compagnons sont encore dans les ténèbres. » L'attaque frontale ne se fait pas attendre, et du déjeuner jusqu'à la clôture, de deux heures de l'après-midi à dix heures du soir, les deux frères dissidents se voient soumis à un siège sans violence, poursuivis avec des violons célestes dans leur obscure nuit barcelonière : par tours rigoureux, souriants et affables, avec de brusques apparitions et des mouvements qui ont quelque chose d'une machinerie mise en marche par une force lointaine, les coloristes font leurs premiers pas apostoliques sans jamais s'avouer vaincus ; sourds, monologants, monolithiques, ils font comme s'ils le rencontraient par hasard et le poursuivent partout en lui proposant une souriante et misérable conversation de maquerelle. La fatigue et la dépression s'emparent de lui, sa volonté faiblit. L'employé qui partage sa chambre s'approche de lui discrètement dans les toilettes pour lui parler une fois de plus des femmes et de la grande attraction qu'elles exercent sur les hommes, en se solidarisant à l'avance avec son évidente lutte intérieure pour arriver à les repousser et les oublier (« Elles sont bien foutues, d'accord, nous devons le reconnaître entre nous, mais enfin, un cul n'est jamais qu'un cul… »), cette terrible lutte intérieure qui l'a empêché lui aussi de se confesser le premier jour, à cause de son orgueil et de son arrogance. « Fiche-moi le camp, bonhomme, laisse-moi tranquille », lui dit-il en se lavant tranquillement les mains , mais voyant que l'autre ne bouge pas, qu'il est toujours planté là à lui sourire de son visage fané, un vrai chiffon, et plein d'espoir en outre (Fais-moi plaisir, disent ses troubles yeux catéchistiques), il ajoute : « Tu crois, pauvre nullard, espèce d'abruti, que c'est parce que je me branle que je ne veux pas me confesser. Que je me branle comme toi, pas vrai ? Vous êtes tous pareils : des chiffes molles de merde. Dehors, fous le camp ! »

Mais celui qui le déprime et l'attriste le plus, c'est le vieux commerçant, qui vient lui aussi le trouver pour lui dire, comme en secret, et tout heureux, qu'il a passé la nuit à genoux et bras en croix à la chapelle avec les professeurs, à « faire le levier » pour lui, pour qu'il lui vienne le désir de se confesser et de changer de vie. « Grand-père, lui dit Manuel, à demi reconnaissant, vous n'êtes plus fait pour ces trucs-là. »

Au milieu de l'après-midi il se réfugie dans le snack-à-la-ferme avec une bière, et tout à coup il entend une voiture freiner derrière la maison, à l'ombre. Et quand il revient peu après dans la salle (un professeur est en train de déblatérer), il le voit : un jeune type vêtu de noir, mince et beau, élégant, assis dans un coin, très sérieux, à côté de *mosén* Albiol. Les stagiaires observent eux aussi le nouveau venu, en se demandant qui c'est et ce qu'il est venu faire. Il y a deux autres inconnus : un moine barbu à l'air dégourdi, sans âge, avec une belle tête à cheveux blancs, missionnaire et aventurière, et un gros monsieur à l'allure distinguée. Manuel s'assied à côté de Simón, près de la fenêtre, mais il ne tarde pas à ressortir : « Je me sens mal, *mosén*, excusez-moi » – toujours sans aucune insolence, derrière ses lunettes noires. Il sent que tout le monde le regarde, ce sont des moments de tension, ils épient le moindre de ses gestes, quand tombera-t-il ? Il distingue, entre tous, le regard noir et dolent, entouré de deuil, rédempteur et jésus-christique (mais regard secourable, en quelque sorte), du jeune inconnu.

Au pied de l'escalier, dans le vestibule, il voit une fugace tache noire (une religieuse ?) qui s'esquive en courant par une porte du fond de la maison, sûrement la cuisine. Dehors, il allume une cigarette et s'allonge dans l'herbe. Les cris du conférencier lui parviennent, absolument effroyables, puis des pas discrets, un lourd frottement de grosses soies, comme du crêpe noir. Il se retourne : une soutane, et tout en haut la docte figure de *mosén* Albiol, qui lui sourit et le supplie de faire un effort, qu'il ne soit pas sot, qu'il ne fasse pas la sourde oreille à l'appel du tabernacle. Manuel soupire et dit : « Asseyez-vous, *mosén*, on est bien ici. » Doux, cultivateur plein de bonté des jardins morts de l'esprit, *mosén* insiste : « Tout effort trouve sa récompense, Dieu vient

en aide à ceux qui se lèvent tôt. Ne l'oublie pas, mon fils.
– Je ne l'oublie pas, mon père, mais ce que vous dites n'est pas vrai. Vous fumez ? » *Mosén* Albiol le prend par le bras, ils sont debout maintenant : « Allez, viens avec moi, bon sang ! » Et lui : « Non, *mosén*, doucement, lâchez-moi, ne me cassez plus les pieds, vous tous. »

Là-haut dans la salle, de la fenêtre, Simón les observe : ils se débattent dans une danse silencieuse au soleil, deux silhouettes grotesques qui marchent vers la chapelle. Il trouve drôle le curieux tableau qu'ils forment et sourit devant la symétrie incongrue : Manuel qui se débat, tiré par la manche, et le *mosén* comme une cloche noire qui sonne au soleil, égaux dans la douleur, entrelacés. Mais rien ne se résout, et ils regagnent tous deux la salle de conférences.

« Cela fait des années que Zubiri nous le répète : fondement ou racine de la christologie, ce qui nous fascine actuellement c'est le fait que Dieu, en se réalisant comme personne, se tripersonnalise, de façon que la trinité soit justement la façon métaphysique d'incarner une nature identique, et cela nous fascine davantage que la traditionnelle méthodologie théologique qui se fonde sur l'unité essentielle de Dieu et observe dans son essence la subsistance des trois personnes, distinctes seulement par la relation d'origine. À la lumière révélée nous pouvons tous, que nous ayons fait des études ou non, voir la variété bigarrée des abîmes vers lesquels roulent les athées, le babélisme contemporain ! »

Le professeur qui parle ainsi est le jeune nouveau venu, et les stagiaires l'écoutent bouche bée. L'annonce de sa conférence a éveillé une grande attente, parce qu'on sait qu'il est le « renfort » pour les cas très urgents : étudiant, archipréparé, expert en athées, le plus brillant esprit de Couleurs. Même si personne ne l'a dit ouvertement, on sait que sa présence et son concours de dernière heure obéissent à une consigne très concrète : son discours s'adresse exclusivement à l'étudiant athée (assis dans sa décurie, stylo à bille au repos sur son bloc-notes, il écoute attentivement), mais aussi peut-être au silencieux Murcien de Barcelone, occupé maintenant à se curer les ongles. L'envoyé spécial a une voix pâteuse et nasale qui, dans les moments culminants de sa nébuleuse déistique (« plus personne ne doute de l'impact trinitaire sur la synthèse de Hegel ! »), se brise en voix de fausset, et le ton acquiert alors une musicalité, un registre plus pathétiques et plus convaincants. Son aspect plaît aux stagiaires, il y a quelque chose de flamboyant, d'emporté et d'apostolique dans toute sa personne, dans ses yeux ardents et humides, entourés de cercles violets qui évoquent de nobles et admirables luttes intérieures et des autorépressions, et ses mains brunes et belles expriment en bougeant la passion, elles suggèrent, elles soulignent, à l'aide de citations : « Penser de façon causale au processus de l'ordre cosmique, oui, d'accord », et ses yeux fixent l'étudiant, il semble ne parler que pour lui, « mais ni l'évolutionnisme rigoureux ni le marxisme n'éclairent l'abyssale profondeur du point de départ, du point alpha : ils auront donc du mal à révéler la dialectique permettant d'apercevoir le point oméga, ou la loi de la continuité rigoureuse, condition de tout déploiement logique », argumente le conférencier en regardant l'auditoire avec une certaine préoccupation, en scrutant les visages, en se demandant peut-être s'ils ont été suffisamment ramollis et repassés par ses collègues, « mais ne laissons pas une symbolique, si religieuse soit-elle, planer au-dessus de l'esprit où doit fleurir et fructifier la foi qui est vie et doctrine en même temps, ne tombons pas dans la tentation de réduire le surnaturel à une rigoureuse conséquence du logos infini, en partant de données naturelles ou de principes exclusivement rationnels. Dans le langage d'Eugenio d'Ors, cela reviendrait à dire que la *pathétique* de la finitude ne peut engendrer, par nature, la *poétique* de la glorification… ».

Mains en suspens, il regarde ses cils – ou quelque chose de très proche de ses yeux, le sommet de son nez –, il réfléchit, semble avoir perdu le fil. Mais sa jeunesse et son savoir salvateur provoquent admiration et envie : par son allure, par une certaine qualité de peau et de jambes – longues, droites, des jambes de cour –, il est facile de déduire l'immense fortune du papa. Et, en effet, sa leçon magistrale commence à se peupler de discrètes et aimables ombres familiales qui se glissent, empressées, dans les pièces au sol recouvert de tapis, dans les bureaux et les jardins, ou qui sont installées sur des divans et dans des fauteuils de direction : « Frères stagiaires, admet-il, honteux, j'ai été un fils à papa de merde avant d'appartenir à Couleurs. » Il a maintenant extrait un crucifix de sa poche et l'embrasse lentement, puis, en le brandissant, bras tendu vers les stagiaires abasourdis, il fixe de nouveau ses yeux sur l'étudiant athée et lui dédie une tirade pleine de noms de doctrinaires et de théoriciens : monseigneur Olgiati, dom Columba Marmion, père Plus s.j., monseigneur Escrivá, Tanquerey, Lercher, Janigusalls, Chautard, Civardi, Coutois, Dale Carnegie, saint Thomas, saint Augustin, des textes encycliques, Adam, Toht, Denzinger. « La fameuse formule paulinienne qui oppose la lettre à l'esprit est à la mode, mais… ! (L'étudiant athée a un sourire ironique.) Ah, la lettre qui tue, camarades ! Dans une totale absence de religion, contre la thèse de Robinson, parler de vie ou de mort paraîtrait pharisaïsme ou sarcasme ! Nous sommes en plein épicentre du séisme idéologique qui agite si intensément les faibles esprits contemporains ! » Et le jeune conférencier, avec un sourire vainqueur, exalte la philosophie pour l'invalider ensuite : le Christ salarié, en bleu de mécanicien et avec sa clé anglaise, se change soudain en lecteur réfléchi et studieux qui, une fois son livre terminé, le referme dédaigneusement et le jette dans le feu où brûlent déjà des tas d'autres livres. « Qu'Ortega vienne et nous enseigne sa métaphysique de la vie, son homme et sa circonstance, que Sartre vienne et nous parle de l'homme comme passion inutile ! Je leur dirai : "De Couleurs !" Qu'ils viennent tous, oui, et qu'ils apprennent de vous ! » ajoute-t-il avec un ressentiment visible, et devant les coloristes défilent des noms et des noms encore bien exotiques, malsonnants, universels sommets d'orgueil et de superbe, athées fameux enfoncés dans la boue du concubinage et du marxisme. Et comme ce sont des noms inconnus pour la majorité d'entre eux, tous les coloristes comprennent, savent que c'est à la face de l'étudiant qu'ils sont jetés, pas à la leur. En revanche, c'est bien à eux que s'adresse ce qui suit, attention, dressez l'oreille : « La façon d'atteindre l'égalité sociale, dit le conférencier, vous devez la concevoir dans des termes de l'idéologie chrétienne la plus caractéristique : une plus grande application au travail, la qualification professionnelle, la persévérance, l'honnêteté et un comportement propre à inspirer confiance à vos supérieurs, voilà ce qui vous ouvrira la voie des biens matériels et des biens de la culture. De nombreux ouvriers de mon père me demandent : "Monsieur Fernando, que veut dire *marketing* ?" Et je leur réponds : "*Noi, t'has de fer una cultureta*[1]", il ne suffit pas d'être honnête. Nous devons nous former une culture, oui, mais sur le

1. « Mon garçon, il faut que tu te fasses une culture. »

rocher ferme de la foi ! Saint-ignacement parlant, principe et fondement. »

Joli. Cependant, ce qu'attendent les coloristes, ce qu'ils désirent tous en leur for intérieur, pleins d'impatience, maintenant, c'est l'autoconfession, le récit généralement intéressant d'un passé peccamineux et de la rédemption foudroyante qui s'est ensuivie. Ils se la promettent avec un grand bonheur, cette fois : vu le niveau social du conférencier, sa jeunesse et sa séduction, on peut penser que les faits ne se produiront pas dans des milieux macabres et qu'il n'y aura pas d'enfant atteint de cancer ; il est licite d'imaginer, en voyant cette impressionnante tête d'apôtre ou de martyr, peut-être, et cette noble attitude, une estampe estivale pleine de lumière et de couleurs, des voitures, des hôtels de luxe, une jeune femme riche et libre, un yacht peut-être… En effet : Fernando, le professeur préféré dans les cercles coloristes, était jadis, tel que vous le voyez, un blanc bec vaniteux et insupportable, dit-il, un fils à papa, un jeune bourgeois, idiot, crétin et snobinard, étudiant en voiture de sport choyé par la fortune, rejeton d'une famille scandaleusement riche et distinguée, et il a mené une vie de plaisir et de dissipation, entre fêtes (enfin !), cocktails et soirées mondaines, et étudié à fond le marxisme et l'existentialisme, et comme il a bien vécu, comme il s'est amusé avec les demoiselles de la haute société, capricieuses, parfumées et écervelées !, s'élevant avec elles au-dessus de l'écrasante et infâme monotonie nationale, avec voyages à Paris et à Londres (les folles parisiades et londrades, quelle différence avec les barcelonades en compagnie de grues !), escapades périodiques à Majorque, à Torremolinos, à Sitges, à Cadaqués et en hiver à Cortina, avec des belles d'une nuit, dames distinguées plus ou moins séparées de leur mari, qui le recevaient dans leur salon,

« ah, mes frères, quelles ambiances de laisser-aller, de modernisme mental et de savoir-vivre, quelles exquises et favorables circonstances, jupes courtes et décolletés profonds ou chemises de nuit ouvertes comme si de rien n'était, quelles conditions idéales et quels décors pour partager jeux de cuisses et parties carrées ! ». Ce trou du cul du monde dans lequel nous vivons, cette péninsule, se réduit soudain pour les coloristes à la fragrante synthèse qui va du lit à la salle de bains sur des tapis pelucheux, et Fernando : toujours le favori et le plus désiré. « Bien que ce ne soit pas bien pour moi de le dire, mais nous sommes entre hommes, nous nous connaissons maintenant, ôtons notre masque une fois pour toutes et ne soyons pas si fiers, il n'y a pas de machos ici, nous n'avons gagné aucune bataille de jeunesse, les batailles de la jeunesse et de l'amour ne se livrent pas sur des champs de plume, et que le poète me pardonne… » Irremplaçable dans les atmosphères d'irrémédiable et délirante inconscience : débuts dans le monde, bals de bienfaisance, bals masqués, toujours avec des amis de débauche, soûleries, strip-teases, voyages dans les pays nordiques, expériences, échanges culturels et sentimentaux. « Les Suédoises, les mythiques Suédoises ! Que puis-je vous dire d'elles ? » Mais tout ça n'a pas l'air de péchés, pensent obscurément les coloristes, le beau petit monsieur raconte si joliment ; et le fantôme d'une jeunesse qui aurait pu être plus gaie, plus libre et plus profitable passe un instant devant les décuriens en les plongeant dans leur ibérique tristesse, dans leur séculaire frustration d'esclaves communiants, renfrognés, à cou rentré dans les épaules. Ah, péchés de riches, que vous êtes distincts des nôtres, quelle différence, quel déploiement de couleurs et d'odeurs, quelle lointaine constellation de plaisirs ! Ils ont l'air de venir d'une autre planète, d'être l'annonce d'une vie future, tant ils sont loin ! Pendant ce temps, Fernando ne dort pas, n'étudie pas, ne se responsabilise pas, ni devant la patrie ni devant Dieu ni devant sa famille, tout pour la chair. « La chair, camarades, l'idole de notre siècle, la chair, préoccupation paulinienne aujourd'hui méprisée. » Le conférencier a une maîtresse (enfin, enfin !), une jeune fille de très bonne famille barcelonaise, étudiante progressiste, moderne, fraîche, sportive et depuis longtemps déflorée de sa propre initiative et par conviction, et telles que sont les choses Fernando est heureux, mais il sent très vite qu'il lui manque quelque chose, il éprouve une soif. Que recèle cette soif, quelle est son origine ? Un jour tombe entre ses mains un livre de monseigneur Fulton Sheen et quelque chose se brise en lui. Mais qu'est-ce donc que cette chose qui s'est brisée ? Dans l'usine de son père, un employé lui parle de ces stages, et alors il veut y participer, par curiosité plutôt qu'autre chose, curiosité rationaliste et cérébrale, « comme c'est le cas de plus d'un (regard fugace à l'étudiant athée) parmi vous ». Mais quoi qu'il en soit il vient à Couleurs, et la vie change tout à coup, elle change complètement de sens… et vient le jour mémorable du téléphone.

Le conférencier fait une pause, desserre le nœud de sa cravate. On n'entend pas une mouche : l'autoconfession va commencer. La synthèse attendue (luxueuse, cultivée, mondaine cette fois) du Phénix, l'Ascension depuis l'Abîme, se matérialise en un combiné téléphonique sur un tapis, au pied d'un lit, un téléphone que les coloristes, très excités déjà, imaginent blanc, avec un long fil en spirale connecté au monde des riches, avec leurs fameux et émouvants péchés de riches. Eh bien, ce jour-là, après avoir pris la ferme décision de rompre définitivement avec ses compagnons de débauche et avec sa jeune maîtresse (le voilà enfin avec son aventure de luxe, le jeune homme de race s'impose enfin à l'érudit réfléchi !), Fernando s'est enfermé dans sa chambre pour étudier, sur son lit et avec le téléphone à côté de lui pour se soumettre à une terrible épreuve : à neuf heures ce soir-là – dans quelques minutes à peine –, le téléphone sonnera et il entendra la voix douce de la jeune fille, seule chez elle, lui dire qu'elle l'attend et qu'elle a besoin de lui, sans emphase, elle le lui dira de façon moderne, sportive et progressiste mais amoureuse et ingénue, ce n'est pas entièrement sa faute à elle, mais celle du siècle, de cette jeunesse d'aujourd'hui marxismotisée, comme l'a très bien observé un expert en kremlinologie juvénile. Mais il se trouve que le conférencier veut et doit rompre avec le péché et il ne décrochera pas son téléphone, même si le monde s'écroule, et déjà il se débat dans le tourment du doute, cette maudite chair (il se frappe la poitrine avec son crucifix), ce maudit désir, aiguillon de lumière, constante piqûre de serpent (« celui du Paradis, mes frères ») qui concentre notre faible volonté et la projette ensuite dans le vide, dans le néant (« car qu'y a-t-il sinon le néant, la nausée et la mort dans cet entrejambe sartrien ? » – fixant subitement les yeux sur l'étudiant athée), « alors oublie-le et essaye d'étudier, Fernando, me disais-je ». Mais le texte se brouille sous ses yeux, et il s'effondre sur son lit et fume comme un fou, l'heure fatidique qui doit apporter cette voix du Paradis approche, « qu'allons-nous faire, les amis ? Serons-nous forts, serons-nous assez hommes ?, et soudain, ça y est, la sonnerie du téléphone, vibrante, vivante, si gaie, si réelle, si folâtre (ici le jeune conférencier commence à transpirer), et une, deux, trois fois. Du calme, les amis, nous sommes cloués au lit, nous roulant dessus, nous arrachant les cheveux, et le téléphone par terre à portée de notre main, qui sonne, qui sonne comme une musique céleste, comme un chant de sirènes, et nous, attachés au grand mât, nous tenons bon, nous nous tordons les mains, nous enfonçons nos ongles dans notre misérable chair, les nerfs prêts à éclater, mais nous tenons bon, comme des hommes que nous sommes en dépit de la douleur à laquelle nous soumet notre imagination, car nous la voyons, camarades, nous pouvons parfaitement la voir à l'autre bout du fil, cette avide sirène aux longs cheveux, regardez-la, allongée parmi les coussins sur son lit tout chaud, nue et si provocante, bien odorante, lisse, souple, sportive et riche, belle et pleine de désir avec ses printemps en fleur, camarades dans le Christ, on est jeunes et la nature commande, parce que la vigueur, parce que le désir naturel de l'homme, parce que la soif d'absolu, de vérités cosmiques et même de Dieu, bien que nous l'ignorions, que nous croyons parfois pouvoir saisir sur le dos d'une femme, sur des épaules dorées ou des jambes croisées, et que jamais, ah, malheur, nous ne saisirons, parce que la jeunesse… (le vieux *mosén* Garriga acquiesce en faisant de sombres hochements de tête), allons, décrochons une bonne fois pour toutes, répondons à l'appel de ce téléphone, non, ne réponds pas, réponds, ne réponds pas, et nous transpirons, nous gémissons, nous nous excitons de plus en plus comme des animaux, parce que la jeunesse, et la sonnerie qui insiste, sept, huit, neuf, dix fois, la main tremblante qui, animée d'une vie autonome, se meut vers, la faible main, toutes les mains veulent aller vers cette vie qui n'est pas vie, qui est mort, c'est moi qui vous le dis ! Une seule nuit, ah, la dernière fois, les amis, une dernière fois et ça suffira, s'il vous plaît, mais non, arrête cette main, frappe-la, écrase-la, coupe-la s'il le faut !, et elle qui attend, seule et nue, les gars, nue et peut-être enveloppée dans de la gaze transparente, et avec ses cheveux d'or, vous la voyez, vous la voyez, chers stagiaires ? (ils la voient parfaitement), avec sa peau soyeuse, sa bouche endiablée, ses seins pointus, ses seins, ses seins, ah, ses seins ! et ses bras amoureux, ah, les inoubliables nuits passées à danser avec elle dans des fêtes et des surprises-parties, à nager dans sa piscine à la lumière de la lune, ah, quelle malédiction et quelle mort de l'âme que de naître riche, ah, monde occidental et pourri ! Parce que, et c'est justice de le dire, au cœur de ce conflit salvateur il y a la tendresse et l'amour de la jeune fille, en dépit de sa chute dans le mal, parce qu'elle nous aime, vous comprenez ? En effet, qu'il aurait été facile de débrancher le téléphone, que tout aurait été simple si elle ne l'avait pas aimé, si elle était une vulgaire prostituée ! Mais elle est généreuse et elle l'aime et elle l'attend toujours, nous sommes unis par un amour noble, outre notre méprisable désir, et elle qui attend toujours à côté du téléphone, toujours, réponds donc, pauvre malheureux, ne réponds pas, pauvre pécheur, réponds, ne réponds pas… Et brusquement, camarades, le silence : le téléphone s'est tu ». Et une douce somnolence envahit le conférencier couvert de sueur, ses nerfs se détendent, ses mains retombent et, se penchant en avant, il s'incline lentement jusqu'à appuyer son front épuisé et tourmenté sur l'estrade. Nous avons gagné.

Pendant la promenade, un coloriste momentanément tombé (il devait être bien vite relevé par ses camarades) dans une dangereuse ornière rationnelle suggéra qu'il aurait suffi de dormir dans une chambre sans téléphone pour s'éviter cette torture. « Oui, lui répondirent-ils, mais alors la chose n'aurait pas de mérite : et la preuve ? Ça n'aurait pas été la même chose. – D'ailleurs, observa un autre, sûr qu'il y avait le téléphone dans toutes les chambres, une maison de maîtres… Pas d'échappatoire ! » Mais de ça on reparlerait plus tard. Pour l'heure, le conférencier n'a presque plus de voix : tête dans la poitrine, s'arrachant les cheveux avec une douloureuse et méditative lenteur, et tenant fermement son crucifix de l'autre main, il ronronne son succès, du tréfonds de zones déchirées et méphistophéliques, en proposant cet exemple comme seul chemin pour les hommes qui en ont. Puis dans un ultime emportement doctrinaire il hurle quelque chose à propos des organes génitaux qui doivent toujours distinguer les stagiaires où que ces derniers se trouvent, il parle de machos, de poings de fer et de regard hautain, des Jeunes Hommes de l'Âme, de la Jeunesse Sentinelle, de la Sentinelle Légion, de la Légion SAINE (il explique : Sainte, Austère, Intrépide, Noble, Enthousiaste), de la Saine Brigade, de la Brigade et de la Garde Multicolores pour combattre et vaincre dans les situations semblables à la sienne (ici, Simón le tractoriste adapte la leçon à son cas, mais toutes proportions gardées : un pailler n'est pas une chambre luxueuse et sa María n'est pas cette jeune dame à la peau de velours), jusqu'à ce que, complètement aphone et congestionné, impuissant, projetant flammes et vapeurs, la voix soumise à un registre inhabituel, il se plie dangereusement en deux vers l'avant, comme s'il voulait planter son crucifix dans la figure de quelqu'un, tremblant comme une feuille, muet – tout le monde pense qu'il va avoir une attaque –, se redresse : « De Couleurs ! », et finalement ploie complètement la tête, nuque brisée.

Promenade. Aucune main pitoyable pour fermer les yeux des pendus, aucune voix amie pour leur demander s'ils ont soif, s'ils ont encore de la voix, le désir de dire quelque chose. Tous se regardent comme hallucinés, et pourrissent au soleil. Entouré par quelques admirateurs calcinés, l'envoyé spécial distribue des cartes de visite : *Fernando Boix Pertencá, étudiant en théo., phil. et let.* Puis, avec un sourire triste, il s'éloigne : vaine tentative pour entamer une conversation très privée avec l'étudiant athée, qui le fuit. Alors il se décide pour le Murcien, qui déambule seul, à l'écart de tous, en se demandant quelle étrange relation peut bien exister entre le téléphone musical du fils à papa et son propre cas, en supposant qu'il soit vrai que l'envoyé spécial est aussi venu pour lui. Il ramasse quelques cailloux et commence à les lancer vers l'horizon, où l'après-midi décline. Il entend bientôt le conférencier approcher. Ce dernier transpire encore à cause de l'effort qu'il vient de faire, arrive pensif et mains dans les poches : contrairement aux autres professeurs, il ne sourit pas et ne s'embarrasse pas de détours de gallinacé. Il regarde droit devant lui, son front orageux incliné, froncé, comme s'il allait charger.

« Toi aussi tu es de Barcelone, non ? dit-il en guise de salut.

– Oui. » Manuel se penche et ramasse d'autres cailloux. « Voyons qui tire le plus loin. »

L'étudiant coloriste laisse errer son regard au loin, puis il se penche paresseusement, se redresse avec une pierre (très plate, pointue) et le regarde d'un air méfiant. Derrière eux, à vingt mètres, les coloristes les observent du coin de l'œil, en se promenant comme s'ils étaient en cage.

« C'est ta barcelonade qui était la meilleure, dit le stagiaire murcien. Je t'assure. Tire le premier… Cette fille, ta fiancée, ça devait être une sacrée femelle.

– Ce n'était pas ma fiancée.

– Ce n'était pas ta fiancée.

– Histoire de lit. Tu vois ce que je veux dire.

– Je vois. Tire. »

L'autre reste un bon moment silencieux. Puis il lance sa pierre, de la main gauche, très loin bien qu'il n'ait pas retiré l'autre de sa poche.

« Tu es gaucher ?

– Oui.

– Très bon, le truc du téléphone, ajoute Manuel. Très bon.

– Ça peut arriver à tout le monde. Quand on est jeune et beau gosse, par exemple comme toi…

– Non. Pas à moi.

– Pourquoi ça ? »

Le Murcien lance sa pierre, de la main droite, loin également, mais impossible de savoir lequel des deux a dépassé l'autre.

« Parce que je n'ai pas le téléphone. »

Maintenant, l'envoyé spécial regarde un long moment ses chaussures, sans rien dire, comme un envoyé spécial perplexe dont les instructions ne correspondent pas à la nature du cas à étudier. Et tandis que, tout en ruminant sa réponse, il se penche pour ramasser une autre pierre, le Murcien s'éloigne.

Quand il croise les coloristes, ces derniers lui adressent des sourires douloureusement complexes : un composé du désir de le récupérer pour excuser leur propre faiblesse et du réflexe automatique de la molle fraternité qui en vingt-quatre heures a dégradé leurs visages.

Et vient l'heure de la clôture. Derrière les nuages, le soleil se décompose en rouges et en violets. Leurs valises faites et prêts à partir, les coloristes échangent adresses et promesses de retrouvailles. Dans un compotier, sur la table du réfectoire, il y a divers objets personnels (stylos à bille, mouchoirs, chaînettes) perdus par les stagiaires et trouvés par les sœurs qui font le ménage, et qu'ils récupèrent maintenant. Il ne lui manque rien, mais il s'approche lui aussi du compotier, sac déjà à l'épaule, attiré par un éclat nostalgique : le bâton de rouge. Un joli objet à offrir. Il le prend et le met dans sa poche. Verdâtres, languissants, ondulants comme des algues, les coloristes entrent un par un dans la vaste salle de la clôture, cérémonie traditionnellement émouvante. Tandis que chacun est assis avec sa valise, comme à l'orchestre d'un théâtre, face à la table occupée par la présidence, voilà des voitures et des motos qui arrivent, en bas on entend des bruits de portières et des voix féminines, ce sont des amis, des parents, des sympathisants et des curieux qui, aimablement invités à entrer, restent dans la salle derrière les stagiaires, debout, dans leurs habits du dimanche, l'allure précipitamment pieuse et animés d'étranges tics nerveux dans les genoux : une tendance craintive à la génuflexion rapide, comme s'ils voyaient des tabernacles partout. Quelques femmes, parentes de coloristes de Vich, restent tout au fond, dans la pénombre, se tenant par le bras, avec d'éclatantes lèvres peintes, en mantille et bas noirs, et parmi elles Mlle Roura.

Discours de la présidence et ultimes conseils et recommandations à la charge du directeur du stage avant de prendre congé de tous, avant de les lancer de nouveau dans le périlleux et impétueux courant de la vie, dans les terribles jours gris qui les attendent chez eux, au travail, dans leurs occupations quotidiennes. Tous sont arrivés à bon port sauf deux : « Quarante-huit stagiaires, dit *mosén* Albiol, se sont confessés et ont communié. Cette fois, nous espérions qu'ils le feraient tous, mais Dieu ne l'a pas voulu ainsi. Le professeur Guillot me disait avant de venir ici, confiant et joyeux, que cette fois nous aurions un succès complet. Il n'en a pas été ainsi, et cela nous apprendra à être plus humbles une autre fois. Nous aussi nous recevons des leçons à Couleurs. » Puis le *mosén* cède la parole à d'autres membres de la présidence. « En qualité d'ancien stagiaire, je veux simplement vous dire : En avant, les hommes ! » brame le professeur Rusell au nom de ses collègues, visiblement ému. Pour finir, on demande une opinion en public, sincère mais brève, à chacun des coloristes, comment ils ont trouvé le stage, comment ils se sentent maintenant, s'ils ont une plainte à formuler, qu'est-ce qui pourrait être amélioré, selon eux, franchement, démocratiquement. Et l'un après l'autre les coloristes se lèvent lourdement, yeux cernés, amaigris, épuisés et violacés, la corde encore au cou et mains croisées sur le sexe, épouvantablement raides, ratatinés et symétriques, prêts pour le cercueil. Ils sont heureux de bégayer des remerciements pour cette mort si douce, tout était très bien, ils n'ont pratiquement rien noté, pas la moindre extorsion, le verdict du Haut Organisme Salvateur est juste, la condamnation méritée, l'exécution nécessaire. Le penchant déjà maladif à l'attendrissement qu'ils ont tous, au coup d'éponge cordial et aux crises de larmes, avec leur lacrymal mou, laisse nombre d'entre eux sans voix, ils parviennent simplement à murmurer, les yeux au sol et sur un tristissime ton de mansuétude, misérablement : « *Mosén*, *mosén*… », tandis que d'autres poussent des cris hystériques : « De Couleurs ! », et que d'autres, enfin, ne peuvent absolument pas parler, ils s'étranglent, la corde serre trop fort. De nouvelles scènes pathétiques se produisent : le vieux commerçant élégant pleure, heureux dans son chagrin d'affirmer qu'il est maintenant meilleur et qu'il pardonne à ses enfants, qui, comme tout le monde le sait, l'ont abandonné et le détestent en dépit des sacrifices qu'il a faits pour eux… D'un léger signe, *mosén* Albiol invite le suivant à se lever pour parler à son tour, et le vieil homme, une fois de plus déconcerté mais serrant avec ferveur le *Guide du*

Pèlerin dans ses mains, s'effondre en pleurnichant sur sa chaise. Le plus véhément, le plus rhétorique, flatteur, bonimenteur et lécheur est finalement le voyageur de commerce suspect de jouer les compères, qui commence par remercier la présidence, puis, entier, indemne (il ne semble pas être passé par l'échafaud), se tourne effrontément vers les visiteurs, face à la galerie, pour beugler en pleurant d'émotion : « Venez, approchez tous, venez à Couleurs, accourez, bonnes gens, mesdames et messieurs ! C'est ici qu'est la vie ! », en ajoutant qu'il est heureux, qu'il est un autre homme, mais que, ah, malheur ! il a échoué quelque part, là où, précisément, et plus qu'ailleurs, il avait mis toute son âme : des nuits entières il a « fait le levier » à la chapelle pour le bien de deux camarades, mais en vain, ils n'ont pas voulu se confesser, et il comprend pourquoi maintenant : c'est sa faute à lui, parce qu'il n'est pas encore assez bon ! « De Couleurs, ra-ra-ra ! » Très applaudi. C'est maintenant le tour de l'étudiant athée, et il se lève péniblement, manifestement chargé de barcelonades, mais il dit simplement : « Je passe » et se rassied. Le silence le plus spectaculaire se fait lorsque le Murcien se lève, tous les yeux sont fixés sur lui, sur ses lunettes noires qu'il utilise comme un outil désormais ennobli par le travail, lui dont nombre de stagiaires ne connaissent pas encore la voix, cigarette aux lèvres, des lèvres légèrement ironiques, avec la fumée qui s'enroule autour de sa tête bien droite, un étrange pendu. À leur grande surprise, ils le voient se retourner vers le groupe des nouveaux venus, au fond de la salle, et dire : « Qui de vous est M. Glaría ? », d'une voix intempestivement normale, de citoyen non céleste mais terrestre. Un silence et : « Moi, pour vous servir… » – une voix timide, et on aperçoit entre les visiteurs un crâne chauve et des yeux de hibou insomniaque, « moi, moi ». Et lui : « Je dois vous parler de la part de Mlle Claramunt, attendez-moi », et il se rassoit.

La séance se termine par une prière, tout le monde à genoux, visiteurs inclus, puis on entend de timides applaudissements, vite en retraite, de coloristes qui ne sont déjà plus de ce bas monde, et c'est le brouhaha, l'échange plein d'excitation d'avis et les adieux au milieu d'une paroxystique confusion de corps, d'accolades, de poussées, les parents et amis sautent sur le tas de coloristes, tapotent des dos courbés, des nuques bêtasses, des fesses insensibles, et soudain ce sont des étreintes et des baisers de sœurs et de fiancées qui apportent un parfum, un irrésistible parfum de vie qui inonde de sang chaud les jambes raides des coloristes, provoque des épanchements internes qui font frissonner la peau, et renaissent alors un tremblement dans les aines et une chaleur dans les bas-ventre, une douceur de frôlements et de frottements dans le tas compact et mouvant de dos, fesses, épaules, cheveux, mains qui serrent d'autres mains, bras qui entourent des tailles et s'y attardent, et de contacts si compliqués et si persistants qu'ils suggèrent un peu plus qu'un apparent désir de garder l'équilibre dans la pagaille générale, toutes choses qui démontrent qu'ils sont vivants, vivants, c'est incroyable, « ici, je suis là, Carmen, Luisa, Isabel, ici ! ». Indifférent au tripotage subreptice qui s'est déchaîné et serpente dans la cohue comme une soûlante odeur de nards, de cimetière, Manuel cherche Mlle Roura et M. Glaría, qu'il voit soudain devant lui, sourire aux lèvres et main tendue. « Oui, Montsé m'a parlé de toi, lui dit-il, mais je ne peux encore t'assurer de rien, mon garçon, je n'ai pas encore trouvé de solution pour le logement. Il y a du travail, mais, comme je l'ai dit à Montsé, il faut attendre un peu… » Il parle en criant pour se faire entendre au milieu du tumulte, et brusquement une avalanche l'entraîne et l'emporte, l'engloutit avec son crâne chauve et son indécision, et Manuel a tout juste le temps de sauver Mlle Roura en la retenant par le bras. Il la coince contre le mur et lui demande à quelle heure part le premier train pour Barcelone. Elle l'ignore, mais elle va se renseigner. Elle a l'air déçue à son sujet, pourquoi ne s'est-il pas confessé comme les autres ? Pourquoi était-ce précisément lui qui devait être la fausse note, lui qui était recommandé par Montsé, une fille si bonne ? « Sortons d'ici », dit-il en remontant la fermeture Éclair de son blouson, pressé par les coloristes et leurs parents, et par Mlle Roura elle-même. Mais il doit encore avaler la dernière gorgée de la potion : Mlle Roura lui fait savoir que tout le monde s'est préoccupé de lui ces trois derniers jours, des gens qui ne le connaissent même pas, qui habitent loin d'ici et qui ont « fait le levier » pour lui et pour l'étudiant athée ; un ex-stagiaire d'Igualada a jeûné durant vingt-quatre heures, un autre, de Vich, est resté toute une nuit à genoux sur des pois chiches (crus), un autre a promis de cesser de fumer pendant un an, etc. Solidarité, sacrifice. Est-ce que ça ne l'émeut pas ? Non. Il n'est ému – bien que Mlle Roura n'arrive pas à comprendre pourquoi – que par la tendre nouvelle de cette jeune fille, ex-stagiaire d'un village voisin, qui a promis que s'il se confessait et communiait elle cesserait de se mettre du rouge à lèvres jusqu'à la fin de ses jours.

Dans le car qui le ramène à Vich, flanqué de *mosén* Albiol et de mademoiselle l'ouvrière paroissiale, qui ne le quittent pas des yeux (avec quelque chose dans leur contenance, dans leur attitude vigilante et dans leur silence qui lui fait penser qu'ils espèrent à tout moment qu'il va demander à se confesser, non, ils ne s'avouent pas vaincus, c'est évidemment pour cela qu'ils sont à côté de lui, attentifs à l'instant où il vomira tout !), il décide de piquer un petit roupillon, et en mettant la main dans sa poche ses doigts rencontrent le bâton de rouge. Et il pense à Montsé, souriant à l'idée qu'elle a eue de l'envoyer ici pour que, au moins, il puisse manger. Gentille fille.

Il ne regrette pas de n'avoir rien résolu au sujet de son emploi ; la seule chose qu'il regrette maintenant, c'est d'avoir oublié de dire au revoir à ce brave Simón.

20

La cérémonie de la confusion

Rien, ce fut inutile, Nuria ne me crut pas. Surtout, elle ne voulut pas croire que je rappelais tout ça sans raison, pour passer le temps, pour nous exercer à la simple évocation et à la nostalgie. Sans désir moralisateur ni accusateur, sans rancœur. Elle me traita de clown, me dit que j'exagérais. Je dus alors lui faire remarquer que les forces vives du pays étaient si grotesques, si prodigues en pantins, en porte-bannières et en épouvantails, que n'importe laquelle de mes clowneries était insignifiante, pâle et bébête.

– Et je me rappelle aussi, ajoutai-je, un dimanche où nous l'avons rencontré par hasard à une séance de sardanes dans le parc Güell, avec Montsé, peu après son retour de Vich. Tu as beaucoup ri quand ta sœur s'est entêtée à lui apprendre à danser la sardane – tu dois admettre que ce jour-là tu le trouvais adorable, ce type. Je manque de ce sixième sens que vous avez, vous, les Claramunt, pour flairer le danger, mais le fait est que ce jour-là toi non plus tu n'imaginais pas qu'il puisse tramer quelque chose. Je crois vraiment que tout ce qu'il espérait c'était du travail et une certaine considération, que c'était simplement pour ça qu'il se raccrochait à Montsé. Un bon travail, ça oui ! Un piston.

– Que tu es naïf ! s'écria Nuria en aspirant avidement la dernière huître. Il avait vu qu'il pouvait tirer beaucoup de la situation et il ne s'en est pas privé. Il ne s'est privé de rien, même pas de moi…

– Ça, c'était après. Procédons par ordre.

– Toi, tu l'as toujours trouvé sympathique, tu n'as pas besoin de le jurer.

Je me servis un nouveau verre de vin blanc et insistai :

– Même toi tu ne pouvais pas imaginer que tout finirait mal.

– Je ne l'ai vu que trois ou quatre fois, se défendit-elle, et je n'ai jamais aimé sa façon de traiter Montsé. Si attentionné, si gentil… Si j'en suis arrivée à montrer une certaine sympathie pour lui, ce devait être un reflet de ce que je ressentais pour toi : tu avais annihilé ma raison, j'étais prête à aimer ce que tu aimais et à détester ce que tu détestais. Ce qui fait que je n'ai pas pu le juger avec l'objectivité nécessaire, et nous l'avons payé cher après… Ma sœur faisait peine à voir, les derniers jours.

– Il est probable, lui dis-je, que si elle n'avait pas rencontré une telle résistance dans la famille, et pour quelque chose qui, en fin de compte, ne s'écartait pas de sa mission d'apostolat, si on lui avait accordé ce qu'elle demandait pour son protégé : du travail et une certaine marge de confiance, l'histoire se serait achevée sans autres complications. Ils se seraient séparés, et point final.

– Je te l'ai déjà dit : tu seras toujours naïf.

Voyons : radieux dimanche de soleil parc Güell, les cercles de danseurs bondissant à l'unisson, ta main strictement dans ma main, haut les bras et les cœurs. Roses, sueur, glaces, espadrilles blanches et poussière, regarde et apprends, un Murcien qui demande qu'on lui apprenne à danser la sardane, a-t-on déjà vu meilleure disposition ?

Toi, tu n'apprendras jamais, mon cher cousin. Lui, il fait preuve d'intérêt, au moins : souriant, confiant, dressé sur la pointe des pieds et les bras en l'air comme un jeune banderillero, il donne une main à chacune des sœurs. Mais la pression qu'il exerce sur celle de Montsé est légèrement plus forte, et elle répond de la même façon. Vous n'avez jamais compris, même lui n'a pas compris, que Montsé s'entêtait à répondre par un peu plus que ce à quoi l'autorisait le strict respect de ses normes d'apostolat : s'il est vrai, comme on le lui avait enseigné, qu'une personne de foi est avant tout une personne libre, et que la vérité évangélique n'est jamais opportune ou inopportune (comme on vous le fait croire maintenant) mais tout simplement vraie, la réaction familiale et paroissiale à sa ferme volonté de protéger et aider l'ex-prisonnier était pour elle la preuve qu'elle devait décider, entre autres questions de type sentimental et immédiat, si l'éducation qu'elle avait reçue obéissait à de fermes convictions morales et religieuse ou si, au contraire, ce n'était qu'une comédie qu'elle voyait jouer chez elle depuis qu'elle était enfant.

– C'est ce qu'elle était. Une enfant, dit Nuria. Elle ne se rendait compte de rien.

– J'en doute.

– Tu prendras tes fraises avec du vin ?

– Je prendrai du vin sans fraises.

Et je lui rappelai aussi cet après-midi, peu après ma première rencontre avec le garçon, cet après-midi où Montsé était venue aux magasins pour me demander s'il n'y avait pas besoin d'un employé, là ou dans n'importe quel autre service. Je lui avais promis de m'en occuper, et Montsé m'avait demandé si je n'irais pas un jour faire un tour à la pension Gloria : elle me préviendrait et nous pourrions y aller ensemble. Mais la visite en question n'avait eu lieu que quinze jours plus tard, alors qu'oncle Luis avait décidé d'intervenir dans cette affaire et qu'il m'avait chargé, comme première mesure, de m'inquiéter de l'endroit où vivait ce type et d'aller le voir pour tâter le terrain, savoir jusqu'où il était capable d'aller, bref, quelles étaient ses manigances et ses intentions en ce qui concernait Montsé. « Dis-lui de la laisser tranquille et de ne pas nous créer de problèmes, et que pour ce qui est de travailler chez nous, pas question, il ne manquerait plus que ça ! Ce dont on a besoin c'est de vendeurs spécialisés. Non mais de quoi pense-t-il qu'il s'agit ? Essaye de voir si les choses sont sérieuses avec elle », avait-il terminé avec un air sombre. Ainsi délégué par oncle Luis, avec une mission aussi importante que celle-là, où la réputation des Claramunt était en jeu, j'en étais venu à me sentir pour la première fois de la famille, comme si je défendais mes propres intérêts et jusqu'à mon avenir. Quelle honte !

Nuria rit.

– Un miracle si tu n'as pas fait de discours ! dit-elle. Tu étais tout ému. Je te vois encore : maman était allée discuter dans le jardin avec ses amies puis nous les avions retrouvées pour prendre un verre. Papa te regardait, plein d'espoir, il a été à deux doigts de te serrer dans ses bras…

À genoux, fils (de pute) : ma bénédiction et mes prières t'accompagneront. Je t'arme chevalier. Il y avait aussi cette jeune et belle Mme Buxó qu'on voyait de temps à autre en première page de *La Vanguardia* à l'occasion des processions de la semaine sainte, cierge à la main, avec une mantille et plus que lascivement, plus que charnellement, vêtue de noir. Mémorables, ces adieux, avec tante Isabel et ses Dames Bleues contemplant, enflammées, mon arrogant uniforme de croisé flambant neuf (augmentation de salaire : costume neuf, gris perle) et en compagnie desquelles je bus un petit verre de liqueur stomacale avant de partir pour les lointains territoires des hérétiques. Quelle capacité d'hypocrisie insoupçonnée que la mienne ! J'avais l'impression d'être une vomissure. Mais à un certain moment j'en suis même venu à croire que j'allais affronter Satan en personne : oncle Luis, cette preuve de confiance m'honore. Je ne vous décevrai pas. Dames de bonté, dames adoratrices et membres de confréries, d'unions pieuses, chère tante, permettez-moi de boire ce petit verre de liqueur « Arômes de Montserrat » et de noyer dans ses vertus stomacales et cordiales mon infamante origine et mon cerveau ténébreux – prisonnier entre deux belles cuisses d'or, celles de ma cousine Nuria, ici présente – et tout ce qui bouillonne en lui, à savoir que c'est dans sa manie de ne pas reconnaître que les bons dividendes ne sont pas toujours forcément liés aux bonnes relations (est-ce que cette folle de Conchi ne vous l'a pas démontré déjà en s'enfuyant avec son beau Cordouan ?) que consiste la fausse note de l'orphéonique verdict claramuntien que j'ai entendu ici aujourd'hui. Mais, au lieu de cela, j'aimerais, en abusant de la confiance qui m'est accordée, prononcer un beau discours propre à élever les cœurs, quelque chose qui soit dans le ton de l'époque dangereuse que nous vivons tous, nous les Claramunt (permettez-moi de m'inclure, l'émotion m'emporte), bien à l'abri dans cette villa, comme vous, mesdames, dans vos diocèses, archidiocèses et derrière vos troncs respectifs. Ah, des temps difficiles nous attendent, dames de confréries ! La fange des idées modernes a troublé les calmes et limpides eaux de la charité sociale ! Comment continuer à y œuvrer sans remuer cette matière sale qui nous trouble et nous infecte, qui invalide aux yeux du monde la pureté de nos intentions ? Et pourquoi en est-il ainsi aujourd'hui, dames dignes et méritantes, qu'est-il arrivé, pourquoi tout n'est-il pas comme hier ? Que sont devenus les concepts clairs que nous respections, que sont devenus ces mots écrits en majuscules hautes et majestueuses comme des cathédrales, qui irradiaient la lumière, qui nous guidaient et nous protégeaient, qui nous conformaient ? Sapés par l'action du temps et des hommes, ils se sont effondrés dans un fracas de tour abattue. Ils ont du moins servi à quelque chose, à apporter consolation et résignation au nécessiteux. Mais maintenant... Tant de fleuves de protestation et de haine coulent par le monde, nous voyons naître et mourir tant de jours violents et désespérés, nous entendons tant de voix contradictoires clamer amour et violence à la fois, des consignes si étranges, si confuses. Vraiment, il est digne et juste de plaindre et d'aider son prochain. Mais audacieuse est la main de ce prisonnier, audacieuse en vérité, et appliquée, persévérante, troublement douce ! Non seulement ma cousine a mal compris les principes de la charité chrétienne, non seulement elle a montré qu'elle n'avait pas le moindre sens des distances, en permettant qu'on lui renverse la soupe populaire sur sa jupe et en multipliant les faux pas dans sa traversée du monde, mais de plus son comportement révèle désormais, au point où en sont arrivées les choses, une obscure contradiction éthico-mercantile, un manque d'élémentaire mesure de prudence et un mépris incompréhensible pour la propriété privée, qui, assurément, c'est chose bien connue, obéit non pas à de capricieuses lois économiques dictées par l'aveugle machine du libéralisme mais à de sages et insondables desseins divins, et par conséquent non susceptibles de changement. Que prétend Celui Qui Doit Être Régénéré ? Profiter de ce carrefour idéologique où se débattent aujourd'hui les jeunes et inexpertes organisations jocistes ? Où tout cela va-t-il nous conduire, pieuses dames ? Reverrons-nous paraître la tête bouclée d'un séducteur cordouan, de quelque sous-lieutenant définitif (l'autre n'était que provisoire), par la lézarde que cette femme perdue de Conchi a un jour ouverte dans la forteresse familiale ? Car, comme dit tante Isabel, et elle dit très bien, en sélectionnant ses cas : « tous les nécessiteux sont pauvres, mais tous les pauvres ne sont pas nécessiteux ». Dames de confréries attentionnées, non seulement je suis prêt à remplir la mission de surveiller le prisonnier et d'annuler son influence, mais j'ose dire que l'inqualifiable comportement de la cousine Montsé obéit peut-être déjà à d'humides ressorts de chaud entrejambe : il est en effet possible que le déséquilibre entre dividendes et relations sociales que je soulignais tout à l'heure révèle l'existence de basses passions. Trop de zèle, trop d'acharnement à assister son protégé jusqu'à la fin et avec des attributions qui désormais dépassent franchement, de façon inquiétante, celles que pourrait accorder n'importe quelle congrégation mariale parmi celles dont les idées sont les plus avancées, n'importe quelle Mariapolis d'écoles pieuses, cité spirituelle dans la cité terrestre ; car comme tante Isabel le dit souvent : « chaque dimanche est jour de fête, mais chaque jour de fête n'est pas dimanche » ; cela veut dire qu'il faut savoir distinguer le mal du monde de la méchanceté humaine. Ce sont là des questions qui donnent assez à penser, mesdames ; nous vivons des temps de confusion et il est chaque jour plus compliqué et plus risqué de travailler dans la mer démontée de la bienfaisance. Je suis assailli par un doute terrible, chères adoratrices : ne serait-ce pas que les conditions morales de « chrétienté » que la petite fille a apprises au collège, dans son foyer et à la paroisse ne correspondent pas exactement aux façons d'être du pays et aux exigences de la vie elle-même ? Car, même en envisageant le problème depuis la généreuse position philanthropico-diocésaine qui distingue traditionnellement notre famille, on ne peut expliquer l'étrange comportement de Montsé. Et ce protégé aux insondables yeux noirs, ce délinquant de velours tapi dans l'ombre dans l'attente d'on ne sait quoi, s'entêtant à ne pas faire face ni à tendre une main solliciteuse, comme n'importe qui le ferait à sa place, est-il un pauvre nécessiteux et désorienté ou un profiteur en puissance ? Le Malin et sa moderne cohorte d'écuyers feront l'impossible pour nous tromper. Nos journaux ont bien raison de le dire, pour nous prévenir du danger : parfois, sous la blanche et pure laine de l'agneau, bat le cœur impitoyable du loup des steppes russe. Mais je satisferai votre désir ; à la demande de la famille affligée, j'approcherai la bête, j'observerai ses mœurs et ses mouvements autour de l'enfant, j'étudierai sa nature diabolique et examinerai ses intentions, non sans avoir auparavant, bien entendu, reçu votre bénédiction et vous avoir demandé quelque chose qui m'a toujours obsédé : *Vere dignum et justum est ?*

Mais à peine étais-je arrivé dans l'odorant voisinage du Borne que je commençai à soupçonner que c'était une démarche inutile, c'était sûr, je n'étais pas le plus indiqué pour informer la famille sur une situation si délicate (Vilella se serait beaucoup mieux débrouillé, comme cela se verrait plus tard), et le lendemain, ou le surlendemain, à l'heure sale des confidences à oncle Luis à son bureau ou à tante Isabel dans le jardin, je me retrouverais comme une nouille de cambrousse qui ne comprend rien aux relations entre un homme et une femme, ou, dans le pire des cas, comme un complice des adultères, indigne par conséquent de la confiance que la famille (et l'entreprise) avait déposée en moi. Sûr que c'était ce qui allait arriver, ruminais-je, m'arrêtant un instant sous le réverbère du coin pour m'orienter, je serais tout simplement incapable de présenter un rapport cohérent sur cette affaire, peut-être parce que au fond, comme Montsé, je n'avais pas moi non plus le moindre sens des distances et que je multipliais les faux pas dans ma progression dans la vie. Ce qui inquiétait le plus la famille, tante Isabel surtout, c'était le degré d'intimité qu'ils supposaient déjà atteint entre Montsé et le prisonnier à l'abri d'une misérable chambre de pension, même si à ce moment de cette histoire insensée, alors que la pureté de ma cousine constituait une énigme pour tout le monde et qu'on faisait à son sujet toutes sortes de conjectures, ils se seraient tenus pour satisfaits si la chose s'était terminée même par ce qu'ils appelaient « le pire » (mais que ça finisse une fois pour toutes ; ce qu'ils ne pouvaient pas supporter, c'était que ça ne finisse pas) : une sordide aventure de jeunesse avec la déception qui s'ensuivrait pour elle, puis adieu, crapule, je t'oublierai, le temps guérit tout, c'est bien connu, le monde est plein de canailles. C'était sans aucun doute à cela que faisait allusion oncle Luis quand il m'avait envoyé avec cette consigne : essaye de savoir jusqu'où ils ont été. En conséquence, si ce qu'on espérait de moi était que je prenne la température du couple, je me verrais obligé pour satisfaire cette attente de raconter ce qui n'avait pas de sens direct (cela n'en avait que dans le langage des Claramunt), c'est-à-dire une histoire petitement morale rabaissée au niveau paroissial. Parce que la distance infranchissable était précisément une question de niveaux qui n'avait rien à voir avec ce qui était raisonnable ou convenable, c'était quelque chose d'incompréhensible qui resterait toujours à mi-chemin entre l'idée qu'ils se faisaient de la situation et ce qui arrivait réellement…

Je tournai brusquement sur mes talons, sous la lumière jaunâtre du réverbère ; Montsé venait de crier mon nom dans sa familiale et miséricordieuse équivalence (« Francesc ! ») et maintenant je la voyais traverser la ruelle et courir vers moi, souriante. Derrière elle, le flamboiement diffus couleur corail sur la buée des vitres du bistrot, comme des braises allumées dans un four profond, pouvait certainement passer pour celui de l'enfer. Lui, qui était sorti de là un peu plus tôt et la précédait de quelques mètres, venait de passer devant moi comme une ombre et je l'avais à peine remarqué, parce que je n'arrivais pas à relier (c'était la deuxième fois que cela m'arrivait) sa jeunesse avec ma cousine. Mais en entendant Montsé m'appeler il se retourna lui aussi et surgit alors à l'improviste sur ma droite, dans mon dos. Il marchait les mains dans les poches, lentement et sans bruit, le cou un peu rentré dans les épaules et ce sourire, comme un couteau entre les dents. Avec sa tête artificieusement penchée, attentive mais distante, avec le silence inhospitalier qui filtrait de toute sa personne, il faisait penser à l'un de ces jeunes hommes tendus et graves ayant des qualités de favori (j'ai l'occasion d'en fréquenter un ou deux dans mon travail) qui dès le début de leur carrière soupçonnent d'une certaine façon le pouvoir corrosif des rêves. Maintenant que ma curiosité le reliait définitivement à la peine et au mal que Montsé se donnait pour lui, je pouvais enfin mesurer de près la force de sa séduction, cette sourde clameur née d'anciens tributs insatisfaits qui semblait émaner de ses traits durs, un obscur souvenir d'iniquités et d'oublis qui ne se contentait pas de reconnaissance mais exigeait réparation, et dont l'expression physique (ces yeux, ce front et ces cheveux qui faisaient trembler les entrailles mêmes des Claramunt) devait être ce qui inspirait encore à ma cousine à l'époque un mélange de sentiments équivoques.

Il me serra la main avec application, avec une amabilité recherchée mais sans chaleur ; séductrice façon de serrer la main qui cache le poignard. On sait ce qui t'amène ici, chien salarié, semblaient dire ses yeux tandis qu'il murmurait « Enchanté » de sa voix chaude, en harmonie avec le ton de l'émigration et du déracinement. Jovial à l'excès, je m'écriai en constatant avec stupéfaction combien il était jeune :

« Ah, j'avais vraiment envie de te revoir ; tu es l'homme du jour. »

Je fis une allusion bégayante à notre première rencontre dans le parc de la Ciudadela et aux circonstances curieuses qui m'avaient empêché de le reconnaître, et son sourire froid s'élargit. Je sentais que les yeux de Montsé me fixaient de très près : elle soupçonnait peut-être elle aussi ma secrète condition d'observateur envoyé par la famille. Je lui dis :

« Je t'ai attendue une demi-heure place Palacio, comme convenu…

– Excuse-moi, j'arrive à l'instant. Tu es passé par la maison ?

– Non… Aujourd'hui on a eu un travail terrible ; à huit heures j'étais encore aux magasins.

– Pour moi c'est un peu tard, tu sais ? »

Je proposai de prendre une bière à une des terrasses du paseo de Colón, mais elle préféra aller directement à la pension. J'eus l'impression qu'elle avait envie de me montrer tout de suite le « degré d'intimité » qui existait entre elle et son protégé. Celui-ci marchait de l'autre côté de Montsé, un peu en arrière, tête baissée, avec la mansuétude d'un chien. Je leur expliquai que je venais de la pension et que la patronne m'avait dit que je les trouverais peut-être dans ce petit bistrot devant lequel nous passions maintenant, ce qui me poussa (en faisant de vains efforts pour imaginer ma cousine là-dedans) à leur demander s'ils y venaient souvent, si c'était leur bar.

« J'y vais quelquefois, elle jamais, fut la réponse succincte du Murcien.

– Pour dîner ? » demandai-je.

Et Montsé répondit :

« Non. Il préfère manger n'importe quoi dans sa chambre. Il ne dîne pratiquement pas. »

Le garçon acquiesça de la tête. Derrière son profil défilaient un mur décrépi et crasseux, d'obscures entrées et de minuscules agences de transport ; nous marchions dans des rues étroites bordées de bars aux devantures peinturlurées avec des écriteaux derrière lesquels s'écrasaient une lumière humble et molle comme du coton, des visages flous, des reflets et des ombres semblables à des larves, tout cela difficile à relier à ma cousine. C'était la première fois que je la voyais dans un quartier comme celui-là et c'était en vain que je m'efforçais de trouver entre elle et ce milieu quelque affinité, ne fût-ce qu'un équilibre de forces dans l'ordre des affects : absurde, rien dans ces sombres rues pavées n'avait quoi que ce soit à voir avec Mlle Claramunt, excepté, peut-être, qui l'aurait dit ?, ce bel exemplaire de mauvais garçon domestiqué et évangélisé qui la suivait comme un enfant qui ruminerait la dernière punition maternelle. Le trajet fut bref ; ruelles mal éclairées et place del Mercado, où à cette heure les camions commençaient à décharger des cageots de fruits et de légumes dans une confusion de lumières tremblotantes, de chariots métalliques, de moteurs gémissants et d'ordres criés à tue-tête. Puis apparurent l'écriteau vert qui disait « Pension Gloria », accroché aux montants de fer du balcon, et en dessous la vaste entrée qui sentait le moisi et où les paroles résonnaient désagréablement, se retournaient contre vous : je m'étais embrouillé dans une explication confuse sur mon travail aux magasins, je supposais que cela pouvait intéresser Manuel. L'escalier sombre avec des fenêtres donnant sur le patio noir, la porte toujours ouverte, la petite pièce déserte avec deux fauteuils usés qui lâchaient leur mousse de tout côté. Cette fois, la patronne ne se montra pas.

C'est une chambre anodine et propre, qui par plusieurs détails révèle la main de ma cousine : œillets sur la table de nuit, chaussettes et mouchoirs frais lavés et accrochés à un fil qui va de l'armoire au mur, un transistor que je reconnais pour sien. Montsé me donne une chaise et je tends mon paquet de Rumbo à Manuel, qui s'assied dans la fraîcheur de la nuit sur le balcon, sur une chaise basse. Taches d'humidité, poutres imitant l'acajou, odeurs de plumes, de graines de lupin et de mie de pain mouillé. Montsé pense que ces deux cages avec les canaris de la patronne sont de trop. « Elle a des oiseaux dans toutes les pièces et elle s'en occupe personnellement », ce qui, évidemment, lui permet d'entrer et de devenir intime avec ses clients quand elle en a envie : c'est ce qui gêne Montsé. J'ai dans ma poche une fiasque de cognac, mais je ne veux pas la prendre avant de voir où tout cela nous mène, et d'ailleurs Montsé a décidé de préparer du Nescafé et elle est en pleine occupation domestique, allant et venant du placard à la petite table, sortant comme si elle était chez elle (plus encore : la précision et l'aisance de ses mouvements révèlent un désir de compensation, obéissent à une impulsion ménagère qui d'une certaine façon la rachète d'un honteux passé d'inactivité) les tasses, les petites cuillers et le sucre, ce dernier dans un cornet de papier crevé.

« Bon ! J'ai encore oublié d'apporter le sucrier », murmure-t-elle gaiement, plongée dans sa besogne.

Le petit four électrique ne marche plus et pour faire chauffer de l'eau il faut recourir à l'amabilité (très instable, apparemment) de la patronne, ou à défaut aborder directement la cuisine, où règne une grand-mère avare et despote ; incursions difficiles, mais qui en tout cas n'ont plus de secret pour Montsé. Et donc la voilà partie faire chauffer son eau, et je reste à parler de notre vie incommode de clients de pension ; dans la pénombre du balcon et ramassé sur sa chaise, il suit mes paroles et mes gestes avec une attention distraite, comme un chat qui donnerait l'impression de ne pas voir ce qu'il regarde. Brusquement, d'un geste, il me coupe pour dire :

« Tu veux qu'on parle d'elle ? »

Je le regarde, surpris ; je ne m'attendais pas qu'il aborde si directement la question.

« J'espère que tu ne crois pas que c'est pour ça que je suis là…

– Il est juste qu'ils veuillent savoir, ils sont dans leur droit, ce sont ses parents. »

Je souris.

« Mais moi pas. » Excuse incongrue, et une autre encore : « Je ne suis pas à Barcelone depuis longtemps. De plus, Montsé est majeure, elle doit savoir ce qu'elle fait…

– Qu'est-ce qu'ils pensent de nous ? Qu'est-ce qu'ils disent ?

– Je n'aurais pas cru que ça t'importait beaucoup, franchement.

– La petite le vit très mal, et ce n'est pas juste. Elle ne fait rien de mal.

– Bien sûr. Mais il ne s'agit pas de ça. Si tu veux… » je passe et repasse ma langue sur mes lèvres, ma main droite va machinalement vers la poche où j'ai ma fiasque de cognac, « si tu veux, tout le monde se fait du souci parce qu'elle n'était jamais allée aussi loin dans sa… façon d'être et de faire… je ne sais pas comment te dire. Ils croient qu'il y a d'autres raisons. En plus, ils ont toujours peur que les gens la trompent. Ils la considèrent comme un peu sosotte, tu sais ? Mais garde ça pour toi. »

Il me regarde fixement, sans un battement de paupières.

« Tu crois qu'elle ne s'en rend pas compte ?

– Si, lui dis-je, elle est très sensible, elle se rend compte de tout. Mais de ça, de ce qu'ils se figurent qu'il y a entre vous… tu vois ce que je veux dire… peut-être qu'elle ne se rend pas compte. En ce sens, c'est une ingénue.

– Soit. »

Il baisse lentement la tête, et quand il la relève ses yeux cherchent les miens avec avidité et sa voix a un ton confidentiel et amical indescriptible. Il voudrait partir d'ici, dit-il, il a peur qu'un jour ou l'autre la patronne et Montsé se disputent violemment et s'arrachent les cheveux, elles ne peuvent pas se voir, il y a une question d'argent dans tout ça, il doit deux mois de pension et ça commence à sentir mauvais, et le mieux serait qu'il fiche le camp, qu'il s'installe ailleurs, et laisse Montsé reprendre sa vie normale, mais il n'a pas un centime… Montsé est très décidée et très généreuse, mais, quant à ce qu'on raconte (il sourit en regardant ses ongles), rien, tu vois, absolument rien, elle est très bonne, on peut lire dans ses yeux, pas une mauvaise pensée.

« Je comprends, lui dis-je. Tu as l'air d'avoir beaucoup réfléchi à tout ça.

– C'est vrai que la pauvre vit ça très mal. Et ça commence à bien faire.

– Elle te parle souvent de la famille et des engueulades qu'elle prend ?

– Elle n'aime pas ça. Mais je le sais dès qu'elle passe cette porte ; il y a des jours où on dirait qu'ils l'ont mise dehors. Tout ça pourrait finir très mal. »

Il parle tout bas, en me regardant fixement. Mine de rien, je me permets de lui dire que Montsé doit signifier beaucoup pour lui, dans ces moments difficiles. Montsé, me dit-il, c'est la fille timide qui est venue un jour à la prison s'intéresser à lui, mais s'intéresser vraiment, pas comme les autres bigotes qui vous envoient des vies de saints et des trucs comme ça ; non, parce qu'elle, elle a été jusqu'à affronter ses supérieurs et ses parents à cause de lui, et malgré ça elle ne l'a pas abandonné à son sort quand il est sorti de prison, elle continue à l'aider à payer la pension et d'autres frais, elle fait attention à ce que la veuve et ses amis ne l'embarquent pas dans des embrouilles, et elle lui rend tellement de services, ce sont des choses qui ne s'oublient pas. Il a beaucoup d'estime pour elle, ça oui.

Je crois que c'est le moment de sortir mon cognac, me dis-je en joignant l'acte à la pensée. La fiasque nickelée éveille une chaleur souriante dans ses yeux et il accepte avec plaisir la première gorgée. On entend maintenant une voix de femme hystérique dans le couloir, et une radio à plein volume dans la chambre contiguë, de rauques voix d'hommes, un lit qui grince.

« Ça commence », dit Manuel.

Les canaris volettent dans leurs cages, l'ampoule du plafond oscille et la chaleur semble augmenter. Manuel me rend la fiasque, hoche la tête, répète qu'il se fait du souci, qu'il donnerait n'importe quoi pour savoir ce qu'on pense exactement de lui chez Montsé, il le lui a souvent demandé.

« Si ça dépendait de moi, murmure-t-il de sa voix éteinte, mains tendues, en se regardant les ongles, si je pouvais faire quelque chose… Qu'est-ce que tu en penses, toi ?

– Que veux-tu que je te dise ? » Après la deuxième gorgée je me sens beaucoup mieux. « Sûr que lorsque tu auras un travail et que ta vie sera sur ses rails, sans tous ces ennuis d'argent, et dans une autre ambiance, tout sera de nouveau comme avant… Toi et Montsé vous resterez bons amis, et voilà…

– Sûr.

– Mais tante Isabel ne le croit pas. Ou plutôt, elle n'en est pas convaincue… Enfin, je verrai ce que je peux faire.

– Explique à sa mère que je me sens obligé envers Montsé… » Il me jette un regard rapide, à peine un battement de paupières. « Et dis-lui qu'elle souffre beaucoup de tout ça. Elle me dit qu'elle perd ses amies, qu'elles disent du mal d'elle et qu'elles la regardent drôlement, que parfois elle se sent très seule… Dis voir, et sa sœur, qu'est-ce qu'elle dit ?

– Nuria ? Si seulement tout le monde était comme elle, il n'y aurait pas de problème. Le fait est que Montsé… Tu sais quelle vie elle menait avant de te connaître ?

– Je l'imagine.

– De chez elle à l'église et de l'église à chez elle. Elle n'a pas dépassé la maternelle et le catéchisme, crois-moi.

– Pas à ce point. Elle connaît la vie, elle a vu plus de misère et d'injustice que sa sainte mère, sauf son respect, n'en verra de toute sa vie. Elle passe plus de temps dans les faubourgs et dans les bidonvilles que chez elle.

– C'est possible, mais de toute façon la vie ce n'est pas seulement ça, et tu le sais… Enfin, je veux dire que celui qui le voudrait pourrait faire beaucoup de mal à ma cousine.

– On lui en fait déjà, tu ne crois pas ? »

Il conclut sa question affilée avec une certaine précipitation et d'une voix plus basse encore, parce que Montsé ouvre la porte, un pot d'eau chaude à la main, yeux baissés, joues rouges, mais souriante. Elle referme la porte du pied.

« Je crois que tu n'es pas venu un bon jour », me dit-elle.

Aussitôt on entend dans le couloir la patronne crier après quelqu'un, des portes qui claquent et un bruit de meubles, tandis que dans la chambre voisine le volume de la radio augmente encore, de même que celui des éclats de rire mêlés de crises de toux profondes, encombrées de tabac, qui s'élèvent, se prolongent et s'achèvent en sifflements de théière, en raclements bronchiteux et en luxuriantes floraisons de bile.

« Un jour ils vont se tuer », dit Manuel en regardant du coin de l'œil Montsé, qui sert le Nescafé.

Nous parlons de la vie dans cette pension. Je note mentalement quelques détails (pas du tout compromettants) pour mon rapport à la famille : la clientèle se compose de camionneurs de passage et de garçons de courses d'agences de transport, de saisonniers du marché, d'agriculteurs provinciaux, de serveuses de snack, de deux femmes de mauvaise vie (des sœurs, l'autre jour l'aînée est tombée dans l'escalier et elle a le pied dans le plâtre, l'autre arrive tout juste de son village et est complètement perdue encore) et de quelques très étranges amis de la patronne qui apparemment vendent des produits de contrebande dans le quartier maritime, sans compter un jeune émigrant nouveau venu et sans travail, etc. Clientèle difficile, bien sûr, qui donne toujours beaucoup de mal et a toujours des problèmes d'argent, et la patronne, femme de caractère et pas commode, a un défaut, celui de bien lever le coude, ce qui la conduit à trop se familiariser avec ses clients et lui crée des complications. Dès le premier jour, la veuve a prétendu faire ce qu'elle voulait de Manuel (il ne faut pas oublier qu'il était recommandé par son père, qui est toujours en prison), mais il semble que la présence de Montsé et son influence aient eu raison de ses prétentions ; ce qui l'a mise en fureur, et maintenant elle exige qu'on lui paye tous les arriérés, plusieurs mois de pension. Ses relations avec Montsé sont de plus en plus mauvaises. Sûr que la veuve avait ses projets en ce qui concerne le garçon : sans doute voulait-elle lui trouver un travail à sa façon, avec ses amis du quartier maritime (il arrive que Manuel aille à la plage avec eux), que Montsé suppose concernés par le délit d'escroquerie qui a conduit le père de la veuve à la Modèle, bien que sur ce point l'ex-prisonnier ne soit pas d'accord, il assure que le vieux est en tôle pour un sombre délit sexuel, qu'il n'est pas nécessaire de préciser ici. Quoi qu'il en soit, il est clair que la veuve est à couteaux tirés avec eux – sur ce sujet, si je peux exposer mon point de vue, je suggérerais la possibilité qu'il ait existé un certain « degré d'intimité » entre le garçon et la patronne au début qu'il était chez elle, et recommandé par son père, et que grâce à Montsé la chose se soit arrêtée là. Certains mots du garçon (« Montsé fait en sorte que la veuve et ses amis ne me mettent pas dans des embrouilles ») semblent le confirmer. Quant à savoir si Montsé tourne autour de lui, tout ce que je peux dire c'est qu'elle vient le voir souvent, mais pas tous les jours, et que ses visites, contrairement à ce que pense sa famille, se réduisent au désir de lui apporter *La Vanguardia* le matin pour lire avec lui les offres d'emploi (assis sur le lit, oui, peut-être, ça dépend) et entourer de rouge telle adresse ou tel numéro de téléphone. Puis elle part répondre à ses obligations, et lui sort en quête de travail (avec des résultats négatifs jusqu'ici, c'est vrai), il déjeune n'importe où et n'importe comment, au comptoir d'un bar, et la même chose l'après-midi, ou quelquefois il tue le temps comme il peut pour ne pas rester à la pension avec la patronne (c'est ce qu'il dit, bien sûr, comment savoir ?). De temps en temps il va à la plage de la Barceloneta, ou bien dans un cinéma de quartier (deux fois avec Montsé, deux). Certains soirs, avant le dîner, Montsé vient à la pension et ils mangent une bricole ensemble, une conserve ou du fromage qu'elle lui apporte, puis elle reste un moment, qu'elle est gentille !, elle trouve toujours de quoi s'occuper : faire son lit, lui recoudre un bouton ou lui laver ses chaussettes dans la cuvette de la table de toilette, parce que la patronne ne veut pas entendre parler de linge à laver tant qu'on ne lui aura pas payé ce qu'on lui doit. En résumé, tante : si Montsé fréquente encore cette pension, c'est pour s'occuper du garçon, et, vu la façon dont ont tourné les choses, pour lui redonner le moral et (mais ça, ce n'est pas elle qui me l'a dit) pour éviter qu'il ne tombe dans les noirs filets de la veuve et que tout ce qui a été obtenu jusqu'à aujourd'hui au prix de gros efforts et de patience ne soit perdu. Elle ne peut pas l'abandonner maintenant. Elle ne le fera pas.

« … et voilà quelle est la situation », conclut Manuel en reculant sa chaise, dont il appuie le dossier contre les barreaux du balcon.

Pendant qu'il parlait, elle (assise sur le lit, oui, mais la chambre est si petite, ma tante), elle ne l'a pas quitté des yeux, complètement immobile, les coudes sur les genoux et le menton dans les mains : plus qu'écouter ce qu'il disait, on aurait dit qu'elle réfléchissait au dessin dur et musclé de sa bouche ou à la noirceur presque bleue de ses cheveux, je ne sais pas, quelque chose que je ne pouvais capter ; assurément physique, sa perception allait pourtant beaucoup plus loin, comme si elle avait déjà trouvé depuis longtemps dans la personnalité de son ami la confirmation de la nécessité où elle était de l'aider, et qu'elle jouît maintenant, en voyant ses traits, de la raison qui l'assistait dans son combat pour lui, une raison si juste et si évidente qu'elle s'imposait à elle par la simple présence physique du garçon et que par conséquent elle ne se faisait pas penser, mais sentir.

« Bon, voyons le plus important, Paco, propose soudain Montsé, comme si elle se réveillait. Le travail. Qu'en est-il de notre proposition ?

– Tu ferais mieux de ne plus y penser. Ton père ne veut même pas en entendre parler.

– Et aux magasins ? insiste-t-elle. Il ne contrôle pas tout. Même comme homme de peine, pour qu'il se tire d'affaire, en attendant mieux… »

Je bois la dernière goutte de mon Nescafé, m'accorde une autre gorgée de cognac et allume une cigarette. Ils me regardent sans rien dire. On entend toujours des cris dans le couloir et en plus, maintenant, des pas dissonants, des pas de boiteux. Avant que je ne me conforte dans mon opinion, Montsé m'informe que, suite à des démarches qu'elle a faites à Sabadell, de sa propre initiative, il y a une possibilité de trouver quelque chose dans une entreprise textile dirigée par un parent très éloigné mais qui a des actions dans Claramunt S.A. Je suis d'avis que ce serait très bien, mais que s'il y a des membres de la famille dans le milieu il n'obtiendra rien sans l'aval d'oncle Luis, or il ne faut pas y compter pour le moment. Montsé s'empresse de préciser qu'il n'y a rien de sûr, qu'elle n'a fait que tâter le terrain, qu'en tout cas cela prendrait beaucoup de temps, et qu'elle aimerait mieux que le garçon trouve un emploi ici, dans une usine de Barcelone, même comme livreur, le tout est de commencer.

« À ce que m'a dit ton père, il n'y a rien à faire…

– Qu'est-ce qu'il t'a dit ?

– Je ne sais pas… des bêtises. Qu'il ne peut pas augmenter le personnel commercial, ou quelque chose comme ça.

– Tu parles ! Ne viens pas me dire qu'il ne peut pas !

– C'est sans doute un prétexte. »

Sur sa chaise basse, Manuel s'étire, l'air de s'ennuyer. J'ajoute :

« Ce truc de Sabadell me paraît plus intéressant, mais tout aussi difficile. » Et en regardant Manuel : « Tu as de l'expérience dans la vente ?

– En prison il a beaucoup étudié, dit Montsé rapidement.

– Je crois savoir que tu y as appris un bon métier.

– Bon métier, c'est beaucoup dire…

– C'est Montsé qui me l'a dit.

– Ta cousine aime bien exagérer.

– Ah oui ? » s'écrie-t-elle, amusée, en le regardant avec des yeux brillants ; comme un peu plus tôt ses mouvements, ses yeux suggèrent une soudaine adhésion à quelque chose. « Ne le crois pas, Paco, il est très modeste.

– Modeste et fier de l'être ! me surprends-je à beugler, en remarquant que l'alcool me délie la langue. Non, sérieusement…

– Bon, concède Manuel en se contractant sur sa chaise et en affilant son blanc sourire, elle veut dire que j'ai étudié des langues : le français, un peu d'anglais. C'est le père de Gloria qui m'a appris. Mais tout ça ne sert à rien si tu n'as pas de relations. J'ai aussi appris à faire les piqûres, des installations électriques et ce genre de bêtises. En prison on a le temps… De lire, surtout.

– Tu n'as pas de famille à Barcelone ?

– C'est comme si je n'en avais pas.

– Bois un coup, il n'y en a presque plus. »

Mais ce qui intéresse le plus le garçon c'est de savoir ce que pense la famille, ce qu'elle dit. Alors je me lève et, tout en faisant les cent pas dans la chambre, sans les regarder, je me mets à exposer sans ambages, et brutalement, l'inquiétude d'une certaine façon justifiée de mon oncle et de ma tante devant ce qu'ils prennent pour des manigances troubles et des prétentions par rapport à ma cousine (qui maintenant m'écoute d'un air perplexe), et à un certain moment de mon laïus je remarque que je ne me contrôle plus, que ma voix monte d'un ton et coule sans que je puisse l'arrêter, dogmatique, qu'incompréhensiblement (je n'ai pas bu tant que ça) je suis en train de me ranger aux côtés de la famille, de m'enrôler furtivement dans les rangs serrés du chœur tant désiré. Lui, il m'écoute renversé sur sa chaise, sur le balcon, en me regardant avec une indifférence presque méprisante, et alors, m'en rendant compte, je retiens la bête chantante et remets les choses en place, faisant rire le garçon (et même) en transformant tout à coup mon sermon en clownerie, en parodie de moi-même et de la respectabilité de mon oncle et ma tante, brillants symboles de décence parfaite et dans la merde jusqu'au cou. Durant le silence qui suit, Manuel me regarde avec curiosité. Puis il sourit et dit qu'il ne faut pas tout mélanger, que de toute façon jusqu'ici il a montré qu'il était une vraie calamité, incapable de trouver du travail. Montsé intervient en disant que, malgré tout, il ne faut pas croire que Manuel attend en restant les bras croisés ; il se débrouille toujours pour gagner quelques pesetas : il fait des piqûres à ces pauvres filles et aussi à la veuve (dont les nerfs sont très atteints), pour qui il lui arrive de faire quelques courses les jours de grand calme, ou quelque réparation électrique, ou encore de répondre au téléphone en son absence, etc. J'imagine les incursions du garçon dans les dépendances privées de la patronne, ou dans la chambre des prostituées : seringue en main, il avance dans le couloir vers les sombres domaines du mal que Montsé redoute tant, et là, compétent et expéditif, entre les plaisanteries, la confiance, la torpeur de l'heure de la sieste, une petite culbute… Mais tout cela est profondément idiot, je ferais mieux de commencer par me demander si le type est sincère, dans quelle mesure ses paroles et ses gestes sont ceux d'un intrigant, ou plutôt dans quelle mesure les bonnes intentions, les rêves, l'illusion de prospérer que Montsé lui communique ont commencé à corroder ces paroles et ces gestes. Car lorsque je recommence avec la farce des Claramunt, en y incluant maintenant ma propre mère, il se produit quelque chose dans l'attention que me dispense le *charnego*, comme si sa capacité d'intrigue et de dissimulation s'attachait à garder un juste équilibre à proportion de mon effronterie : il se montre attentif et crédule, comme quelqu'un qui est capable de ne pas se prendre soi-même au sérieux. C'est curieux : bien qu'on le devine tout à fait capable de manier une ironie acérée sur la nature de notre réalité (celle de Montsé, la mienne, celle des Claramunt, ou celle de quiconque peut incarner des dignités de consommation), il demeure cependant fidèle à quelque pacte très conventionnel, c'est un être d'un respect et d'une gentillesse appliqués, tante, je t'assure, d'une sensibilité en quelque sorte exquisément, décidément individuelle.

Debout à côté de moi, il me montre une revue vernaculaire où il a souligné en rouge une annonce demandant quelqu'un pour distribuer des livres. Sa chemise est déboutonnée et sa main repose napoléoniquement sur un bouton qui va tomber, qui finit par sauter et rouler par terre. Montsé, qui est sortie prendre le frais sur le balcon, lui dit :

« Allez, enlève ta chemise, je te le recouds, j'en ai pour deux secondes. »

Il obéit, sans lâcher sa revue ni détourner les yeux de l'annonce.

« Que veut dire *col-locació d'esdevenidor* ? me demande-t-il.

– "Situation d'avenir". »

Il reste un moment pensif.

« Tu crois qu'on me donnerait cette place ? Non, pas vrai ?

– Je ne sais pas. »

Et il aura le bon sens de ne pas insister. Ce n'est pas son expérience récente de la prison (bien que là aussi le temps établisse des hiérarchies, sélectionne, enlève ou donne du prestige, investisse de pouvoirs ou dégrade) mais un sens supérieur de celui qui se sait *persona non grata* dans la belle cité pestiférée, Barcelone, capitale de la détresse émigrante, conservatoire de la courtoisie et de ce subtil raffinement d'illustres imbéciles qu'il est convenu d'appeler *seny*.

« Pour parler d'autre chose, dis-je en me tournant vers ma cousine, il paraît qu'on ne te voit pratiquement plus à la paroisse. »

Assise sur le lit, près du nécessaire à couture ouvert, elle coud paisiblement le bouton de la chemise.

« Ce n'est pas vrai, dit-elle. J'y vais quand j'ai quelque chose à y faire, comme toujours…

– Non, pas comme toujours, chère cousine, ne mens pas.

– Bon, avant j'y allais plus souvent. » Elle sourit par en dessous. « Mais c'est que certaines de mes amies se sont mariées… et en plus, maintenant, j'ai beaucoup de travail avec les assistantes sociales, dans d'autres quartiers périphériques. Dis-moi, quelle heure est-il ?

– Tôt. Vous n'avez rien à boire ?

– J'ai faim, dit Manuel. Pourquoi ne nous donnes-tu pas un peu de ce chorizo que tu as acheté hier ? »

Montsé s'est levée et elle l'aide à passer sa chemise. Je les épie, ignominieusement : ces signes que la famille interpréterait comme la preuve évidente du fait consommé, comme la fin de l'aventure, je ne parviens pas à les capter ; les mains de Montsé autour du torse nu gardent une tremblante distance, la crainte devant l'inconnu. D'ailleurs, il la regarde d'une façon si… comment dire, comment décrire ce regard ? Ça, il n'est pas comme le vôtre, mes chers oncle et tante, vous qui regardez vos filles comme à la dérobée et avec cette crainte particulièrement débile et mesquine que dans votre monde on associe avec la perte du bonheur. Il la regarde comme on regarde les objets somptueux, comme s'il faisait avec eux une rencontre répétée dans le temps, comme si, d'une certaine façon, ils lui appartenaient déjà ou lui avaient appartenu.

Montsé parle maintenant d'argent.

« C'est encore une autre question qui préoccupe beaucoup ton père, lui dis-je. Il se demande ce que tu fais de ta mensualité.

– Ils savent qu'elle m'en prête ? demande Manuel.

– Oui.

– Ça n'a pas la moindre importance, dit-elle en rangeant le nécessaire dans l'armoire. Alors comme ça vous avez faim ! Voyez-vous ça !

– Autre chose, Montsé, lui dis-je. Penses-tu aller à la fête du club de tennis La Salud, cette année ?

– Bien sûr ! Ce sont les débuts de Nuria. D'ailleurs, on a organisé une collecte. Tu n'iras pas ? Je te préviens que Salvador Vilella sera le cavalier de Nuria, alors loue un smoking, surveille ton langage et ne les perds pas de vue !…

– Bah ! Nuria ne m'intéresse absolument pas », fais-je dans un grognement.

Montsé rit, échange des petits regards et des clins d'œil avec Manuel. Puis, comme il propose à Montsé d'aller avec lui le lendemain à la plage, et qu'elle lui dit « Ça, pas question ! », et qu'il répond en plaisantant qu'alors il invitera la veuve, et elle, très bien, qu'il fasse ce qu'il veut, et que la plage de la Barceloneta est répugnante, on entend de nouveau du vacarme dans la chambre contiguë, cette fois comme si on avait fait tomber une étagère de bouteilles. La radio se tait et à l'étage au-dessus un objet contondant (la jambe plâtrée de la prostituée ?) frappe le carrelage avec insistance en même temps qu'une voix criarde demande le silence et qu'on entend dans le couloir des portes s'ouvrir et se refermer, et aussitôt les insultes de la patronne : « Il n'y a plus de vin, bon sang ! – Eh bien oui, c'est lui qui l'a tout bu, si tu veux le savoir ! – Toi, je ne te dois rien, sale dégoûtant, crâneur de merde ! », on l'entend très bien, elle est presque collée à la porte, et Montsé et Manuel se regardent ; elle va dire quelque chose mais déjà le garçon s'est levé avec cette curieuse lenteur lovée dans ses jambes et dans ses reins, il prend une boîte de havanes sur la table de nuit et se dirige vers la porte.

« Je reviens tout de suite », dit-il en sortant dans le couloir, qui à cause des cris est maintenant un vrai poulailler.

Seule en face de moi, Montsé baisse les yeux, esquivant les miens, et sans rien dire elle va vers la petite table couverte d'une toile cirée ; elle la traîne jusqu'en face du balcon, puis elle va au placard et y prend une serviette et un couteau, un paquet de pain de mie ouvert, le chorizo, une bouteille de vin de table et deux verres à fleurettes bleues – les mêmes que les miens, de ces verres de lait d'amandes. Elle se retourne et me regarde en souriant.

« Tu vois, dit-elle, il faut toujours avoir quelque chose sous la main… Mais c'est triste de manger seul, non ?… » Elle s'interrompt, pensant peut-être que personne ne connaît mieux que moi les tristesses gastronomiques des clients de pension. « Tu as faim ? Tu veux un yaourt ?

– Non, Montsé, merci. »

Elle dispose tout soigneusement sur la table, en silence, perdue dans ses pensées, rectifiant des positions, elle m'a complètement oublié, et brusquement ses mouvements autour de la petite table acquièrent une féminité expectante et exquise. Elle recule un peu et regarde l'ensemble ainsi disposé. Il y a dans son aspect quelque chose de troublant qui me fait presque souhaiter n'être pas là, comme si je craignais d'avilir par ma présence un rite sacré, un mystère. Tout de même ! Toujours affairée, s'imposant chaque jour de pénibles trajets, de frénétiques itinéraires contre la montre pour se retrouver ensuite ici, devant deux pauvres petits verres à fleurs et un morceau de chorizo ; la zone la plus tendre et la plus fragile de son rêve est donc ici, sur cette petite table couverte d'une toile cirée… Puis, quand elle juge que tout est en ordre, elle croise les bras et retourne lentement sur le balcon pour regarder l'animation du Borne, les gens qui passent, les cimes des arbres écrasées de chaleur. Assis au bord du lit, j'observe son dos avec un poids étrange sur l'estomac jusqu'au moment où, tournant la tête comme si elle voulait de toute urgence me regarder – comme surprise par un mirage – et dire simplement : « Quelle belle soirée, n'est-ce pas ? », je découvre ses yeux humides de larmes.

Ainsi donc, ce serait vrai ? Les prédictions de la famille s'accompliraient ponctuellement ? La sotte est tombée amoureuse ? Elle est en train d'être séduite sans le savoir ? Je me lève pour fouiner un peu partout dans la chambre. Je reconnais certains de mes livres sur la table de nuit et dans une valise qu'on aperçoit sous le lit, où une pâle tache bleue attire mystérieusement le regard : un paquet de lettres bien nouées avec une petite ficelle rouge. Accroupi, tournant le dos à Montsé, je les examine sans les dénouer : elles lui sont toutes adressées, « Prison Modèle, Galerie n° 4 ». « Expéditeur : Montserrat Claramunt, 27, avenue Virgen de Montserrat, Barcelone. » Écriture fine et déliée, claire, sans fioritures. Des lettres d'amour ? Mais ce n'est pas à cela que je pense ; quelque chose d'inconcevable attire mon attention : aucune des enveloppes n'a été ouverte.

Manuel est toujours dehors, il aide la veuve à résoudre un problème, peut-on supposer, les cris ont cessé dans la chambre voisine et maintenant on n'entend plus, dans le couloir, qu'une rumeur de conversations et quelque chose qui ressemble à des sanglots. Après avoir vérifié que Montsé est toujours sur le balcon, je remets les lettres dans la valise et je me redresse. Quelle imprudence de les laisser là, à portée de sa main…

« C'est toujours la même chose, dit Montsé tout à coup en s'asseyant sur la chaise. Des histoires et encore des histoires… Le mieux serait de payer ce qu'on doit et de changer de pension – c'est une maison de fous ici. Tu ne crois pas ? C'est même plus urgent que de trouver du travail… Dieu sait combien de temps encore il faudra le supporter.

– Supporter quoi ?

– Ça. Tout ça. Ne pas avoir de travail, ni d'argent, être tout seul, sans pouvoir se débrouiller. »

Je veux la regarder avec une certaine sévérité.

« Tu sais ce que je pense, Montsé ? Je ne crois pas qu'il ait besoin de toi. Plus maintenant. »

Elle me sourit tristement.

« Si tu savais ! »

Je vais jusqu'à la porte : depuis un moment j'éprouve le besoin impérieux de jeter un coup d'œil dans le couloir. Montsé me sert un verre du vin de table, tiède (« Ce qu'il ne faut pas voir ! Tu bois n'importe quoi ! » me gronde-t-elle en souriant), puis elle retourne sur le balcon. J'ouvre la porte, juste ce qu'il faut pour voir un tableau que je ne voudrais pas que voie ma cousine : dans la chambre d'en face, dont la porte est ouverte, une femme sanglote, à plat ventre sur le lit, ses mains crispées sur la tête, la jupe par-dessus les fesses et la petite culotte de dentelle noire violemment baissée à cet instant même par la main décidée de Manuel, qui tient dans l'autre une seringue remplie et où perle une goutte. Autour du lit, défait et occupé par un jeune type décoiffé qui fume en regardant le plafond d'un air indifférent, voltigent en frappant l'air de leurs mains et en discutant férocement deux femmes jeunes, dont l'une est en chemise de nuit et a le pied dans le plâtre, deux jeunes types en tricot de peau, chacun avec une bouteille de bière à la main, et un vieil homme qui couvre ses maigres épaules avec la veste de son pyjama. Tout ce monde discute avec ardeur. Je peux identifier la plaintive propriétaire du derrière auquel est destinée la piqûre, c'est la patronne, qui répète entre deux sanglots : « Salaud, salaud », d'une voix immensément satanique. Son état semble fort préoccuper les pensionnaires, tous sont venus en hâte de leurs chambres pour l'assister dans ce qui a tout l'air de se transformer en une sérieuse crise de nerfs, ce ne doit pas être la première fois. Quelques phrases isolées qui flottent au-dessus de l'écume des discussions m'aident à reconstituer le drame : à ce qu'il semble, la patronne passait une petite soirée arrosée avec des parents à elle, deux camionneurs, dans sa chambre (contiguë à celle de Manuel), jusqu'à ce qu'un troisième, du nom de Fermín (l'être indifférent qui fume sur son lit en regardant le plafond), les rejoigne et vienne tout gâcher en s'obstinant à demander à la patronne de lui faire la foutue faveur de lui expliquer pourquoi elle ne faisait pas payer sa pension à l'ex-prisonnier, et à lui, en revanche, oui. La jeune femme très maquillée qui fait les cent pas en traînant sa jambe plâtrée discute avec les autres du droit que peut avoir une patronne d'ouvrir son cœur (évident euphémisme, ma tante) à qui ça lui chante, « hein, il ne manquerait plus que ça, elle est chez elle, hein, et ceux que ça gêne n'ont qu'à aller se faire voir ». Beaucoup de fumée de cigarettes dans la chambre, et dans le couloir passe de temps à autre la vieille cuisinière, poings sur les hanches, avec un œil de perdrix. « C'est la faute de ce sale type de Fermín ! affirme la boiteuse. Il est furieux parce qu'il sait que Gloria ne fait pas payer le gosse. » Et l'autre : « Tu ne lui dois que quelques mois, pas vrai, Manuel ? » Manuel semble n'écouter personne, professionnellement incliné qu'il est sur le gros tas blanc. La piqûre arrache un cri à la veuve, puis elle affirme qu'elle sent le liquide entrer, qu'elle a mal, « Doucement, doucement », dit-elle. Il retire l'aiguille, frotte dessus le coton avec grande habileté, indifférent, puis il se redresse, range ses quelques instruments dans sa boîte à cigares en semblant ne rien entendre (si, pourtant, il a adressé un léger sourire au dénommé Fermín), il n'a pas l'air d'être là, même. La patronne est toujours à plat ventre, visage caché dans l'oreiller, elle pleurniche. Une voix basse et sibylline : « En plus, Gloria est jalouse de cette fille, tu ne comprends donc pas, idiote ? La chose est plus compliquée que tu ne le crois », mais la plâtrée insiste : « C'est la faute de Fermín », en se penchant sur le dos de la veuve, secouée par les sanglots, « Ne pleure pas, Gloria », et tout en lui remontant sa culotte et en lui baissant sa jupe, de l'autre main elle lui caresse doucement les cheveux, « Allons-nous-en, Gloria, viens avec nous, allez, ma chérie, ne pleure plus », et elle regarde avec mépris l'homme qui gît paisiblement sur son lit et qui, impavide, continue d'envoyer de beaux ronds de fumée au plafond. « Et si ce sale bonhomme s'avise encore de porter la main sur toi, on appellera la police, et tu verras !… » Manuel s'apprête à sortir de la chambre.

Je ferme doucement la porte et regarde de nouveau Montsé, le cœur serré : elle est debout près de la table et me regarde, plongée dans ses pensées. Bien évidemment, elle a tout entendu. Et, pourtant, sur son visage irradie la même force que d'habitude, avec ces cernes funèbres qui semblent être la trace noire d'un mauvais rêve quotidiennement vaincu par la foi, héroïquement repoussé, réduit à la condition de mirage.

« C'est plus drôle que dans ta pension, non ? » dit-elle. Et s'asseyant d'un air las elle ajoute : « Tu comprends pourquoi je ne peux pas encore le laisser ? Je crois qu'il ne serait pas long à retourner en prison. Sûr. »

Il ne me vient rien d'autre à l'idée que de poser la main sur son épaule et de lui dire :

« Ce dont il a besoin, c'est de travailler. Après, tout changera. »

À ce moment-là la porte s'ouvre et Manuel entre avec deux bouteilles de bière.

« Tes honoraires, docteur ? » dis-je en plaisantant et en montrant les bouteilles, sincèrement soulagé par son retour.

Mais ni lui ni Montsé ne font le moindre commentaire sur ce qui vient d'arriver, si bien que je décide de faire de même.

Une fois la bière liquidée, je comprends que le moment est venu de partir. Montsé vient avec moi, mais avant elle doit passer aux toilettes. Je reste seul avec Manuel, qui mange pensivement du pain et du chorizo, debout devant le balcon.

« Dans cette valise, sous le lit, lui dis-je, il y a plusieurs livres à moi… J'ai aussi vu les lettres de ma cousine. »

Il me regarde dans les yeux d'un air inexpressif, sans cesser de mastiquer en rythme. De toute sa personne émane une vague et agréable odeur d'alcool.

« Ah, les lettres ! dit-il. Qu'est-ce que j'aimais les recevoir ! Mais, tu sais, quand tu en as lu une, tu les as toutes lues. »

Il a dit ça avec la plus grande simplicité. Peut-être a-t-il raison, mais…

« Tu ne crois pas », j'insiste, « qu'il vaudrait mieux les cacher quelque part où elle ne puisse pas les trouver ? Ou alors ouvre les enveloppes, au moins.

– Pourquoi ? Je n'ai rien à cacher à Montsé. » Il réfléchit un moment, en levant sa bouteille de bière et en regardant son contenu par transparence, puis il ajoute : « Mais je le ferai. »

Toujours, avant de partir, elle met un peu d'ordre dans la chambre. Elle rappelle à Manuel que le lendemain il doit aller à tel ou tel endroit. Elle se lave les mains dans la cuvette de la table de toilette. Et en prenant congé, sur le pas de la porte, pressée et souriante, un peu craintive – sans vouloir écouter Manuel, qui avec un air assez préoccupé lui dit qu'il faut qu'elle se repose, et insiste pour l'emmener à la plage –, elle lui tend fugitivement la main, le bout des doigts. Et c'est tout.

21

La contagion

Je lui exposai, dans une voluptueuse synthèse expiatoire et alcoolique, combien j'aimais imaginer qu'un jour avaient pu coïncider dans le temps ces différentes floraisons d'un même idéal de la personnalité, d'une mélancolie qui, en chacun de nous, perplexes à l'intérieur de notre coquille juvénile, alimentait une nature mythique semblable ; c'est ainsi qu'il pouvait fort bien se faire qu'à l'heure même où j'essayais mon smoking de location et me fabriquais devant la glace une indifférence dédaigneuse en apercevant enfin (Nuria était sur le point de tomber), au loin, les rivages dorés de la famille, Salvador Vilella atteignît des émotions identiques en mettant pêle-mêle dans son sac à dos textes d'encycliques à l'étude, rapports sur les ventes et les marchés pour oncle Luis et cette vieille photo de Nuria en train de jouer au basket, et tout cela en même temps que Montsé, de son côté, s'enfonçant de plus en plus dans son aveuglement quotidien, partait pour la pension Gloria et faisait une halte dans une épicerie de quartier pour acheter un kilo d'oranges ou une bouteille de vin de table, alors que non loin de là, de quelque répugnante cabine téléphonique, l'ex-prisonnier se faisait plaisir à sa façon (mais en remplaçant par une pathétique ironie cette mélancolie sociale) en se jouant à lui-même le tour insolite de se faire appeler par son prénom et son nom dans les salons d'un hôtel de luxe, pour entendre durant un instant, en imagination, simiesquement tapi dans sa cabine et avec le sourire sarcastique de celui qui rumine une subtile vengeance, son nom publiquement annoncé par un impeccable groom à voix de baryton et en gants blancs qui parcourait des pièces au sol recouvert de tapis en alertant des oreilles de fortune variée et de rangs divers, « Don Manuel Reyes, don Manuel Reyes, s'il vous plaît, don Manuel Reyes, on vous demande au téléphone », ce nom répété jusqu'à ce qu'il se tienne pour satisfait et raccroche…

– Non ! C'est vrai, cette histoire ? s'écria Nuria en se tordant de rire sur le sol de la terrasse, où elle disait qu'on était plus au frais.

Son pantalon blanc était taché de cendre. Nous en étions à la moitié de la bouteille de whisky et d'une nuit qui semblait s'être arrêtée dans le temps, avec sa superbe voûte étoilée et son concert de grillons dans l'herbe, nous riions de façon contagieuse, nous prolongions gaiement le miracle d'une évocation qui pour la première fois peut-être n'engendrait pas ce sentiment obscurément lié à un manque de respect supposé pour les morts. Il me vint alors à l'idée de lui parler du changement physique qui s'était lentement opéré chez sa sœur, en précisant que ce n'était pas exactement que la simplicité avec laquelle elle s'habillait, sa réserve naturelle se soient altérées, mais que quelque chose, un abandon, une silencieuse matière humide qui l'enveloppait comme une vapeur sexuelle, commençait à ennoblir sa timide personne à mesure que toute incontinence fondait en elle. Je parlai de certains jours où son corps semblait atteindre une vie indépendante de ses sentiments actifs, en disant qu'à partir de ce moment-là son personnage s'était concrétisé, avait cessé d'être cette gamme de gestes inconscients et souvent déséquilibrés qui vous mettaient mal à l'aise, il avait acquis du poids et du volume, de la lourdeur, l'empire suggestif de la contention. Ce qui chez d'autres femmes plus superficielles aurait amoindri leur séduction s'était épanoui chez elle en une mystérieuse qualité sensuelle. À ce moment-là, Nuria s'était relevée et s'étirait, bras en l'air. Ses jambes et ses bras dessinant comme de somnolentes ailes de moulin convoquèrent la brise et le paysage vaporeux d'un littoral qui ne cesserait plus d'avancer en se balançant, en ondoyant doucement comme si ma vision naviguait, si bien que je serrai fortement mon verre dans ma main tandis qu'il me semblait comprendre qu'elle me proposait, au milieu d'un bâillement prolongé, de poursuivre notre conversation au lit. Pour résumer ce qui précède avec sa foudroyante féminité, elle ajouta que le changement de sa sœur était dû au fait qu'elle avait énormément maigri en très peu de temps, et elle rappela qu'il l'emmenait à la plage, sûrement en l'y obligeant, car Montsé n'aimait pas se baigner dans la mer, même pas à Sitges pendant les vacances, et elle me demanda de bien vouloir emporter la bouteille et nos verres dans la chambre si je me sentais capable de le faire sans rien casser, elle, elle emporterait le reste, « s'il te plaît ». Je lui répondis que je pouvais parfaitement le faire, et que Montsé n'allait pas à la plage parce qu'elle y était obligée mais plus exactement pour être près de lui et le surveiller, éviter que la patronne et ses amis ne le convainquent de se joindre à eux dans leurs négoces troubles, et je développai une idée qui me remplit soudain de bonheur, en qualifiant de « douce fourmilière » notre main-d'œuvre (prostituées incluses) sur les plages populaires de la Barceloneta, ce triste entassement de chair humaine qui le premier jour avait dû remplir ses yeux de perplexité et de pitié, exactement comme c'est le cas pour nous tous parfois lorsque nous réfléchissons à notre situation, comment faut-il prendre la vie en plus de la prendre comme elle vient, toujours tordue ?, cette mauvaise plaisanterie qui en ce qui me concerne dure déjà depuis presque trente ans, bref, cette immense ânerie qui domine l'existence, « et n'oublie pas s'il te plaît d'éteindre les lumières de la terrasse et d'apporter d'autres glaçons », et j'éprouvai le besoin de préciser, en allant vers la chambre, que son changement physique s'était épanoui même avant qu'elle devienne plus intime avec lui à la plage, comme on avait pu le voir par exemple le jour des débuts de Nuria, lors de la fête de bienfaisance du club, ce qui fait qu'il avait été plutôt la conséquence du processus animique qui s'opérait en elle et pas seulement du contact avec l'air libre et l'iode, « et n'oublie pas les cigarettes ». Elle les avait, dit-elle en me conseillant d'abandonner l'idée d'aller chercher une autre bouteille, et quand celle-ci serait finie, eh bien oui, ça serait fini, « allume la lumière et ne fais pas de bruit, attention à ne pas réveiller les domestiques », je titubais de façon si drôle qu'elle se sentait heureuse cette nuit-là à la perspective de notre voyage ensemble à Paris et d'une nouvelle vie pour très bientôt, et de toute façon la plage de la Barceloneta l'avait rajeunie par-dehors mais vieillie par-dedans.

– Exactement, dis-je.

Elle me laissa à la porte de la chambre et alla dans la cuisine et les autres pièces pour éteindre les lumières et fermer des portes lointaines, je l'entendais, assis sur le lit, tête basse, et c'était comme en d'anciens temps non vécus, comme me sentir installé dans la vieille tradition estivale des Claramunt à Sitges, comme si je me penchais sur ce que je n'avais jamais été, sur les gestes perdus d'une autre enfance, mais cela ne dura qu'un instant, car elle revint tout de suite, chargée de choses, ferma la porte du pied, l'air joyeux de quelqu'un qui s'installerait dans cette pièce comme dans un refuge de haute montagne, et en fredonnant une chansonnette posa tout sur la table de nuit, le seau à glace, les cigarettes, une bouteille d'eau minérale et un flacon de sels de bain qu'elle était allée chercher dans sa chambre. Mais elle se tut soudain, penchée sur la lampe, et la lenteur pensive de ses mouvements annonçait, on pouvait s'y attendre, un nouvel argument brandi non pas tant contre l'ex-prisonnier que contre ma flagrante sympathie pour lui : puisque j'avais parlé de la fête au club, est-ce que j'avais déjà oublié l'histoire de l'argent recueilli lors de la tombola de bienfaisance, argent que le soir même Montsé lui avait remis ?, est-ce que je prétendais encore qu'il ne l'avait pas obligée à le lui donner après l'avoir incitée à le voler ?, parce que c'était bien un vol… Debout devant les livres de l'étagère et main levée, mue par une très obscure zone de la plaie grouillante du souvenir, je parcourais du doigt le dos des numéros reliés de *Paris Match* et de *¡ Hola !*, et d'une voix qui n'était pas la mienne je lui rappelai que sa sœur si dévouée était à l'époque une chrétienne qui suivait son chemin, comme nous tous, avec ses défauts initiaux sur le dos, un coup je tombe et un coup je me relève, et ainsi de suite. Et qu'en plus elle était amoureuse.

Nuria nous en prépara un dernier, agenouillée sur le lit, puis elle s'assit dos appuyé sur l'oreiller, en se plaignant de la chaleur et en me regardant, verre en main ; c'était comme cela que je la voyais, et soudain ce n'était plus elle mais sa sœur, appuyée contre la palissade ensoleillée des Bains Orientaux de la Barceloneta, la peau mouillée de ses cuisses et de ses bras sale de sable, clignant des yeux dans la lumière et un peu perdue…

– Qu'est-ce que tu cherches ? me demanda Nuria.

Et aussitôt elle ajouta :

– Je me disais que, à part cette désagréable histoire d'argent de la tombola, tout ce qui s'était passé cette nuit-là au club avait été très amusant… Tu m'écoutes ?

– Oui, lui dis-je, je t'écoute.

Je tournai le visage vers les étagères avec une forte sensation de nausée. Mais les laborieuses larves mentales avaient finalement réussi à déplacer ma main jusqu'au tome daté d'avril-juillet 1960, je le pris et l'emportai au lit. Elle eut une expression de contrariété en le voyant dans mes mains. Je lui demandai comment il était possible qu'un lecteur professionnel d'encycliques (pupille alarmée et exorbitée sur l'épineuse question de la propriété privée et de l'économie libérale) du poids de Salva pût collectionner et relier ces bêtises imprimées qui ne divertissaient que les gens frivoles comme moi, et elle me dit que la collection de *¡ Hola !* était à elle et qu'elle ne savait franchement pas pourquoi elle la gardait, elle était là, un point c'est tout, peut-être qu'autrefois elle aimait se voir dans les fêtes et les surprises-parties.

– Au fait, toi aussi tu es sur deux ou trois photos, ajouta-t-elle, radieuse.

Mais déjà ma main avait posé le tome sur la table de nuit et récupéré son verre, et je lui suggérai de remettre ça au lendemain, j'étais réellement très fatigué, je me laissai tomber sur le lit, bras pendant sur le côté, tenant par le bord mon verre posé sur le plancher, et je crois que je m'endormis dans cette position.

« Viens, Montsé, assieds-toi.

– Que c'est sale !

– Ici, à côté de moi.

– Mais il n'y a pas assez de place !

– Tu n'étais jamais venue ?

– Non. Trop de monde, et l'eau est pleine de cochonneries.

– On finit par s'habituer. »

C'est un monde braillard et surpeuplé qui cuit au soleil. Ce sont les détritus industriels de l'entreprenant *seny* de la cité comtale, la domesticité des tramways et des usines et les manœuvres émigrés qui imposent leur laide nudité dans une zone réduite libre, de sable sale et de vagues troubles où flottent des restes de nourriture et de coïts dégradés, un monde bigarré et violent et laid à faire peur qu'elle a fui jusqu'à ce jour et dans lequel il n'est pas facile de rester propre ni de garder une posture digne pendant très longtemps.

Ici, impossible de ne pas s'abrutir, doit penser Montsé, il y a une menace de contagion. Et pourtant, certains êtres merveilleusement doués, certains corps qui se distinguent par une souple et froide astuce acquièrent l'immunité : sourds aux cris de la plage, habitués à la promiscuité, accommodants et indemnes malgré les projections de sable collant que de tous côtés envoient des pieds étrangers, dans leurs courses et leurs jeux impertinents, eux et leurs serviettes restent miraculeusement purs et même beaux dans ces entassements chaotiques, dans des espaces plus que réduits, corps pliés et saisis en d'admirables et savantes positions et dans une indifférence et une immobilité parfaites, indemnes, immaculés.

« Tu t'endors, Manuel ? »

Lui, précisément, est un de ces êtres doués pour vivre ici, dans cette fiévreuse fourmilière. Autour de lui luttent et se roulent dans le sable les amis de la patronne, et la poussière dégoûtante qu'ils soulèvent, curieusement, respecte sa peau et sa serviette tandis qu'il dort. Pelotonnée près de lui, se sentant gauche et vulnérable, Montsé l'observe. Ce n'est qu'au bout d'un temps assez long qu'elle se rend compte que le fin sable noirâtre s'accumule aussi, inévitablement, sur la peau du garçon. De temps à autre, elle l'essuie de la main, sans le réveiller. L'air, emmêlé dans la musique criarde des transistors, est comme une ronceraie, et Montsé s'impatiente, graisseuse de sable, sous la morsure du soleil. Elle se redresse un peu, à genoux elle se nettoie les épaules et les cuisses, et couve maintenant du regard la totalité du corps endormi près d'elle ; ainsi donc, c'était cela, l'imaginer dans le couloir de la pension, allant vers la douche, sa serviette autour de la taille, ou entrant à minuit dans la chambre de la patronne pour lui faire une piqûre, ou dormant seul, c'était cela cette douce rumeur de corps, c'était à cela que se réduisaient la méchanceté supposée de certains membres, la volonté de plaisir d'une nuque luttant et plongeant dans les ombres d'une poitrine : à cette nudité sans défense qui se salit de plus en plus… Un peu plus tôt elle s'est baignée avec lui sur le bord agité et encombré, ils ont évité ensemble les vagues et les corps et les résidus, elle a senti pour la première fois ses bras qui la protégeaient et écartaient les matières pestilentielles. Et c'est quand elle est sortie de l'eau que le sable s'est collé sur sa peau grasse et couverte de petites taches de goudron, et l'a contaminée. Les jeux et les disputes alentour l'empêchent de dormir, ils continuent à recevoir du sable que sa main infatigable secoue et chasse, jusqu'à ce qu'il se réveille un moment pour dire : « Laisse, ça ne fait rien », avec un sourire résigné. Elle s'allonge à plat ventre à côté de lui, vigilante, en le regardant comme si elle veillait sur son sommeil. À plusieurs reprises encore, patiemment, obstinément, elle secoue la saleté qui adhère à leur peau à tous les deux, tombant de partout. Les vagues s'abattent sur le brisant avec vacarme, il flotte un lourd parfum d'algues et de sueur, le soleil est plein de rires et de cris et de disputes anguleuses. Se sentant tout à coup seule et fatiguée, elle se plaque contre lui et pose la tête sur son épaule. Alors, venant d'un rêve accueillant, un bras l'entoure doucement. Et, s'abandonnant, Montsé ferme les yeux.

Et c'est dans cette position qu'elle finit par s'endormir elle aussi, indifférente à l'hostilité qui les entoure, à la matière répugnante dont on les asperge d'elle ne sait où et qui finira par la recouvrir, comme lui, d'une fine couche de saleté indéfinissable, persistante, tenace, mais désormais ça lui est égal, car elle se sent enfin accueillie et protégée.

22

Le bal des débutantes

Elle revint dans la chambre, enveloppée dans son peignoir, et en attendant que la baignoire se remplisse elle alluma une cigarette, tira les rideaux, récupéra le flacon de sels, puis, sans me regarder (un rapide coup d'œil simplement au tome relié de l'hebdomadaire *¡ Hola !*, qui était resté sur la table de nuit), elle retourna à la salle de bains. Par-dessus la rumeur de l'eau dans la baignoire, j'entendis sa voix, qui dissimulait mal la contrariété que lui causait mon intérêt soudain pour ces vieilles revues.

– Est-ce que tu ne ferais pas mieux de te lever ? Nous ne savons pas à quelle heure il rentrera…

Je lui dis qu'il était très tôt et qu'en plus ça n'avait aucune importance, que je me fichais pas mal de son mari. Je pris la lourde reliure, l'ouvris, cherchai un numéro ancien.

– Ne me dis pas que tu aimes lire ces cucuteries ! cria-t-elle de la baignoire. Je ne sais pas pourquoi je les garde ; un de ces jours, tout ça ira à la poubelle.

– Tu feras très bien.

Et assis sur le lit, en fumant, je me plongeai avec bonheur dans ces chroniques anonymes écrites par de sublimes et épaisses médiocrités avec l'index d'une seule main. Les échos mondains, malgré le temps écoulé, me parvenaient encore mêlés à des rires de jeunes filles, au klaxon d'une SEAT 600 et à la musique à danser de 1960, cette fête juvénile dans une ambiance de l'Ouest légendaire qui avait eu lieu dans la résidence d'été des Reynals, à Castelldefels, et à laquelle avaient participé de très nombreux invités. Curieuse, la soudaine transformation, amplement commentée dans nos cercles de la haute société, qui s'opéra ce soir-là chez nos distingués amphitryons (don José en Buffalo Bill et doña Maribel en Calamity Jane), et aussi dans leurs salons et leurs jardins, décorés dans le style du vieux Far West. Sur la photo de gauche sourient encore Merche Reynals et son amie intime Dotty Lacalle, gracieusement costumées en danseuses de *saloon.* En haut, de gauche à droite par rapport au lecteur : Sissy Boada, Coqui Malabrida, Tan Pasarell, Polín Sánchez et Carlitos Romeu dans le bureau du shérif, autre réussite d'atmosphère. En bas, assis et chacun avec son revolver : Kiko Cardellach, Tina Portabella, Nuria Claramunt et un ami de cette dernière, non identifié et dans un très convaincant déguisement de Zorro (arrête-toi sur ces tendres yeux vengeurs, sur ce vrai sourire sarcastique). Rumeur de conversations, rires, un vieux piano, le vérisme à faire frissonner d'un duel à mort au *saloon* : dans un style impeccable, Zorro tire avec le revolver qu'il tient dans la main gauche tout en enlaçant de la droite la gentille fille de la maison (Merche Reynals), tandis qu'au second plan et un peu flou le shérif traître (Carlitos Romeu) se plie en deux de façon peu convaincante. La fête s'était déroulée dans une ambiance animée de blagues et de gags de ce bon vieux temps, et M. et Mme Reynals avaient été chaudement félicités. Voici un groupe nourri de jeune invités ; le mystérieux homme masqué est dans les derniers rangs, bras croisés sur la poitrine et indolemment appuyé contre une colonne, à demi caché entre la danseuse de *saloon* Nuria Claramunt et l'élégant joueur de cartes professionnel du Mississippi Kiko Cardellach (au fait, il devait mourir au cours du même été, carbonisé dans sa première SEAT 600, avec une prostituée ; triste histoire). La dernière photo était, je m'en rendis compte aussitôt, de celles qu'espérait trouver, d'une certaine façon, le lecteur tardif – mais enthousiaste – de chroniques petit-mondaines que je suis : debout devant la table de poker couverte de dollars, l'homme masqué a gagné définitivement la belle et abat son rival, le puissant banquier (Kim Bofarull), qui tombe foudroyé. Quelles subtiles émanations de quel rêve enterré, quels fils dénoués et insaisissables, presque perdus dans le temps, ondulaient sur cette photo, qui me proposaient de les rattacher au présent ? Nuria avait beaucoup changé, je me rendais compte maintenant à quel point elle était encore enfant à cette époque, ce devait être la première fois qu'elle gainait ses jambes de bas résille noirs. Crédiblement prostituée sous son déguisement… Mais observons Zorro : ce regard va risiblement au-delà de la parodie, son déguisement ne réussit pas à cacher une méfiance qui nous rapproche, un éclair, la fulgurance d'un animal aux aguets face à une supériorité du milieu ambiant qui ne se situe pas, bien sûr, dans les revolvers de plastique mais dans la réalité, dans les catégories sociales réelles qui se cachent derrière les déguisements et les décors grotesques. Les embrouilles et manigances de Nuria : je connais un garçon qui peut se charger de l'installation électrique pour la fête… Oui, c'est là que tout a dû commencer. Voyons cet autre numéro, deuxième quinzaine de juin 1960, à l'extérieur Soraya essaye de nous faire croire (et n'y parvient absolument pas) que personne ne la console dans la solitude de son exil, à l'intérieur Anita Desvalls s'est mariée en robe de shantung naturel et bijoux de longue appartenance familiale… Ici :

Dans le cadre incomparable du club de tennis La Salud et par une merveilleuse nuit d'été criblée d'étoiles, s'est déroulée hier, avec un éclat extraordinaire, la fête au bénéfice de la congrégation des Demoiselles Visiteuses, dont la secrétaire très active est Mme Carmen Reixach de Joveller (Menchu lorsqu'elle était célibataire). Montsé y avait assisté, à contrecœur. Les jardins si aimablement prêtés pour cette si méritante occasion étaient magnifiquement illuminés et décorés, et offraient un aspect inoubliable, ce qui, avec la température délicieuse, avait contribué à ce que les centaines d'invités prolongent cette fête animée jusqu'aux petites heures du matin.

En plus, une page entière avec un reportage photographique. « Tu es très beau », m'avait dit Montsé ici, un peu avant d'être aveuglée par le flash, Vilella attrapé tête tournée vers oncle Luis mais avec un œil de serpent en train de le trahir, fixé sur le décolleté de Nuria, Nuria qui me regarde, moi comme un niais, bouche ouverte – mais la légende de la photo ne disait rien de tout ça, bien sûr, ni que mon smoking et celui de Salva étaient loués. Je me rendais compte maintenant que la soirée avait été animée par de remarquables attractions, parmi lesquelles ressortait le groupe flamenco Los Contrahechos, et qu'on avait dansé avec ardeur sur les accords de plusieurs orchestres qui interprétaient des compositions choisies. Il ne manquait ni les traditionnels stands de *churros*, ni l'orgue de Barbarie, ni les lampions, ni les autres sympathiques détails propres aux fêtes estivales à caractère populaire.

« Un peu gêné aux entournures, on le voit quand tu bouges les bras », m'avait dit tante Isabel, assise à la table, les yeux sottement fermés – elle n'était pas photogénique. Sur celle-ci, où elle bavarde avec les dames du comité d'organisation et affiche sur son visage tous ses dons pour le commandement (et moi debout derrière elle, on ne me voit que jusqu'à la taille), elle ne devait pas être mieux, et une seconde après elle avait levé la tête pour me dire : « Dis à Nuria de remonter une bonne fois la bretelle de sa robe. » Il apparaît maintenant qu'à l'organisation de cette mémorable soirée collaborèrent efficacement le docteur don Pedro Viu Comajuncosa, membre distingué de la Société ibéro-américaine de joséphologie (études joséphines) et don Luis Claramunt Fisas, également membres de cette méritante institution, et un comité de dames constitué par doña Isabel de Claramunt (présidente), doña Marta Manau de Manau (vice-présidente) et d'autres illustres dames de notre société. De belles jeunes filles joliment habillées en Madrilènes du peuple offraient des billets pour une tombola au bénéfice des objectifs cités, dotée de lots de prix gracieusement offerts par d'importantes et prestigieuses firmes, contribuant ainsi au gros succès rencontré par la fête…

Je la rejoignis sur le bord le plus parfumé et le plus lumineux de la piste, celui où régnaient les débutantes, et lui effleurai timidement le bras du bout des doigts : « Nuria, ta mère dit que… – Fiche-moi la paix, tu veux ? Et bas les pattes. Toujours en train de tripoter. »

Plusieurs personnalités étaient de la partie et la relevèrent de leur présence. De gauche à droite, en commençant par le haut ; le comte et la comtesse d'Arbós, la marquis et la marquise de Calafell ; la baronne de Fíguls et la vicomtesse de los Cuerpos de La Nava ; MM. et Mmes de Barrancós, Comamella, Juncadella et Gratacós ; Llop, Dot, Bachs, Dachs, Codorniu, Llofriu, Salat et Rufat ; Climent, Manent et Pudent ; Sert, Mon, Nin, Amat, Serrat (don Oriol), Malet y Fatjó ; Conill,

Bofill, Gassol et Bassols ; Faixat, Cotonat et Llapat ; Bufalá, Pahissa, Pujol et Despujol. Et d'autres encore, dont la liste serait interminable. Trois très belles jeunes filles portaient pour la première fois leurs atours de femmes : Menchu Nin, Chari Recolons et Nuria Claramunt. Les trois débutantes, élégamment vêtues, rivalisaient en beauté et en sympathie. Elles étaient ravissantes et furent toute la soirée entourées et sollicitées par un essaim nourri de jeunes admirateurs qui firent d'elles l'objet d'un juste hommage. Je tournai quant à moi autour des tables des femmes mariées, en m'arrêtant sur la qualité de bronze ou d'ivoire de certaines épaules nues. Je croisai plusieurs fois Montsé, elle allait de table en table en souriant avec une amie, recueillant des fonds. On remarquait aussi la présence, faisant montre de leurs charmes naturels, de Mlles Rosy Lagarde, Queta Camps, Tere Serrat et María Eulalia Beltrán. À la table, assises : Coqui Malabrida, Janine Xifreu, Yoya Fatjó, Cris Nogués, Maite Fontcuberta, Margot Arnús et Ana et Totona Gratamamella. En haut : la table de don Jorge Reix Salarich, l'industriel bien connu, et sa famille. En bas : la danseuse Lucero à un moment de sa prestation.

Émettant de langoureux effluves, des voluptés prolongées (ce mélange de visage laid et de jolies jambes qui est si excitant chez les jeunes filles riches), les moins jolies fumaient avec une aisance enviable et avaient dans leur solitude une façon de croiser les genoux et une manière de regarder à la fois effrontée et myope qui me plongeait dans de profondes réflexions sur la vigueur et la splendeur de notre tradition nationale de mariages d'intérêt. Mais c'était le groupe des débutantes qui était le plus animé. Entouraient les filles de l'élégance, dont ils faisaient l'objet de leur admiration et de leur sympathie, un groupe choisi de célibataires « très haut cotés » parmi lesquels nous avons pu distinguer Guillermo Rivas, Miguel Ángel Amat, Salvador Vilella, Luis Trías de Giralt, Francisco Javier Bodegas, Álvaro Clotas et Salvador Rosal. Toujours dithyrambique (et ingénu, car ni Vilella ni moi ne méritions d'être inclus dans cette liste de légende), le chroniqueur consignait que le bal avait brillamment commencé, animé par une musique que diffusaient les innombrables haut-parleurs répartis à profusion dans le parc, en même temps que s'ouvraient les divers buffets, tous bien fournis, avec des centaines de bouteilles de champagne et de whisky ainsi que des milliers de petits gâteaux, de petits-fours, de canapés, de poulets froids et d'olives de différentes tailles et couleurs. Cette assistance choisie fut splendidement régalée de généreux vins de marque et de degrés de première qualité. Nuria m'accorda de mauvais gré une danse. « Ta sœur est très nerveuse », lui dis-je dans ce panoramique flou, alors que nous dansions très serré au bord d'un océan de têtes. Je ne dansais pas mal, surtout avec le haut du corps (un smoking raide et viril qui évoluait avec la froide élégance d'un portemanteau), mais j'étais trahi par un jeu de jambes assez fou, par une tendance plébéienne à la fioriture et aux coups de talon. Je devais ensuite serrer si doucement Nuria contre moi, j'insistai tant pour aller faire un tour avec elle dans les coins sombres du parc, qu'elle se fâcha et ne voulut plus danser avec moi. Elle s'excusa et alla arranger la bretelle de sa robe. Au plus animé de la fête, la vicomtesse de los Cuerpos de La Nava accepta l'invitation d'une danseuse de Los Contrahechos et sauta sur l'estrade, où elle se lança dans des *sevillanas*. L'élégance du jeu de bras de la vicomtesse fut fort commenté. Elle portait une robe rouge simple, et n'avait d'autre parure que quelques fleurs dans les cheveux. Un petit groupe s'était précédemment formé à la table des Claramunt (don Luis), où s'étaient manifestées la grâce et la simplicité de la vicomtesse. Le célèbre et prestigieux homme d'affaires don Jorge Reix Salarich, qui occupait avec sa famille une des tables proches de l'estrade, avait promis une importante somme d'argent destinée à accroître les fonds récoltés au profit du labeur social des Demoiselles Visiteuses si la vicomtesse avait le cran d'accepter l'invitation de la danseuse. L'illustre dame ne se démonta pas, et, après avoir vivement escaladé les marches de l'estrade, elle prit place au milieu des Contrahechos et se lança dans des *sevillanas*. Par sa grâce, par sa distinction, par son charme et par son élégance inimitables, la vicomtesse fit l'admiration des assistants et à la fin une salve d'applaudissements récompensa son geste aussi joyeux que généreux, tandis qu'à sa table don Jorge Reix mettait la main à son portefeuille, en bougonnant pour la forme (bon perdant dans ce genre de circonstances, inutile de le préciser), et remettait à la jeune quêteuse Montsé Claramunt la somme convenue pour ce pari original. On le vit ensuite parachever son geste généreux en se penchant pour embrasser noblement la main de la vicomtesse et la féliciter pour sa merveilleuse prestation, ce qui fut très applaudi par l'assistance, dans une atmosphère de franche bonne humeur et d'allégresse, mais aussi, inutile de le dire, avec une juste retenue. Et sans autres événements dignes de mention, le bal reprit, très brillant.

Quant à moi, je cherchais, sans la trouver, Montsé pour savoir à combien se montait le pari (quelqu'un me dit qu'elle était allée remettre l'argent au comité), quand oncle Luis me posa la main sur l'épaule : « Alors, mon garçon, tu t'amuses ? », et le flash l'immortalisa de profil, verre en main, son nez vernaculaire et bourru frôlant au second plan le derrière de Mme Buxó. Je ne suis pas sur la photo, j'en ai été exclu. Mais je lui dis : « As-tu vu Montsé ? – Non. » La principale attraction de la soirée fut la valse du *Chevalier à la rose* dansée par les trois belles débutantes, chacune avec l'auteur de ses jours respectif. Les débutantes effectuèrent leur entrée dans le *grand monde* avec une profonde révérence devant la noblesse, représentée pour l'occasion par la vicomtesse de los Cuerpos de La Nava. Feux d'artifice, fusées et feux de Bengale illuminaient la haute nuit estivale et festive et répandaient de paresseuses étoiles. Ça se passa peu après : alors que l'aurore aux doigts de rose n'avait pas encore point au-dessus des arbres artistiquement éclairés, et que palpitait intensément la joie de vivre dans nos jeunes cœurs en ces lieux réunis, cette joie qui brillait de façon particulière dans les yeux rêveurs des trois débutantes qui, infatigables, dansaient avec leurs adorateurs, sur les belles épaules desquels elles appuyaient leurs petites têtes troublées par le doux vertige de la danse et par leur succès personnel en cette nuit dont elles se souviendraient assurément toute leur vie, on remarqua la disparition inexplicable de la gentille Mlle Montsé Claramunt, fort connue et très estimée dans les milieux de l'aide sociale et de la bienfaisance diocésaine. Elle était absente depuis deux heures environ quand la famille s'en aperçut.

Le fait fut immédiatement connu du public par la faute de Nuria, qui fit de sa nervosité une sorte de forme subtile de coquetterie. « Je crains le pire… Elle avait beaucoup d'argent… », disait-elle à sa cour d'adorateurs et à ses amies, qu'elle contaminait. En effet, l'alarme courut en serpentant parmi l'assistance distinguée quand on sut que Montsé était dépositaire d'une certaine somme d'argent, une partie du produit de la vente des billets de tombola plus le montant du mémorable pari – somme qui ne fut pas révélée mais qui, venant d'une main si désintéressée, doit être estimée avec libéralité, raison pour laquelle ses parents, M. et Mme Claramunt (don Luis), montrèrent une inquiétude bien naturelle devant une si étrange conduite, tout comme Nuria, qui précisément ce soir-là portait ses premiers atours de femme et qui vit brusquement sa joie assombrie par un nuage chagrin. À coup sûr, cette délicieuse créature aux cheveux soyeux et aux troublantes épaules dorées (et dire cela, ce n'est relever qu'une partie des éloges que faisait mentalement l'assistance), avec son air juvénile et sportif acquis précisément sur les courts de cette enceinte, fut très affectée par la disparition de sa sœur, qu'elle chercha de table en table munie de son carnet de bal – où elle recueillait des autographes –, les joues en feu, la poitrine agitée et les lèvres entrouvertes, vêtue de sa délicieuse petite robe très décolletée, dans laquelle elle provoquait l'admiration générale par son charme et sa beauté. Au comble de l'excitation, elle demandait si on avait vu l'absente, en distribuant de discrets sourires qui ne parvenaient pas à dissimuler entièrement son angoisse. Que faisait son cousin pendant ce temps ? Rien. Assis tout raide au bord de la piste, froid et anodin, sans passé et sans avenir, c'était un jeune homme mal connu engoncé dans un smoking de location qui observait avec sa mélancolie de crétin du village les couples jeunes et ardents qui évoluaient, extasiés, dans la lumière des projecteurs… Nuria était suivie d'une cour d'admirateurs désireux d'apporter leur aimable secours, mais elle ne faisait pas attention à eux et sa nervosité était si grande qu'elle ne se rendit pas compte qu'une des bretelles de sa robe s'était décousue. Quand une amie le lui fit voir, discrètement, au centre de la piste de danse, presque déserte à ce moment-là et balayée par la rutilante lumière des projecteurs, la jeune fille, en riant doucement, se couvrit le visage avec les mains dans un geste de pudeur spontané, qui fut très favorablement commenté. Elle courut alors vers son cousin, peut-être pour que celui-ci reçoive lui aussi un peu de cette extase qu'elle irradiait, un soupçon de cet hommage admiratif, de ce murmure général, et durant quelques minutes elle fut, s'il nous est permis de le dire, la véritable triomphatrice de la soirée, la révélation de la saison, l'apparition frémissante et tant attendue de cette féminité pleine de caste et de traditions séculaires qui transforme nos fêtes, par sa seule présence, en moments inoubliables dans l'histoire de la société contemporaine. Merveilleuse jeune fille et merveilleuse robe, assurément. Son nom courait de bouche en bouche et toutes sortes de rumeurs et de traits d'esprit circulaient quand, brusquement, à un moment où, dans le coin le plus éclairé de la piste, elle appuyait sa tête soucieuse sur la poitrine de son jeune cousin Francisco Javier Bodegas, il se produisit dans l'assistance le miracle du présage, quelque chose qui se situe au-delà du temps et de l'espace, la subtile perception de son avenir de femme mêlé encore à un chaste parfum de lis précoce et immarcescible, avec de vagues histoires ou légendes à l'ancien parfum virginal. En effet, tout le monde crut voir que, dans ses constantes allées et venues entre les tables à la recherche de sa sœur, Nuria Claramunt portait déjà avec elle les lumières insensées du lendemain, la menace fatale d'une autre vie plus intense et plus excitante, cette vie dont les portes s'ouvraient joyeusement devant elle en cette nuit où elle faisait brillamment son entrée dans la société : celles de l'amour – le rédacteur de *¡ Hola !* dépassait les bornes, évidemment, mais son style littéraire m'avait pénétré : il fallait voir, en effet, la finesse des chevilles de gazelle de la belle débutante dans sa vaine tentative d'échapper aux projecteurs et aux regards, il fallait voir et admirer les inflexions de sa taille gracile. Comme sous l'effet d'une révélation, je compris soudain, dans ma brûlante condition de cousin plus que germain, que, tout en étant encore une enfant, elle avait déjà offert, dans quelque pénombre propice, l'étreinte d'une incontinence ardemment désirée, pour dire cela de façon paradoxale ; elle était tout entière possédée, en quelque sorte, par le spectre délicat de sa sœur mystérieusement disparue dans les ténèbres de la nuit, la prémonition de soi-même dans l'incertain lendemain de la vie, ardente et fragile flamme exposée à tous les vents, créature sans défense et palpitante incarnation d'une certaine féminité somptueuse et toujours menacée par un péril caché, rusé et viril, souverain et décidément enclin à la rapine. « Sors-moi de là », murmura sa bouche dans mon plastron, d'un blanc déclinant. « Ça va bien comme ça avec ton petit numéro, non ? » lui dis-je.

Elle demanda avec insistance dans les groupes de jeunes si on avait vu sa sœur, mais il se trouva qu'on y avait très peu joui de sa compagnie durant toute la soirée, car la jeune disparue était, à ce qu'on disait, d'un naturel réservé et n'aimait pas beaucoup danser. Une rumeur circula alors discrètement, selon laquelle Montsé avait été vue près de l'entrée principale du club, sur le parking, se promenant dans le noir avec un jeune inconnu en manches de chemise, brun et plutôt séduisant, pas très grand apparemment, l'air un peu voyou, et très manifestement étranger aux honorables objectifs de la fête. Avec une émotion logique, quand ils l'apprirent, mon oncle et ma tante se mirent à chercher leur fille dans les zones les plus sombres du jardin et même à l'intérieur des voitures garées sur le parking, opération audacieuse grosse de quelques surprises en matière de liens extraconjugaux insoupçonnés et de petites aventures nocturnes dans une certaine limite pardonnables. Oncle Luis se montra discret et délicat jusqu'à un point incroyable, dans un esprit de partialité qui était en contradiction avec ses principes moraux et avec l'effort déployé dans la recherche. Pour certains jeunes couples, la reconnaissance officielle et publique de leur condition de fiancés se manifestait dans leurs yeux avec une certaine hauteur, et alors oncle Luis s'excusait, refermait la portière de la voiture et s'esquivait comme une ombre. Ce qui fut cependant particulièrement irréparable, ce fut la peur, et donc la fuite, des moineaux endormis qui, sentant que l'aurore était proche, roucoulaient avec empressement dans les odorantes frondaisons du parc. Teresa Serrat perdit une de ses chaussures. « Elle a dû rentrer, mon oncle », dis-je. « C'est ce que je crains, qu'elle soit rentrée. Mais pas à la maison. »

La gentille petite personne qui était cause d'une juste préoccupation, car en s'aventurant dans la nuit extérieure avec l'argent elle pouvait avoir été victime de quelque indélicat, fut finalement retrouvée dans l'obscurité intérieure de la luxueuse Mercedes de la vicomtesse de los Cuerpos de La Nava. Ce qu'elle y faisait se révéla si inattendu et hors de propos qu'il s'ensuivit chez M. et Mme Claramunt (don Luis) une grande confusion : leur fille était en train de bavarder, blottie, ou plutôt franchement abandonnée, entre les bras de l'inconnu, identifié par la suite comme un dangereux ex-prisonnier, qui embrassait passionnément ses lèvres rouge cerise. « Sors de là », ordonna oncle Luis en ouvrant violemment la portière. Surprise, les joues d'un charmant incarnat, ses yeux noirs battant derrière la vitre, dans un geste précipité très féminin, Mlle Montsé Claramunt arrangea les plis de sa robe en même temps que sur ses genoux une ténébreuse main masculine décrivait, dans sa nonchalante retraite vers l'ombre, un cercle complet d'indifférence et d'ennui. Une fois la portière de la voiture ouverte par oncle Luis, et très violemment, Mlle Montsé, visiblement consternée, prit tout son temps pour descendre. La lumière de la lune baignait ses genoux tremblants, le reste restait dans l'ombre. L'incident se produisait, inutile de le préciser, dans les normes de la correction la plus stricte. À ce moment-là se trouvaient présents, outre mon oncle, ma tante et Nuria, quelques intimes, parmi lesquels nous citerons don Jorge Reix, le général de réserve décoré don Lauro Mata, la vicomtesse de los Cuerpos de La Nava et le jeune Salvador Vilella, accompagnateur assidu de Mlle Nuria et très lié à sa famille.

« Tu n'as pas entendu, ma fille ? dit oncle Luis, presque avec douceur. Je t'ai dit de descendre immédiatement. » Et s'adressant à l'intrus, impassible dans l'obscurité : « Nous aurons enfin un entretien tous les deux, jeune homme. » Il tenait la portière ouverte, certainement stupéfait mais sans perdre son calme à aucun instant, attendant sereinement de voir sa fille sortir de la voiture, quand, prenant les devants sur le ton badin qui lui était naturel, conciliatrice et mondaine, en disant quelque chose au sujet des villes qui sont aussi des ports de mer, à savoir qu'elles sont propices à l'amour, la vicomtesse se pencha en riant à l'intérieur du véhicule et parla un instant avec le couple furtif, qui, semble-t-il, ne s'était pas encore séparé totalement, par faiblesse. Le rire frais et médiateur de la vicomtesse, mêlé aux notes de musique que la brise apportait de la piste de danse, fut comme un baume pour tous les présents. Finalement, ma cousine, radieuse dans sa jolie robe de dentelle à pétales en soie sauvage, fit son apparition tant attendue hors de la voiture et fut admirée par les curieux, puis alla aussitôt occuper, au bras de son père, le siège qui lui revenait. « Et maintenant je veux parler avec ce voyou », insista oncle Luis. Une intense et troublante odeur de nards se répandit soudain dans la nuit et enveloppa les nobles têtes des témoins : elle, les joues en feu, très belle, tenait un merveilleux bouquet qui provoqua l'admiration générale. Lui, souriant, beau jeune homme inconnu dans une rigoureuse chemise blanche aux manches relevées et avec une grosse mèche de cheveux noirs tombant sur le front, descendit de la voiture avec une aisance naturelle suggestive qui ne passa pas inaperçue de l'assistance choisie. Avec la délicatesse dont elle avait toujours fait preuve en semblables circonstances, la vicomtesse accueillit la rougissante jeune fille, tandis que Mme Claramunt (tante Isabel) avait un léger malaise pectoral et était assistée par son mari et le général, qui se mit tout de suite, d'une voix bien timbrée et d'un geste ferme, à interroger, pour ne pas dire apostropher, le vandalique jeune homme inconnu qui, avec un sang-froid stupéfiant, referma la portière de la voiture et, après avoir adressé un séduisant sourire d'encouragement à ma cousine et un autre, de remerciement, à la vicomtesse, profita de la confusion momentanée pour s'éloigner en direction de la sortie du club, où il fut définitivement et opportunément englouti par les ombres extérieures de la nuit.

Passé le premier effet de stupeur, ceux qui venaient d'assister à la scène se livrèrent à un discret et murmurant échange d'opinions, où l'on distinguait la rude voix du général qui commentait défavorablement l'indiscipline de la jeunesse actuelle, intéressante opinion qui n'était pas partagée par la vicomtesse, si bien qu'entre elle et le général, alors que les autres retournaient à la piste de danse, la discussion se prolongea à part, et dans l'intimité encore chaude de la voiture de la vicomtesse, jusqu'à une heure très avancée du petit matin.

« Et l'argent ?… » entendis-je Nuria murmurer à Montsé pendant qu'elles revenaient vers la table. Montsé se taisait. On pouvait entendre encore le rire de velours de la vicomtesse qui filait au loin, dans l'exotique nuit bleue de sa bouche large, immense, vampirique, quand la famille Claramunt et ses plus proches alliés, faisant mine de tenir pour terminé un incident non susceptible de complications ultérieures, allèrent de nouveau occuper leur table, et la fête se poursuivit comme s'il ne s'était rien passé.

Par la suite, on eut plus de détails : le concierge du club déclara que l'inconnu s'était adressé à lui à l'entrée pour le prier aimablement de bien vouloir faire appeler Mlle Montsé, car il avait quelque chose d'urgent à lui communiquer ; qu'ils avaient parlé longtemps à voix basse en se promenant dans les parties sombres du parc et qu'ensuite ils étaient montés dans la voiture, où ils étaient restés plus d'une heure approximativement ; que la discrétion qui caractérisait le concierge en question lui avait interdit de s'approcher pour voir ce qui se passait à l'intérieur de la voiture, mais qu'il était facile de le deviner, qu'on veuille bien lui pardonner l'expression. Sur ce point, les commentaires autour des tables furent d'une absolue discrétion.

D'une façon générale, cet événement singulier mérita le tiède qualificatif d'« inopportun », mais ne constitua apparemment aucune surprise : on déclara que ma cousine, agissant selon les principes de la congrégation à laquelle elle appartenait, et où elle faisait un travail social positif et digne d'éloges, était miséricordieusement depuis toute jeune en relation avec des nécessiteux, des malades, des prisonniers et autres personnes d'humble condition, et tout particulièrement avec l'individu (un cas désespéré) en compagnie duquel elle avait été surprise cette nuit-là dans la voiture de la vicomtesse, et duquel il était fort possible qu'elle soit tombée éperdument amoureuse, la vie a de ces détours, contre les désirs et les prévisions de sa famille. Voilà ce qu'on en dit, et en sourdine. Et avec non moins de discrétion, vu les vertus qui ornaient ma cousine, on considéra également la possibilité d'un caprice, d'un soudain mais assurément peu opportun égarement des sens. Quoi qu'il en soit, on remarqua qu'à partir de ce moment de très nombreux jeunes gens appartenant à de distinguées familles de la meilleure société barcelonaise eurent pour objet favori de leurs attentions cette Mlle Claramunt si heureusement récupérée, et qui donnait des signes d'une fatigue et d'une émotion bien naturelles, raison pour laquelle elle ne tarda pas à se retirer dans ses appartements avec sa famille, si connue et si estimée dans ces milieux.

La nouvelle preuve que Montsé avait donnée de sa générosité insensée et de sa totale soumission au prisonnier (elle lui avait remis l'argent qu'elle avait recueilli) ne sortit pas des cercles strictement familiaux, et la fête se poursuivit, très animée, pour se prolonger jusqu'aux hautes heures du petit matin. En résumé : une soirée inoubliable pour tous ceux qui étaient réunis dans ces merveilleux jardins.

23

La fuite

Ce qui exprime le mieux mon irresponsabilité, ce sont peut-être ces accueillantes ornières d'alcool dont j'ai parlé précédemment : je m'y plonge avec délices parce que toute espèce de stabilité sentimentale me fatigue et me fait peur. Par bonheur, chaque nouveau jour apporte de nouvelles questions, sur lesquelles il est possible de s'appuyer pour se relever, qu'on peut affermir sous ses aisselles comme des béquilles pour, à cloche-pied, commencer à marcher.

– Explique-moi ce qu'il faisait là, lui dis-je. Tu ne m'avais pas parlé des Reynals ni de leur fête…

Assise au bord du lit, Nuria s'essuyait le cou avec une grande serviette de bain couleur miel et me regardait, avec une hauteur méfiante. Sa tête était inclinée sur son épaule, ses yeux esquivaient la fumée de la cigarette qui pendait lourdement à ses lèvres.

– Tu en as vraiment de drôles, murmura-t-elle.

– Je l'ai reconnu sur les photos. Et je l'ai reconnu, malgré son déguisement de Zorro, parce que c'est le seul qui s'interprète lui-même de façon convaincante.

– Tu ferais mieux de t'habiller, il est tard.

– Tard pour quoi, ma chère cousine ?

Sans conviction, presque sans voix, Nuria répondit :

– Tu devrais aller à ton hôtel et t'occuper des billets…

– Après. Pour l'instant, raconte-moi. Allez !

Sa bouche rose et froide qui sortait du bain apaisa un instant ma curiosité. Sa peau sentait intensément l'eau de Cologne.

– Je ne vois pas la nécessité, dit-elle, que Salva te trouve au lit. Je suis sûre qu'il ne va pas tarder à arriver.

– Je lui parlerai.

– Pas de scènes, hein. D'ailleurs, c'est lui qui s'arrangera pour parler avec toi. Attends et tu verras.

Remarquant que je ne l'écoutais pas, que je la regardais en attendant une explication concernant le passé, elle m'observa d'un air méfiant et ajouta :

– Tu crois que je te cache quelque chose ?

– On n'invite pas un électricien à ce genre de fête, lui dis-je. Même si c'est lui qui a fait l'installation. À moins que…

– Quoi donc ? (Elle rit.) Je vois que tu te réveilles encore plus imbibé.

– À moins que ce ne soit un petit ami de la fille de la maison, par exemple.

– La cousine Merche ne le connaissait même pas.

– Alors c'était un de tes bons tours.

– Notre idée à toutes les deux.

– Ah ah ! Mon petit doigt me dit, insistai-je une fois de plus, que c'est précisément de ça que ton mari meurt d'envie de me parler : il veut me dire que toi aussi tu as eu quelque chose à voir avec ce type. Il croit que je ne le sais pas.

– Laisse-le parler de ce qu'il voudra. Si seulement… Tout serait plus facile.

Elle se leva, tira à nouveau les rideaux, et dans la pénombre revint vers moi sans faire de bruit, pieds nus. Le bain tiède avait adouci la qualité dédaigneuse et fugitive de ses mouvements, et maintenant un mol afflux d'abandons développait sur son corps quelque chose de secrètement naturel. Je me demandais souvent ce qui m'unissait à ce corps, si ce n'était le vieux souvenir d'un rêve qui avait cherché un accord avec lui. Agenouillée sur le lit, elle essuyait furieusement avec sa serviette ses courts cheveux mouillés, et il y avait sur son visage une tension malicieuse et adorable qui la renvoyait brusquement au *saloon* des Reynals. Je constatai à quel point il lui était difficile de parler de lui sans le relier à Montsé : elle commença en mélangeant des histoires engendrées par le ressentiment et l'oubli, ces mensonges aussi ténus que des toiles d'araignées que la négligence tisse et défait derrière les souvenirs. Elle finit par avouer, de mauvais gré, qu'elle avait simplement voulu donner au garçon l'occasion de gagner un peu d'argent en faisant un extra, et que c'était pour cela qu'elle avait pensé proposer à la cousine Merche qu'il s'occupe de l'installation électrique de la fête. Il en avait tiré cinq cents pesetas, plus ce qu'il avait gratté sur l'achat du matériel. C'était elle qui l'avait emmené à Castelldefels dans sa voiture, et le garçon était rentré en train le lendemain matin ; elle, elle était restée dormir chez Merche après la fête, à laquelle il avait participé un instant par décision secrète, prise avec sa cousine : elles trouvaient amusant de disposer d'un Zorro dont la personnalité serait un véritable mystère pour les autres garçons et filles. Quand elles le lui avaient proposé, il avait cru qu'il s'agissait d'une plaisanterie et avait catégoriquement refusé de se déguiser, il était fatigué : en plus de son travail, il avait passé une partie de l'après-midi à les aider gentiment à décorer la piste de danse. Mais Nuria, qui l'avait présenté comme « un ami de confiance », l'avait convaincu, avec l'aide de sa cousine. Elles n'avaient rien dit à Montsé, elle aurait pu se fâcher…

– Elle vivait déjà avec lui ?
– Non. C'était un peu avant.
– Pourquoi ne m'as-tu jamais parlé de ça ?
– Quelle importance ? Je l'avais presque oublié. À l'époque, j'étais dans une épouvantable confusion… De plus, personne n'a su que c'était le protégé de ma sœur, même pas la cousine Merche… Pourquoi ris-tu ?
– Imprudents Petits Chaperons Rouges. Vous aviez le Grand Méchant Loup à la maison, qui mourait d'envie de dévorer une belle et solvable petite chatte catalane, et vous deux, tellement confiantes…
– Ce n'est pas la peine d'être grossier.
– Mais, et les parents de Merche ? Comment ont-ils accepté, avec leur position ?…
– Ils ne s'en sont même pas rendu compte, me coupa-t-elle, avec un sourire de compassion. En bon péquenot, tu as toujours attribué aux riches une grande perversité sociale, une méfiance excessive.
Je restai un moment silencieux. Puis je dis :
– Pour en revenir à ta sœur : elle a quitté la maison, ou est-ce qu'elle est restée à la pension ?
– Qu'est-cc que tu veux dire ?
– Je veux dire : est-ce qu'elle a quitté la maison pour aller vivre avec lui ou est-ce qu'elle est allée vivre avec lui pour quitter la maison ?
La tête cachée sous sa serviette, Nuria souffla bruyamment :
– Ne commence pas avec tes subtilités. Est-ce que je sais ? Un beau matin, elle a quitté la maison pour aller au foyer social de je ne sais où, et elle n'est plus revenue. C'est tout. Quelqu'un l'a vue, une amie à elle…
María Cinta (je me souviens d'elle : yeux vifs, robuste sourire de gencives roses, assistante sociale bavarde et toujours par monts et par vaux, douée d'une grande

perspicacité pour pénétrer les problèmes d'autrui) fut la dernière à la voir, en effet. Et elle avait raconté à tout le monde, quand elle s'était aperçue de la disparition de Montsé, que, précisément en cet après-midi pluvieux où elle avait rencontré son amie dans l'un des quartiers populeux où elles avaient l'habitude d'opérer ensemble, en la voyant avec son visage si lamentablement brûlé par le soleil, si stupidement pelé, elle avait eu le pressentiment qu'elle était en situation d'être victime d'une catastrophe : elle lui avait paru plus vulnérable que jamais, plus lointaine et plus inaccessible, comme si elle rêvait au lieu de vivre, comme si elle était complètement sourde ; qu'elle avait deviné derrière elle, durant tout le temps où elles avaient bavardé, debout, au milieu d'un paysage inhospitalier, entourées de boue et de flaques d'eau, cette présence masculine toujours méfiante, protectrice, sarcastique et victorieuse ; qu'elle avait perçu sur le visage rougi et pelé de Montsé cette fièvre, cette température de désastre qui, au-delà du comique et du ridicule, nous fait ruminer sur le destin de certaines pauvres filles qui ignorent leur destin. Bien entendu, avait-elle précisé, Montsé ne lui avait pas révélé son intention. Elle était avec une petite fille, dont elle tenait fermement la petite main sale et ramollie par les larmes et la morve et qu'elle emmenait se faire faire une piqûre au dispensaire du Foyer en traversant la place bourbeuse, ou plutôt le terrain vague, du Satellite (Ville Satellite San Ildefonso, « Ville sans loi », comme on l'appelait), mais à un moment la petite fille avait lâché sa main et s'était accroupie pour faire pipi près de la baraque d'un gardien de travaux pendant qu'elles parlaient toutes les deux. Bien sage, les mains collées sur les genoux et l'étonnement dans les yeux, pendant qu'elle urinait accroupie la petite fille avait regardé Montsé, et celle-ci regardait dans le vide, le mensonge d'un dimanche qui en ces lieux mourait comme s'il mourait de honte : elle ne faisait pas attention aux phrases de l'assistante sociale, elle ne percevait pas son intérêt sincère, sa préoccupation pour elle. Elle ne lui avait même pas dit que si cette horrible peau rouge comme une tomate était dans cet état, c'était parce qu'elle s'était aventurée une fois de plus à aller avec lui à la plage libre de la Barceloneta ; elle ne le lui avait pas dit alors qu'au fond elle le désirait et avait besoin de le faire, et que María Cinta (comme celle-ci l'avait laissé entendre) était une fille moderne et compréhensive – « cette façon abrupte de marcher et de parler, d'envisager les problèmes du voisinage, je ne sais pas, ça inspire confiance, et les assistantes sociales ont quelque chose qui les fait paraître mieux préparées et plus réalistes que nous, les visiteuses », avait dit Montsé d'elle un jour –, d'un autre style, enfin, et tout le monde savait que Montsé elle-même l'admirait pour l'efficacité de son action, pour ses décisions rapides et justes, qui n'étaient jamais fondées sur des jugements d'ordre moral mais simplement d'ordre pratique et social, dans tous les domaines (hygiène, travail, syndicalisme, alimentation, sexe). Assurément, elle était bien différente des Enfants de Marie, ces promotions d'assistantes sociales tout juste sorties de leur école. Montsé en était-elle arrivée à se sentir déplacée sur ce point également, sur ce qui avait été jusque-là sa raison de vivre ? J'ai toujours été tenté de croire qu'elle voyait en María Cinta la jeune femme qu'elle ne pourrait jamais être : quelqu'un qui analysait et extirpait tous les problèmes (celui de la promiscuité, par exemple) sans jamais montrer ni sentiments ni émotions, comme un chirurgien dont le regard pénétrant arriverait jusqu'à la racine du mal, jusqu'à ses causes, ces dernières étant la seule raison de son intérêt. C'était précisément cette qualité qui avait permis à María Cinta de déduire, cet après-midi-là, que le grave bouleversement psychique (comme elle l'avait défini) de Montsé provenait du fait que, à toutes les portes amies où elle avait frappé (membres aisés de la paroisse, chefs d'entreprise et clients amis de son père, amitiés influentes de sa mère) en demandant qu'on donne une chance à son protégé, elle s'était rendu compte que les gens étaient sur la réserve, probablement avertis par oncle Luis, qui, sans le moindre doute, voulait éviter une désillusion à sa fille.

On n'a jamais su très clairement si le garçon était près de Montsé cet après-midi-là, pendant que les deux amies parlaient, mais il lui arrivait de l'accompagner et il pouvait l'attendre pour rentrer avec elle à la pension ; peut-être avait-il pu les voir au centre de la place désolée et pleine de flaques, nonchalamment appuyé (j'aime à le supposer) à la porte d'une taverne remplie d'Andalous, une bouteille de bière à la main, les observant avec une imperturbabilité fataliste, ironiquement, presque. María Cinta ne l'avait pas précisé, elle n'avait pas dit s'il était intervenu dans la conversation ni s'il était aux côtés de Montsé ; mais il ne faisait aucun doute qu'elle le connaissait, qu'il lui avait été présenté : elle avait de lui une opinion trop intelligente, trop élaborée ; elle parlait du garçon comme d'une présence inévitable, vigilante et peu enthousiaste, quelqu'un qui se voyait pris dans un engagement qu'il n'avait jamais cherché ni éludé ; un garçon beau dans son indigence, distant et félin, étrangement mûr pour son âge, enveloppé dans un effluve d'ennui et de perspicacité palpable. Ce n'était pas (avait laissé entendre l'assistante sociale) cette perspicacité active et loquace du jeune homme sûr de lui et qui sait qu'il lui suffit d'attendre, et dont l'attente finit par se refléter dans cette habitude musculaire fanfaronne qui rend les hommes particulièrement odieux ; non : il laissait voir un pessimisme pudique et respectueux, dépourvu d'arrogance, désespéré et en même temps – et c'était là l'inquiétant – plein de pouvoir. Il aimait vraiment Montsé, mais, bien entendu, « à sa façon ».

Telle était l'impression de l'assistante sociale. Opinion aiguë et discutable mais en aucune manière offensante pour Montsé et pour son ami : elle avait ajouté à cela qu'elle ne pouvait même pas les imaginer dans l'intimité ; quand elle essayait de le faire (comme cela m'arrivait à l'époque, et à toi aussi, souviens-toi), ce qui s'approchait le plus de la réalité se réduisait à l'image floue d'un couple peu fait pour vivre en couple et uni par le hasard – les difficultés, l'atmosphère hostile – avec plus de force qu'il ne l'aurait souhaité, deux spectres qui se promenaient en rêvant à de possibles apparitions, éthérés et sans préoccupations charnelles, à l'opposé du bestial vacarme d'accusations et de répudiation que famille et paroisse faisaient monter contre eux ; c'étaient des fiançailles indéfinies, invraisemblables, dont Montsé, selon María Cinta, n'avait jamais parlé sérieusement. Invraisemblables, c'est cela : un mythe, quelque chose qui avait été engendré Dieu sait quand par la famille elle-même, un reflux du métabolisme, du caractère et de la peur des Claramunt devant la vie.

En fait, la conversation avait été brève et banale : María Cinta avait dit que soudain, sans se soucier de ses occupations de l'après-midi, Montsé avait confié la petite fille à ses soins et avait rapidement pris congé. « Si demain à la réunion tu vois maman, lui avait-elle dit en s'en allant, sans la regarder, les yeux pris, au-delà de l'air chargé de pluie, dans un lendemain incertain et non désiré mais nécessaire, dis-lui que je vais bien et qu'elle ne s'inquiète pas. » L'assistante sociale devait avouer plus tard qu'elle avait mis un certain temps à comprendre mais que, cependant, en la voyant s'éloigner en traversant le terrain vague, en évitant soigneusement flaques, boîtes de conserve pleines d'eau de pluie et cages à oiseau vides et toutes rouillées, il lui avait semblé – mais qu'on ne lui demande pas pourquoi – que quelqu'un l'attendait quelque part, et qu'elle allait retrouver ce quelqu'un pour obéir non pas tant au désir d'une rencontre qu'à la nécessité d'une rupture.

– Tout ce qu'on a fait, nous, dit Nuria, c'est de ne pas révéler à mes parents où se trouvait Montsé aussi longtemps que nous l'avons pu. Une idée à toi. Que cherchions-nous avec ça ?

– Je ne sais pas. Celle qui me préoccupait, c'était toi, lui dis-je. Tu menais une vie très étonnante et très excitante, tu ne voulais presque plus me voir, tu me mentais, tu ne savais pas expliquer où tu allais ni avec qui tu sortais…

– Je sortais avec Salva, je ne te l'ai jamais caché.

– … et moi je te perdais peu à peu.

– Je n'avais jamais été à toi. (Elle eut l'air de regretter d'avoir dit ça.) Tu te faisais des illusions. Je voulais me convaincre que je n'étais plus amoureuse de toi. Tu me plaisais toujours énormément, mais j'avais peur…

Sa voiture arrêtée devant le général San Martín, ses bras ballants sur le volant, la radio allumée pendant que tu embrasses sa nuque enfin soumise : tout est à point pour que tu l'emmènes dans ta chambre de la pension. Au-dehors, une chaude fin de journée d'août qui prolonge l'éblouissement (tu n'as pas encore rendu ton smoking) que tu traînes depuis la fête, le dernier mirage de naufragé qui t'aveugle et t'empêche de voir les couples assis sur les bancs du Mirador, quelque passant solitaire qui jette des regards furtifs à l'intérieur de la voiture pendant que tu lui caresses les genoux, ses bas résille noirs.

« Ils te plaisent ? ronronne-t-elle. Je les portais à la fête de Castelldefels… Je les garde. Tu dois penser que je suis cinglée, non ?

– Si ta mère voit ça… »

Elle les a mis ici même, à l'intérieur de la voiture, elle n'a pas voulu attendre de le faire dans ta chambre. Une femme. Elle s'est faite femme en moins d'un mois, même sa voix a changé, et, bien que rien de cela ne semble vrai, il est très possible que l'heure soit venue de jeter l'ancre dans la baie blonde : enfin, c'est incroyable, Nuria consent que tu l'emmènes dans ta chambre, et la voilà, dans une tranquillité ahurissante, abandonnée sur le volant de sa 600 et se laissant doucement caresser les cuisses pendant que ses yeux scrutent la porte de la pension pour guetter la sortie de la patronne.

« C'est ce soir, c'est sûr ?

– Oui, lui dis-tu. Tous les dimanches elle va au cinéma Roxy avec sa nièce et son petit ami. »

Et précisément au moment où tu pouvais le moins l'espérer ; quand il semblait que ses baisers s'étaient refroidis et qu'elle sortait souvent avec Vilella et d'autres dont elle ne voulut jamais te dire qui ils étaient… Quelque temps plus tôt, elle t'avait annoncé, après une de ces laborieuses et pénibles parties de pelotage qui dégénéraient presque toujours en bagarres, dans le jardin de sa maison : « J'ai décidé de faire une excursion avec Salva. Une escalade au Montsény. Ce doit être amusant. – Avec ce réac ? » avais-tu protesté faiblement, et elle : « Je me suis rendu compte que c'est un grand bonhomme… » Et il y eut cette excursion, et une autre, et encore une autre, et quelque chose sur son visage, tu ne saurais dire quoi, un battement de désir, continuait à frapper le centre de ton désir à toi chaque fois que vous vous rencontriez… Se tenant gaiement par le bras, la patronne et sa nièce s'éloignent sur le trottoir, pressées, en papotant (le petit ami les rattrape en mettant sa veste) en direction de la place Lesseps, quand tout à coup, inexplicablement, Nuria se dresse à côté de toi, toute raide, et son dos commence à être agité de sanglots tandis que ses mains remuent désespérément dans l'ombre, sous le volant, elle ôte ses bas en tirant dessus, comme si elle écorchait douloureusement ses jambes, en pleurant de rage et de honte. En criant elle se demande à elle-même ce qu'elle fait là, avec toi, ce qu'elle attend, Salvador le lui a bien dit, pourquoi l'as-tu obligée à mettre ces bas ?

« Ne me touche pas, jamais je n'entrerai dans cette horrible pension, tu me dégoûtes ! Qu'est-ce que tu as cru ? Descends tout de suite de cette voiture, descends !…

– Qu'est-ce que tu as ?… Nuria, attends… »

La portière se referme violemment, la petite 600 se balance un instant, Nuria s'agite toujours, comme si elle se débattait avec le volant et les commandes, jupe au-dessus des genoux et bas emmêlés dans les mains, elle met le moteur en marche en hoquetant et soupirant et, sans te regarder, elle démarre dans une brusque secousse, et tu restes là, à voir s'éloigner la voiture, ahuri, impuissant.

Le dimanche suivant elle t'appelle du club. Voix grave, reposée, la crise est loin ; excuse-la, elle s'est conduite comme une idiote, viens la chercher à la maison le lendemain si tu veux… Ce lundi est férié et tu supposes que l'oncle, la tante et Montsé seront à Sitges, les vacances approchent et tu seras sûrement (c'est Nuria qui te l'a dit) invité à passer quelques jours avec la famille. Sitges, joli port pour y jeter l'ancre définitivement…

Mais quand tu arrives à la villa Nuria ne se souvient même pas qu'elle t'a donné rendez-vous ; elle est loin d'être seule, et tout aussi loin d'accéder à tes prétentions : tu vois d'abord oncle Luis, dans la galerie, pensivement enfoncé dans les coussins de son fauteuil à bascule avec sa veste d'intérieur vert bouteille, puis tante Isabel qui sanglote devant un Vilella soigneusement dominical, silencieux, empressé. Et c'est Nuria, enveloppée dans une robe de chambre et décoiffée, très en beauté, qui te retient quelques secondes dans le couloir pour te donner la nouvelle :

« Montsé n'a pas reparu à la maison depuis deux jours.

– Comment ?

– Elle est partie. Samedi soir, t'explique-t-elle, en rentrant du Centre paroissial, toute retournée, elle a eu une nouvelle dispute avec papa, cette fois ça a été terrible, apparemment papa s'est mis en tête de faire obstacle à toutes les démarches qu'elle fait ici et là auprès des amis et des parents pour obtenir une place pour ce garçon, et Montsé a voulu savoir pourquoi papa faisait ça au lieu de l'aider, elle lui a dit, en pleurant, qu'elle ne pouvait pas croire que tout le monde se comportait comme cela avec elle, qu'elle ne le comprenait pas, que cela la remplissait de tristesse et de honte, et alors papa a explosé et l'a insultée avec des mots horribles, c'était la première fois que je l'entendais prononcer autant de mots à la fois, il l'a traitée d'imbécile et de crétine et même de cochonne dont Dieu seul sait ce qu'elle pouvait faire avec ce dégénéré dans cette chambre et à la plage, il fallait voir sa tête d'hurluberlue, et qu'est-ce qu'elle avait fait de l'argent qu'elle avait volé pour lui à la fête, et de son mois à elle ? est-ce qu'elle se fichait de la honte que sa mère éprouvait à cause d'elle ? bref, c'était affreux. Jamais, au grand jamais, on n'avait assisté à une scène pareille à la maison, papa était méconnaissable. Montsé n'a pas rouvert la bouche, elle s'est enfermée dans sa chambre et n'est pas descendue dîner. Le soir même, papa partait en voyage avec Salvador, et il vient d'apprendre la nouvelle en rentrant tout à l'heure. Il est furieux.

– Vous ne savez rien ? lui demandes-tu. Elle n'a pas appelé ?

– Ce matin. Elle n'a voulu parler qu'à moi : que je dise à maman qu'elle va très bien, et que pour le moment elle n'a pas l'intention de rentrer…

– Qu'est-ce qu'on fait, Nuria ? Dis voir, pourquoi… pourquoi ne viens-tu pas avec moi pour parler de ce qu'on peut faire, dans ma chambre ?… es-tu encore capable de lui proposer.

– Il faut que nous allions la chercher », répond-elle.

Et toi :

« Non. »

– Tout ça me dégoûtait, dit-elle en rejetant sa serviette de bain et en me prenant dans ses bras.

Bien entendu, elle incluait dans ce « tout ça » mes prétentions amoureuses de ce jour-là, qui une fois de plus devaient être frustrées. Et elle ajouta :

– Au milieu de toutes ces embrouilles, Salva m'aimait à sa façon…

– Diocésainement, je suppose.

– … et ça me faisait tant de bien qu'il soit là. Toi, en revanche, tu me faisais peur. Tu m'attirais énormément, mais tu me faisais peur.

Auprès d'elle, tout près, Vilella lui assure que tout va s'arranger. Oncle Luis, après avoir écouté les lamentations de tante Isabel comme s'il regardait à travers son corps, fait face à Nuria, puis à toi : « Bon, qu'est-ce que vous attendez ? Quelle est son adresse, où habite-t-il ?

– Oui, il faut tout de suite faire quelque chose », souligne Vilella. Avant que je ne réponde à oncle Luis, mon regard croise un instant, imperceptible et ironique, celui de Salva (toi, tu m'observais, en suspens, pleine de doutes et de craintes), et finalement, en ouvrant les bras dans un geste d'impuissance, je réponds : « Je ne sais pas, mon oncle. Il a déménagé il y a un mois et je ne l'ai pas revu. De plus, il n'est pas certain que Montsé soit avec lui. »

– Oui, tu m'attirais et tu me faisais peur, poursuivit Nuria. Je ne sais pas pourquoi, un soir, pendant une espèce de crise, j'ai tout raconté à maman. Elle soupçonnait déjà tes intentions, tes manèges pour m'emmener à la pension, nos rencontres, jusqu'où nous étions allés, tout. Je me suis conduite comme une petite sotte.

Mais ça, ce fut bien longtemps après, alors qu'il y avait déjà plusieurs semaines que ta sœur avait quitté la maison et que ta mère se faisait plus de souci pour cela que pour quoi que ce soit d'autre.

De son fauteuil, tante Isabel nous regarde sans nous voir, les yeux maltraités par des larmes que personne n'a jamais observées. C'est la première fois que tu éprouves vraiment de la peine pour elle : des heures et des heures dans ce fauteuil à penser à sa fille perdue, à l'attendre, à suivre ses pas, à la réconforter avec des neuvaines et des rosaires.

24

Le rachat

Ce n'était plus elle et cependant c'était toujours elle, soudain confirmée sous une autre lumière mais avec sa discrétion et sa santé morale intactes et fortifiées, et plongée dans ses pensées. Le matin, agenouillée sur le lit défait, décoiffée et la tête inclinée, Montsé s'occupe à arracher avec soin la peau de soie de ses épaules brûlées par le soleil des plages libres. Elle le fait doucement, ensommeillée, repliée sur soi et pensive. Un verre de Nescafé à la main, debout sur le balcon, torse nu, Manuel plaisante en lui disant qu'elle a complètement changé de peau maintenant, comme les serpents, et l'a laissée derrière elle avec tout le reste… Et Montsé sourit en se redressant, elle s'étire, bras en l'air, statuaire au milieu de ses délicates, de ses fines, de ses pitoyables dépouilles de soie de marque Claramunt.

– Oui, dit Nuria. C'est exactement ça.

C'est ainsi que je la vois : un corps neuf enveloppé dans un rêve doré, toujours le même. Définitivement contaminée, amoureuse, elle devait encore imaginer parfois ce qu'aurait pu être pour eux deux cet été incertain si l'incompréhension et l'intransigeance ne s'étaient pas interposées, si on n'avait pas obstrué les canaux de sa naissance au monde, et alors elle échangeait son présent contre la vision blessée de fiançailles grandissant, heureuses, à l'ombre familiale et paroissiale, carte postale naïve et lumineuse où elle se voyait avec lui, serrant contre son cœur des brassées de lis tronqués, traversant des jardins débordant de fleurs, tous deux se tenant par la taille, sa tête sur l'épaule du garçon. Elle évoquait des fragments de jours non réalisés et à jamais perdus, l'harmonieuse continuité de ces heures liturgiques et ensoleillées à l'abri du Centre et des douces amitiés d'hier, aujourd'hui aigries, une paix de l'esprit qui en des temps point trop lointains encore lui semblait accrochée à la lumière même des dimanches matin, resplendissante lumière eucharistique dont les premières lueurs remontaient à sa jeunesse aveugle, et dont Manuel aurait pu et dû désormais profiter en partageant avec elle les solennités, la besogne paroissiale, les inquiétudes et l'attention qu'elle avait pour les enfants, ses chers enfants des quartiers périphériques, ce tiède réseau d'affections enfantines dans lequel elle s'était toujours emmêlée avec joie. Elle devait se demander parfois si son enfance et son adolescence n'avaient pas été un mauvais rêve. L'esprit troublé, la raison humiliée, elle devait voir passer de temps en temps devant ses yeux l'ombre de ce paradis pour lequel elle avait été éduquée et préparée, et au milieu de la solitude de ses derniers jours, quelque part, perdue parmi la foule anonyme d'un bus ou d'un tramway, ou en sortant de la messe à Santa María del Mar, quand elle regardait les couples d'amoureux, les yeux aveuglés par la lumière du jour, elle avait dû encore être assaillie par le fantôme de ces relations formelles mortes avant de naître, sans avoir eu l'approbation qui leur aurait permis de progresser dans une direction plus en accord avec l'enseignement reçu. Si Manuel avait été accepté, elle serait allée tous les jours l'attendre à la sortie de l'usine pour se pendre à son bras, souriante, comme n'importe quelle fiancée, puis ils seraient allés se promener ensemble, sans craindre les regards, jusqu'au Centre ou jusqu'à chez elle ; bref, ils auraient fait toutes ces choses si simples et si belles, et qui auraient réellement pu exister si s'était accomplie la vague promesse de charismes que la vie lui avait toujours murmurée…

– Oui, cela aurait pu être, dit Nuria.

Au lieu de cela, le dimanche la surprend maintenant dans un lit étranger loin de son foyer, jouant sur les draps avec le premier rayon de soleil et le talc que Manuel répand avec sollicitude sur ses épaules et son dos. Pour raccourcir la distance qui la sépare aujourd'hui de tout cela, il lui suffit de murmurer une prière. Aussitôt qu'elle a sauté du lit, elle consacre roucoulements et cajoleries aux canaris, change l'eau des cages (possédée par l'espoir, elle a en tout remplacé la veuve), elle leur donne du millet et glisse entre les barreaux une petite feuille de laitue, devant laquelle volettent les oiseaux, tout joyeux. Là, telle qu'elle était, debout et à contre-jour, à demi vêtue, sur la pointe des pieds, cheveux en désordre et flattant les oiseaux, sa seconde mutation physique – qui fut en partie un retour à la puberté – devait être patente. Mais même cette vision ne pouvait suggérer chez elle un tempérament strictement sensuel ; pas plus que d'autres, bien plus brûlantes, que plusieurs semaines d'intimité dans cette chambre et dans ce lit, des jours et des nuits durant, rendaient parfaitement imaginables – visions chères, visions aimées de ma cousine que, en considération des très nobles principes d'éthique claramuntienne régnant heureusement dans la péninsule, nous laisserons ici de côté.

– D'accord, sourit Nuria.

Et, le soir, elle aimait s'asseoir avec lui dans la fraîcheur du balcon et elle lui expliquait ses projets, l'encourageait. Elle se promettait une charité sans limites, une veille perpétuelle dans un quartier modeste où ils pourraient ensemble vivre et travailler loin du souvenir, et elle se voyait déjà avec lui devant un havre de terrasses pleines de linge mis à sécher ou se promenant dans les rues d'une périphérie sans nom et sur d'anonymes places de la ceinture industrielle. Cela faisait presque deux mois qu'elle vivait avec lui ; son départ du foyer familial avait coïncidé avec les vacances d'août, époque à laquelle un opportun congrès à Saragosse avait heureusement fait disparaître ton père, assisté de ses acolytes (Salvador Vilella, entre autres). N'ayant rien à faire, convaincu que même pour deux jours tu ne m'inviterais pas à Sitges, où ta mère affligée avait accepté de se réfugier sur les conseils d'oncle Luis, qui à son retour était devenu furieux en apprenant ce qui s'était passé, je faisais de fréquentes visites au couple à la pension, me solidarisant amèrement avec eux et avec mon propre isolement vocationnel – et apparemment mérité : tout le monde savait que j'avais passé les bornes avec toi. Ton père avait entrepris dès le premier jour une série de démarches, secondé par Vilella, dont l'objet était de récupérer Montsé. Tout se faisait dans la plus grande discrétion et oncle Luis se montrait confiant : il tenait désormais pour certain que la stupidité de sa fille n'avait rien de passager, mais en même temps il était plein d'espoir et attendait le moment que son expérience impunie de chef d'entreprise aimait définir comme l'« heure d'abattre ses atouts ». Apparemment, il s'était obligé à convenir avec Manuel d'une série de rencontres (bien qu'il n'ait jamais réussi à voir Montsé) qui demeurèrent infructueuses ; mais cela, on ne le sut que bien plus tard. Juridiquement, il ne pouvait rien faire, Montsé était majeure. En attendant, la famille gardait une grande réserve et attendait. Et Salva nous interrogeait (il n'a jamais cru à notre innocence, lui), toi surtout il te harcelait avec l'excuse de vouloir uniquement le bien de Montsé… Quant à Manuel, il se montrait préoccupé et inquiet, même s'il avait accueilli ta sœur avec la plus grande tendresse.

Et le mercredi soir arriva, et personne ne savait que quatre jours plus tard tout serait terminé. Elle, nerveuse et capricieuse, plus déconcertée que jamais, parlait maintenant de participer à une retraite spirituelle pour jeunes filles à San Cugat ; bien sûr, elle y allait tous les ans, mais cette fois ce n'était pas exactement pour satisfaire un besoin d'isolement et de réflexion, mais pour établir une relation avec quelqu'un, chercher une autre influence, une autre aide. Car après deux ou trois démarches à Sabadell, elle avait dû finir par reconnaître que j'avais raison et que ce parent très éloigné, tout en assurant avoir beaucoup d'estime pour elle, ne se décidait pas lui non plus à donner un emploi à celui qu'elle recommandait (dont il ne doutait pas de l'aptitude au travail, ça non) sans l'accord d'oncle Luis. En fait, le fabricant de Sabadell n'était pas moins méfiant que les autres : comme membre du conseil d'administration de Claramunt S.A., il devait être au courant du pas que Montsé avait fait.

« Il suffirait qu'il le veuille, se lamente Montsé en retenant ses cheveux sur la nuque, épingles dans la bouche, et nous aurions cet emploi dès demain… Mais attends et tu verras.

– Et allons-y ! fais-je, lassé. Dans quel monde vis-tu, ma chère cousine ? Qu'est-ce que tu peux être têtue !

– Figure-toi qu'à Sabadell nous avions même trouvé un appartement pas cher du tout, sous les toits, dans l'immeuble où habite la professeur de piano de Merche

Reynals, sans reprise et tout près de l'usine, très petit, mais suffisant pour deux... »

Ses yeux fatigués papillotent, s'emmêlent de nouveau avec jouissance dans ce lendemain idéal puis se fixent sur moi, qui suis assis sur la chaise basse du balcon. En bas, sur le trottoir, Manuel parle à la lumière d'un réverbère avec un jeune transporteur du Borne qui deux jours plus tôt lui a proposé un travail ; ils rient ; tête baissée, sans le regarder, Manuel se nettoie les ongles avec un cure-dents. J'observe de nouveau Montsé.

« Merche Reynals ? » dis-je en cherchant à tâtons dans mon souvenir deux tresses blondes, deux petits nœuds bleus.

Mais déjà Montsé semble revenir à elle.

« Ah ! Je ne t'en ai pas parlé ? Tu ne te souviens pas de Merche, la fille de ce beau-frère d'oncle Carlos, que maman trouvait si drôle ? Quand elle était petite elle est venue quelquefois à la maison, tu ne te rappelles pas ? Tu ne la reconnaîtrais pas, c'est une vraie femme maintenant, et très belle. Ils passent l'été à Castelldefels. Nuria est allée à leurs fêtes... »

Bras en l'air, cherchant nerveusement l'emplacement exact de la dernière épingle dans ses cheveux, elle se lève du lit et traverse la chambre, après avoir constaté que, une fois de plus, mon verre est vide.

« Si, je crois que si », m'entends-je dire au-delà du vin : moi petit garçon bien vêtu dans un jardin qui s'éclaire fugacement et où sourit un faune sans nez, ma main tendue vers les tresses blondes... « Si. Mais bon, avec qui as-tu parlé de cette affaire ? Avec elle ?

– Avec son père. Mais j'ai eu de la chance avec Merche, elle s'est tout de suite mise de mon côté. Tu verras... » Durant un instant, elle a l'air désorientée au milieu de la pièce, sa bouteille à la main. « Le problème, c'est que la deuxième fois que je suis allée à Sabadell j'ai eu l'impression qu'ils étaient au courant de tout. Quoi qu'il en soit, ils n'ont pas dit non.

– C'était quand ?

– Ça va faire quinze jours.

– Ouais ! Et tu n'as plus eu de nouvelles ? Laisse tomber, alors.

– Nous verrons. »

Tout à coup je m'entends dire :

« Ce que tu dois faire, c'est aller voir ta mère. »

Près du réverbère, en bas, il émiette son cure-dents avec ses incisives et lève soudain les yeux vers le balcon : une patiente veille abritée sous ses cils épais et noirs, une attention profondément fatiguée, indifférente ; on dirait le vague regard d'un père qui du haut d'une réflexion habituelle sur ses responsabilités se penche un instant pour vérifier que son enfant est toujours là, en sécurité dans sa solitude ou sa retraite, jouant avec d'inoffensives babioles ou des animaux domestiques. Maintenant qu'il veille sur elle, ses yeux ne peuvent faire moins que considérer avec une certaine méfiance ces laborieux, ces inutiles efforts d'intégration que Montsé s'obstine encore à déployer, car déjà les voix fortunées, très bien accordées, qui n'ont jamais cessé de conspirer autour de son arrogante tête, s'avancent cauteleusement, augmentant leur potentiel sonore et se déployant harmonieusement jusqu'à la haute et vibrante note finale. Mais rien ne le laisse supposer à ce moment-là, à dix heures et demie d'un mercredi 22 septembre, lors des premières semaines de travail après les vacances qui m'ont tellement éloigné de toi, quand ta sœur s'approche avec la bouteille de pauvre vin de table et remplit une nouvelle fois mon verre à fleurs tout en m'admonestant sévèrement :

« Pourquoi bois-tu autant ? Ce n'est pas comme ça que tu résoudras ton problème… Tu n'as pas revu Nuria ? » demande-t-elle aimablement.

Son regard se répand comme un baume sur ma tête abattue. Dans notre dos, en haut de la laborieuse nuit du Borne, de lointains éclairs illuminent le ciel et l'air est étouffant, la pluie a menacé toute la journée. Sa main tremble légèrement, le goulot de la bouteille tinte contre le verre et j'observe son élégante jupe grise sous laquelle se montrent maintenant, ayant décidé de vivre, ses genoux nus, ramollis par le soleil et l'air marin, pas encore délivrés du fantôme de mille génuflexions. Mais pour le reste elle paraît sûre d'elle et ne cesse pas de parler ; elle a beaucoup remué, elle a beaucoup ruminé et décidé pendant ces vacances : écartée pour le moment l'opportunité de Sabadell (ou, plutôt, dans un ajournement plein d'espoir), elle considère maintenant l'autre possibilité et parle de se mettre très vite en contact avec quelqu'un pendant sa retraite spirituelle.

« J'y serais allée de toute façon, comme tous les ans.

– C'est idiot. » Le vin commence à me délier la langue. « Tous ces salamalecs, putain ! Tout ce merdier ! »

Montsé reste un moment silencieuse. Puis elle insiste : ça ne dure que trois jours, le dimanche soir elle sera de retour, et avec de bonnes nouvelles, suppose-t-elle, on ne perd rien à essayer. Je lui réponds que tout ça me semble absurde et qu'il vaudrait mieux qu'elle se décide à parler avec sa mère.

« Pour quoi faire ? » dit-elle. Et les yeux baissés : « Plus tard, quand les esprits se seront un peu calmés. »

La tranquille indifférence de sa voix (elle ne me regarde pas, elle n'ose plus me regarder maintenant) pouvait arriver à démentir toutes les catastrophes, comme je devais moi-même le constater dans les vingt-quatre heures qui suivirent.

– Oui, dit Nuria, mais…

Et en bas sur le trottoir Manuel lève de nouveau les yeux vers le balcon tout en allumant une cigarette et en écoutant sans s'y intéresser ce que l'autre lui raconte, parce qu'il pressent ou qu'il sait déjà que les voix opulentes sont en train de délibérer quelque part, et qu'il n'a plus qu'à attendre un verdict qui ne satisfera peut-être pas tout le monde mais qui sera sans doute le plus juste, le plus impartial. Suspendu comme au-dessus d'un abîme de présages sur ce balcon, à mi-chemin entre son hésitation à lui et son humble et invincible ténacité à elle, j'insiste pour dire que c'est une bêtise que d'aller s'enfermer trois jours avec ces bigotes qui vivent à plusieurs empans au-dessous de la vie, comme les taupes, simplement pour obtenir, et encore ce n'est pas sûr, un salaire de misère, et que pour ça n'importe quel emploi de manœuvre, sans aller plus loin… Mais elle affirme qu'ils doivent quitter cette pension sur-le-champ.

« C'est que tu ne comprends pas, tu ne comprends pas », répète-t-elle à voix basse et comme malgré elle. (Elle voulait évidemment dire autre chose, nous le savons aujourd'hui.) « La situation a changé, ce n'est plus la même chose… »

Je regarde d'un côté, en bas ; Manuel est toujours en train de fumer avec son interlocuteur, il fait vaguement oui de la tête, puis il lève le nez et sur sa bouche brille ce sourire qui est comme un poignard. Je l'observai attentivement, cette fois ; j'avais toujours éprouvé la crainte obscure que, lorsqu'il se verrait devant une réelle possibilité de travail – comme électricien, par exemple –, il ne montre d'une certaine façon une intime déception : avec la meilleure volonté du monde, ta sœur allait peut-être le placer face au même obscur emploi que celui qu'il avait en prison, à un triste salaire, et ce genre de dénouement ne pouvait en aucune façon être celui qu'il avait attendu et désiré.

J'en suis au quatrième verre quand Manuel entre dans la chambre, et un peu après on entend la voix de la patronne à travers la porte : on le demande au téléphone. « Qui est-ce ? » crie-t-il en se levant du lit. « Je ne sais pas. Un ami », répond-elle avec une mauvaise volonté marquée et en s'éloignant dans le couloir. Manuel sort sans rien dire, Montsé referme derrière lui et, se retournant lentement, elle s'appuie contre la porte et me sourit.

« Je te remercie d'être venu ce soir. Je n'aimais pas l'idée de lui dire ça toute seule…

– Pourquoi ?

– Je ne sais pas… Nous espérions tellement aller à Sabadell. Ça, c'est exactement la même chose que ce qu'il faisait en prison.

– Bon, je suppose que ce n'est pas un mauvais métier.

– Moi je vais travailler tout de suite…

– En tout cas, tu devrais aller voir ta mère, j'insiste. »

Son visage bronzé au soleil de la Barceloneta, avec le nez encore un peu pelé et les pommettes luisantes, enfiévrées, traversé par un flux somnolent, a perdu cette tension qui se déchargeait inopinément et exprimait tant de sentiments et d'émotions à la fois. Elle s'est concentrée en une profonde douceur, en une torpeur. Je soupçonne depuis un moment ce qu'elle veut me dire sans oser le faire : qu'elle ne peut pas me rendre pour l'instant l'argent que je lui ai prêté quand elle s'est installée ici avec lui, ma paye de vacances intégrale, qui a servi à liquider des comptes en retard avec la patronne et ainsi à récupérer une certaine indépendance ; et aussi quelque chose qui l'attriste et qu'elle ne peut faire moins que de reconnaître : qu'il n'a pas manifesté trop d'intérêt sur la question de son travail, que peut-on y faire ?, il est un peu exigeant et rêveur. Mais non, ce n'est pas ça du tout. Et de nouveau touché par mon obscur pressentiment je lui conseille, pour la énième fois, d'avoir un entretien avec sa mère, en tête à tête, avant de décider quoi que ce soit…

En revenant de téléphoner, il se laisse tomber sur le lit avec lassitude et arrange l'oreiller dans son dos. Il a un nouveau cure-dents aux lèvres.

« Ma belle-sœur », dit-il. Il ne parlait jamais de sa famille, à supposer qu'il en ait réellement eu une, et j'avais même oublié qu'il avait un jour fait allusion à un frère marié. « Elle me demande si je veux aller les voir demain soir, ajoute-t-il, mon frère a entendu parler d'un bon travail.

– Tu vas y aller ? » demande Montsé.

Il hausse les épaules.

« Bah ! Ils se souviennent de moi, ce n'est pas trop tôt. Mais enfin, on ne risque rien à essayer… »

Une soudaine dépression, non vinicole, s'empare totalement de moi et, me levant, je finis mon verre.

« Je m'en vais, les enfants, il est tard. »

Sans bouger du lit, il me regarde fixement dans les yeux en me tendant la main, et on dirait, l'espace d'un instant, qu'il veut me retenir ; mais il se contente de dire :

« Merci pour la compagnie, Paco. »

Et une fois de plus me restent dans la gorge toutes ces questions (Qui es-tu, mon garçon ? Que veux-tu, que cherches-tu ? D'où sors-tu ?) qui me tentaient les derniers temps chaque fois que mon regard croisait le sien. Mais il était déjà trop tard pour tout, et même le prétexte de la valise de ta sœur ne déboucherait pas sur une intervention de ma part qui pût sauver au dernier moment ce que rien ne pouvait sauver, ce que tes parents avaient perdu Dieu sait quand, non pas en ce mois d'août où Montsé a décidé de quitter le foyer familial pour continuer à se battre à ses côtés, même pas le premier jour où elle est allée le voir et l'a connu à la prison, ou quand elle a entendu parler de lui pour la première fois par la bouche d'une adolescente dont la misère et l'abandon faisaient une petite pute, mais bien longtemps avant, avant même que ta mère ne l'emmène au Centre paroissial, avant même que ta sœur ne soit engendrée, quand tes parents ne se connaissaient pas encore parce qu'ils n'étaient pas nés et qu'il n'existait encore aucun Claramunt riche et pieux pour plier pour la première fois le genou sur un prie-Dieu doublé de soie…

– Bon, dit Nuria, mais…

Et c'est un peu de tout ça que je devine dans le couloir, au milieu de l'odeur lourde du chou-fleur bouilli, quand Montsé me parle de la valise : tous ses vêtements d'hiver sont chez elle et ce soir elle veut t'appeler, Nuria, pour que tu lui prépares une valise, mais elle a peur que tu ne sois pas disposée à la lui apporter ici.

« Serais-tu assez gentil pour aller la chercher demain ? me dit-elle. Si tu y vas à sept heures, en sortant des magasins, tu ne trouveras certainement qu'Esperanza, ça t'évitera de donner des explications.

– Bien sûr, je m'en occupe. »

Vu que Manuel ira à cette heure-là voir sa belle-sœur, et qu'il ne pourra pas l'accompagner au train de San Cugat, je m'offre à lui apporter la valise et nous prenons rendez-vous à vingt heures dans le bar en face de ma pension, après que je serai allé la prendre chez elle.

Le lendemain après-midi, je sors des magasins à dix-neuf heures précises et dix minutes plus tard je fais tinter la sonnette de la villa. Effectivement, Esperanza est seule ; tandis qu'elle me donne la valise blanche, je vois sur son petit visage de pomme, dans ses yeux baissés, flotter une inquiétude servile pour Mlle Montsé, une question qu'elle n'arrivera pas à formuler. Silence absolu dans le vestibule, dans toute la maison, et silence plus éloquent encore sur la tapisserie où les angelots aux joues gonflées soufflent éternellement le nuage de pourpre qui élève la Vierge vers les hauteurs célestes. « Au revoir et merci, Esperanza. »

Quand j'arrive place Lesseps, en direction de l'avenue de la República Argentina, il commence à bruiner, valise à la main et gabardine sur les épaules, je cours comme si j'avais le diable aux trousses. Que t'arrive-t-il, quelles craintes t'assaillent ?, cette fille fait bien de fuir toute cette merde, qu'est-ce qu'elle peut faire d'autre, quelle autre façon de s'approcher un peu de ce qui est perdu, de ce que nous avons voulu être ? Avec la famille, tout, sans la famille, rien. Porte-bannières, farceurs sous dais, brutes. Toi aussi tu vas peut-être finir par ficher le camp, bonhomme. Mais ne nous égarons pas : pose-toi honnêtement la question de savoir si en l'aidant tu lui fais du bien ou du mal. Car c'est de cela qu'il s'agit, justement : aider. Parce que ici tout le monde prétend aider, sauver, racheter, élever, régénérer… Non, je n'essaye pas de me justifier (bien que je comprenne tes objections, Nuria, elles sont raisonnables : elles sont, figure-toi, la raison même pour laquelle nous nous racontons et reracontons l'un à l'autre la même histoire, comme si nous n'arrivions pas à la croire), mais cette scène de larmes silencieuses qu'elle me réservait dans un bar anonyme, choisi au hasard de l'urgence, se situait au-delà de toute demande d'aide ; car elle ne voulait aucune aide de notre part, ni de personne.

En l'attendant, je prends un café et dédie quelques carambolages ratés au nez vernaculaire de ton père. La valise blanche sourit dans la pénombre des billards, au-delà de la cloche de lumière verte qui s'abat sur la table. Le téléviseur clignote sur le comptoir et je supporte une animation et une clientèle de soirée de football ; il y a un match en nocturne sur le terrain du club Europa de la rue Camelias et, malgré la pluie, c'est là qu'iront les derniers retardataires qui boivent des cafés arrosés odorants au bar. De temps en temps, queue en main, je scrute la rue à travers les vitres où suintent les gouttes. Il continue à pleuvoir légèrement – et toi, au bar du club, tu regardes tomber la pluie sur les courts, tu la vois du haut de ton tabouret, jambes croisées sous ta courte jupe blanche, pull noué par les manches autour de ton cou, verre en main et entourée de tes amis, Vilella prêt à intervenir… Le vent a tourné, une silhouette féminine avance dans la nuit vers la vitre nébuleuse, courbée et la jupe collée aux cuisses comme une peau. C'est elle. Sans parapluie ni imperméable, la main sur la tête, maintenant un joli petit bonnet couleur lilas. Je range ma queue, paie deux cafés et une demi-douzaine de carambolages rageurs quand Montsé ouvre la porte en souriant, complètement trempée.

« Bonsoir ! dit-elle, hors d'haleine. Tu as la valise ? Chouette ! Il y avait quelqu'un à la maison ?

– Non. Juste Esperanza. Dans quel état tu t'es mise ! »

Je prends la valise, disposé à l'accompagner à la gare et à en finir une bonne fois, mais elle ne semble pas avoir encore récupéré de sa course, elle me regarde en haletant et avec un sourire bête. Elle a de pauvres chaussures plates, et ses pieds baignent dans l'eau.

« Viens là, folle ! » Et je la prends par le bras, l'amène à une table à l'écart. « Tu vas prendre un café crème. Et Manuel, il est chez sa belle-sœur ?

– Oui, nous sommes sortis en même temps, il m'a laissée au métro… »

Assis en face d'elle mais sans lâcher la poignée de la valise, mon seul désir est d'en finir le plus tôt possible et de la déposer à la gare : oui, mon égoïsme ou ma négligence fut sur le point de lui gâcher cette chance, la dernière sans aucun doute, qu'elle avait cherchée pour les confidences. Mais cela aurait-il changé quelque chose ? Montsé, les coudes sur un marbre gris qui sent l'anchois, me regarde fixement de ses grands yeux noirs, la poitrine encore agitée, gardant le silence. Je lui dis, histoire de dire quelque chose :

« Alors, tu es décidée ? »

Elle baisse les yeux, son sourire s'accentue mystérieusement et elle murmure :

« Il faut que je te dise quelque chose, mon cher cousin… »

Quelque chose que je sais déjà. Et juste au moment où je pense Je sais ce que c'est, et non pas depuis hier soir mais depuis assez longtemps déjà.

« Tu es notre meilleur ami, le seul qui a voulu nous aider. Je ne l'ai encore dit à personne, mais à toi je peux faire confiance… »

– On y est, dit Nuria. On y est.

Je ne souhaite pas me justifier. Et alors elle me dit ce que je savais déjà, tandis que le robuste bras du patron du bar, humide et odorant comme de l'eau de vaisselle, pose devant elle une tasse fumante. Il y a un vernis brillant dans ses pupilles, des larmes de joie. Malheureuse, me dis-je maintenant, oui, tu es malheureuse, malheureuse.

« Tu es sûre, Montsé ? »

Mais elle se contente de me regarder, souriante, sereine, quelque chose dans mon expression l'amuse, ce doit être l'étonnement provincial et comique qui affleure de nouveau. Elle m'assure qu'elle n'est ni effrayée ni honteuse, bon, quand elle l'a su, oui, elle a eu un peu peur, mais surtout pour lui, elle ne le lui a pas encore dit parce qu'il a assez de problèmes comme ça en ce moment, elle ne savait pas ce qui pouvait arriver, mais maintenant elle sait qu'il ne peut rien arriver, que tout ira bien, et elle est tranquille et même contente…

« Dis-le à ta mère », lui dis-je comme on tire un coup de fusil.

Mais elle et son sourire intact :

« Non.

– À ta sœur, alors. Au fond, elle a toujours été de ton côté. »

Ça, oui, elle promet de le faire en rentrant de San Cugat, elle l'appellera dimanche, et parce que cela vient à propos elle ajoute que la veille, quand elle t'a parlé au téléphone pour que tu t'occupes de son linge, elle t'a demandé si tu voulais lui apporter sa valise toi-même. Mais tu n'as pas voulu aller à la pension, tu lui as dit que la seule idée de te trouver nez à nez avec ce dévergondé t'horrifiait, et en pleurant presque tu l'as implorée de rentrer à la maison, « maman est tombée malade par ta faute, tu es folle et tu commets la grande erreur de ta vie… ».

« Si elle était venue, ajoute Montsé, je lui aurais tout raconté. »

Je ne sais plus combien de temps nous sommes restés là. Mais je me revois en train de me dépêcher de prendre la valise, avant qu'elle ait fini de me dire qu'il est très tard et qu'elle a peur de manquer son train… Non, je ne cherche aucune justification. Tiens, elle était debout, me tournant le dos, et il m'a semblé qu'elle s'appuyait un moment sur le tas de caisses de bières et qu'elle se penchait en avant, comme si elle toussait.

Elle a soudain fondu en larmes, silencieusement. Elle pleura comme elle n'avait sans doute jamais pleuré, cette Montsé que je devais voir pour la dernière fois, en gardant un visage serein et même radieux, terrible dans sa terrible inconscience (en fait, ce qu'elle conservait, c'était son innocence, et bien davantage : elle n'avait pas découvert qu'elle la possédait) devant mon silence maladroit, elle pleura en me tournant le dos, ainsi qu'à deux ou trois clients qui nous regardaient avec curiosité, elle pleura rapidement, comme quelqu'un qui vomit ou qui se tourne un instant pour tousser ou se moucher ; ce fut une évacuation irrépressible – seul son dos était secoué sous ma main inutile – qui ne dura pas longtemps et s'éteignit instantanément, comme si la douce influence à laquelle Manuel ou je ne sais quel espoir la soumettait arrêtait ses pleurs aussi vite qu'il les provoquait. Puis elle se retourna et dit en riant, les yeux remplis d'une eau lumineuse : « Excuse-moi. Allons-y ! », cette Montsé qui une fois dans la rue ne voulait plus que je l'accompagne (avec mon silence, avec ma main qui lui soutenait le coude) sous la pluie qui maintenant tombait à verse. Par chance, je pus trouver un taxi place Lesseps. Pendant le bref trajet elle me fit promettre que j'irais le dimanche suivant à la villa voir comment allait sa mère, quelles impressions on pouvait retirer, ce qu'ils avaient décidé à son sujet… « Ah, Montsé, Montsé, prends soin de toi ! », et je remontai les revers de sa petite veste bleue, et peu après nous descendîmes en courant l'escalier de la station de Gràcia, où j'eus encore l'occasion de la faire rire un peu par ma spectaculaire glissade sur le quai, en lui donnant sa valise ; puis elle se pencha pour m'embrasser, ses cheveux sentaient la pluie, ses joues étaient brûlantes.

Voici la dernière vision que j'ai eue de ta sœur, celle qui allait se graver à jamais dans mon esprit : assise à une extrémité du wagon, seule, agitant une main devant son visage maltraité par le soleil, elle se colle à la vitre perlée de gouttes de pluie pour me regarder un moment et sourire, consciente peut-être de son définitif état de femme, de sa nature nouvelle.

– Oui, dit Nuria.

25

Le prix du rachat

Si simple était la solution, le dénouement qui devait la rendre à son foyer, qu'aujourd'hui encore tu t'étonnes qu'elle ait pu la retarder de presque deux mois : il s'agissait simplement de larguer les amarres au lieu de les attacher, de satisfaire les prétentions sous-entendues de l'ex-prisonnier et de l'envoyer très loin, avec un emploi mais sans Montsé. Condition qu'il discuterait à peine, car il capterait immédiatement le véritable sens commercial de ces négociations secrètes.

Mais ce n'est pas à toi que cette mission délicate serait confiée (« On m'a dit que tu bois, que tu as essayé de faire des cochonneries avec ta cousine Nuria et que tu approuves ce que fait Montsé, et même que tu vas souvent voir cette paire de pécheurs, où qu'ils se trouvent, alors qu'à moi ils n'ont pas voulu me le dire », telle fut, plus ou moins, la réprimande de tante Isabel), mais à quelqu'un qui avait désormais acquis, sur les cimes montserratines et auprès de Nuria, les serres et les ailes de l'aigle : Salvador Vilella.

Pour remplir la promesse que tu avais faite à Montsé, en cette soirée du dimanche 26 septembre, tu es allé voir tante Isabel. Montsé était toujours sur son lieu de retraite, ou déjà peut-être dans le train du retour.

« Entre, mon garçon, entre, dit froidement tante Isabel, seule dans son petit bureau. Nuria n'est pas là.

– Non, je venais simplement pour…

– Inutile de chercher des excuses. »

Et elle te fait sa scène. Cela fait des jours qu'elle t'attend pour te dire qu'elle sait tout et qu'une fois de plus tu l'as déçue. Comment as-tu pu te conduire ainsi avec Nuria ? Tu ne vois pas que c'est encore une enfant ? Mais ce n'est pas ça, malheureusement, qui importe le plus maintenant : que sais-tu au sujet de Montsé ?

« Rien…

– Elle est allée au même endroit que l'an dernier, faire sa retraite, non ?

– Je suppose que oui. Du côté de San Cugat… Tante, avant de partir elle m'a demandé de venir te voir…

– Oui, oui. »

Assise à son bureau, entourée d'ordonnances, de médicaments et de sirops, tante Isabel supporte avec résignation le lent processus de dissolution qui s'est emparé de son corps et de son esprit, et, les lèvres violettes et serrées, avec le peu d'énergie que lui a laissé sa dernière crise de rhumatismes, elle essaye de maîtriser le triste tremblement qui agite sa mâchoire proéminente, elle a l'air plus grande et plus désagréablement masculine, elle est si amaigrie, elle a tellement changé depuis la dernière fois que tu l'as vue. Les événements ont précipité la fin de son doux matriarcat, la relève de cette opulente et confiante incarnation de matrone du XIXe siècle qui t'a toujours fait penser à une pierre commémorative surmontée des allégories de la Justice ou du Commerce. Les comités qu'elle préside ont généreusement déchargé ses faibles épaules du poids de tant de responsabilités diocésaines, dit-elle, mais maintenant elle s'adonne à la tâche personnelle consistant à noter les salaires et les dépenses de certains membres de l'immense troupeau de ses bénéficiaires, nouvelle projection de son œuvre bénie par laquelle elle nourrit peut-être le tiède espoir de cesser d'être cette autorité compétente, cette femme admirable pour qui la charité n'a été jusqu'ici qu'un moyen de satisfaire une sainte indignation ou une inconscience nerveuse, et de pénétrer ainsi peu à peu ce que son esprit simple commence à comprendre et à redouter : les problèmes sociaux, les racines pourries de l'arbre touffu de la vie nationale, les salaires de misère, le chômage, etc. Elle s'occupe à la consultation d'un important travail exhaustif réalisé par les paroisses, et qui révèle, d'après les renseignements fournis par les visiteurs, que rien que dans notre ville il y a des milliers et des milliers de familles qui vivent dans des conditions infrahumaines. De cette situation qui « en appelle à la justice divine », affirme tante Isabel sans pouvoir réfréner le tremblement de son double menton, émane la caravane de maux qu'elle engendre : désintégration de la famille, promiscuité, diminution de l'indice de moralité, report dangereusement prolongé du mariage, rébellion de l'individu contre la société et chute vertigineuse dans l'abîme de l'athéisme, mal du siècle.

Tu es étonné de la voir se consacrer à ces questions, et les exposer à ta considération précisément maintenant, alors que le problème de Montsé n'est pas encore résolu. Il semble qu'elle soit seule à la maison. Le dimanche, Esperanza va généralement au cinéma de la paroisse, aujourd'hui on donne *Sœur intrépide*, ce film si joli de l'espiègle petite religieuse avec sa Vespa et sa guitare…

« Tante, je suis venu simplement pour…

– Assieds-toi. J'ai quelque chose pour toi, bien que tu ne le mérites pas, dit tante Isabel en se levant et en faisant lentement le tour de sa table, un pas, puis un autre, les yeux fixés sur l'emballage de papier de soie posé sur le fichier. L'hiver ne va pas tarder à nous tomber dessus, mes pauvres os se plaignent... »

Oui, elle a traversé une mauvaise période à cause de ses rhumatismes et tout le reste, sa pauvre fille, « à quoi bon te raconter, Paco ?, tu sais quelle folie elle s'apprêtait à commettre, est-ce que tu l'as vue souvent, comment va-t-elle ? Elle a montré qu'elle avait plus confiance en un étranger qu'en sa mère, qui aurait dit qu'elle oublierait si vite sa mère... ». Mais avant de libérer ses larmes silencieuses, la pauvre femme t'offre le pull qu'elle a tricoté pour toi pendant l'été.

« Merci, tante, tu es très gentille.

– Bien que tu ne le mérites pas, non, aucun de vous ne mérite quoi que ce soit. »

Et en s'appuyant sur la table elle recule lentement jusqu'à sa chaise, yeux baissés, visage tremblant et contracté par tant d'adversité et d'ingratitude, un visage qui annonce des larmes. Pour la deuxième fois de ta vie tu éprouves de la pitié pour elle et en même temps ce mélange de colère sourde et d'impuissance qui dépasse les Claramunt et leur culte de la respectabilité, comme si maintenant ils restaient eux aussi sur le chemin parsemé de victimes, aussi affligés et déconcertés que Montsé, ignorants comme elle de la cause du désastre.

« Allons, tante, tranquillise-toi, tout va s'arranger. »

La voilà assise, et alors elle récupère une certaine autorité perdue et ses yeux s'agrandissent en remuant de fines soies jaunes, des bourses et des plis de peau fanée, ils te regardent avec une lumière inquiète :

« C'est vrai ? Dieu le veuille. Mais je ne le croirai que lorsque je le verrai. Je n'ai pas voulu retourner à Sitges, je veux être à la maison quand elle rentrera.

– Quand qui rentrera, ma tante ? » La question est évidente, mais tu insistes : « Serait-ce que… vous attendez Montsé ici, ce soir ?

– Où irait-elle, sinon ? » Le poing livide de tante Isabel repose sur le sous-main. Tu sens un vide sous tes pieds. « On ne te l'a pas dit ? Grâce à Salvador… Je ne sais pas comment nous pourrons lui payer la peine qu'il s'est donnée. Mercredi dernier, quand il a eu cet individu au téléphone… »

Mercredi dernier… Ce qui fait que ce n'est pas sa belle-sœur qui l'a appelé, c'était une excuse pour, et maintenant Montsé là-bas sans, tu ne comprends pas encore, une main te saisit brusquement l'estomac quand tu entends claquer la porte d'entrée et la voix de Nuria : « Maman, on est là ! », mais tu restes planté devant la table, ton pull pendant entre tes doigts, à écouter tante Isabel comme en rêve. Tu sors dans le couloir où tu les heurtes presque. Leur position près de la porte, leur immobilité expectante et ridicule, un certain équilibre que leurs corps maintiennent entre eux, tout cela te suggère, l'espace d'une seconde, quelque chose de relié à la fameuse tradition chorale de la famille. Les yeux au sol, refusant encore l'évidence, tu distingues fugacement le tout-puissant angle ouvert que forment les brillantes chaussures d'oncle Luis, le pantalon bleu chatoyant de Vilella et cette morbide, cette adorable gaze qui enveloppe la cheville de Nuria et qui doit être (ça te fait rager de le supposer) un souvenir de sa dernière escalade, une entorse – une glissade au sommet et l'opportun et salvateur rattrapage du noble escaladeur de la JOC qui s'ensuit, ses bras forts qui la retiennent au-dessus de l'abîme, qui la serrent sur sa poitrine ; oui, tu l'as perdue, chien salarié, quelque chose te dit que tu l'as perdue, et à jamais. Debout dans le couloir ils te regardent, avides de savoir, sûr qu'ils espèrent que tu vas leur parler de Montsé, où est-elle, pourquoi n'est-elle pas encore là, puisque tout est arrangé ? Nuria enfonce ses mains dans les poches de sa jolie gabardine blanche et passe devant Vilella pour te regarder dans les yeux.

« Où est Montsé ?

– À San Cugat, je suppose. » Tu balbuties. « Qu'avez-vous fait ? »

Oncle Luis entre dans le bureau et en ressort, il se montre très actif et même sûr de lui, mais pas comme d'habitude : c'est une sûreté vacillante, à en juger par l'énergie démesurée qu'il met dans le moindre de ses mouvements. Tante Isabel, de sa voix plaintive, lui demande quelque chose. Vilella se suspend à ton bras et t'emmène jusqu'à la galerie, « Écoute, Paquito », sa tête carrée et comme frictionnée répand une furieuse odeur de propre qui ne peut annuler totalement le parfum de Nuria, « écoute, les choses se sont enfin arrangées, et mieux que nous ne le pensions », sa voix d'acolyte comme le vrombissement d'un bourdon dans la pénombre de la galerie, « don Luis a enfin décidé de le recommander et le type est à Sabadell, avec un emploi en poche, s'il vaut vraiment quelque chose il s'en tirera, sinon, qu'ils se débrouillent et fassent de lui ce qu'ils voudront, nous, nous n'avons plus qu'à attendre le retour de Montsé et à nous montrer compréhensifs et affectueux avec elle, tu imagines, aller faire une retraite précisément maintenant !, il voulait l'attendre pour le lui dire, mais il a fini par comprendre que des adieux seraient pires pour elle et il est parti cet après-midi, c'est mieux comme ça, tu comprends ?... ».

Oui, tu comprends que c'est fait, que le marché a enfin été conclu dans son dos, que pour son bien elle a été une fois de plus laissée de côté, écartée comme on écarte un enfant pour ne pas lui écraser les pieds, et que maintenant elle est attendue à bras ouverts et que le pardon est là… Cette voix bourdonne encore à tes oreilles, un susurrement monotone qui dans la pénombre suggère une misérable complicité tandis que ton regard erre sur le plancher et sur tes mains de bois où pend toujours le pull, sur la cheville de Nuria enveloppée dans une gaze blanche qui lui donne cet air si douloureux d'avoir franchi les limites adolescentes de la virginité et de la retenue, tu la vois accompagner sa mère jusqu'au petit salon, très lentement et en la soutenant par le bras pendant qu'oncle Luis les précède pour allumer les lumières. La nuit est tombée, donc, et tu te surprends, seul au milieu du couloir, à marcher très vite vers la porte. Vilella, aussi habile et fuyant qu'un laquais, a déjà remplacé Nuria et aide tante Isabel à s'asseoir dans son fauteuil avec des roucoulements obséquieux quand près de lui la voix ferme et vernaculaire d'oncle Luis rectifie son propre raisonnement et propose : « Il vaudrait mieux savoir où elle est, et qu'elle vienne directement à la maison, pour que ce soit nous qui le lui apprenions… », juste comme tu atteins la porte et que tu l'ouvres.

« Où vas-tu ? dit Nuria en s'approchant et en te regardant avec des yeux qui reflètent la consternation qui paraît sur ton visage. Je n'ai rien eu à voir avec ça, Paco, ajoute-t-elle à voix basse pour qu'on ne l'entende pas du salon, ne me regarde pas comme ça. »

Et avec ton pull fâcheusement collé à tes doigts, sans savoir quoi dire, tu fais demi-tour et tu te précipites au-dehors.

Ta première impulsion irréfléchie, lancé comme tu l'es vers la place Lesseps en scrutant inutilement la nuit en quête de la lumière rouge d'un taxi, te propose d'aller directement à la pension Gloria et de devancer son arrivée – à supposer qu'elle n'y soit pas encore, car il est déjà très tard, peut-être que le mieux serait de téléphoner pour t'en assurer. Un vent humide s'est levé, des rafales automnales qui collent au visage comme des chiffons mouillés. Arrivé place Lesseps et toujours sans taxi, au lieu de prendre le métro tu te décides d'abord pour le téléphone de ta pension, c'est à deux pas et comme ça tu te débarrasseras de ton pull une foutue bonne fois pour toutes. « Quelques minutes avec Gloria Lasso », propose la radio quand tu entres dans la salle à manger, où la patronne t'informe que quelqu'un a appelé une demi-heure plus tôt et t'a demandé, la personne n'a pas dit qui elle était, juste qu'elle rappellerait. Il y a un client de province assis près de la radio. « *És del Vendrell, aquesta noia*[1] », te dit-il en montrant la radio d'un doigt euphorique. La sonnerie te frappe en plein visage. « Allô, c'est vous ? dit la veuve de sa voix rauque. Écoutez, votre cousine a oublié une valise pleine de linge et… – Où est-elle ? – Je ne sais pas. – Est-ce que c'est vous qui avez appelé tout à l'heure ? – Ça devait être elle, m'est avis, parce que je l'ai laissée un moment dans sa chambre et quand je suis revenue… – Elle vient ici, alors ? – C'est ce qu'elle a dit. » Une pause, et elle ajoute : « Bon, vous savez sans doute que Manuel est parti, non ? Hein, il l'a plaquée, ce saligaud. Vous voyez ? Je savais bien que ça arriverait, je le lui avais dit mille fois, à cette sotte… – Il y a combien de temps qu'elle est partie ? » Tu fais signe au client du Vendrell de baisser un peu la radio, car tu n'entends presque rien. « … il n'a même pas voulu l'attendre, il n'a pas eu le courage, et en partant il m'a demandé de ne pas lui parler des visites qu'il a reçues et il m'a donné une lettre pour elle ; mais après que je lui ai expliqué ce qui s'était passé, la gosse n'a même pas

1. « Elle est du Vendrell, la gamine. »

voulu l'ouvrir… » Une nouvelle fois tu l'interromps : « Mais bon, combien de temps y a-t-il qu'elle a quitté la pension ? – Une demi-heure, trois quarts d'heure… La pauvre, quand elle est arrivée, elle ne voulait pas le croire : vous savez, ça faisait quelque chose de la voir là, assise sur le lit avec sa valise, j'allais vous appeler mais elle n'a rien voulu savoir. Elle a dû appeler d'une cabine, parce que j'étais dans ma chambre et quand je suis revenue elle était partie. Elle ne peut pas tarder, alors dites-lui que sa valise est ici et qu'elle vienne me voir si ça l'intéresse de savoir quelques petites choses sur son bon ami, hein, qu'elle ne croie pas qu'il y a une note à payer ou quoi, tout est réglé… » Tu raccroches.

Assis dans le fauteuil près de la radio, l'homme te regarde en souriant par-dessus son épaule. « *Està bé això de* Les Étrangers au Paradis, *força bé*[1]. » C'est comme ça que tu le retrouveras une demi-heure plus tard quand, fatigué d'attendre dans ta chambre, tu reviendras dans la salle à manger pour prendre un autre appel, de Nuria cette fois. « Montsé est avec toi ? » Elle commence à être très inquiète, elle a appelé la Maison des exercices spirituels de San Cugat, mais elle est déjà partie, et à la pension Gloria on vient de lui dire qu'elle vient te voir. Salvador est allé faire un tour au Centre pour le cas où elle aurait eu l'idée de s'y rendre. « Je ne sais pas, à moins qu'elle ait pris un train pour aller à sa recherche à Sabadell, elle en est bien capable… Je n'arrive pas à imaginer ce qu'elle peut bien faire, ce qu'elle attend pour rentrer à la maison… » Tranquillement, tu la laisses terminer de parler, se calmer, puis tu lui demandes : « Qui est-ce qui a eu cette merveilleuse idée ? » Un silence, le bourdonnement du téléphone, comme une fuite de gaz, et de nouveau

1. « C'est bien, ça, *Les Étrangers au Paradis*, drôlement bien. »

sa voix, mais très lointaine : « Qu'est-ce qu'on pouvait faire d'autre ? Il fallait que ça finisse comme ça, tout le monde le savait, on le lui avait dit… Il fallait que ça finisse comme ça, et le plus tôt possible. Mais je ne l'ai su qu'au dernier moment, je te l'ai dit. Et puis qu'est-ce que ça peut bien faire maintenant ? » L'alarme est déjà dans sa voix quand tu lui dis : « Dieu veuille qu'il n'arrive rien. Ta sœur est enceinte. » Et tu raccroches.

Peut-être déambule-t-elle dans ces rues balayées par le vent, ou dans celles de son quartier, errant, indécise, autour de la villa et de ses fenêtres éclairées, de quelque église encore ouverte, ou peut-être s'est-elle assise sur un banc, dans un parc, pour accumuler de l'énergie. Tu essayes de l'imaginer arrivant chez elle et reprenant, silencieuse et vaincue, sa vie familiale et paroissiale : le tableau que tu obtiens est déprimant. Revenu dans ta chambre, fumant face à la fenêtre ou étendu sur ton lit, tu hésites entre attendre et courir les rues. Mais où aller ? Tu te le demandes encore quand, place Lesseps, tu t'engouffres dans un taxi après l'avoir disputé ignominieusement à une vieille dame, et vingt minutes plus tard tu te vois en train de parcourir bêtement et sans espoir quelques endroits qu'ils fréquentaient : le bar de la ruelle au coin de la rue Princesa, les terrasses du paseo de Colón devant la gare de France, Santa María del Mar, les Ramblas… Temps perdu. À minuit, quand tu rentres à la pension, Vilella a appelé plusieurs fois. Il ne tarde pas à le faire de nouveau. « Des nouvelles, Paco ? » – voix de cadre déjà, sûre, fiable, métallique, trop proche. « Nous avons pensé… Écoute, nous avons pensé que si elle est avec toi, de façon confidentielle, alors très bien, mais dis-le, bon sang ! au moins sa mère sera rassurée… » Tu décides d'attendre encore un peu, uniquement peut-être pour constater que cette voix finit par désenfler, par descendre de sa chaire : « Sérieusement, hein, qu'est-ce qu'on pouvait faire ? Et c'est vrai, Paco, ce que tu as dit à Nuria ? – Oui. » Après une brève pause, comme s'il se parlait à lui-même et sans qu'on l'entende ou presque : « Bon sang, bon sang », murmure-t-il, puis, à voix haute : « Sache que nous ne l'avons pas encore dit à ses parents, hein… Tu m'entends ? Tu m'entends, Paco ?… Paco… » Tu raccroches.

Allongé sur ton lit, tout habillé et lumière allumée, oreille attentive à la sonnette de l'entrée et à la sonnerie du téléphone. Que peux-tu faire d'autre ? Beaucoup plus tard, tu as été vaincu par la fatigue et le sommeil, et tu es réveillé en sursaut par une ardente, une rageuse morsure sur les doigts, la braise de ta cigarette. Il est plus d'une heure quand tu as l'impression d'entendre doucement appeler à la fenêtre. Tu te lèves. L'appel était si faible que tu pourrais bien avoir rêvé. La pension est plongée dans le silence, tu retournes à ton lit, ta main cherche ton paquet de cigarettes… Et de nouveau, avec la même timidité qu'un peu plus tôt, avec le même sursaut fugitif : on dirait les ailes d'un oiseau prisonnier entre la persienne et la vitre. Tu ouvres la fenêtre : personne. Le vent arrache un susurrement de feuilles dans le square du général San Martín, plus loin les réverbères du pont de Vallcarca clignotent dans la nuit, et tout là-bas papillotent les lumières expiatoires violacées du Tibidabo, avec la grande statue du Sacré-Cœur, les bras toujours ouverts sur la ville. Tu lui aurais dit de rester dormir à la pension si elle ne voulait pas rentrer chez elle pour le moment, que le lendemain serait un autre jour… Plus tard, tandis que tu allumes une cigarette, il te semble distinguer une ombre étrangement immobile (trop pour qu'elle soit humaine) sur le pont, et tu penses : ce chemin-là aussi conduit chez elle.

26

Les bas résille noirs

Vilella rentra de Madrid à la mi-matinée. Il vint me saluer, l'air dégagé et loquace, et commença par me raconter quelque chose de drôle qui lui était arrivé avec un journaliste minable à l'aéroport de Barajas. Il riait beaucoup. Moi, je ne me décidais pas à quitter mon lit et je l'écoutais par pure courtoisie, à moitié endormi, sans comprendre grand-chose. Je l'entendis mentionner un truc bizarre, sans y faire trop attention :

– … j'étudie des textes calasanciens…

Je ne relevai pas (ce n'était pas là la confidence que j'attendais, ce que son voyage avait laissé en suspens) et c'est sans doute pourquoi il modéra la bizarrerie autant qu'il le put, mais sans trop parvenir à la simplifier, à vrai dire :

– Ou plutôt, l'œuvre de saint Joseph de Calasanz.

Bien. Ça ne faisait rien. J'en déduisis que cela faisait un moment déjà qu'il parlait de sa conférence à Madrid, une évocation documentée de Paula Montal et de son temps. Au cours de sa navigation sur les eaux marécageuses et pestilentielles du possibilisme politique, il avait également prononcé une conférence pour étudiants et ouvriers.

– C'est inutile, Salva, crois-moi, lui dis-je en bâillant. Pour chaque ouvrier à qui vous réussissez à faire découvrir Dieu, il y en a dix qui découvrent vos revenus. Les temps sont durs. Vous êtes perdus.

Mais en réalité ce n'était pas de tout ça qu'il voulait parler, mais de sa femme. Il était assis devant moi, au bord du lit, un verre de jus d'orange à la main. Il s'était douché et changé, il portait une veste d'intérieur courte, un pantalon de fil couleur tabac et des pantoufles.

Nuria avait très opportunément disparu.

– Il fait chaud à Madrid ?

– Une chaleur terrible.

Je m'appuyai contre mon oreiller et allumai une cigarette.

– J'ai dormi comme une bête, dis-je. Quand es-tu rentré ?

– Il y a deux heures. Je suis passé au bureau. Tiens. (Il me tendit une grande enveloppe jaune, non cachetée.) Tes autorisations de tourner.

– Dis donc, quelle rapidité ! Merci.

– Regarde si tout est en règle.

Je lui obéis. Signatures, tampons de rigueur et le reste, tout était en règle.

– Je te remercie beaucoup. Mes producteurs parisiens seront contents. Tu viens de donner le premier tour de manivelle d'un film interdit aux mineurs.

Ses yeux ironiques erraient à travers la chambre.

– Allons donc ! dit-il distraitement en portant son jus d'orange à ses lèvres.

– Et Nuria ? lui demandai-je.

– Elle est dans le jardin. Tu as déjeuné ?

– Non. Et j'ai la bouche pâteuse, je ne te dis que ça.

– Tu as été bien traité ?

– Je ne me plains pas.

– J'en suis ravi.

Il souriait, me regardait fixement et très tranquillement derrière ses lunettes de vicaire perspicace, un peu moqueur et en même temps contrit. Ses yeux semblaient réfléchir. De façon tout à fait inattendue, il me tapota affectueusement le genou. Il n'avait pas l'air disposé à se lever de mon lit, si bien que je sautai par terre sans plus attendre et me glissai dans la salle de bains, sans fermer la porte. Je l'observai dans la glace : il était debout devant la fenêtre et regardait le jardin. Je me douchai, me rasai, et quand je ressortis il était toujours là. Il s'intéressa à mon travail, me demanda quand on commencerait le film, à l'automne, lui répondis-je, mais je ne viendrai pas pour le tournage ; il voulut savoir quand je rentrais à Paris, et je répondis le lendemain, ou peut-être même le jour même. Puis, pendant que je m'habillais, je me vis soudain soutenant seul (brusquement il paraissait très fatigué) une conversation banale à propos des voyages en avion, et peu à peu je le laissai reprendre le fardeau : j'avais besoin de tout mon temps pour rassembler mes affaires, et Vilella s'en était rendu compte. D'un air d'ennui, comme quelqu'un qui n'en a pas envie, il se laissa glisser vers le passé, vers Montsé ; il me demanda si je me rappelais tel ou tel jour, il picorait dans tel ou tel souvenir, il tournait prudemment autour du pot.

– Je me suis toujours demandé, finit-il par dire, en simulant un intérêt soudain et capricieux, ce que tu avais bien pu penser, une fois à Paris, en apprenant que Nuria et moi nous nous étions mariés. Nous n'en avons jamais parlé.

– Non.

– Pour beaucoup ce fut une surprise, et pour toi aussi, je suppose…

– Eh bien, pas tout à fait. On le voyait venir.

– Mais tu ne connais pas les détails, insista-t-il. Comme après le malheur tu as filé à l'étranger de la façon dont tu l'as fait, à l'anglaise, sans vouloir voir personne…

– C'était une décision très réfléchie, lui dis-je.

– Jamais personne ne t'a entendu en parler.

Je lui rappelai, avec une certaine sécheresse (uniquement pour le freiner, car je voulais changer de sujet), notre participation à l'affaire Montsé, si décisive les derniers jours.

– Allons ! dit-il en riant. On dirait que les seuls à vous être bien conduits, c'étaient Nuria et toi.

– Je n'ai pas dit ça.

– Mais tu le penses. En fait, et malgré la mauvaise conscience que tu en as peut-être, toutes ces dernières années tu n'as pensé qu'à ça, ajouta-t-il avec finesse. Nuria, c'est vrai, a eu beaucoup de mal à nous dire où ils habitaient ; elle a sacrément résisté, mais elle a fini par le faire. (Il me regarda.) Tu savais que c'était elle ?

– Évidemment. À part moi, elle était la seule à le savoir.

– Oui. Quelle histoire… (Il soupira d'un air pensif.) Ce soir-là précisément, quand en arrivant à la pension je l'ai rencontrée dans l'esca…

Il resta avec le mot accroché aux lèvres, en dissimulant assez mal sa contrariété de ne pas avoir su retenir sa langue à temps. Je l'observai du coin de l'œil : lamentable, la scène qu'il préparait. Mes mains s'affairaient à faire ma valise.

– Désolé, dit-il à voix basse, je croyais que tu le savais…

– Allez, vas-y, n'en reste pas là ! le pressai-je, irrité. Envoie les détails !

– Ça ne change rien, ne crois pas, se hâta-t-il de dire. Tôt ou tard, ce salaud l'aurait abandonnée…

– Les détails, les détails.

C'est ainsi qu'il s'obligea à parler. Assis au bord du lit, tête basse, sans me regarder, il s'obligea à parler – car bien sûr une manœuvre si répugnante le dégoûtait dans la mesure où elle mettait en relief sa faillite morale. Mais il ne pouvait pas faire autrement, il n'en était pas capable, il ne savait pas : la possibilité d'être abandonné par sa femme, avec sa position sociale, avec leur fille, avec son catholicisme déclaré, plate-forme de politicaillerie, devait l'atterrer. Il aurait été capable de tout pour la retenir, y compris de l'enfoncer et de s'enfoncer avec elle dans la fange sur laquelle il avait bâti son ménage. Et c'est ce qu'il fit, sans hésiter une seconde.

En résumant à sa façon, et en me laissant deviner le reste, il me raconta que, en ce fatidique dimanche 26 septembre, il était allé, mandé par oncle Luis, mettre au point avec l'ex-prisonnier certains détails de son départ ; que Nuria, précédemment, et pour les mêmes raisons, avait déjà deux ou trois fois rencontré le type à l'insu de Montsé, si bien qu'en réalité le marché était déjà conclu quand il était lui-même allé le voir, et qu'il n'avait fait que lui apporter une lettre de recommandation pour la personne à qui il devait se présenter à Sabadell, quelques instructions à propos du travail en question, de l'argent pour ses premiers frais, etc. ; qu'en montant l'escalier de la pension il avait croisé Nuria, qui descendait très vite et en cachant presque son visage entre les revers relevés de sa gabardine, et que l'évidence de ce qu'il soupçonnait depuis quelque temps déjà l'avait poussé, une fois en haut, à demander à ce salopard de partir tout de suite, par le premier train, sans attendre le retour de Montsé ; que le type lui avait tenu tête et avait commencé par refuser, il voulait au moins dire au revoir à Montsé, mais qu'ensuite il avait compris et accepté ; qu'en redescendant il avait trouvé Nuria en train de l'attendre au volant de sa 600, qu'ils étaient rentrés ensemble chez elle, et qu'en chemin, très nerveuse, elle avait essayé de justifier sa présence dans la chambre en alléguant qu'elle était elle aussi allée le voir pour le prier de partir sans dire adieu à Montsé, parce que, de la façon dont les choses avaient tourné, ce serait le mieux pour elle et pour tout le monde ; qu'alors lui, Vilella, lui avait dit qu'il la croyait, ou plutôt qu'il la comprenait, et qu'en la voyant si affligée ce soir-là, si abattue, si confuse et si sincèrement repentante, il s'était permis de la consoler et de la réconforter et de lui proposer une fois de plus de ne pas tarder à officialiser leurs relations, pratiquement établies depuis qu'ils faisaient des excursions ensemble ; qu'elle avait considéré sans rien dire cette tendre prétention de son ami, et qu'elle avait soudain arrêté la voiture et s'était mise à pleurer, déconcertée, dans ses bras ; et finalement, qu'après, à la villa, devant le retard de Montsé, Nuria avait été prise par la crainte soudaine d'avoir oublié quelque chose à la pension, apparemment un ruban de velours noir avec lequel elle attachait souvent ses cheveux, et que la malheureuse avait beaucoup souffert à cause de cela, car elle craignait que sa sœur ne l'ait trouvé en rentrant et ne s'imagine… qu'elle ne devine…

– Je comprends, le coupai-je en essayant vainement de fermer ma valise tant elle était mal faite. Mais est-ce que ce n'étaient pas plutôt des bas résille noirs que Nuria avait oubliés ?

– Si, je m'en souviens maintenant, dit Vilella. Des bas. Mais cela revient au même.

– Oui, bien sûr.

– Ça a dû être terrible pour sa sœur.

– Terrible, oui. Enfin… Tu m'aides à fermer ma valise ?

Il s'empressa d'accepter, en observant du coin de l'œil l'effet que cette révélation avait produit sur mon visage, et il appuya sur le couvercle de ma valise avec ses deux grosses paluches. Brusquement, alors que nous étions très près l'un de l'autre et en plein effort, je m'immobilisai, enfonçai ma tête dans mes épaules, et lâchai la valise : je sentis que je me vidais, très vite, et très agréablement, toutes mes forces me quittaient dans un éclat de rire qui, curieusement, ne parvenait pas à sortir de ma gorge. J'ignore comment Vilella interpréta ma réaction, mais ce qui est sûr c'est qu'après avoir fermé ma valise il se crut obligé de me consoler, en se déplaçant sur un terrain plus abstrait, où il pouvait se mouvoir plus à son aise.

– De toute façon, Paco, quelle que soit la cause de ce qui est arrivé, la mauvaise conduite de Nuria et son manque de jugement, qui semblent être sans remède, sa négligence, ou ce que tu voudras, tout ça devait mal finir, comme l'avait prédit la famille. J'insiste : ça ne pouvait pas finir autrement.

Je mis ma veste. Je lui dis que oui, allons donc, il avait bien raison ; qu'il était bien vrai que ces craintes sensées et ce pronostic familial s'étaient confirmés, démontrant ainsi leur validité et leur exactitude : le délinquant avait un prix et c'était un vulgaire profiteur, les voyous seront toujours des voyous, quelle sacrée paire d'écervelées, les petites sœurs Claramunt, il faut obéir à ses parents, les demoiselles paroissiales ne savent rien de la vie, il ne faut pas être trop bon, le monde est une saloperie, mon oncle et ma tante l'avaient bien dit à Montsé, etc.

– Qu'est-ce que tu aimes faire des phrases, murmura-t-il en me tournant le dos.

– Et toi faire chier le monde. Tu n'as plus de détails sur ce faux pas de ta femme ? Je t'offre ma curiosité la plus sincère, Salva, mais n'attends pas grand-chose de plus. Je suis pressé de rentrer à mon hôtel. Je peux avoir un taxi ?

– C'est bon. Comme tu voudras.

Sa voix était lointaine, elle venait du fond de son estomac. Comme un rot prolongé et riche en bémols. Il dit que lui aussi regrettait cette conversation, mais qu'il l'avait crue nécessaire.

– Moi pas, lui dis-je.

Pourtant, je m'approchai de lui, qui était en train de décrocher le téléphone de la table de nuit, et plantant mon regard dans sa nuque je lui demandai :

– Tu veux vraiment que nous parlions clairement ?

Il ne se retourna pas, fit un numéro et demanda un taxi. Comme il donnait l'adresse, il ôta ses lunettes et se frotta les yeux d'un air las. Assis de nouveau au bord du lit, abattu, il avait dépensé toute son énergie dans cette confidence. L'affront supposé que devait être pour moi l'aventure de Nuria à la pension Gloria, je ne l'avais pas accusé : l'opprobre continuerait à reposer sur ses seules épaules. Il nettoyait maintenant soigneusement les verres de ses lunettes avec le bord du drap. Marmottant diverses phrases de faute collective, de responsabilité partagée, il était là, en train de respirer sa propre pestilence, entouré de son vomi, une grimace de tristesse indéfinissable sur le visage, qui maintenant, sans ses lunettes, me semblait celui d'un parfait inconnu, celui d'un vaincu anonyme qui mérite une certaine compassion. Mais je n'éprouvais rien, et je ne fis rien pour lui éviter ce moment pénible, sauf précipiter mon départ.

– Ça sera long, le taxi ?
– Je ne crois pas.
– Je vais l'attendre dehors.

Je pris ma valise. J'aurais pu ajouter que j'étais déjà au courant du faux pas de Nuria, que c'était elle-même qui m'avait tout raconté à Paris ; que la pauvre avait assez souffert comme ça, que des années durant elle avait cherché quelqu'un avec qui partager sa conscience blessée, et qu'elle et moi, ensemble tous les deux, nous faisions pipi sur sa magnifique morale de bigot et de conférencier. Mais la seule chose que je lui dis, sur un ton d'adieu et pour que tout soit clair une bonne fois (bien que ce ne fût plus nécessaire désormais), fut que je rentrais seul à Paris mais que nous avions décidé qu'elle me rejoindrait sous peu, après avoir parlé de leur fille avec lui. Il ne me répondit pas, il continuait à frotter patiemment les verres de ses lunettes avec le drap. Et c'est ainsi que je le laissai, sur un salut poli.

En baissant la vitre du taxi, comme celui-ci démarrait, je le vis pour la dernière fois : il apparut à l'improviste en haut des marches du porche, les mains dans les poches de sa veste, regardant devant lui, vers le vide lointain, dans une attitude réfléchie et anxieuse ; ce n'était pas moi qu'il regardait, mais cependant c'était dans ma direction : c'était comme s'il était sorti un moment à la porte de chez lui non pas pour dire au revoir à quelqu'un, mais plutôt pour l'attendre.

Mais elle n'arriva jamais. Elle devait errer dans des rues balayées par le vent et teintées de lune, capricieusement et avec une sombre détermination en même temps, pointant obstinément son visage en avant, comme un ivrogne qui abjurerait la nuit et ses promesses. Ensuite, les derniers restes de cette force occulte guiderait son corps sans vie déjà et le conduirait d'un pas d'automate là où il pourrait choisir la couche mauve des lilas. Elle se livra au néant, confirmant ainsi le verdict paternel qui s'était entêté, subitement, en contredisant les clairs et beaux principes qui jusqu'alors avaient présidé sa vie, à la rendre inapte au bien et à l'amour. Sous la lumière clignotante d'un réverbère, assise sur le parapet du pont, telle une enfant absorbée dans une attente fastidieuse qui lui a été imposée, face à la ville et dos au Tibidabo et à sa gigantesque statue aux bras ouverts, elle dut évoquer un instant le secret de la vie à jamais perdu, le mensonge du passé et de l'avenir. Et tandis qu'elle convoquait aveuglément le néant qui s'ouvrait à ses pieds et au fond duquel, semblable à une accueillante lumière d'enfance, brillait la pâleur du massif de lilas, peut-être que sa mémoire récupéra un lointain jour gris et une petite fille assise au bord du bassin trouble du jardin, avec une cape bleue agitée par le vent. Puis son esprit blessé refit plusieurs fois le dernier geste, les yeux fermés elle répéta jusqu'à la nausée cette révérence de plus en plus terrible et de plus en plus douce : l'abandon de tout appui trompeur, se pencher à peine et se laisser aller, une fois, deux fois, trois fois, jusqu'à parvenir à confondre pensée et action dans une espèce de fol égarement des sens, dans lequel, parmi les sauts rêvés qui déjà avaient arrêté son cœur et lui avaient gelé le sang, le saut réel et définitif dut se perdre dans l'inconscience. Et sans appui désormais, tâtonnant, agitant les mains et se débattant entre des forces inconnues, isolée et seule au faîte de cette épouvantable erreur, durant une fraction de seconde sa tête atteignit une douce légèreté, elle tourna lentement et ses yeux recueillirent pour la dernière fois la trompeuse lumière des étoiles, l'ultime folle promesse de la vie.

Ma cousine Montsé était faite de cette matière tendre et véhémente qui enveloppe les héroïques chimères de notre jeunesse, de quelque chose qui, aussi bien dans mon adolescence que dans celle de Nuria, n'avait pas pu atteindre sa plénitude, un rêve splendide d'intégrité qui, avant de mourir prématurément, oublié avec les premiers draps tachés, a le temps d'apparaître avec tout le charme de la vanité juvénile, des envols de l'imagination des écoliers, faits de bravoure et d'abandon généreux à un idéal de la personnalité. Jamais, pas même dans les moments où je me moquai le plus cruellement de sa bigoterie, je ne fus insensible à un certain charme confus de ma cousine, à cette merveilleuse faculté qu'elle avait de traduire le moindre espoir d'autrui par un geste spontané de séduction ou d'abandon dont elle ignorait la signification réelle, ce don que possèdent certains corps frappés par la maladie ou l'autorépression pour vibrer de façon anticipée aux promesses les plus fébriles de la vie. S'il est vrai que l'innocence est faite de cette matière immaculée dont la possession exclut tout égoïsme, ma cousine Montsé fut un des êtres les plus purs qui aient jamais existé en ce monde ; car il est bien possible qu'il y ait eu en elle une impossibilité totale de se relier à la réalité immédiate, une capacité démesurée de se projeter dans un avenir meilleur, comme si la réalité que voyaient ses yeux était semblable à celle de ces photos dont la mise au point a été faite sur l'arrière-plan au détriment du premier. J'ignore si la foi catholique consiste en cela (je crains que ce ne soit une affaire beaucoup moins reluisante), mais, de toute façon, une telle qualité n'avait aucun rapport direct avec la stupidité et la pauvreté mentale des Enfants de Marie, ses compagnes du groupe paroissial. Non que ce qui l'en séparait fût ce vernis que l'on nomme la bonne éducation, le fait d'avoir hérité des Claramunt un signe extérieur de noblesse de caste, qui, à défaut d'autre chose – la beauté physique, par exemple –, possède au moins une certaine distinction persuasive, une aura de lumière autour du visage là où il y a seulement de bonnes manières ; c'était que, tout simplement, sa conduite gardait, malgré l'éducation familiale monstrueuse qu'elle avait reçue, un réel équilibre avec ce vieux rêve d'intégrité, de dévouement total, de solidarité, peu importe le nom qu'on donne à ce qui l'avait maintenue debout, avec ses grands yeux noirs hallucinés et son cœur battant, face à de misérables malades, des prisonniers inhumains et des orphelins professionnels.

Table

DU MÊME AUTEUR

Enfermés avec un seul jouet
Gallimard, 1967
et « L'Étrangère », 1992

La Fille à la culotte d'or
Denoël, 1981

Le Fantôme du cinéma Roxy
Gallimard, 1990
et « L'Imaginaire », n° 560

Boulevard du Guinardó
Christian Bourgois, 1990
et « Points », n° P1013

Adieu la vie, adieu l'amour
Christian Bourgois, 1992
et « Points », n° P1279

Teresa l'après-midi
Christian Bourgois, 1993
et « Points Signatures », n° P2183

Les Nuits de Shanghai
Christian Bourgois, 1995
et « 10/18 », n° 2963

L'Étrange Disparition de R. L. Stevenson
Climats, 1996

L'Amant bilingue
Christian Bourgois, 1996
et « Points », n° P2787

Un jour je reviendrai
Christian Bourgois, 1997
et « Points », n° P520

Des lézards dans le ravin
Christian Bourgois, 2001
et « Points », n° P1014

Lieutenant Bravo
Christian Bourgois, 2004

Chansons d'amour au Lolita's Club
Christian Bourgois, 2006

Calligraphie des rêves
Christian Bourgois, 2012

RÉALISATION : NORD COMPO À VILLENEUVE-D'ASCQ
IMPRESSION : CPI BRODARD ET TAUPIN À LA FLÈCHE
DÉPÔT LÉGAL MARS 2012. N° 107810. (67135)
IMPRIMÉ EN FRANCE